目次

五　（海溝《かいこう》）海底山脈・嵐の夜に …… 6
（秘密）一 …… 183
（秘密）二 …… 204
（秘密）三 …… 226
（秘密）四 …… 269
六　（廻航《かいこう》）帰還 …… 316

主な登場人物

水森紅《べに》　二十六歳。出生の秘密と、先天性の病を抱えて生きている。
井沢翡《みどり》　二十六歳。性別がハッキリせず、謎が多く、多くの人間の心を摑む。
湯川沙羅《さら》　三十七歳。障害のある柊、樅の母。サタンに付け入れられる。
湯川蒯羅《そら》　沙羅の双児の妹。沙羅、柊、樅のために命を懸ける。
藤代咲也　繊細な感受性を持つ少年。サタンの太白に狙われる。
宮城達子　藤代勇二の恋人。二十年前、ホテルの客室係で、勇二や沙羅（蒯羅）を知っていた。
御屋敷知世《みやしきともよ》　桜山の少女の霊。十六歳。
コルベオ　紅、翡、沙羅、蒯羅が育った孤児院の修道院で働く。教会の執事。

五　（海溝《かいこう》）海底山脈・嵐の夜に

わたしは
疲れた魂を飽き足らせ
すべて　悩んでいる魂を慰める

主よ
あなたはわたしを囲む盾、
わたしの頭を　もたげて下さる方です
わたしを見捨てはしないと言って下さる方
一生愛し続けるための
力を下さる方でした
愛する方から　わたしは飲みたい
あなたの心を　わたしに頂くために
あなたのまなざしで満たされ、
満ち足りて言うために

あなたは慰め
あなたは支え
わたしに降りかかる愛の雨……

少し前。年の終りと、新しい年の始まりの夜の未明にも、林道と湖の付近を除いては、誰一人人間を近付けない「魔の森」の、閉ざされている森の上空でも不穏な風の音は、絶えずしていた。けれどもその音は、森では珍しい事では無い。けれどもその音は、荒ぶる森にとって守り歌のようにさえ、もうなっているのだ……。太古からの原生林を抱えている森にとってのこの二十年間には、深い眠りの中の凄まじい力と、新しい力となった森の怒りとが、常に吹き荒れて、吹き抜けて、空を哭《な》かせていたからなのだった。

森の上の空はだから、いつもと言っても良いように不穏な気配に包まれていた。空の色はどれ程深く、冴え冴えとしていたとしても。空の色がどんなに黒くて、木の間越しの月の光と星々を煌《きら》めかせているとしても。そして、その森の上の空には天界の海が在り、天使達を乗せた船や、神々の乗った船が時折、通り過ぎていくのだとしても。まして……。あの美しい白い鷲が、輝く衣を着けられた方が、深い慈しみをもった眼差しで、閉ざされている森の彼方上空から、その方《かた》のクリスチナと沢木を見詰められているのだとしても。森の上の空で、風は哭いていた。

緑の瞳のクリスチナに、沢木渉は寄り添っている。

お前が憶えていないのなら、無理に思い出そうとしなくても良いよ。気が付いてみたら、瞳の色が変わっちまっていたと言うんだろう？　可哀想にな、榀子《しなこ》。俺が付いていて遣れたら良かったのに。俺は、お前に付いていていても遣れなかったんだ。その事だけが、俺には心残りで仕方が無い。どんなにお前が怖ろしい目に遭ったかと思うと……。お前が憐れで愛しくて、泣けてくるけどな。過ぎてしまった事はもう、どんなに悔んでも取り戻せないのだから……。だから、椙子。俺だけの、クリスチナ。お前は何にも想い出せなくても、その事を気にしない方が良い。お前は元々、森の精か何かのようだったのだからな。それが本物の「魔女」になったのだとしても、大して変わりは無いんだよ。俺にとってはお前は今でも痩せっぽっちで、一人ぽっちだった頃の椙子のままなんだ。瞳の色だけは、変わっちまったけどさ。黒い瞳のお前が緑の瞳になった、というだけの事じゃないか。「説明出来なくて、ごめんなさい」なんて言うなよ、椙子。お前は何も謝る事なんか、無い。お前は今のままで、在るがままで良い。瞳の色が変わった事だって、忘れたければ忘れてしまえよ、椙子。お前の心は嫋やかで、昔のままだろうが……。

もちろん、沢木にも解ってはいた。沢木の愛した少女はもう、この世界の何処にもいないのだと。

それでいながらもその少女は、かつてのままに、在りし日のままに慎ましく、匂やかに沢木の前に居もするのだと……。

椙子は、変わってしまったのだ。

永遠に、あの夏の日の少女はもう、戻らない。少女は森の虜になり、その名前すらも「エメラルドの瞳のクリスチナ」に、変わってしまったのだから……。それでも沢木にとっては榀子はやはり、榀子のままで在り続けているのだった。沢木の恋心は二十年間も眠らされていたために、目覚めた彼の恋の心は、まだ瑞々しくて明かやかで、一筋なままに保たれ、燃えていたのである。死よりも強い、憧れに……。

榀子は親しい友であり、優しい友であった沢木の心の奥に、一人の貧しい少女が住んでいた事を知った夜の事を、その夜の黎明に起きた事を、まるでつい昨日の事のように良く憶えていた。誠実な友であり続けていてくれた沢木が本当は、いつからとは解らなかったが自分を愛してくれていたのだと知った、あの朝。自分の心の中にも同じ様に、沢木に対する「誠」が在ったのだと悟らされた日の、未明の森の中で起こった事を決して忘れてはいなかったし、忘れられるような事でも無かったのだから……。けれども、森が……と、榀子は果無《はかな》む。けれども森が、わたしと沢木君を、わたしとあの人を、引き離してしまった。けれども森が、あの夏の終りに、わたしを永遠に変えてしまった。もう元には戻れない。もう誰ともわたしは共には行かれない。わたしは一人。あなたとも本当は、もう離れないといけない時が来ているの。わたしは一人よ、沢木君……。わたしは本当に、何も憶えてはいないけど。でもね。わたしは自分がどう変わってしまったのかは、解っている積りなの。わたしはあなたの思っているように、本物の魔女になれていたら、良かったわ。わたし自分で望んでいたような、小さな光か花の妖精になっていたなら、良かったのに。わたしは、あなたにも言えない「何か」に変わってしまったの。あなたに告げられないような種類の、「何か」によ……。ごめんなさいね、沢木君。わたしはあなたという人の、真っ直ぐで曇りの無い心と愛情を知っているのに、それでも口に出せないでいるのです。あなたは何が有っても、大きな心でわたしを受け入れてくれるかも知れない。だけど、わたしは怖いのよ。それでもわたしは、あなたにはっきりと告げるのが怖くて、悲しいの、さようならは言えるわ。お別れは、しなければ。でもわたしは、あなたの榀子として別れを告げたい。森の命と化した「力」としてでは無く。想い出花は、そのままに。あなたの真実の友のままで、そのままに……。

榀子は、閉ざされた森の原初の「力」に、森の娘になってしまった自分を嘆いて、そう思うのでは無かった。

榀子が悲しみ怖れているのは、沢木と自分の間に流れている、時間という名前の深い河であるのだ。この世界の住人である沢木と、森という異界の住人に化してしまった自分との間に存在している、「境界線」という名前の断崖の事であるのだった。

あの、夏の終りの日から二十年後に森に帰って来られた沢木は、今はまだ愛した娘への恋心に満たされていて、その幸福に酔っている。けれど……。

けれども彼は、そう遠くない間に知る事になるのだ。森の娘が沢木に、その事を告げる時が来たなら。

エメラルドの瞳のクリスチナは、「その時」のくるのが怖ろしくて、哀しいのだった。

自分のためにでは無い。

　又、元の一人ぽっちの日々に戻るのは寂しいが、それは耐えられる事だろう。今迄も、一人で過ごして来たのだから。けれども彼は森に長くはいられない。余りにも長くは、いられないのだ。沢木は人で、榀子は森の精霊だから……。沢木はその事を受け入れて去って行かれるのだろうか？　榀子を愛したあの日の少年は、森から消えて行けるのか。榀子は、沢木の強さが怖くて哀しかったのだ。だが、榀子は「その時」には、言わなくてはならなくなる……。

「わたしの大切なお友達さん。あなたは今の内に、外の世界に還った方が良いと思うの。わたし達、確かに親友以上なのでしょう。恋というよりは愛で結ばれていた、双児のようなわたし達でした。でもね、わたしのお友達。あなたとわたしは異ってしまったの。もう解ってくれているとは思うけど。本当は……。本当は、それ以上の事なのよ……」

　ねえ、渉さん。わたしとあなたは、結婚なんてしない方が良い。あなたは「約束を……」と、言ってくれるけど。あなたとわたしはこのままで、今のままで「さようなら」をもう一度、言った方が良いと思うのよ。理由を言うわね、渉さん。ああ。どうか泣かないで。どうか、怒らないで。わたしの話を聞いて欲しいの。わたしが変わったのは、瞳の色だけでは無いのよ。わたしが変わってしまったのは、この心以外の全てなの……。あなたの時間は流れていくわ。あなたはいつか、年老いていくけれど。わたしの時間は、止まってしまった。あなたは外の世界の「人間」で、わたしはこの森で「森の娘」に変わってしまった。もう、わたし達の道は二十年も前から、本当は別々になってしまっていたのですもの。「その事」をどうか、想い出して下さい。あなたは怒るでしょうけれど、わたしはこのままで良いの。このままが、良いの。解って下さい、渉さん……。

榀子と結ばれてしまったら、沢木は森の娘の伴侶として、生涯を「魔の森」の中で過ごさなければならなくなるのだ。潑溂としていて、威勢が良くて、車が好きで……。親友の金沢と野木を好きで。沖さんとわたしのあの人と一緒に、一度は東京の街に去っていった人。お兄さん達とお姉さんが好きで。甥子さんや姪子さん達が好きだったとも話してくれたあなたを、わたしは好きだから。だからね、渉さん。わたしはあなたを、この森の中に閉じ込めてしまう事になると解っている結婚は、出来ません。あなたは、わたしの大切な人だから。あの人と同じだけ、とても大切な人だから……。幸福な人生を送って欲しいのです。人間の、素敵な優しい女の人と一緒にね……。そう。「あの時」と同じ理由で、わたしはあなたに、わたしを忘れて欲しいの、渉さん。あなたの気持なら、良く知っています。自分の命よりもわたしを愛する、と言ってくれたあなた。「あの時」の、恐ろしい夜の未明に、あなたはわたしにそう言ってくれたわね……。ありがとう。嬉しくて、とても辛くて、哀しかったわ、渉さん。だって。あなたとわたしは、同じ道を共に行かれない。あなたとわたしは、同じ時間を進めない。同じ運命の船に乗る事は叶わないの。出来ないのよ、渉さん。どうかお願い。わたしの事は、忘れて下さい。わたしの事は、諦めて下さい。そして、還って行くと言って下さい。この森の外に。あなたの世界に還っていくと、わたしを愛するならば、誓って下さい……。

そのように告げられた時、沢木は怒り、悲嘆にくれて泣き……。望みを絶たれて荒れ狂い、激情に駆られて梠子に毒づき、去って行ってくれるのだろうか。

「それならば良い」と、梠子は願う。もしも沢木がそうしてくれるのならば、悲しいけれど、その方が良い、と……。怖ろしいのは、沢木が「それでも良い」と言い張る確率の方が高い事だった。沢木は一途で。直情的な青年だったし、今でもきっと、彼の性格は変わっていない、と梠子は感じていた。更に困った事に、会えなかった間に失った時間の分まで、沢木は梠子に夢中になっているのだったから……。梠子の言葉は、彼を深く傷付けはしても、彼を去らせる事は出来るのだろうか。梠子は、「その時」の来るのが怖かった。いっその事……と、梠子は考えて、祈る。いっその事、わたしは渉さんに「恋していません。わたしはあなたを愛していません。恋しい人が、他にいますから。恋した人が、他にいますから……」とでも、言ってしまえば良いのでしょうか。教えて下さい。わたしの、心の十字架の御像の神様。その言葉は、とても酷《むご》い嘘ですけれど。少しだけはまだ本当の、心の中を、そのままに。恋しい人のいるのは、嘘では無いけれど。でもわたしは沢木君の心と、心で結ばれていた時が在りましたし、今でもそうです。ああ。教えて下さい。わたしの……。

「椙子ォ。さっきから、何をぼんやりしているんだよ。何だかお前、この頃変だぞ。何か心配事でも有るのか？　それともどこか、具合いでも悪いんじゃないのかよ」

「まさか。わたしはどこも悪くはないのよ、お友達さん。ア……。沢木君。ただね、きれいだな、って思っていただけなの。あなたにも見えるでしょう？　ほら、月の光が……」

月の光が、何百本も、森の樹々の間から射してきていた。椙子と沢木は、森の中を流れている小川の水の煌《きら》めきを見詰めて、微笑みを交わす。小川の水は月の光を受けて銀色に輝き、夜の中を行く星船のように光って歌い、流れていっていたのだから……。

沢木は小川の輝きから、椙子の方に瞳を戻して言う。

「お前の髪も銀色に光っている。お前の瞳も、昔のように輝いている。きれいだよ、椙子。お前は夜も朝も昼も、森よりもきれいで、森よりも良い匂いがしている。俺の魔女っ子は、俺といて幸せだと思っていてくれるのかな。俺はお前のためなら、何でも出来るよ……」

椙子は優しく沢木を、暖かな干し草の褥《しとね》に誘って言った。

「ありがとう、沢木君。わたしは幸せよ。でもね。話の続きは、又、明日にしましょうよ。あなた、もうとても眠いのでしょう？　無理をしては駄目よ。わたしはいつもの見廻りに行ってくるけど……。あなたは先に寝《やす》んでいて頂戴。ね？　楡が傍にいてくれるわ。花達もあなたを包んでいてくれる。わたしはすぐに帰ってくるから。あなたの傍に、帰ってくるから」

「眠くなんかねえよ。榀子、俺も一緒に行く」

あなたの恋人は
あなたを何といって呼ぶの

これが
わたしの恋しい人
これが
わたしの慕う人、と。

美しい乙女よ
わたし達も一緒に探してあげましょう
あなたの恋しい人は
何をしている人なの

わたしの恋しい人は
群れを飼う人
ゆりの花の中で
群れを飼っている人

どうかわたしを刻み付けて下さい
あなたの腕に　印章として
わたしの心に　印章として……

花達と森と楡の歌う歌は、甘く優しく。その声は榀子の声に似ていて細く、澄んでいて美しかった。沢木は歌に抱かれて、甘やかで静かな眠りにつく。榀子は楡に、花達に、森に囁いて言うのだった。

「ありがとう、お友達さん達。あの人を寝《やす》ませてくれて、ありがとう。わたしは行くけど、すぐに帰って来られるでしょう。わたしの楡さん。沢木君を守っていて頂戴ね。彼の眠りを、守ってあげていて頂戴……」

榀子は、森の娘の務めを果たしに行くのでは無いのだった。森の中の事ならば、榀子にはすぐに、何かが起きれば伝わるのだから。だから榀子は、「見廻り」はするけれども、それは義務のためにでは無い。

榀子の巡回は森の樹々達と、影に棲む者達への挨拶のためであり、榀子自身の喜びと哀しみのためでもあったのだから……。

榀子は想う。その人を。

ああ。わたしの大好きな主任さん。わたしの大切な、命よりも大切だった、恋しい人。あなたは、約束を守ってくれたのですね。この森には帰って来られなくなる、と解っていたけど。わたしは、あなたをずっと待ち続けてもいたのです。とても、長かったわ。とても、寂しかったわ……。榆と楓と、森の樹々達が付いていてくれても。弓張月を見ているだけの二十年間は、思っていた以上に辛くて、哀しいものでした。でも、その事はもう良いのです。あなたは自分の代りに沢木君を、わたしの下に送ってくれたのですから……。恨んではいません。沢木君なら必ず、わたしを死ぬ程愛すると知っているのに、あなたはあの人を森に、わたしの所に帰してくれました。あなたにとっても、わたしにとっても、一番辛い決断で、あなたはわたしに報いようとして下さったのですね。でも、どうかもう心配しないでいて下さい。わたしは十分に報われましたから。あなたとわたしの払った犠牲によって、一つの家族が幸福になれました。喬さん。あなたの奥様と宏ちゃんは、守られて。この二十年をあなたは、愛をもって、夫として、父親としての責任を果たしてくれたのですね。あの日の約束の通りに。そして、可愛い娘さん迄授かったのだと、沢木君から聞きました。その娘さんの名前は、椎名……。シーナ。シーナ……。あなたは、わたしの名を娘さんに付ける程に、まだわたしを想ってくれていたのだと解って、わたしは泣きました。嬉しくて、恋しくて。でも、心の中だけで……。わたしはあなたを誇りに思っていますわ、喬さん。あなたは苦難の道を行ったけど、あなたの誠意と愛情は、本当に見事な実を結んでくれたのね。一方では、家族愛という名の揺るぎない、堅くて甘い赤い実を。そしてそのもう一方では、この森とわたしと訣別をするという、辛《から》くて苦い堅い実を。二つの果実はきっとあなたに、人生の豊かさの喜びと深さを、与えてくれた事でしょう……。あなたを想うと、わたしは満たされて。あなたを想うと、わたしは誇らしくて嬉しく、感謝をするのです。あなたが、わたしの恋した人だったという事に……。沢木君をあなたがわたしに贈ってくれた夜に、わたしは、あなたとの恋に墓標を立てました。そのお墓に飾るのは、十字架草の白い花と、忘れな草で編んだ花の飾りです。想い出車の花の輪は、わたしの心を慰め、救ってくれる事でしょう。ああ。それでも……。あなたが生涯の終りを迎える日には、優しい風になって、あの弓張月の白い光になって、わたしの下に訪ねて来て下さい。わたしは待っていますから。わたしは、待っていられますから……。あなたはきっと、知らないでしょうけど。わたしの時間は止まっているのです。わたしの年は、今でもあの日のままに十八で。多分、永遠に十八のままで。その事だけが、わたしには哀しい。

　沢木君とはだから、結ばれてはいけない、とわたしは決めました。沢木君もあなたのように、人生の奥深さと豊かさを、味わう権利が有るのですもの。この森での生は、あの人の喜びにはなれない事でしょう。祈っていて下さいね、わたしの恋しかった人。わたしの幸せでは無くて、沢木君の幸福を祈っていて下さい。そして、許して下さい、このわたしを。あなたの好意を無駄にしようとしている、このわたしを……。沢木君が怒って、わたしを嫌いになるように願っている、わたしの事を……。あの人が森に還って来てからもう、四ヶ月が行きました。あの人を、そんなに長くはこの森に留められません。春が来る前にわたしは、沢木君を東京に帰そうと思っているのです。彼が帰って行ったら何も訊かないで、黙って受け入れてあげて下さい。あなたと沖さんと、金沢さんと野木さんの皆で、一緒に。彼を何とか説得出来るように、どうかあなたの力も貸して……。わたしがあの人を説得するなんて、出来はしないと解っているけれど。それでもわたしはあの人を、此処から帰してあげたいの。わたしを忘れて生きられるように、あの人の心を酷《むご》く燃え立たせてでも、きっと……。あの人の事なら、わたしは良く知っているのですから。わたし達、双児のように良く似ていますから。何を言えば沢木君は怒るかだとか、わたしを嫌いになるかだとかを、わたしは知っていて、あの人に嘘を言うのです。「本当」は、言わない。「本当」は、言えない。本当は今でもわたしはあの人の心が好きで、あの人の誠実さを愛しているなんて……。あの人が帰ったならわたしは沢木君のために、真の友のための墓標を立てる事でしょう。そのお墓に眠るのは、真実の愛と友情ですから……。そのお墓に飾るのは、白水仙の花の輪と、あの人と走った並木道に咲くような、桜の花びら……。

ああ。回れ。回れ、糸車。回れ。回れ、想い出車と花の輪よ！　回り回って。巡り巡って、わたしの心も一緒に紡いで、空《から》にして欲しいの。何も考えないでいられるように、空っぽに……。空っぽに……。

いいえ。まだわたしには、あのエスメラルダとロザリアがいるのね。エスメラルダのためには、青いヴェロニカを。ロザリアのためには野バラの紅い、紅い花の輪を……。回れ。回れ、星車。回って。回って……。月車。

偲び人、想い人、慕い人達を、連れていってよ……。

森の小道から小道へとさ迷い歩く楓子の上に、季節外れの淡い桜の花が舞い、蒼い龍精の姿も、幻のように近付いて来ていた。

あなた達なのね、と楓子は思った。そして言った。

「わたしは力になれないのよ。ごめんなさいね、桜さん。ごめんなさいね、蒼の龍。安らかに眠っていたいと望んでいるあの子を、起こしたく無いの。愛する人達の住んでいる都会には、わたしは行きたくても行けないのよ。森が、わたしを離さないから。森とわたしは一つだから。わたしは何処にも行かれない」

桜吹雪の中には桜の精と、美しく蒼い龍の精がいて、榀子の姿を包んで虚空に連れて行こうとしていた。森の樹々達は榀子を守ろうとして一斉に、警告のための風と嵐を呼び寄せる。

「止めて頂戴、皆……。大丈夫よ。わたしは何処にも行かないし、桜と龍は、敵では無いの。彼等は味方で、仲間だわ。桜は森に、龍は水にいるのを忘れたの？　彼等はわたしに助けて欲しいだけなのよ……」

ああ！　出来る事なら、わたしはあなた達を助けたいのだけど。わたしの愛する人達を、助けたいけど。駄目なのよ。駄目なのよ……。出来ないの……。

「美しい方《かた》のクリスチナ……」

遠く遥かに、声が聴こえた。美しい方《かた》のクリスチナ？　それは誰の事なの。それは、誰を呼んでいる言葉なの？　わたしでは無いわね。わたしを「クリスチナ」と呼ぶのは沢木君と、わたしのあの人と、エスメラルダとロザリアだけの筈だから。わたしは「美しい方《かた》のクリスチナ」では無いもの。「エメラルドの瞳のクリスチナ」、森番の娘のクリスチナなのよ。それでもこの遠い声は何故なのか、わたしを呼んでいるように、わたしには聴こえる。変だわね……。

桜の精と蒼い龍は、その「声」に惹かれるようにして、静かに空へ、虚空の中へと消えて行ってしまった。消えて、いってしまった。椙子は憂いの中へと沈んで、戻る。椙子の、十字架の御像の神様の言われていた「モノ」はまだ、知世の友人達の近くにいるのだ、と解りはしても。その人達の近くには、あのエスメラルダかロザリアがいて……。その人達の近くか遠くには、恋しい堀内と沖達もいる、と解ってはいたとしても。森の娘である椙子には、何も出来ないからだった。椙子に出来るのは、祈る事だけであった。椙子の神様に。エスメラルダとロザリアの、愛する人達全ての、無事を願って……。

「今夜は遅かったのだね、森の娘のクリスチナ……」

「いつもの通りだわよ、楓さん。変ね。誰かがいるの？」

「君を待っていたけれど、もう帰したよ。いつもの通りだ。何も問題は無い。此処にはね」

「わたしにも無いわよ、楓さん。問題なんて、何も無い。あなたの小さな末っ子さんが、夜の森に来たがったりしなければ、の話なのだけど……」

「君だって、昔はよく夜の森に来ていたものだろう？　それにこの山はまだ、森の中とは言えない所だよ。この森の門で、わたしは門番の年老いた楓だ。モーロクした爺さんは、天使に会いたがっている少年に甘いだけだと思って、忘れておくれ」

「モーロクだなんて。又、難しい言葉を覚えたのね、楓さん。あなたの末っ子はあなたに、一体何の話をしているのかしら？　あの子は夏樹というのでしょう」

「水森夏樹。わたしをお爺ちゃんと呼んでくれたり、時々はお父さんだとか、心の友だとかと呼んでくれるよ。君と同じで、森と川が好きな男の子だ」

「解っているわ、楓さん。でも……。気を付けていてあげて。あの子は国道の向こう側から、通って来るのでしょう。夜になれば、この森でなくても危険が多いものなのよ」

「気を付けて遣っているとも。だけどあの子は、淋しいのさ」

昔の君のように。昔の一人ぽっちだった頃の、君みたいに。

昔のわたしのように。昔の一人切りだった、わたしみたいに。

榀子は楓を抱き締めて、囁くのだった。

「大丈夫よ、楓さん。あなたの夏樹ちゃんにもいつかは、幸せがきてくれる事でしょう。今でもあの子には、物知りで訳知りの、あなたというお友達さんが居てくれるのだから。あの子は今でもきっと、幸せよ……」

「ありがとう。緑の瞳の森の娘よ。けれども君は、余り幸福そうには見えないね。何か有ったのなら、言ってごらんよ。楡と同じで、わたしは君の古い友達だ」

「嬉しいわ、楓さん。古いお友達に会えるのは、いつでも幸せな事だから……。あなたは沢木君の事も、大好きだったわよね？」

「大好きだ。あの青年は、君に良く似合っているからね」

わたしは、その沢木君に嫌われたいの。その沢木君を、何とかしてこの森から外の世界に、帰したいのよ、楓さん。あの人が帰ってしまっても、わたしは泣かない。あの人の幸福な生を願って、祝い花を飾った花輪を着けて、歌う事にするわ。祝い花はやはり、白い水仙で。送り歌はわたし達の、あの愛歌よ……。

どうかわたしを刻み付けて下さい
あなたの腕に　印章として
わたしの心に　印章として……

どうかわたしを刻み付けて下さい
あなたの腕に　印章として
わたしの心に　印章として……

沢木君。わたしへの愛の墓標に、わたしを刻んで。それから、忘れて下さい。この森の事も、わたしの事も。全てを忘れて。この愛歌の事さえも……。
そうよ、忘れて。何もかも。春になる前に。冬の間に。今すぐに。偲び歌、想い歌、慕い歌よ、歌ってよ。愛する人達に、幸せが来るように。何が起きても、守られるように……。

チルチルの、古くて狭い小部屋の中でも、歌が聴こえる。偲び歌、思い歌、慕い歌よ、歌ってよ。歌って。歌って。偲び花、思い花、慕い花を咲かせてよ。咲かせてよ……。

さくら　さくら
弥生の空は　見渡す限り
かすみか雲か　匂いぞいずる
いざや　いざや
見にゆかん……

こんなにも切なく呼んでいるのに。さくら歌、さくら恋歌を皆、忘れてしまったの？こんなにも急いで呼んでいるのに。日毎夜毎の、さくら歌。日次ぎ夜次ぎの恋歌は、もう、誰の心にも届かないと言うの？　あたしのナルドとワイドにも？　ジョルダンとスミルノにも。あたしのアンナとユキシロにも。フランセのソウルにも。あの馬鹿ったれだったチャド達にも？　あたしのソニーノと、ランドリー・パトロのお馬鹿にも。ノバとミフユは、どうなってしまったの。ぶどう畑に囲まれていたあの村の、フジシロとローラと、トルーとムーライ達はまだヤポンに、東京シティに着いていないのかしら。ドギーとキャットはどうしたの？　あの子達が、あたしとロバの皮を忘れたりする筈は、絶対に無いと解っているのに……。

ああ。パール・ヴェロニカ。あたしのロバの皮。あんたと仲良しだったミナとも、もうあたしは長い間会ってもいないのよ。アリはあたしを忘れてしまっていて、姉さん気取りで威張ってみたりしているわ。あたしがムーンだっていう事を思い出させたら、カトリーヌはきっと、腰が抜けてしまうのに、決まっているけど。あたしは、そんな事迄したく無いし、しないと誓って、このヤポンに来たのよ。忘れ果ててしまった人達はもう、あたしの神様と、あたしの物じゃ無い。その人達は、「時の神」を忘れて。天の国に還っていくのだからね。あんたの大好きな、あの十字架の神様と、そのお父様がいるという、御国《みくに》に還る。あたしは誰にも強制なんてしなかったし、したくも無かったのだけど。ねえ、ロバの皮。あたしのお星様。あんたの神様は、あんたに良くしてくれているの？　それともあんたの事は、もう忘れてしまったの？　あんたとも、もう長い間、あたしは会っていないわね。あんたは、あたしを憶えているでしょう？　あんただけは、あたしを、憶えていてくれるでしょう。お月様とお星様のあたしとあんた。ラプンツェルとロバの皮の、あたしとあんた……。それなのに。それなのに。どうして？　あんた迄があたしの歌に、あたしの呼ぶ声と夢に、応えてくれなくなってしまったのかしら。あたしの声を、忘れたの。あたしの歌うさくら恋歌と、あの月の光と海の事も、ヤポンの東京で宮城の下に集う約束も、皆、皆、忘れ果ててしまったとでもいうのかしらね。いいえ。いいえ！　そんな筈は無い。例え、誰もが忘れてしまったのだとしても。あたしのロバの皮。あんたの神様の、パール・ヴェロニカ。白くて青い花のあんたが、デイジーの、ひな菊のあたしを忘れる事は無い筈よ……。

あたしはムーン。神官の娘。あんたの妹のムーン・ブラウニ・デイジーよ。あんたが大好きだった、髪の長いラプンツェル。ラプンツェルの事さえ、忘れてしまったの？　恋しいあたしのシステレは、さくら歌を聴いていてくれるのかしら。

「時の神」よ。あたしの神よ。さくらの一族全ての者の、父なる神よ。父よ！　あなたもあたしを忘れたの？　あたしの叫びは、あなたに届かない。あなたの「声」ももう、あたしには届いていないけど。神ならば、聴こえているのでしょう？　父よ。あたしの嘆きに応えてよ。あたしの呻きに、答えてよ……。ねえ、「ハル」。あたしは忠実な娘だったわ。あなたの忠実な神女《しんめ》だったでしょう？　その事を今、思い起こしてよ。そして、船を寄こして。ヤポンの東京シティに、あなたの民達のために船を寄こして……。これ以上は、待てないわ。これ以上はもう、無理だわよ。無理だわよ……。あたしはチルチル。あなたとの約束の通りに、井沢家に入って。井沢を名乗る娘になったわ。約束は、守った。今度はあなたの番だわよ、「ハル」！

チルチルの叫びに応えてくれる「声」は無く。チルチルの涙に、答えてきてくれる歌も無い。チルチルは、長《おさ》の誇りと務めを想い、それでも歌う。恋歌を。

　さくら　さくら
　弥生の空は　見渡す限り……

ああ、桜！　偲び花、思い花、慕い花よ、目覚めてよ。目覚めて、聴いて、思い起こしてよ。あたしはムーン。あなた達の神の娘の、ムーン。あたしはブラウニ・デイジー。あなた達の手と手を、神と繋いで輪にする花のデイジーの、名前と香りを持っている、さくらの民の長なのよ……。

ああ！　さくら。桜。桜。歌ってよ。あんたの花の下であたし達は「会える」と、月が告げていたのよ。月があたしにそう言っていたのを、あたしは憶えている。桜の花の下には、ロバの皮とパトロ達がいて。その近くに、懐かしい皆の顔が集まっていた事も……。あたしは憶えているのに、誰もが忘れてしまったの？　それでは集まる意味が無い。それでは集まっても、誰にもその意味さえも、解らないじゃないの。バラバラに散ってしまったけどあたし達、船を待つためにヤポンに向かったの。あたし達、故郷に帰るために、東京シティに集うと誓ったの……。忘れたの？　忘れてしまったの、皆。忘れ果てているのなら、お互いにお互いの顔も解らない。忘れてしまったのならあたし達、目的を持たない漂泊者のようだわ。巡り会っても、もう帰れない。風来の、星屑のような存在でしか無くなって。スターダストになって、消えていくだけになる。只、消えるのよ。故郷の都と神が待っているというのに……。

ああ！　応えてよ、応えてよ。システレ。ロバの皮。せめてあんただけは、あたしを忘れないでいて。せめてあんただけは、さくらを憶えていて欲しい……。

偲び人、思い人、慕い人よ、見付けてよ。あたしは生きて、此処にいる。あたしは、泣いて、此処にいる。あたしはムーン。誰からも忘れ去られた神の娘ムーン……。

チルチルの孤独と嘆きは、さくら歌に消えて咽《むせ》ていた。

フランシスコ元神父であり、フジシロであったホームレスの男はその夜も、綿木公園の桜の樹の下にいた。彼と、四人の歌謡い達の誰彼の上にも寒風が吹いていく。情け容赦も無く、冷たく、酷《むご》く、乾いた風が……。

パトロであった小林平和は、その日はまだ来ていなかった。

カボチャ頭とトウモロコシ頭の青少年達の内のアキとリョウも、自分達の塒《ねぐら》へと、秘《ひ》っそりと様子を見に行ってしまったようだった。彼等はアパートの家賃を滞納していて、アルバイトの口にも今回の年末年始には、有り付けなかったようなのだ。生存競争はそんな所でも厳しいようで、フランシスコは歌謡い達をさすがに「憐れだ」と感じ、同情をしていた。けれどその一方で、フランシスコは、思ってもいたのだ。

十九や二十歳に成るか成らない内に、自分の本当に好きな事を、遣りたい事を見付けられた者達は、幸いだ、と……。彼等はタラント（神からの贈り物である能力）に恵まれているか、「憧れ」に恵まれているかの、どちらかなのだから……。憧れる力も又、神からの贈り物である事を、フランシスコは痛い程に知っている。

フランシスコの憧れは、過ぎた日に彼に話し掛けられ、今も彼と「共にいてくれる」と言われる美しい方《かた》と、その人の住まわれている「御国《みくに》」に、在った。フランシスコの小さなソウルに住まわれてもいる方の、広大で無辺の、あの天の国に、始まりの地である楽園に在ったのだ。フランシスコは、憧憬する。

されこうべの丘の上の十字架に、今でも上られている方の、深い憐れみと愛と、熱情に……。熱情。パッション。身を焼き尽くさないでは、おかない愛。自らの身体を、愛で燃やして行き暮れている船人達と神の子供達のための、永遠に燃えていてくれる松明に、暗闇で灯されている道標にと、なってくれた方の国……。その国は天上に在りながら、地上にも在った。その国は天界に在りながら、フランシスコの身体の中にも存在していてくれるのだ。「道」によって彼は、憧れの方の御国と繋がれているから……。

「道」によって神は、天上からフランシスコの小さな魂の中にやって来て住めるから……。

「道」と「道標」は同じ一つの名で、ナザレのイエスと呼ばれ、慕われて止まない。救い主であり、贖い主である方は又、神の子供である小鳥達の父であり、母であり、長兄であり、真の友でもあって、命の灯し火になってくれる方……。

「美しい方《かた》よ、天を往く鷲よ。憐れみの君よ。平和と光と、喜びと感謝を、わたし達に今日もお恵み下さい。あなたの御言葉の内に留まって、生きられる強さと勇気を今日も、わたし達に下さい。同胞《はらから》を愛し、愛される事にも臆さないで生きる勇気と愛を、わたし達に下さい。例えばわたしのマテオ（ランドリーとも呼ばれていた小林）や、四人の歌謡い達から差し出される小さな善意をも、あなたからの好意だと喜び、慎ましく受け取る事がいつも、出来ますように」

小林平和が食事を持って来る前に、余りの寒さに堪り兼ねた家出少年のジョージとジュンは、ショッピングモール迄出掛けていって、追い払われる危険に怯えながらも歌い、小銭を稼いで帰って来た。アキとリョウは、綿木駅の駅前広場が「稼ぎ場」なのだが……。そちらの方には警官が随時、巡回に遣って来るのだ。二人と二人はだから、いつもどこか肩身を狭くしていて、常にどこかしら怯えた様子で居るのだったが……。

今夜ジョージとジュンは稼いだ小銭で、何とホッカイロを一箱買い、ついでに古着迄も拾い集めて、戻って来たのだった。古着とはいっても新品同様で、ショッピングモールからの帰り道の何処かのアパートの横に、幾つもの袋に詰められ、捨てられていた物であったらしいのだが。二人はそれ等の袋の中から、自分達の好みの服を（という事は、それ等の服はかなりイッている服だという事になるのだが……。ロックボーイ達の気に入る服なんて、相場は決まっているものだ）何枚も、ちゃっかりと頂いて来てしまったのである。

「要らないから捨てたんだもん。遠慮も要らないよね」

とジョージが言うと、ジュンも言っていた。

「んだよねえ……。だけど俺、何だかこいつが気に喰わない。だってさあ。住んでいたトコも新品同様だったし、この服なんかまだタグが付いているままだよ。着る気が無いのなら、買わなきゃ良いと思わない？」

「良いじゃんかよ、そんなのどうでもさ。お陰で俺達は、まだおニューの服を手に入れられたんだもん。衝動買いだか依存症だか何だか知らないけどさ。こいつ、割かし良い線行ってるもんね。お前、そう思わなかった？　ラッキーってさ……」

「まあね。そう言われてみれば、そんな気もしてきたかもな。もしかして売れないモデルか、金持ちのドラ何とかかも知れないし」

「金持ちの息子が住むような町じゃ無いっしょ、ココは。ココはさあ。俺達みたいな金欠病患者と、でっかい声では言えないけどさ、爺っちゃん達みたいなホームレスにピッタシの町なの。喰えないモデルや、役者は居るかも知んないけどね」

「……声、でかいよ、ジョージ。お前の声は元々でかいんだもん。気を付けないとさ。爺っちゃんが聞いていたりしたらどうするのさ。又睨まれたりするの、俺、ヤだよ」

「爺っちゃんのは只の癖か、ヤブニラミだとでも思えば？　そういえばこの服、爺っちゃんにも着れるかな？　割かし地味めで渋そうじゃん。どうかな？　ジュン」

ジョージが広げて見ていたのは、見方によっては黒の司祭服にでも見えそうな、かっちりとした服だった。

フランシスコは、思わず唇の端が緩みそうになる。すぐ近くに当の「爺っちゃん」が居るとも知らないで、「ヤブニラミ」だとは。何と口が悪くて頭が軽く、心も軽々としているのだろうか、と。ホームレスを殴る者達もいる御時世に、彼等は健全だ。

駅前で歌っていて、ガード下やマクドナルドで夜明かしをする事も多い、アキとリョウがやって来たのは、そんな時だった。アキはアルバイトの事でまだリョウに腹を立てていて、リョウの方ではそれに、うんざりしているようだ。

「仕方が無いだろ。もっと楽に稼げる、とか何とか言われたんだからさ。その気になったのは、お前も同じじゃない」

「先に騙されて、先にその気になったのは、どっちだよ」

「謝ったのに、その言い方は無いだろう、アキ。あんまし執っこいと、嫌われちゃうよ」

「嫌われる、って……。誰になのさ。お前にか、女にか？　俺を怒らせるなよな、リョウ。この寒空に空っ穴で、春迄には二人共凍死か餓え死にか、っていう時に何々だよ。曲が浮かんでくる前に、飯が浮かんでくるんだからな。俺は、餓死だけはしたく無いんだよ」

「そんなの、オーゲサだってば、アキ。解ったよ。俺が悪かったから、もう許してよ。今度の春休みには俺もバイトをして、この借りはきっと返すからさ……」

「解れば良いんだよ、解れば。ウー。クソ寒いな。拾ったダンボールと座布団だけじゃあ、風邪引きそうだ」

「それなら又、アパート帰る？　夜中にこっそりとさ」

「そうした方が良いよ。帰れるんならね。俺達なんてもう何日もアパート、帰っていないもん。ジュンのトコはさ、アキの所よりも、もっと煩《うるさ》く言ってくるんだよ」

「金、金、金って言われていると、頭、変になるものね。んじゃさ。アキ達帰るのなら、その座布団とダンボール、俺達に置いていってくれない？　代りにホッカイロ、二個ずつあげるからさ。結構あったかいよ、これ」

「そんな物を持っているのなら、早くくれよ。バカ」

「バカはないだろ。アキのバカ。布団、くれるのくれないの」

「布団はやるけど、後でだよ。カイロを先に寄こせ」

「そうだよ。カイロを先に渡してよ。ジョージとジュンのバカ」

「バカって言うんなら、遣らないもん。なあ、ジュン」

「そうだよ。俺達はバカだけど。同じバカのアキとリョウには、バカって言われたく無いんだもんね……」


「内輪揉めなんかしていると、飯は抜きにするぞ」

「楓」の主である小林が、食料を入れた袋を両手に提げて、桜の下に遣って来たのは丁度そんな時だった。

小林は、食事処の主というよりは、正体不明の勤め人か遊び人か、旅芸人か何かのように振る舞っている方が、気が楽なようなのだ。少しの隙も無い身の熟《こな》し方と、黒くて力のある瞳を持っているというのに。小林は、ポーカーフェイスの得意な、惚《とぼ》けた男に成ってしまっていたのだった。惚け方が上手くて。本心を言わない癖に、情には脆くて、嘘が下手……。

フランシスコの瞳に映る小林は、見えない鎧を着ていて、どこかが引き裂かれてでもいるかのようで、時には痛ましくさえ見えるのだった。小林は、柔らかくて一途な心を持て余し、どこかの暗い小部屋に隠して、そこに鍵を掛け……。その鍵の在り処と存在を忘れて生きている様に、フランシスコには映った。

もちろん四人の歌謡い達と、当の小林自身は呑気に構えている。自分自身のソウルと心に就いては無頓着で、まだ何も知らず、知ろうともしていないからなのだろう。

小林は年齢不詳の、だが大分年老いたホームレスのフジの手が、桜の樹の陰からニュッと突き出されているのを、認めていた。フジの指の先が「食事は、二人分くれ……」と言っている事も……。小林は、溜め息を吐きたくなってしまう。

やれやれ。病気のホームレスが居なくなったと思っていたら、今度は新入りか、「流れ」のホームレスでも拾ってしまったらしいな、フジさんは……。無愛想で口数も少なくて、警戒心が強い癖に。変な所で人に感《かま》けているらしい。厄病神でも憑いているのか、人徳なのか。どちらにしてもこれで又、わたしの仕事が増える事には、なってしまったらしいのだが……。この寒空に、この風だ。せめて元気に、春を迎えて欲しいものだがな。だがそこ迄は、わたしも面倒は見られない。お星様、お月様。神様、仏様。又死人が出るのを見るのだけは、勘弁して下さい。ホームレスでも何でも、死んだらお終いだ……。

小林は、昨年の暮れに天に召されていったホームレスの事を思い出して、願ったのだった。何処の誰とも判らない男から通報されなければ、発見もして貰えなかったという病死したホームレスのようには、フジさん達をしないで下さい、と……。お星様に向かって。お月様に向かって。忘れてしまった「誰か」に向かって小林は祈り……。

その祈りも忘れて、ジョージ達に言った。

「其処に置いてある袋は何だ？　稼ぎが良かったのなら、喰い物ぐらいは自分で賄えよ。私はお前達の兄貴でも、父親でも無いのだからな」

「そんなあ……。平さん。冷たい事は言いっこ無しにしてくんない？　稼げたのは、ホッカイロ代だけだよ。服は拾ったの。それがさ、結構良いヤツだったんだけど。平さんも要る？　要るなら、あげるよ。何枚もあるからね」

「要るものか、そんな物。嫌。やっぱり要るな。フジさん達のために二人分、なるべく暖かくて軽そうなのを見繕って遣ってくれ。それから、そのダンボールと……」

「座布団もかよ、平さん。二人分も？　ウー。解ったよ」

「ホッカイロだってあげる積りでいたんだけどさ。あの爺っちゃん、俺達の事睨むの、平さんだって知っているでしょう？　何か言ってもさ。要らねえ、とか言われそうで、おっかなかっただけだもん」

「服が有るのなら、俺達にもくれよな、ジョージ」

「アキ達はアパートに帰れば、服、一杯持ってるじゃん。だから駄目だよ。アキ達の分も、爺っちゃんにあげるの。駄目？　ホッカイロは俺達からの差し入れだけど。服は、アキとリョウからの差し入れって事にしてくれないかな。駄目？」

「……駄目だなんて、誰も言ってやしないじゃないか。執こいね、お前も。解ったからもう良いよ。俺達の分は、爺っちゃんにあげてやってよ。ダンボールと座布団とホッカイ口も俺達の分は良い事にしてやるよ、持ってけドロボー。じゃなくて、爺っちゃんか。こうなりゃヤケだ」

「俺も、ヤケ……。ジュン。お前達はタフだけど、爺っちゃん達はもう年なんだからね。この間のホームレスの人みたいにコロッと逝っちゃったら、可哀想なんだもん」

「縁起でも無い事を言うものじゃないぞ、リョウ。そんなに簡単にコロッと逝かれるものなら人間、苦労はしないで済むのだからな。フジさん達がなるべく長生き出来るように、服でもホッカイロでも何でも良いから、持っている物は全部あげてしまえ」

「無茶苦茶言わないでよ、平さん。ホッカイロの残りは、まだ皆で分けて、使う積りでいるんだかんね」

「……ホッカイロ位なら、又、この次に私が持って来て遣っても良いが。服は、期待するなよ。お前達の方が要らないと言うのに、決まっているから。フジさんにも、きっと無理だろうと思う。私の服では目立って、危険過ぎるからな……」

「危険？　変だよそんなの。大き過ぎるの間違いじゃないのかよ。平さん、言葉を知らないね」

「……ああ。そうだった。お前の言う通りだよ、アキ」

間違いなんかじゃ無いんだよ、坊主。わたしのランドリーは何故なのか、人相の悪い男達に気に入られているみたいだからね。そして。そいつ等に時々、追い掛けられたりしているみたいなのだよ。ランドリーの服は、上等な物ばかりだけれど。そいつ等の頭の中には、しっかりと叩き込まれているみたいだからな。わたしや、今朝方この公園に流れ着いた若いのが着て歩くのはやはり、「危険」な事なのだろうよ。ランドリーなら軽々と逃げ切れる奴等からでも、わたし達の足では到底、逃げられはしないだろうから。もしもわたしの方が彼等に捕まりでもしたら、大変な事になるかも知れないのでね。何しろわたしは、ランドリーの店の名前と場所を知っているから。

フランシスコは、彼のランドリー・マテオ恋しさに、九月の夜にバス通りをさ迷い歩いていて、偶然小林の店である「楓」を見付けていたのである。その時、フランシスコはバス通り沿いに建つコンビニの裏口近くにいて、「楓」の裏口から出て来た小林の後ろ姿を見掛けて喜び、店の周囲を歩いてみたのだ。小林は「食い物屋の親爺だ」とは、ジョージ達に言っていたらしかったが、その店の名前迄は、誰にも明かそうとしていなかったのである。「楓」はやはり、彼のランドリー・マテオの店である事を、フランシスコは確認出来た。九月と十月の夕べに。夜に。朝まだきの間に……。

フランシスコは小林が、人相の悪い男達を避けるようにして生活している事を知り、その一方では小林の周りに、さくらの一族ではないかと思われる者達が多く生活をしている事も、知ったのだった。

例えば、チョート。例えばその妻の、メアリという女性。彼等は、ユキシロ・ブラム家に奉公をしていたコックと、元踊り子のメイドではなかったのだろうか。例えばランドリーの両親だったと思われた、離れた街の二人連れ。あの二人の名前は、何といったのだろうか、とフランシスコは考えたが、良く思い出せなかったのだった。彼等の名前は、ジョルダン・ジョセとスミルノ・ローザであったという事を、確かには……。又、例えばいつか、綿木町からは少し離れた所で見掛けたユキシロと、妻アンナの傍には、イザクが居たようにも思われたものだし。チャド・エドガーとヘンリーの二人もその後、高級車の中にいるのを見たようにも思ったのだが……。それは、確かな事では無かった。何しろフランシスコ達は、山里の中で暮らしていたし、ランドリーの周囲にいる者達の多くは、都に住んでいたさくら人達だったのだから。

ともあれ、フランシスコは信じたのだ。今は確信が持てなくても、待ってさえいれば……と。待ってさえいればいつかはきっと、全ての者達がランドリーのように、この桜の樹の下に引き寄せられて来る筈だ、と。「あの方《かた》」に導かれて。「あの方」に、連れられて……。だが今はとにかく、そのヤクザのような男達は、乱暴者みたいな奴等でね。どんな汚い手を使うのか、どんな拷問の遣り方を知っているのか位は、大方想像が付くというものだ。わたしの口を割らせるのは、それでも大変だろうけど。わたしだって、生身の人間だ。何かの拍子につい口を滑らすという事だって、無いとは言えない。それだから……。

ランドリーの店であり、塒《ねぐら》でもある「楓」と、「楡」とかいうバーを知っているわたしは、ランドリーの服等、着られる筈が無いのだよ……。

小林は、ジョージ達四人のカボチャ頭達から「召し上げた」、衣服とホッカイロ、ダンボール箱と座布団等をフランシスコに渡すと、闇と風に追われるようにして、ショッピングモールへの裏道の方に消えて行ってしまったのだった。もっとも彼は消える前に、ジョージを公園の前辺りのコンビニに伴っていき、ジョージに追加のホッカイロと、ホカホカの中華饅頭迄も持たせて、帰して寄こしたのではあったのだけれども……。その中華饅頭も、ジョージ達は律義に、けれども恐る恐るといった感じで、フランシスコと流れ者である若いホームレスに、差し入れてくれたものである……。年若い四人の歌謡い達の善意(好意では無い事は、フランシスコにでも良く解る)を、元神父は黙って受け取った。彼等の小さな善意が、例え「怖れ」から来たものだとしても。どうしてそれを、無下に断ったりして良いものだろうか？　フランシスコはそれが、神からの贈り物である事を知っていたし、愛に臆病そうな小林と歌謡い達にも、神と人の愛に就いて、深く知っても欲しかったのだ。愛は、差し出す者と受け取る者の間において、より美しく、暖かな色合いの布に織られてゆくのだから……。

フランシスコは、馴れない環境にも関わらず、淡々と彼の下に身を寄せて来て、ジョージ達からは隠れるようにしている、新参のホームレスの方を見た。年はまだ若く、三十歳にも成っていないだろうに。流れのホームレスになる迄には、その男の人生に何が有ったのであろうか、と……。年若い男は疲れ果てているのか、空腹が満たされて安心したのか、もはやぐっすりと眠り込んでしまっていたのである。彼の傍らで……。

　フランシスコは、ジョージとジュンが居る方を見遣った。そして、思った。「確かに、」と……。確かに、あの四人の歌謡い達も、さくらの一族の出の者なのだ。只、今の自分にはその事を、確かめる術も記憶も無い事が残念だ、と。朧気《おぼろげ》な、不確かな記憶ならば、フランシスコの中に今、蘇って来てはいる。歌謡い達の内の少なくとも三人は、メカ族の中の家系か、織部族の中の家系の血の者達の、裔《すえ》の者では無いのか、と。後の一人に就いては解らなかったが。それでもやはりフランシスコには、リョウと呼ばれているその若者にしても、さくらの一族ではないのかという、確信のようなものを、持ったのだった。フランシスコは思う。心の底から、残念だ、と……。

　こんな時にトルーであった山崎真一と、ムーライであった美月の二人が、共に居てくれたならば。ぶどう畑に囲まれていた、あの山里の村長の家柄だった二人なら、彼よりももっと広く、もっと深い面識と知識を、さくら人達に就いて持ち、保っていたのに違い無いから、と。その二人の道連れは、今はもういない……。

　ランドリー自身と四人の歌謡い達の記憶は失われてしまい、今となってはお互いにお互いをそうと認める術《すべ》は、無くなってしまっている様だった。だが。ランドリーの妹のミナは、どうだろうか。今はまだその姿も見せないミナは、利発で怜悧な娘であったのだ。フランシスコはミナと別れた日を思って、涙ぐみそうになった。ランドリーの妹だったミナは、正義感に溢れていて明るく、涙脆い美しい女性になっているだろう。ミナは言っていた。

「この子達をお願いしますわ、フジシロ様。お身体の具合いが良くないのは承知の上で、お願いしていますの。トルーとムーライ様は、トルキスとサリマ様の看護で手一杯ですし。フジシロ様とローラ様のいらっしゃるこの山里は、美しいのですが寂しいですわよね。この子達はきっと、お二人の良い慰め手となってくれる事でしょう。ワイドとナルド達にはもう、この子達の面倒を見る事が、出来なくなってしまいましたから……」

医師のワイドとナルド、歴史学者だったベルルとビアンカのワンド家の皆は、今は一体何処にいるというのだろうか。チャドとランドリーとミナだけを残して、黒い大きな犬のドギーと猫のキャットを預けて、都に住むさくら人達は移住をしてしまった。船に乗ったとも、乗らなかったとも、多くの者達は、聞いてさえもいなかった。ミナから届けられた最後の手紙には、走り書きでもしたような文字で只ひと言、「ルシタニア」と記されていただけだったのだから。それだけでは、解らない。それだけでは何も解らないのに、さくらの一族の半数が消えてしまったのである。トルーとムーライも、フジシロとローラも気を落とし、後を追って旅立つ積りでいたのだったが。弱り果てていたトルキスとサリマは、天の国へと還っていってしまったのだ。もう、遠い遠い昔の話ではあるが。それでもミナは、兄のランドリーとチャドの名前位は、憶えていてくれるのではないだろうか。それともミナも、もう皆忘れてしまったのだろうか。フランシスコは、夢に見る者を懐かしむ。

パイロットだったノバとミフユを。ふっくりとしていて愛らしかったユイハとサトリを。黒くて大きな犬のドギー・リスタと、黒猫のキャット・シトルスを。そして。何よりも、誰よりも、失われてしまったパールと、女神官として生まれ、彼等の一族の長《おさ》とされ、離散した民全てはこの東京シティに集うようにと伝え、命じた「時の神」の娘であったノエル・ムーン・ブラウニを……。

さくら　さくら
弥生の空は　見渡す限り
かすみか雲か　匂いぞいずる
いざや　いざや　見にゆかん……

フランシスコの胸の中で歌が呼んでいた。フランシスコの夢の中で迄も、歌は呼んでいる。愛し気に。悲し気に。切な気に、その「声」は歌い続けていて。さくら歌の中には、涙のような嘆きがあった。

あたしの声を忘れたの？　あたしの歌を、忘れたの。さくら恋歌、さくら歌。さくらの民よ、応えてよ。答えてよ、皆。あたしは此処にいる。あたしは、ムーン。ノエルの祭りの夜に生まれた、あなた方の神の娘のムーンスターよ。聴こえている者は、応えなさい……。誰も居ないの？　もう誰もいないの？　あたしのロバの皮。教えて、スター。あんたはこの歌を聴いているでしょう？　答えてよ「時の神」の民。あなた方は、失われてしまった筈が無い。あたし達、まだ桜の樹の下に集まってはいないわ。あたし達まだ、あの桜の下で揃っていない……。

ノエル・ムーンが言っているらしい、桜の樹とは、予言の木である筈なのだが……。「あの桜の下」とは、どの桜の事なのだろうか。自分達が今居る綿木公園の、この桜の樹の下の事に間違い無いのか？　ああ。女神官の、光り輝くようだったムーン。ムーン。ムーンスター。君の姉のパール・エスメラルダはもう、天の御国へと還っていってしまったのだよ。君も、儚くなったのではないだろうかね。それともまだ君は天には行かず、この世界と天界を結ぶ橋か海の何処かでか、さくらの歌を歌って。恋しい民人達を、集めようとでも、しているのかね？　君が歌っている歌は、わたしを泣かせる。君が恋して呼んでいる声は、わたしを泣かせる。そんなにも君が君の民達を想い、焦がれていると言うのならば……。フランシスコは、チルチルに呼び掛けるようにして呟く。

神の掟には背く事だけれども。神の愛には背く事だけれども。還っておいで。帰っておいで。君が生きているのならばもう着いている筈だから。君は逝ってしまったと思っていたけれど、帰って来ると良い……。わたし達が集おうとしている、この桜の樹の下に。風になって。雨になって。あの、空を行く月の光の中の、虹になって。あの空の月の中の、海を渡って……。

フランシスコの願いに、翡桜の、パールの願いも重なってゆく。翡桜の養親の水穂家のワイド・広美と、その妻であるナルド・香の泣く声も。ベルル・水穂とビアンカはもう、天の御国に還っていってしまいはしたけれど。おチビであるリトラ・彩香とダーク・白菊、ドール・黄菊の弱く哀しく咽び泣いている声も、重なってゆくのであった。天使では無いけれども、天使に似た者。天使に近いけれども今はまだ天には還れないでいる、おチビと黄菊と白菊の、声と願いが、切なく痛く……。ユキシロ・ブラム・高畑と、チャド・高畑の夢の中では、ムーンの仕えていた神殿が厳かに輝いていた。ムーンの歌っていたさくらの歌も又、厳かに、それでいて秘めやかに歌われているのだった。

夢の中でユキシロは「ムーン様……」と呼び、チャドは反対に「ヘッ。あのクソ生意気なノエルのガキが、又歌っていやがる」、と考えていた。フランセ・メアリ・由利子は夢でムーンに言う。「馬鹿ったれだね、ムーン。あたしはあんたが大好きさ。ノエル。ノエル。あたしはノエルのあんたが、好きだった……」と。

「楡」のマスターのシトラス・卓郎《たくお》の夢は、誰の物とも異っていた。シトラスは、自分の子供達の夢を見る。ハルニレの樹と、サン・マリア教会と、エリックとクリスティーヌ、フロリスと幼いジャスミン、リスタの夢を見る。掛け替えの無い友であり、仲間であったプリムラとスワンとハサンの夢を見る……。

パイロットだったノバはムーンとミフユの夢を見て。ミフユはその反対に、ムーンとノバの夢を見ていた。

黒い大きな犬のドギーは、猫のキャットと愛する人達の夢を見る。猫のキャットはドギーと同じように、ドギーと、愛する人達の胸に抱かれている夢を見るのだった。パールの妹の安美と弟、一寿はもう、さくらの一族の夢は見ていない。二人はその代りに、母のように慕っていた姉の夢を見た。ジョルダン・小林とその妻のスミルノは、旅の夢を見る。その「旅」の夢の中では彼等は、輝くように眩い娘ムーンと、彼等のパトロとミナと、パールとワイドとナルドと一緒に笑って……。幸福の余りに痛くて泣きそうになるのだ。何故ならば彼等二人にはもう、夢の中でもそれは叶わない夢なのだ、と解っていて。それでも、その夢に縋っていたいと願っていたからだった。ミナは？　ミナは……。

ミナの夢の中にはムーンとパールと、ジョルダンとスミルノとランドリーと、ユキシロとアンナと、美しい歌謡いが一人いて、何故なのか空しく、激しくもある苦痛があった。目覚めれば消えてしまう夢。思い出す事も憶えられる事も無い、夢の中で泣き、歌うさくらの民人達……。

残っているさくら人達もまだ、ムーン・チルチルの歌と声を聴いてはいる。例えばアリだったカトリーヌ。例えば、イザクであった作治と、チョートであった渡辺《わたべ》長治や、ヘンリーと呼ばれていた佐々木や、その他にもまだ名も知られていない者達も少数……。けれども「彼等」の深い所で、又は浅い所で見られている夢は、朝になってしまえば全てが消えていた。夢は、夜の間にバクに食べられてしまうから……。

夢は、朝が来る前に、月の海の中へと、消えてしまうから……。丁度、月が陽光に隠れてしまうように、「彼等」の夢は、「彼等」のソウルの中に隠れて、消えた。

そして……。「彼等」の魂のチルチルへの応答は、二重の輪によって、遮られてしまう事になったのだ。その一つの輪は黒く、荒く、意地悪くて、けれども見掛けだけは光を真似ていて美しかった。そして。その内側の、チルチルにより近く、より親しく寄り添い、チルチルを守っているかのような輪の方は、真に美しい。

外側の方の輪を作っている「モノ」は、言う。冷徹に……。

「わたしの邪魔は、させないぞ。今度はお前にも、忌ま忌ましいお前の姉にも。リスタのチビにも、成り損ないのダークとドールにもだ。お前達はわたしのカンに障る。特にお前とパールの二人は、わたしの逆鱗《げきりん》に触れたのだからな。高々『時』の娘の癖に。月読みだと？　夢見だと？　笑わせるな。水汲みの罪なら、もっと重いぞ！」

一方で、より内側の、柔らかくて美しい「光」は言う。

「時の神」の娘よ。哀しみの娘よ。わたしはあなたと、あなたの民達を憐れんでいる。わたしはあなたと、あなたの二人の姉達を、憐れんでいるのだ。「時の神」の塔に閉じ込められて泣く娘の、わたしのひな菊、デイジーよ……。涙の塔から、出ておいで。だが。それは、今では無い。だが、それはまだもう少し、先の事になるのだろう。あなたにはまだ、あなたの「時」が来ていないから。あなたはまだ、わたしの愛に聴き、わたしの名前に聴く準備が出来ていないからなのだ。わたしは愛で、守っているのに。わたしは愛によって、あなたへの愛にも死んだというのに。愛する娘よ。娘よ。わたしに聴きなさい、わたしはあなたと共にいる。わたしは今でもこうして、あなたの名前を胸に刻んでいる。

チルチルは、浅い眠りの中で泣いていた。誰も答えてくれない。誰も、解ってくれない。あたしは孤独で、あたしは一人ぽっちで、死んでしまいそうだよ、と……。チルチルはこのようにして、光と闇の戦いからは遠退けられてしまっていた。闇にとっては、チルチルの記憶とその力が邪魔で。光にとっては、チルチルの「時」がまだ来てはいない事を、憐れみながらも……。チルチルはそれで、自分の民と、自分の姉と、力の全ては「失われた」、と思い、疑い始めていた。

フランシスコは、闇と光の夢を見て眠る。光である美しい方《かた》が、フランシスコに告げられている声。白い衣を着けられて、天を翔ける鷲でもあるお方の……。

「フランシスコよ。フランシスコ。目を覚ましていなさい。パールの息に気を付けて、あなたの名付け子達の息にも、気を付けなさい。目覚めるのだ、フランシスコ。あなたの隣の闇に、気付きなさい。闇が、あなた方に近付いて来ている。あなた方の時が、近くなっているのと同じように……。目覚めなさい。フランシスコ！　わたしの息子よ」

フランシスコは、夢の中で思う。主よ。あなたのパールは、もう息をしておりません。パールは、あなたの御国にはまだ昇っていっていないのでしょうか。わたしの名付け子達の「息」に迄も気を付けろ、とはどういう事ですか？　ロザリアとルチアとセシリアの上に、何かが起こると言われているのでしょうか。それとも、柊と樅の上にですか。

「そうではあるが、それだけでは無い。今はあなた自身と、あなたの民である若者達に気を付けるように。荒らすモノが、来ているのだ。フランシスコ！」

荒らすモノ？　荒らすモノとは一体、何の事でしょうか。

「起きなさい、息子よ。危い！　起きなさい！」

フランシスコは、いつも優しい方の口調の激しさに驚いて、跳ね起きた。暗闇の中で蠢いている「モノ」がいる？　漆黒の、樹の下影の向こう側で。ジョージとジュンが眠り込んでいる、ダンボール箱に囲まれた風除けの中で……。

フランシスコの頭の中が弾けて、一気に目が覚める。

「おい、兄ちゃん。こそこそと何を遣っているんだい？　その二人に何かしたりしたら、俺が承知しねえぞ」

フランシスコに寄り添うようにして眠っていた筈の、流れのホームレスの身体が、クナリと揺れた。フランシスコは立ち上がり掛けたが、足も腰も言う事を聞こうとは、しないのである。目が回る、と彼は思った。

「俺に何を飲ませたんだい、兄ちゃん。その二人の口に入れようとしているのと、同じ物か。それとも、それよりもっと弱い奴かね？　止めときな。その手を引っ込めて、さっさと消え失せろ。コソ泥にしちゃあ、性が悪過ぎらあな。クスリは、捨てるこったな……」

顔を上げたホームレスの瞳は、獣のように赤く光っていた……。その男の形相は一変していて、鬼面のように膨れ、又は崩れているのを、フランシスコは見た。

「只のペヨーテの粉さ。もっとも、塩酸塩もこってり入れてはあるがな。どうした？　俺が恐いのか」

塩酸塩だって？　と、フランシスコは吐きたくなる。そんな物を持ち歩いている奴は、頭がどうにかなっているのだ。嫌、頭だけでは無くて、心もだろう。

「何故なんだい？　どうしてこんな汚い真似をするんだね。何かが欲しければ、そう言えば良いんだよ」

「欲しいと言うだけで、お前達の命をくれるのかね」

命だって？　命だとは、何と非道い事を言うのか。わたしの瞳の前にいる男は、狂っているのか？　それとも、わたしの主が言われていたような、「荒らすモノ」だとかいう「モノ」なのだろうか……。男の顔と姿は絶え間なく変化し続けて、揺れて蠢いている。その、余りの悍《おぞ》ましさに、フランシスコはクルスを握り締めていた。

　神よ、お守り下さい
　あなたを避け所とするわたし達を……

フランシスコは、胸の中で願ったのだが。「ソレ」は嘲《わら》った。

「神父め！　老いぼれ神父め！　祈りは無駄だぞ」

わたしを神父だと知っていて近付き、クスリを飲ませた？　フランシスコは、全身が泡立つようだった。

もしそうであるならば「ソレ」は神の敵で、エビル（悪霊）か、デビル（悪魔）憑きだという事になってしまう。フランシスコは気持を集中しようと努めたが、それは上手く行ったとは言い難かった。ペヨーテの粉と、塩酸塩。けれど。フランシスコには、神がいてくれるのだ。フランシスコは彼の「天の鷲」だけに頼った。あの、白い鷲の力と愛と、その御名の誉れだけに……。

「わたしを神父だと知っているそっちは誰か？　神の御子の名にかけて。名乗れ、エビル！」

「エビルだと？　わたしをエビルと呼ぶのかね。面白い。実に面白い。エビルのような小者と、このわたしが同じに見えるとは！　貴様も耄碌したものだな、フランシスコ。わたしの邪魔をするかと思ったが、とんだ買い被りだったようだ。神父に名乗る馬鹿はおるまい。わたしが神だ、フランシス」

「黙れ、エビル。地を這う蛇よ。わたしはフランシスコだ。神の御名によって命じる。ナザレのイエスの名によって。退け、エビル！　巣穴の中に、帰るが良い」

「わたしを怒らせたな、フランシス（女性名詞）。わたしをエビルと呼んで怒らせたのは、不味かったぞ。老いぼれめ。お前の命等は薬を使わなくても、簡単に握り潰せるのを忘れるな。この若い奴等とお前は、わたしの物になるのだ。そうすれば、命だけは助けて遣っても良いぞ。犬の、フランシス……」

「ナザレのイエスの御名によって！　退け。荒らすモノ、蛇よ！　創り主なる父と御子と聖霊の御名によって。救い主イエスの御名によって、命じる。退け、デーモン。その二人に手出しをしてはならない。その二人に触れてはならないと、わたしの神のキリスト・イエスが命じられているのだ。砂と岩に棲む、咬む者よ。その哀れな男、マジュヌーン（取り憑かれた人）から離れて、立ち去るが良い。そうでなければ神の御母マリアとその御子が、お前の前に立たれる事だろう。老いぼれの神父か、ナザレのイエスである方かを、選ぶが良い。わたしは弱いがあのお方《かた》は強い。立ち去れ！　デーモン。光の君が来られる前に」

　フランシスコの声は掠れていても、その声の内には、神の力が宿っていた。フランシスコの手足は震えていたが、その身体の中にも、神の「ことば」が宿っていたのである……。フランシスコを嘲笑していたデーモンである蛇は言う。吼えるようにして。

「マジュヌーンだと！　マジュヌーンだと！　どうしてお前にそれが解った!?　わたしはお前に名乗ってなんかいない！　馬鹿者め!!」

「わたしの神が、わたしにお前の名を言われたのだ、立ち去れ！　シャイターンの手下、ジンであるデーモン。お前の名前によって命じる。立ち去るのだ！」

「グワーッ。誰が！　誰が！　クソ。お前なんかに。神父め……」

　氷よりも冷たく、凍えた闇よりも黒い「何か」が、流れのホームレスの身体から出てきて、離れて去った。

「ウワーッ。ウガーッ。助けてくれよぉ！　俺は何にも知らねえよ。俺は、親切な人に薬を貰っただけなんだからな。助けて。誰か！　助けてくれよお!!」

「うるっさいなあ……。何騒いでいるのさ、この馬鹿っ寒い夜中に。お陰で目が覚めちゃったじゃないか」

「ジョージの言う通りだよ、爺っちゃん。俺なんか氷みたいな手で、ほっぺた触られたみたいな気がしちゃって、ぶるったもんね。？　爺っちゃん、どうしたの？」

フランシスコの唇からは、今では薄淡い紅色の、寒桜の花びらのような液が溢れ出してきていて、止まらなかった。強力な、そして猛毒の塩酸塩とペヨーテの粉とが、フランシスコの肺か内臓のどこかに作用して、出血をさせているのだ。ジュンとジョージは驚いて、跳び上がりそうになってしまった。そして、まだ何か叫んでいるホームレスに詰め寄った。

「爺っちゃん……。こいつに何かされでもしたの？」

「そうだよ、爺っちゃん。こいつ、本物のジャンキーみたいだもん。こういう奴、俺、映画で見た事あるよ。目ん玉飛び出していて、大声で喚いたりするんだ。何されたのさ」

「何も……」と、フランシスコはやっとの思いで言った。

「何も……。何もされてやしねえやな。ただな、この兄ちゃんが勝手に騒ぎ出して、勝手に此処から出ていこうとしているだけだ。そうだな？　兄ちゃん」

フランシスコは、麻薬中毒で、そこに付け込まれてしまったらしい流れ者を、哀れに思いはした。けれども……。けれども、「彼」は何度でも、今夜と同じように「アレ」に憑依されて、易々とデーモン達の言い成りになる可能性の方が、高いのだ。そうだとしたらフランシスコは、ジョージ達と我が身を守るためには、彼に立ち去っていって貰うしか他に、方法は無いのだった。フランシスコは諭した。

「病院に行けや、兄ちゃん。悪い事は言わねえ。今の内なら兄ちゃんはまだ助かるがな。

今夜のような事が続くと、兄ちゃんはもう元には戻れなくなっちまうんだぞ。解っちゃいるだろうがな……」

「解っているよォ。解っているけどさ。病院に入るのが死ぬ程嫌なだけなんだよォ……」

「死ぬ程嫌と言うのと、本当に死んじまうというのとでは異うんだよ、兄ちゃん。あんただってまだ死にたくはねえだろうし、あんたが死んだら親も泣くだろうしよ。兄ちゃん。アレが一回こっきりだと思っているんなら、そうはいかねえ」

あんた、俺達を殺そうとしたんだぞ。人殺しになっちゃあ、お終いだ。そんなになって迄も、クスリを止めたくないんかね。病院に行くんだよ。なに、辛えのは、初めの内だけだ。きっちり治しちまいな。でないとあんたは、自分で自分を殺す事になる。そうは為りたくねえだろう？　ほら。この十字架を持っていきな。十字架を肌身離さずに付けていて、「神様、助けて下さい」と言って頼むんだ。神様の名前は、キリスト・イエス様だよ。間違えるんじゃねえぞ……。

桜の樹の下からは離れた暗闇へ、フランシスコは名前も知らないその男を連れていったのだが。

ジョージとジュンは、男の後ろを固めていた。二人共その場の異様な雰囲気と、フランシスコが唇から流し続けている桜色の液体に、怖気を震っていた。

男は、フランシスコの手の中にある十字架を見るなり、嫌々をするような仕草をして後ろに退がっていこうとしたのだが……。ジョージ達が立っていたので後ろには行けない事に気が付いたのだった。それで。奇声を発した彼は、横っ跳びに桜の樹の陰まで走って行き、自分のナップザックだけを掴んで、一目散に逃げて行ってしまったのである。より暗い方へ。より闇の方へと……。その男は、逃げて行ってしまったのだ。フランシスコは、クルスをそっと胸の中に戻した。

ああ。主よ。あの若者の魂を、憐れんで下さい。あの男にはもはや、救いの道は無いのでしょうか。神よ……。

男に取り憑いていた、デーモンであるシャイターンの手下、悪神ジンは、熱く乾いた砂の国では古代からの悪霊であった筈である。だが……。そんなモノが、どうしてこの日本に？　そんな悪いモノが、どうしてフランシスコとジョージ達に、手を下そうとしたりしたのだろうか。どうして。どうして……。

「爺っちゃん、平気？　あいつを逃がしちゃって良かったの？」

「んだよ、爺っちゃん。あいつに一体、何されたのさ。口から泡だか涎だか、何かヘンな物がずっと出ているよ。救急車かケーサツ呼ぶ？　呼ぶんなら俺達は、ガード下の方に移っているからさ。な？　ジュン」

「ん……。そうだね。こんな時に限って、アキもリョウもいないんだもんな。せめて、平さんだけでも居てくれていたら、良かったのに。ね？　爺っちゃん」

「救急車もケーサツも要らねえよ。平さんも、要らねえ。あいつはケチなコソ泥だったんだ。俺の吐いたゲロにびびって、逃げていっただけだよ……」

「ゲーッ。爺っちゃん、それ、ゲロなん？　ゲロっていうよりは、うっすい血に見えていたんだけどな。心配して損しちゃったよ、俺。なあ、ジュン」

「そうだけど……。ゲロっちゃう程何か悪い物食べたのならさ。やっぱ、救急車が要るんじゃないの、爺っちゃん」

「喰いモンの所為じゃねえよ。ここんとこの寒波で引いちまっていた風邪でな。咳をし過ぎて、ついでにゲロが出ちまっただけだ」

「……咳なんて、一つもしていなかった癖に。嘘言うと、閻魔様に舌抜かれるって、知らないの、爺っちゃん」

「そうだよ。針だって千本、飲まされんだからね……」

ジョージとジュンの瞳が三角になっているのが、フランシスコには可笑しく、愛おしくて、切ないようだ。

「……本当は、血だ。悪かったな、坊主達。嘘を言っちまってよ。だけどな。風邪で喉か気管をやられていて、そこから出血しちまったらしいだけなんだよ。済まねえがな、坊主達。俺をトイレに連れていってくれねえか？　何、水道の水でも飲んで口を濯いでおけば、すぐに止まるだろうさ。心配は要らねえよ」

だが……。フランシスコはその夜から三日間も熱を出して、大人しく横になっていなければならなくなった。ジョージ達歌謡い四人は、交替で様子を見に来て。彼等の訴えで小林は、フランシスコに売薬を買ってきて、渡してくれた。解熱剤と胃薬と風邪薬と。何故なのか、毒消しの薬も一箱、渡してくれたのだった……。フランシスコは、その「毒消し」を見て思う。

ランドリー・マテオの面影と面目が、まだ小林には残っているのか、と。嬉しいような、泣きたいような心と懐かしさで、思うのだった。だが、その「毒消し」は、フランシスコの身体の中に入れられた「毒」に対して、良く効いてくれた。フランシスコは、感謝を捧げる。神に……。

ああ。わたしの神よ。感謝を致します。あの薬で大分、楽になりました。それでも、それはその前に、あなたがアレを吐き出させていて下さったからです。もしもアレが全て、体内に吸収されてしまっていたならば……。わたしは勿論の事、若いあの二人も又あの夜に、非道い事になってしまっていたでしょう。死よりも酷《ひど》い、悪の力に隷属させられて。あるいは本当に、生命と魂の死に迄、直面させられて……。あなたがあの時、わたしを起こして下さらなければ、わたし達は三人共、今頃どうなっていたか解りません。守って下さって、ありがとうございます。助けて下さって、感謝をしています。わたしの神よ。神よ……。でも、何故なのですか？　何故、あの悪霊はわたしばかりではなく、何の関係も無い筈の歌謡い達迄、手に掛けようとしたのでしょうか。命を奪おうと、したのでしょうか。わたしには、解らないのです。主よ……。

「神の息子であり、兵士であり、力でもあるあなたを遠退けるために。ラプンツェルへの恨みの、腹癒せに」

わたしを、何から遠退けようとしていたというのですか。ラプンツェルとは一体、誰の事ですか？　わたしの神よ、答えて下さい。あのようなモノ達が恨み、腹癒せ迄もしようとしたという、その、ラプンツェルとは誰の事なのでしょうか。ラプンツェルは、何をしたのでしょうか、教えて下さい。ラプンツェルとわたし達の関係を……。

「それに就いては、ロバの皮に尋きなさい。ロバの皮とラプンツェルは昔、わたしのために蝮の妬みを買ったのだ。パールの息に気を付けて。あなたの名付け子達の息にも、気を付けなさい。此処はもう、安全だ。あなた方を害するモノは、もう此処には帰って来られない……」

知っております。わたしの神よ。あの若者はあの夜、ガード下の暗闇の中で死にました。新聞には只、「凍死」しただけだとしか書かれていなかったそうですが……。警察は又、あなたのシモン・千太郎の時のように、彼の身体を詳しく調べなかったのでしょうか。あの、哀れな若者の魂は救われますか？

「今は、シェオル（陰府《よみ》）の国に降っていっているが、いつかはわたしの国に昇って来られる事だろう。フランシスコよ。あなたの祈りに、わたしは応える」

ああ。感謝をします、主よ。あなたは情け深く、憐れみ深い方でした。ジン等という悪霊に憑かれて殺された、哀れな若者の魂も、御手にいつか抱いて下さるのですから。あの哀れな男にもいつか、救いの日が来てくれるのですね。ですが、主よ。わたしの神よ、教えて下さい。わたしは、いつ迄待てば良いのでしょうか。どの春に成ったら、桜の下に皆は集うのですか……。

「待ちなさい。そして、願っていなさい。ラプンツェルだけは遅れて来るが。それでもあなたは、会える事だろう」

ラプンツェルにでしょうか？　それとも、待ち人皆に？

「待ち人達に。わたしのひな菊、デイジー・ラプンツェルにも。だが。その前に、嵐が襲ってくるだろう。あなたの上に。あなたが愛する名付け子達の上にも……」

嵐ですって？　それは、雪嵐でしょうか。風嵐ですか。冬の嵐はいつでも、辛いものです。神よ。どうすればわたし達の上に吹き荒れる嵐から、わたし達の身を守り、凍て付く風を遣り過ごせるというのでしょうか。

「パールの息に気を付けて。あなたの名付け子達の息にも、気を付けていなさい。そうすれば……」

「その人」のお声は、謎のようだった。霧笛のように遠く、月の光のように白く、蒼くて、手には摑めない。フランシスコのソウルに届くが、頭では触れない……。待って下さい！　美しい方《かた》よ。わたしの神よ。まだ行ってしまわないで下さい。まだ！　まだ……。

フランシスコの叫びもやはり、霧のように、露のように儚く、愛《かな》しく、「その人」の御胸だけに響いて、消えていってしまうのだった。天の鷲は、行ってしまった。フランシスコは、焼かれるような呟きを、繰り返す。

「あの方」のデイジー・ラプンツェルとは、誰なのだろうか。それに、ロバの皮とは？　ラプンツェルとロバの皮は、秘密の呼び名。仲の良い姉妹だけの愛称であった事を知らないフランシスコは戸惑い、倦《あぐ》ねる。それで。それで。

彼女達は一体、何をしたというのだろう？　アラビア半島に棲んでいて、古代のユダヤ人達やローマ人達をも脅かし、悪である「蛇」達の中の蛇、ジンとその蛇達の王であるシャイターン（悪魔）に……。「あの方」の花で在り、ひな菊であるというラプンツェルを、フランシスコは知りたかった……。いずれにしても、そんなモノがこの日本に来て迄も恨んでいる、というのならば。ラプンツェル達は相当に「蝮」と呼ばれる蛇にとって、手痛い事をしたのに違い無いのだ。そうで無ければ地団駄を踏むような、怖ろしい何事かを。その事を知りたいのなら、ロバの皮に尋くようにとも、「その人」は言われていたのであったけれども。

けれどもフランシスコは、ロバの皮等という名前の者にも、心当りは無かったのである。それも、仕方の無い事なのだろう、とフランシスコは考える。

さくらの民人達は「あの時」以降、離散してしまっているのだから。お互いに、お互いを知らない者達が出てきてしまうのも必然、どうしようもない事なのだろう。多分、と……。ともあれ。「あの方」のラプンツェルには、いつかはわたしは会えるらしい。だが、ロバの皮には？　ロバの皮も、わたしに会いに来てくれるのだろうか。そして、教えてくれるだろうか？　ロバの皮とラプンツェルが、蝮に何をしたのかを。「待ち人達が揃う」と思われるこの、桜の樹の下に来て、わたし達に会って？　解らない、とフランシスコは胸を詰まらせた。人には解らない事でも、神には解っておられるのだからそれで良い、とは考える。

けれども。けれども「あの方」は、又しても「パールの息に気を付けなさい」、と告げられたのだ。パールはそれではやはり、天の都に昇っていってはいないのだろうか。天には行かずに、先に逝ってしまったかも知れないムーンのように、「静かの海」か「霧の谷」か、「青の橋」の、天への架け橋の何処かにいて、さくらの歌を歌い続けていてくれるのだろうか……。さくら恋歌が、絶える事なく呼んでいるから。ムーンとパールの声で。月星と星の名も持っていた、今はもういない二人の声で。

さくら　さくら　弥生の空は　見渡す限り……
いざや　いざや　見にゆかん……

あたし達、まだあの桜の樹の下に集まっていないのよ。あたし達は、必ず会える筈だったのに。まだ、あの桜の樹の下に揃えないでいるなんて。静桜花《せいおうか》。静桜花。一人静かの、桜の花よ。あたしを呼んで頂戴。あたしを其処に呼んで頂戴。あたし達、いつかはきっと会える筈だわ。「其処」で……。それなのに、誰も応えてくれないの？　皆、あたしを忘れたの？　あたしの、ロバの皮。あんただけは、あたしを憶えていてくれるでしょう？　夢車。月車。花車よ、運んでよ。あたしを運んでよ。

ムーンの歌う孤独の歌声は、フランシスコを泣かせた。

生死も定かでは無いムーンだが、天に掛ける梯子の途上でも何処でも、未だパールと巡り会えないらしいという事が、悲しかったのだ。パールは天の都への梯子を昇り、ムーンは「時の神」への、「時の海」への梯子を、上っているようで。仲の良かっただろうパールとムーンが、別々の梯子を、別々の橋を渡りながら、お互いにお互いを呼び合っているのか、と……。

生きているのならムーンは既に、さくらの一族を全て集めている筈なのだから。それなのに彼女が未だに現れず、只歌っているのは、もう逝ったとしか……。

月の光の中に。月の海の中に。天の海か雲か、花園の中に。今でもムーンとパールは故郷と、さくらの民達とお互いを恋い慕い、呼び求めているらしいのに。それなのに、そんな処でもまだパールだけが、息をしている？　そんな筈は無い。そんな、筈は無い。もしもパールが息をしているとするのなら、それは神を慕う小鳥としての、ソウルの中の「風」と「歌」に違い無いのではないか……。ソウルが抱く「憧憬」が、息づく「息」に、違い無いのだ。神である美しい方《かた》への、天を往く鷲への憧れに、どのようにして気を付けてやれば良いというのだろうか？

「祈りで」と、美しい方《かた》のお声が応えたような気がした。「祈りで」と、愛しいパールも言っているような気がする。「祈りで……」と、フランシスコも胸の中で答えて言った。祈りは、神と、神の小鳥達と人の魂を繋ぎ、結んで、紡ぐ。愛と香りで織られ、燃やされてもいる繋ぎ火だから……。フランシスコは祈り、考えていた。「その人」の優しかった深いお声と、そのお言葉を……。

「あなたの名付け子達の息にも、気を付けなさい」、と「その人」は確かに言われていたのだ。そして、更に言われていたのであった。自分、フランシスコの上にも、ロザリアとルチアとセシリアの上にも（多分柊と樅の上にもなのだろうが）、嵐が襲って来るのだと……。冬に来る嵐は、冷たくて酷《むご》い。ましてやその嵐が、生身の身体の上にだけでは無く、ロザリアとルチア達のソウル（魂）の上にも、吹き付けてくるものなのだとするならば。フランシスコの「子供達」は文字通り、息をするのも（生きているのも）辛いような状況に、追い込まれていってしまうのでは、ないだろうか？　そして。その後に、春が来る……。嫌。違う、とフランシスコは考え直した。そうはならないように「気を付けてやりなさい」と、あのお方はわたしに言ったのだろう。そうしていさえすれば、無事に「嵐」を遣り過ごせて、又来る春の、暖かな陽の光の中に、立てもする事だろう、と……。紅と沙羅と薊羅と、柊と樅との五人が無事に。

わたしはどうなのだろうか。わたしは、その数の中には入れない。その輪の中には、もう入れない。わたしは今でも神のフランシスコではあるけれど。彼等の「神父（パパ）」でいる事よりも、さくらの一族のフジシロに、ホームレスの名無しになる道を選んで、生きて来てしまった。そして、わたしはその生に、満足をしている……。

そうではあっても。もしもわたしの名付け子達の上に、冬の凍える嵐が襲ってくるのだとしたら、わたしはわたしの子供達を守って遣りたいものだ。その盾になって。その避け所である岩になってでも……。

フランシスコは先夜死んでしまっていたという、ドラッグ・ジャンキー（中毒者）であった、流れのホームレスを思うと、身が凍るような恐れに震えそうになる。

「あの方」が守って下さらなかったら、あの若者に取り憑いていたデーモンにわたし達は三人共、どうにかされてしまう所だったのだ。あんな恐ろしい事が、この世界で現実に起きるとは！　自分の瞳で見て体験していても、今でもあの夜の事は映画か幻のように、他人事のように遠く、現実感の薄い出来事だった。

だがもしもあのような、マジュヌーンである「誰か」が、紅達に近付こうとしているとしたら、どうなるのだろうか。あのような悪鬼であるエビルかデビル達に、沙羅達が害される事になりでもするというのなら！　取り返しの付かない事になる。

フランシスコはそこまで考え、祈ってくると、いつも不吉な予感に捕らわれてしまうのであった。理由は、有った。薊羅が、姿を見せなくなってしまっているのだ。昨年のクリスマスの祝日の早朝、まだ辺りが暗い内に薊羅は訪ねて来たきり、その姿を見せなくなってしまっているのだから。いつも通りであるならば、フランシスコが優しく諭しても、その逆に冷たく拒むようにしてみせても、薊羅は懲りもしないで人の目を避けて、彼の所にやって来ていたものなのだ。その薊羅が、年の瀬にも新年の聖マリアの祝日にも姿を見せていない事に、フランシスコは漸く気付いていたのだった。フランシスコの「来るな」と叱る言葉にも薊羅は、従った事等一度も無かった筈なのに。それなのに、そのセシリア・薊羅の姿が消えてしまった。もう、二週間以上になるのか、と数えたフランシスコは暗然とした。後悔が、波のように彼に押し寄せる。

薊羅は紅に、フランシスコの方で「自分を見付けてくれたのだ」、と話したのだけれども。それは少し異っていたのだった。実際は、神が二人の姿を見付けて、神が二人にお互いを、お互いだと悟らせてくれたのだ。

何故ならば、薊羅の記憶の中にいる神父は、神父服を常に着ていてまだ若く、煤《すす》けたような年配のホームレスの姿等では無かったし、髪は豊かで黒く、瞳にはいつも穏やかな光が宿っていたものだったから。そして、元神父の中にいた薊羅はまだ十一歳の少女のままであり続けていて。沙羅の背中に隠れて微笑んでいるような、甘薊の花そのままに可憐な子供の姿であったからである……。

七十歳を超えたフランシスコに薊羅は気が付かず、三十七歳に成っている薊羅に、フランシスコの方でもすぐには気が付けないでいたのも、無理はない。

神が二人の胸の中に、懐かしさと愛の溢れる想いとを呼び覚ましてくれなかったならば！　愛である方が、二人の胸の中に閃光を走らせてくれなかったならば。薊羅とフランシスコは、唯、別れてしまっていた筈であったのだ。愛の光が、お互いの胸を照らしてくれて、二人は同時に呼んでいたのだった。実際は……。

「セシリア！　セシリアではないのかね！」

「神父様！　パパ。パパ。パパ！　ああ、どんなに会いたかったか……」

「急いでいる」と言っていた薊羅はその時、沙羅と一緒に住んでいるという、アパートの住所をメモして渡してくれようとしたのだった。薊羅には、フランシスコは行き暮れた、宿無しの哀れな年寄りのようにしか、その時は思われなかったものだから……。薊羅と沙羅にとってはフランシスコは、名前を付けてくれただけでは無くて親身に十一年間も、「パパ」として優しく面倒を見てくれていた、慕わしい父であり、神父であったのだ。その神父（パパ）様が、食べる物にも困っているのだ、と甘薊の娘は思い込んでしまった。その時は……。

だが。フランシスコは薊羅の手に、彼女の記して寄こした住所の紙片を戻してしまった。その上、自分に出遭った事は、「誰にも言ってはいけない」という、口止めさえも薊羅に、固く命じてしまっていたのだ。沙羅にも、紅にも。彼のパールは「もう逝ってしまった」と、薊羅が口走ったものだから落胆も手伝って……。

ああ。あの時。あのメモを、素直に貰っておけば良かった、とフランシスコは考え、遅過ぎる後悔をしていたのだ。だが、まだ希望は残っている、とフランシスコは考え直す。薊羅はいつか、自分達はクルリ荘というアパートに住んでいる、と言っていた事があったのだ。そしてそのアパートは、綿木町公園の在る、この綿木町の隣町である花木町の駅からも、歩いていける範囲の場所に建っています、とも薊羅は言っていた事があったのだから。花木町ならば、とフランシスコは考えていた。この桜の樹の下からでも、何とか歩いて行って来られる筈だろうと。

わたしはこの樹から離れたくは無いが……。娘達と息子（柊と樅）達のためにならば、その町に通っていき、捜す労を厭わない。それで、薊羅達の「息」が、魂と身体の息が、守られるというのであるならば。それで、冬の嵐から、子供達の中に在る生命への「憧れ」を、少しでも守って遣れるというのなら……。紅には、薊羅と沙羅が、「気を付けているように」と伝言をしてくれる事だろう。そして……。「子供達」が無事に、冬の嵐に耐え抜けて。あるいは、無事に嵐を遣り過ごせて。春を迎えられたならば、その時にもう一度念を押せば良いのだ。「わたしに会った事は、誰にも言うな」、と……。

身体はまだ思うようには動いてくれないが、とフランシスコは心を決めていた。花木町に行ってみよう、と。

花木町の駅の向こう側からか、こちら側からか。大通りに沿ってか、狭い路地の奥からか。いずれにしても、クルリ荘を捜すのは、容易では無い事だけは、解っていた。

下町という所はまるで遊園地の迷路か、コンクリートで出来たジャングルの様相を呈しているものだから。フランシスコは思う。もしもわたしに神がいてくれなかったならば……と。その時にはわたしは、見栄も外聞も無く、ランドリー・小林と四人の歌謡い達に向かって、「一緒にクルリ荘を捜してくれ!!」とでも何とでも喚いたり、頼んだりしていたのに違い無いだろうよ、と……。それから又、フランシスコは考えてもいた。

君の言っていた事は、半分正しかったようだよ、ダミアン。だが、半分だけだがね。悪は、確かに有った。けれども、「それ」は人間の心の弱さや身体の弱さそのものにでは無い。その弱さに付け入ってくるモノだったのだ。「それ」は、やって来るモノなのだよ、ダミアン。神のみが歩かれるべきである筈の、「通路」を伝って。「憧憬」が住んでいて舞い上がり、舞い下りる筈の、あの清らかな「通路」に紛れ込み、潜んで、悪であるモノ達はやって来るのだ。そして、人を害し、遂には咬み殺してしまうのだよ、ダミアン。君が言うように単純な、外見に表れて見えるようなものでは無かった。アレは、思いもしない所で襲うのだ。悪霊達は、「あのお方」だけが通られるべき道の近くに潜み、待ち伏せていて、咬み、害すのだよ。人々の弱い心や、弱みの在り処をね……。君はまだ、エビルやデーモン達が、人間の「外側」に取り憑いて、病や障害を起こしている等と信じているのじゃないだろうね。紅や、柊と樅達のように、病を抱えてはいても、強い憧れを信じる力、希望する心と純粋さを持ち続けていられる者達は幸いなのだよ、わたしの古き友。彼女、彼等の病や障害はその時、神への「一里塚」に成ってくれるのだからね。神の近くに、より速やかに辿り着くための、印の塚になる。道標にとなってくれるようにと神は、紅達のような者に「病」や「障害」を与えられるのだ。わたし達の様な健常な者には与えられない、愛である神への、「あのお方」への近道をね。それを悪と呼ぶのなら、君は誤る事になるだろう。むしろ幸いである事を知ってくれたまえ。ともかくだ。今のわたし達には祈りの力が必要だ。古い友であり、神の内で兄弟であるダミアン・真山神父。どうか紅と薊羅達のために、祈って欲しい……。

長野県N町の新年の寒さは、殊更に厳しかった。

隣町であるK町にもN町にも、例年雪は積もらない事が多いのに、K町から隣県の群馬へ北に抜ける道には、数メートルもの根雪が積もって、道路は通行止めになってしまっている。その、通行禁止にされている深山の横には、広大で険しい森が広がっていて、K町とN町の境を遠く隔てているのだった。その森に、緑の瞳のデーモンが棲んでいるのだ。あの陰険な森を、より闇《くら》く、荒々しくしているデーモンが……。

ダミアンは、教会付属の小さな司祭館の、居間兼ダイニング兼執務室の机を挟んで、執事のコルベオと向かい合っていた。コルベオの足と腰は年を越す頃から、目に見えるように悪くなっている。寒さが厳し過ぎて、それが堪えているのだろう、とダミアンは思う。それに、何よりもコルベオに忍び寄っている年波が……。

コルベオはダミアンの視線と心が、魔の森の上空にさ迷っていっている事を、感じ取っていた。ダミアン神父の夢の中にさえも、あの森と、森に棲むというデーモンが取り憑いているのではないか、とコルベオは時々心配になってしまう。心痛くなってしまうのだった。それ程にダミアンの「閉ざされている森」への関心と嫌悪は深く……。それでいながらダミアンは、自分自身の思考と心が、森に捕らわれ過ぎているという事には、気が付いてさえもいない様子であった。

「森」と言って悪ければ、緑の瞳の森の「魔女」か魔性にダミアンは魅入られ、又は、敵対しているらしかったが。それはコルベオから見ると実体の無い、幻の巨大な風車か、湯川に存在していもしない、幻影のような水車を相手にして、闘っているようなものに思われた。森は、只の森で。噂は、只の噂に過ぎない。もしもあの森に、本当に緑の瞳の「魔物」が棲んでいるのだとしても。あの、二十年前の夏の終りの嵐は、その「魔物」の仕業であろう筈は無く、ましてフランシスコ神父迄が、その「魔物」に連れ去られてしまった、等という筈は無いのだ。フランシスコ様は只、あの森の奥深く迷い込んでしまわれただけなのでしょうよ、とコルベオは心の中で言っていた。

あの夏の終りの嵐の後に、森の奥深く迷い込んでしまい、運良く生還出来た男達とは異って、フランシスコ様は只、還っては来られない場所迄行かれてしまった。それだけの話です、ダミアン様。全ては、御父である神の御前《みまえ》で起こって。全ては、神である御父の御許しの下に存在しているのでは、ないのでしょうか。森の「魔物」も、このわたしも、ダミアン様も、紅と沙羅達も……。

もしも、悪が存在しているのだとしても。それは、あの森の中等にでは無くて……。それは、されこうべの丘の上に今でも立たれている方の、監視の下で蠢いているという、「蛇」という名前のルシフェルや、あの「美しい方《かた》」の再来を騙っているという、怪し気な新興宗教の教祖達の方なのではないのでしょうか……。

ダミアンは、コルベオに視線を戻してから、尋ねた。

「それで？　先方では何と言ってきたのだったかね、コルベオ。確か、紅に就いての話だと聞いたようだが」

「はい。その通りでございますですよ、ダミアン様。あちらでは、紅ちゃんに良い縁談が有りますそうで……」

紅に縁談だって？　冗談では無い、とダミアンは怒っていた。あの紅には、縁談等は絶対に、持ち込んではならないのだ。あの娘には、未だに悪霊が憑いているのだから。あの娘にもその位は解っているだろうのに。紅は何故、その話を断らないのだろうか。

「それがでございますね、ダミアン様。そのお話というのが、紅ちゃんには願ってもないような、良い縁談なのだそうでございまして。只、紅ちゃんの身上書は憶えているが、戸籍謄本も見たい、と先様が言っているので……。謄本を送って欲しいとの事でございます」

又、それか……と、ダミアンは、紅を厭っている事も忘れて、腹を立てていた。進学にしても、就職にしても。転職にしても、引っ越しにでさえも。人生の一大事である結婚話にも必ず、その「戸籍謄本」だか「抄本」だかを「寄こせ」と簡単に言うけれども。相手は、解っているのだろうか。戸籍謄本に父と母の名前が無く、唯、孤児であるとか捨て子であるとかの問題が見え隠れしているその書類を請求され、強要されたりする者達の哀しくて、惨めな気持と怯えとが……。抄本ならばまだ救い様は有るが、謄本となるともういけなくなるのだ。唐松荘から巣立っていった子供達は見下され、差別をされて、結局は排除をされてしまう事になる。その子供達が、必死に築いてきた小さな「社会」から……。その子供達が、日毎夜毎に愛してきた筈の者達からさえも……。不公平だ、とダミアンは苦々しく思う。そして。いつものように、不条理だ、とも……。

「紅は、その話を断らなかったのかね？」

紅は、断っている筈だ。ダミアンの声には苛立ちがあった。例え不条理で有っても、そうで無くても。紅は、簡単に結婚話に応じたり出来る筈は、無いのだからと。コルベオには、紅と沙羅達に対するダミアンの気持が、解らなかった。冷たく、醒めてさえいるようなダミアンの、心の中が理解出来ないのだ……。

沙羅一人、だけに対してならば、少しは解る。沙羅は、未婚のまま身籠り、出産して逃げ出したのだから。薊羅は、そんな姉を放っておけなかっただけなのだ。ナザレの「あのお方」さえも、「許しなさい」と言われているというのに、どうしてダミアン神父は沙羅と薊羅に、未だに冷酷であるのだろうか。産まれてきた子供達の事を認めて、優しく迎えてやる事は出来ないものなのだろうか……。

それに、紅は……。紅は、何も罪を犯して等いないというのに。只、心臓が悪いというだけであるのに。その事さえもがダミアンの怒りに触れるのだとは、一体、どのような理由に拠るというのだろう？

ダミアン神父は時に厳しく、辛辣で、内に籠もり勝ちではあったが、子供達に対しては優しい筈でもあったのに、何故？　ダミアンは、コルベオの心の声を聴く。そして、答えた。心の中で。声には出せない、その思いを。

紅の病気は、心臓なんかではないのだよ、コルベオ。紅の忌わしい病は、消えてしまったフランシスコの他には、三田医師とわたしだけが抱えている秘密なのだ。世間から離れているシスター達と、世間に染まり過ぎている君には、解らなかった事だろうがね。紅は、病んでいる。生まれた時から憑かれているのだ。それとも、呪われていると言った方が、君には解り易いだろうかね。それなら、そう言おう。紅は、神の呪いに触れた子供だ。清めの儀式を受ける事も拒んで、呪いの中で生きている子供なのだよ……。

紅には、救われる道が有るのに。清めの儀式を受け入れて清められ、悪い霊を追い払ってしまえば治る筈なのに。それなのに、紅は頑なに「ノー」と言うのだ。それを怒ってはいけないのかね、コルベオ。

「紅ちゃんは迷っているのではございませんでしょうかね、ダミアン様。その縁談に乗り気なら、紅ちゃんの方からもそのように言ってくる筈だと思いますですが……。まだ、今のところは紅ちゃんからは何も……」

コルベオの言葉に、ダミアンは頷いてから、言った。

「それなら、放っておきなさい。コルベオ、解るね？　先方には何も言わなくても良い。本当に戸籍が必要ならば、紅が自分で町役場に請求するだろう」

「ですが、ダミアン様。このお手紙は真山珠子さんからのものでございますですよ。それでも、宜しいのでしょうか」

「構わない、と言っているだろう？　コルベオ。先方には世話になっているが、紅はもう大人だからね。自分の事は、自分で出来る事だろうよ。何も、戸籍の事位で、珠子さん達を煩わせる迄も無いだろう」

コルベオには、ダミアン神父の言葉の何もかもが腑に落ちなかった。実の兄夫婦からの手紙を無視するように、と言われた事も。紅の幸福を、望んでいないらしいという事も……。コルベオは、ダミアンの心を今朝方の、凍み入るように青い、冷たい空のようだと感じはしたが、黙って微笑んだだけだった。

ダミアンはその時、懐かしいフランシスコの声を聴いたような気持がした。懐かしく、それでいて切迫しているようなフランシスコの声が、「祈っていてくれ……」と言っているのを、確かに聴いたような気がしたのだった。けれども。その声は、教会から国道を渡って北方の「魔の森」の方角からでは無くて、東方に連なっている山並みの、その又向こう側の何処か遠くからきたかのようだったのだ。潮を含んだ風に乗って。N町よりはずっと暖かな、それでいながら乾いた、身を切るような風の音に乗って……。ダミアンは首を振って、その声を幻聴だと思おうとしてみた。

「祈ってくれ、ダミアン……」

フランシスコの声は、二度目で途絶えた。「それ」は、まるでフランシスコが今でも生きていて。本当に、何かに困りでもしていて。助けを求めているかのように、響いて来はしたのだけれども……。ダミアンは、首を振る。

フランシスコは、北の森で逝ってしまったのだ。東側の、それも、海を行く船か河口のような、潮の匂いがする風の吹く所に等、居る筈は無いのだから……と。例えそれが、彼の魂の声であったとしても。例えそれが、彼の「昔」の、二十六年も前から現在への、時を超えてきた声の残響のようなものだったのだとしても。フランシスコは、死んだのだ。東方の、北に広がっている「魔の森」の奥深くの何処かで。東には、彼の魂は居ない。東方の、潮の中からは、彼の声はしてこない……。ダミアンの拒絶は、乾いた花のローダンセの赤のように、スワンリバーの白い花のように硬くて、フランシスコの願いを、締め出してしまったのだった。空へ……。

ダミアンの教区から東に山脈を幾つか越えると、其処はフランシスコ・藤代の、そして藤代家一族と藤代咲也の故郷である高崎市の奥の、豊かで静かな山村地帯に通じる土地になる。そして、その山村地帯から更に東に向かっていくと、やがて山に囲まれるようにして賑わう町の、一角に出るのであった。

その町の外れに建つ小さなアパートの一室で、野下美冬は慎ましく、穏やかに暮らせるようになった。

此処、船木町の冬も、凍えるように寒くは有ったけれども、母子三人で暮らす一日一日は、忙しくはあっても刺々しくは無く、貧しくはあっても、心は豊かに満たされているものであった。美冬は思っていた。

あの家を出て来て、良かったと。あの男と別れて来て、良かったのだと……。美冬には、そう思うだけの理由がきちんとあったのだが、子供達は違った。

「ねえ、ママ。パパはいつこのお家に来てくれるの？」

「パパは来られないのよ、美晴。あんた達とママの所には、パパは来られないの。そう言ったでしょう」

「どうちてなの？　マーマ。爺《じ》ーじと婆《ば》ーばがあたち達をキアイだからなの？　あたち、パパに会いたい……」

「爺ーじと婆ーばは、あんた達を好きだわよ。パパが来られないのは、お仕事の所為なのよ、冬美」

「ママの嘘吐《つ》きー。祖父ちゃんと祖母ちゃんは、あたし達を嫌いなんだよ。いつもあたしとフユを睨んで、言っていたじゃない。ママの事も、睨んでた。それなのにパパは、黙りこくっていたんだよ。本当は……。本当はパパも、あたし達を嫌いなんでしょ？　ママ」

「パパは、あたち達の事キアイじゃないよね？　マーマ」

「執こいよ、フユ。じゃあ何でパパは、此処に来ないのさ」

「……おチゴトだからって、マーマが言ったよ。姉《ねえ》のバカー」

「バカはフユの方だよ。フユの泣き虫。甘ったれ虫ー」

「フユ、虫じゃないもん。フユは、要らない女の子だもん……」

「要らない訳、無いでしょう？　フユは、可愛い女の子だと言うのよ、冬美。それからね。美晴も可愛い女の子なんだから、妹にバカなんて言わないの。ね？　ママは、あんた達が大好きよ。ママだけでは駄目なのかなー？　それならね。いつかはきっと……」

「ヒコーキに乗った王子様が、マーマとあたち達を迎えにちてくれるんだもんね」

「ちてじゃ無くて、来てと言うんだよ、フユ。ほら、もう一度言ってみなさいよ」

「……ちて」

違う！　来てだよ、と姉の美晴は妹に言うのだが、幼い冬美はやはり、「ちて」と言い続ける。美冬は、美晴と冬美の、二人の子供達が愛おしい。

そして。二人の子供達に「哀しみ」を植え付けてしまった、葉山家の時彦と朝子の舅、姑の二人と、夫であった晴彦が恨めしく思われた。時彦と朝子は、美冬が男児を儲けなかった事に対して、立腹していた。子供は神からの授かりものであると考えている美冬自身に対しても、彼等の怒りは及んできていて……。我慢のならない事に時彦と朝子は、幼い孫娘達の事迄も、目の敵にするようになってしまったのだ。が、「いいえ、そうじゃ無い」とも、美冬は思う。時彦も朝子も、美晴と冬美を望みはしていなかったのだろう、と。そして、それ以上に美冬を、一人息子である晴彦の嫁にとは望んでさえもいなかったのだろう、とも。

それを……。舅と姑は、「愚痴をこぼす」という形で、現すようになった。それも、何の罪も無い幼い孫娘達と嫁の冬美に対して、折に付けては愚痴の闇を向け、打ち付けてくるようになってしまったのである。

「女の子なんて、詰まらないものだな。男の子が一人居さえすれば、それで良かったものを……」

「ええ。そうですよね、お父さん。女の子なんて、わたしも欲しくは無かったものですよ。もっともねえ。男の子が出来ていてくれれば、話は別にもなったのでしょうけれどね。美冬さんは頑固だから……」

「後継ぎが出来ない晴彦が、可哀想だ。このままではこの家も、晴彦の代で途絶えてしまうだろう」

「全くね。ねえ、美冬さん。あなた、どうしても男の子を産むのが、嫌なの？　この家を潰すと解っているのに。晴彦やわたし達に、何の恨みが有るのかしらね。晴彦。お前も黙っていないで、何とか言ったらどうなのよ。お前がはっきり言わないから……」

「そうだ。要りもしないものばかりいたって仕様が無いんだぞ、晴彦。要るのは男の子で、跡取り息子だと決まっているんだよ。お前からもきつく言ってやれ、とあれ程言っているのに、お前は……」

「ウルサイなあ。仕様が無いだろう？　女だけしか出来なかったんだからさ。僕は悪くないよ」

幼い娘達は幼いなりに、自分達が疎まれ、不要品扱いをされている事を、悟らされてしまっていた。何よりも、大好きな母親が虐げられているという事が、美晴達の小さな胸を傷付けてしまっていたのである。美冬は、晴彦に何度も願ったものだった。

「お願い、あなた。お義父さんとお義母さんに、美晴達の前であんな事を言うのは止めて下さい、と言って頂戴。あの子達、傷付いているのよ」

「傷付いているのは、僕だって同じなんだぜ。美冬。お前、どうしてもう一人位、子供を産むのが嫌なんだ。後継ぎ息子が出来れば、親爺だってお袋さんだって、安心出来ると解っているのにさ……」

それ、本気で言っているの？　あなた。それとも、いつものように、もう忘れてしまったとでも言う積りなの？　解っていないのは、あなた達の方よ。それも、忘れたの？

わたしはもう、赤ちゃんが産めないの。わたしはもう、妊娠出来ない身体になってしまったと、お医者様が言われたのも忘れたと言うのね。あなた達親子は、いつでもそうだった。都合の悪い事は忘れて、自分達に都合の良い事ばかりをわたしに押し付けてくるのよね。わたしだけにでは無くて、わたしの実家や、あなた達の身内や、他人に迄も……。

下の娘が生まれた後で、美冬の身体に「小さいが悪性の腫瘍が見付かった」、と医師から告知を受けた美冬に、婚家の人達は冷たかった。子宮を傷付けてしまったら、後継ぎはどうするのか、と責めるように言うばかりで……。結局美冬は、実家の両親と兄、兄嫁の勧めと励ましによって辛い決断をし、手術を受ける事になったのである。死ぬ程に辛く、実際に死の間際に迄行った美冬に対しても、葉山家の義父母と夫の晴彦は深い同情も憐憫も示してはくれず、優しい言葉の一つも掛けてはくれなかった事を、美冬は忘れていなかった。そして。その頃から美冬は、目覚めれば忘れてしまう夢を見るように、なっていたのである。夢は、歌に満ちていて。夢は、優しさと愛と、光と影に満ちていた。

さくら　さくら　弥生の空は……
いざや　いざや　見にゆかん……

そう。愛し気に、哀し気に、さくら歌を歌う、声が聴こえる。

ミフユ。ミフユ。聞こえていますか？　わたしの歌が……。

ミフユ。ミフユ。憶えているかい？　僕の事を、君はまだ憶えていてくれるだろうか。こちら、ノバ。君の仲間で、恋人だったノバだよ。さくらの一族の長のムーンに忠実だった、パイロットのノバだ……。

美冬は、夢の中で幸福だった。夢の中では満たされていて、幸せと希望に溢れてもいるのに。起きてみると「それ」は、柔らかな春の陽射しか、甘い匂いスミレの花の香りのように、美冬の頭からは消えて行ってしまっているのであった。只、顔も定かでは無い、誠実なパイロットの、後ろ姿と影だけを残して。

美冬は、その淡くて優しい夢に助けられている自分を、どこかで感じ取っていた。例え目覚めれば、通り過ぎていってしまった恋のような、儚い夢にでも……。

昨年の夏になって美冬は、晴彦に若い愛人が居た事を知った。その愛人のお腹に、男の子が宿っているという事も、「ついで」のように知ったのだった。

「宣告者」は義母の朝子と、朝子の妹の夕子であったが、その「宣告」は、宣戦布告でもある、残酷極まりないものでもあったのだ。つまり美冬は、夫の浮気と隠し子の存在を、知りたくも無いのに「知らされて」、判りたくも無いのに、判ったという訳だった。

「他の女《ひと》との間に作った子を認知するなんて。出来ません……」

「では、どうするというのよ、美冬さん。確かに外の子供では有りますけどね。待望の跡取り息子が、晴彦にも出来たのよ。籍位入れても、罰は当らないじゃないの。何て解らず屋で意固地なの」

「そうだわよ。昔は妾なんて、男の勲章みたいなものだったのよ。妾腹の子だからって、差別する手は無いじゃないの。後継ぎに嫉妬するなんて、狭量ね」

「そう思われるのはそちらの勝手ですけど……。後継ぎなら、美晴か冬美にお婿さんを迎えるか、一緒に住んで貰えば済む話ではありませんか」

「婿なんて、嫌ですよ。それにね。別姓になってしまったりしたら、一緒に住んだとしても、それは後継ぎだという事にはならないじゃないの。ちゃんとした男の子が出来たというのに。これじゃ、話にならないわ」

「そうよ。何もねえ、そこまで強情張る事、無いじゃないの。妾を家に入れろ、と言っている訳じゃ無いのよ。只、認知をしろと言っているだけなの。こんな話は本当は、嫁の承諾なんて受けなくても良いものなのに。人の親切を仇で返すなんて、恐ろしい嫁ね、姉さん」

「だから、そう言っているでしょう？　いつも、この人はこうなのよ。わたし達の言う事を、全然聞かないの」

「聞ける訳なんて、無いでしょう？　それに、そういう事ならそちらだって、わたしの言う事なんて聞きもしないのだから。お互い様ではないですか。それで？　その子を認知しろという事は、その子の母親と晴彦の付き合いも、一生認めろという事なのですね。黙って……」

「当り前でしょう、そんな事は。子供から母親を引き離すなんて、出来はしませんよ。それとも、美冬さん。あなたが引き取ると言うのなら、その方が良いですけどね。二つ家では、経費が掛かり過ぎるもの」

「馬鹿馬鹿しい。無茶を言わないで下さい、お義母さん。冬美はともかくとしても、美晴はもう是非の判る年齢になっているのです。わたしのお腹が大きくもならないのに、赤ちゃんが産まれたなんて。信じません……」

「男の子が必要だから、貰ったのだと言えば良い事じゃないの。それも嫌だと言うのなら、出ていって貰うしか無いわね、姉さん。美冬さんは、後継ぎは要らないそうだから。いっその事、その方が話は早い気がしてきたわ」

「後継ぎ、後継ぎって……。馬鹿の一つ覚えのように、声高に言っているけれど。後継者が要る程の家柄と格式ですか？　この家は。もしそうであるとしても、今はもう、そんな時代ではありませんよ、お義母さん」

美冬はその夜、帰宅した晴彦に真偽を問うてみたのだけれど。夫の返事は素っ気が無く、又、悪びれている風でも無かったのだった。晴彦は、女とは別れる気は無いと言い、その子供を籍に入れる、とも言ったのである。蒼白になって睨むようにしていた美冬に、晴彦は手を上げたのだった。手荒に、情け容赦も無く……。

　美冬はその時、晴彦の本性を見たと思った。そして、晴彦が自分に対してだけでは無くて、いつかは娘である美晴と冬美にも、同じ事をするようになるのではないか、とも思い、恐れたのである。美冬は思った。身体に対して暴力を振るわれる事と、心に対して暴力を振るわれる事の、一体どちらがより酷《むご》く、より非道な事であるのだろうか？　と……。

　別れ話を持ち出してきたのは、義父の時彦だった。夫はこの時もどの時も、決して話の矢面に立とうとは、しなかったのである。美冬はその時、「もう良い」と思ったが……。

　今度は慰謝料と、娘達の養育費の事で、揉める事態になってしまったのだった。葉山家側では「出ていく者に金を払う気も、義理も無い」と言い続け……。美冬は「義理では無くて、義務が有ります」、と言い続けなければ、ならなくなってしまったものだから。そのような膠着した状態が秋迄続き、初冬の頃に晴彦の愛人は、男児を出産したのである。

　晴彦はその男の子に朝彦《とも》という名前を付けてやり、時彦と朝子は頻繁に、その女と朝彦に会いに行くように迄も、なってしまった。まだ、家には入れてはいない。まだ、本宅には連れ帰って来てはいないけれど。美冬にとっては、それはもう、どうでも良い事になってしまっていたのだった。慰謝料の事も、養育費も、もうどうでも良くなった。むしろ、そのような夫と義父母達から貰う金銭を、娘達を育てる足しにする方が罪深く、汚れているように思われもしてきてしまったのだ。それで、出て来た。黙って行き先も告げず、二人の娘達だけを連れて、この町へ。

実家には帰らなかったが、心配する迄もなく、婚家の方からの問い合わせの電話すら、無くて済んだようだった。船木町は、実家の野下家からは、車で四、五十分の場所に在る。美冬達は其処で、速やかに野下の姓に戻り、軽やかに新しい道に船を進めた。

目には見えないが、言葉の暴力によって長年心を傷付けられ、目でも見える暴力によって傷を受けた船道から解放されて、自由の身となって……。

幼い娘達の船は、美冬が押し進めていった。

そして美冬自身の船は、恋歌と光と影が、力強く押し進めてくれていたのである。目覚めれば、意識に迄は昇って来られない夢の記憶でも、魂の海中に暖かな海水のように満ちていて、煌《きら》めいていてくれたから。美冬はだから、明るく健やかに生きていられるのだった。

夢の中ではチルチルの、深く優しい歌が聴こえる。夢の中には光射す海と、パイロットの服装をした若者の姿が在って……。こちらを振り返って見ているらしい、面立ちも定かでは無い「ノバ」の、揺れている影があった。光に揺れて。さざ波に揺れて。懐かしいような、風に揺れて。

そのパイロット姿の若者の、後ろ姿と影だけが美冬の意識の表に昇って来るようになったのは、母子三人だけでの、暮らしが始まってからの事だった。美冬は囁く。顔の見えない、その「誰か」に向かって……。

あなたは天使なの？　それとも只の幻？　わたしの夢が創り出した、わたしの王子様？　わたし達、いつかは会える日が来るのかしら。わたしの願いは変わっているわね。幻の天使か恋人に、憧れ続けているなんて。

美冬の囁く声に、天を往く鷲は応えて言われる。

「待ちなさい。そして、希みなさい。待つ程に、希望は輝くものだから。さくら歌の娘であって、わたしの娘でもある、冬花のミフユよ。逞しく、強く、輝いて在りなさい……」

「その方」の御声は、美冬には届かない。唯、美冬のソウルだけが「その方」のお声と言葉を聴いていて、「その方」の篝火のような愛に、惹かれていくのだった。

北からの風が、激しく哭《な》いて。悲鳴のように吼えて、南に、西に、東に向かって吹き荒れていく。夜と夜とを渡り、闇の色を濃く、より一層冥《くら》く重い帷子に変えて吹く。

東京都M市の高級住宅街の中の森田家では、連夜のように諍いが繰り返されるようになっていた。

竹林に囲まれている屋敷の中では、今日も、悲憤と戸惑いの声が、風の音に勝って響いている。

教会の、鐘が鳴ってはいたけれども。その鐘の音は時を告げるというよりは、人の世の悲しさと、侘しさを告げているようで……。「喜びの時」を告げ、報せている筈の鐘の音が、瑠奈《るな》には弔いの鐘の音のように聞こえてしまうのだった。姉妹のようにして暮らし、愛して、大切にしていた愛犬への、弔鐘のように……。

「どうしてあんな遠い所迄、レナを連れていったのよ！　いつもは留守番をさせておく癖に!!」

「そんな事を訊かれても、困るわ。瑠奈。仕方が無いでしょう？　レナが車に乗ってしまったのですもの」

「嘘よ！　レナが自分から車に乗る筈なんて無いでしょう！　無理矢理乗せたのに、決まっているじゃない!!　それも捨てに行くためにね！　あんた達、人間じゃ無い。鬼だわ！」

「親に向かって何という事を言うんだ、瑠奈。あんた達だとか鬼だとか！　謝りなさい。母さんが泣いているだろう」

「自分の母親も泣いただろうとは、考えもしないの、あんたは！　お祖母ちゃまはホームに入れられると決められてから、ずっとあんた達に隠れて泣いていたのよ！　あんた達、最低!!　年取ってボケたからなんて言って、お祖母ちゃまを捨てたように、あたしのレナも年取ったから、わざと捨ててしまったのに決まっているわよ！　人間の皮を被った獣!!」

「お祖母ちゃまを捨てただなんて……。人聞きの悪い事を言わないで頂戴、瑠奈。お祖母ちゃまは本当に認知症になったのよ。だから、ホームに預けるより他に無くなってしまったの。お父様とわたしは働いているのよ。昼間は留守になってしまう家に、病人を一人だけでは置いては行けないじゃないの。危ないですからね」

「あたしが居たわ！　レナも居た!!　お祖母ちゃまは一人切りではなかったし、認知症でも何でも無かったじゃないの！　それなのに……。あんた達はお祖母ちゃまを、芥のように捨てたのよ。ポイッとね!!　世間は騙せても、あたしは騙されない。レナの事も年取ってきて汚いだとか、鈍臭いだとか、手間が掛かるだとかと、文句ばかり言っていたじゃないの！　レナは汚くなかったし、鈍くも無かった!!　只、年を取っただけなのよ。年取る事が捨てる理由に為るのなら、あたしもあんた達をいつか捨てて遣るわよ！　お祖母ちゃまのようにしてね!!」

「良い加減にしないか、瑠奈。わたし達はお前を、そんな物解りの悪い、馬鹿な娘に育てた覚えは無いぞ！　レナは、迷い犬になっただけだと何度言ったら解るのかね。レナは車から出て、迷子になった。わたし達が幾ら呼んでも、車には帰って来なかったのだ！」

「へーえ、そうなの？　それじゃ、当然あんた達は、あの地域の警察や保健所に届けたり、問い合わせたりして、あたしのレナを捜してくれた筈じゃ無かったの？　でも届け出にも、問い合わせに行ってもいやしないじゃないの！　あたし、調べた。ちゃんと調べたのよ、嘘吐《つ》き!!」

「……忙しかったから行けなかったの。瑠奈。わたし達が忙しい事は、あなただって良く知っていてくれると思っていたわ」

「そうね！　忙しくてもあんた達は、新しい仔犬を買いに行ける位の時間と閑だけは、有った訳よね！　何よ、そんな抱き人形。あんた達が一年以上前からレナを嫌っていて、その毛むくじゃらを飼いたがっていた事は、あたしにだって解っていたんですからね!!　飼うのなら、二匹共飼えば良い事だったのに。それなのに、あんた達はレナを捨てたのよ！　あたしの留守の間に、こっそりとね!!　それも……。利口なレナが帰って来られないように、わざわざ車に乗せて臨海地方の外れに連れていくなんて。あんた達はやっぱり、鬼だわよ!!」

「止めてと言っているのよ！　瑠奈。あなただって、もう十七歳じゃないの。あんな年寄りの巨《おお》きな犬の面倒を見るのが、どれ程大変だったか位は、解ってくれても良い年の筈だわ！　それにね。ロナの事を毛むくじゃらなんて呼ぶのは止して頂戴。この子はレナの代りに、あなたのために買ってきたのよ。わたし達のためじゃない！」

「あら、そう!!　だったらその玩具を返して、レナと同じ種類のロングレトリーバーを買ってきてよ！　あたしが欲しいのは、ショコラ色の巨《おお》きな、レナのような子なのよ。ミニチュアシュナウザーなんかじゃなくってね。ミニチュアが欲しかったのは、あんた達の方じゃないの。嘘吐《つ》きも、そこまでくるとヘドが出そうよ！　あんた達なんか、大っ嫌い!!」

「全く！　瑠奈!!　お前という子は、親に向かって……」

「あら。その手をどうする積りなの？　あたしを打つの、あんた。打つなら打つと良いわ。あたしは、温和《おとな》しいレナとは異うのよ！　あんた達の顔に噛み付いてやる!!」

健吾は呆れて、上げた手の遣り場が無くなってしまい、瑠璃《るり》は恥ずかしさと口惜しさの余りに、涙を落としていた。

犬ではあるまいし「噛み付いてやる」とは、何という言い草なのだろうか。この娘は、姑の良子にそっくりだわ。何でも思った事をはっきりと言い、わたし達には反抗的で。瑠奈とレナを甘やかして育てた、あの姑にそっくりよ。

健吾と瑠璃が、娘の瑠奈に「嘘吐《つ》き」呼ばわりされて必要以上に腹立たしいのは、本当の所は全て、瑠奈が言っている通りだったからなのである。全てが……。

瑠奈は、母親に抱かれて縮こまっている、クリーム色のミニチュアシュナウザーのロナに、心の中で言っていた。

ごめんね、ロナ。あんたが嫌いな訳じゃ無いのよ。でもね。あんたのお陰であたしのレナが捨てられてしまったのは、本当の事なんだもの。あんたも捨てられたりしないように、せいぜいその二人のお気に入りにでもなりなさい。あたしはこの家からは、出ていく事に決めたからね。もう、あんたに当る事は無いけれど。その二人は気紛れだし冷酷だから、気を付ける事ね。あたしは卒業旅行に行ったアメリカの大学、ＵＣＬＡに飛ぶのよ。先生には、もう話してある。先生は、大喜びしているわ。それはそうよね。先生の母校に留学する、と言ったんだもの。でもね。あたしは先生のように、英語を専攻するんじゃないの。あたしは、動物医学科に入って、獣医か、動物の介護士になる積りだっただけ。レナのためにそうしたかったのだけどね、レナは待っていてくれなかったの。あんたの鬼親達が、捨ててしまったから……。

瑠奈は、捜しても捜しても、とうとう見付からなかった愛犬のレナの、何処かの海辺の砂浜か浅瀬の中で横たわり、儚くなっている姿を思って、泣くのだった。教会の鐘が鳴っていた。時を、悲しみの中に閉じ込めて。瑠奈の心の中に、惜別の歌と、苦い涙を残して……。

森田瑠奈は、ロサンゼルスから帰る日は無い、と決めていた。両親がレナを連れて行って捨てたのは、祖母の良子が入れられていて亡くなった、海辺のホームの傍だったのだから……。あの二人は、自分達の母親と、あたしの分身のレナを、愛の渇きと嘆きの海に捨てて死なせてしまった。だからあたしも、この家を捨てるの。情けの無い人達とは、あたしは一緒に暮らせない。優しさの欠片も無い人達とは、あたしは一緒に生きられない。あたしに必要だったお祖母ちゃまとレナを、あの人達はあたしから奪い去ってしまった。もう、戻らない所に埋めた。永遠に。あたしの心も一緒に死ぬとは、想いもしないでね。本当に、死にたい。でも。誰かが、あたしに「生きろ」と囁くの……。

「ノバ」と呼ばれていた並木広志は、年老いて薄汚れてしまっている巨《おお》きな犬の「ワンちゃん」と、抱き合うようにして眠っていた。一月初旬の真冬の夜の風は、氷雪を渡って来たように冷たかった。束の間の眠りに落ちた並木を寒さから庇うようにして、「レナ」と呼ばれていた犬の方が、彼を抱いている様に見える。

並木広志の夢の中にも、ムーンであったチルチルの歌っている、哀切な響きのさくら歌が降ってきていた。雪の花のように。桜の花びらのように、降り積もり。舞い積もっては、又消えていくのだ。忘れな草の海に……。

年老いた犬のドギー・レナも、さくらの歌を聴いていた。そして、恋うていたのだった。今でも愛している「瑠奈」という名の少女を……。瑠奈。るな。ルナ……。ルナ（ロバの皮）とラプンツェルの事と、さくらの一族の人達の事を、ドギー・レナはまだ忘れてはいない。瑠奈が「居なくなってしまった」事も、忘れてはいなかったのである。

レナは、連れられていった家からまず、「お祖母ちゃま」が居なくなり、昨年の十一月の終りには、瑠奈迄が居なくなってしまった事を、悲しんでいた。レナにとっては「居なくなる事」とは、すなわち、その人達の死を意味しているので有ったから……。昨日迄は元気で、「レナ」と呼んでくれていた人の姿が、今日はもう見えなくなって、消えてしまって帰らなかった。

「行って来るわね。すぐに帰って来るから、良い子にしていてね」

誰も彼もが、気軽にそう言って出掛けて行きはしたけれど。けれども、その愛する人達は、或る日突然に、帰って来なくなってしまうのだ。いつでも。いつでも。いつでも……。だから。レナは、健吾と瑠璃によって捨てられた時には既に、M市の家迄帰る気持を失くしてしまっていたのである……。愛しかったあの瑠奈も、ルナとムーンとランドリーとミナや、自分の子供のように愛していた猫のキャットと同じ様に、姿を消してしまったのだから。もう、会えない。もう、会えない。レナは、さくら歌の中で失くした人達を想い、懐かしむ。

ドギー・リスタ・レナの夢は、パールとチルチルと同じかそれ以上に、失くした人々への恋心で満たされているのだった。又、会える。又、会える……と、レナは、夢で夢見た。失くした人達に会うためには、夢を見るのが一番良いのだ。失くした人達は「そこ」で、花咲く野辺で、母のごとくにして微笑み、花輪を手にして待っていてくれるのだから……。レナは、二人のルナが恋しく、会いたかったけれど。今のレナは名無しで、並木だけを頼りとし、並木だけを唯一の家族と思い定めて、愛するようになっていた。

ドギーと呼ばれていた頃にレナは、遠い記憶の中でノバの匂いを嗅いだ夢を夢見たような気持さえしてくる程に……。

並木と「ワンちゃん」であるレナはその夜、とうとう東の町に、下町と呼ばれる地域に辿り着いて来たのであった。まだ、下町のその又下町である綿木町にも、綿木公園に静かに立っている「静桜花」である桜の下にも、辿り着く所迄は進んではいない。

けれども。その街はかつて、フランシスコが通り掛かった時に、ユキシロ・ブラムとアンナ、チャド・エドガーとラリー・ヘンリー、ジョルダン・ジョセやスミルノ・ローザを「見掛けた」と思い、捜した、謂れのある地域であったのだ。そうして。その時は仕事中であったフランシスコが仕事から解放されて、大急ぎで戻ってみた後ではもう、誰一人として見付けられなかった所でもあった……。けれど。今でもその町には何人もの「さくら人」達が暮らして居る。今ではその町にはアメリカから帰国して来た、ミナである美奈子も住んでいるのだ。彼女の息子達の留学生、ヒローとシンジーの二人も、やがて帰国して来て、住む事になる筈の町でも、あったのだった。フランシスコは、まだ何も知らない。

神である「美しい方《かた》」はフランシスコに、彼等では無くて、一番先にランドリー・小林と、四人の歌謡い達を彼に与えられ（小林の道連れの、チョート・渡辺とフランセ・メアリ・由利子と、シトラス・瀬川の三人も居た。何もかも忘れてしまってはいても、お互いにお互いを大切に想い、家族のように寄り添い合って生きている三人も……）ていたのであったから。何よりも、大切な「集いの樹」であり、「出逢いの樹」でもある、美しい巨木である桜の樹の下で、フジシロに……。

「ワンコロに抱かれて、眠っていやがる。気楽なもんだな。おい、手前《てめえ》。起きろ！　此処を何だと思っていやがる」

並木広志は、グリグリと足先を踏まれて、跳び起きた。目付きの鋭い男達に周りを囲まれているのを悟った並木は、「ワンちゃん」を自分の後ろに隠そうとしたのだったが……。犬の方では何故なのか「懐かしい」とでもいうように、その男達の中の一人の足にスルリと摺り付いて、尻尾をハタハタと揺らし始めたのである。それから又、もう一人の男と、唯一人だけ其処に居た女性の足元にも、巨大な犬は摺り寄っていく。

「止めなさい、ワンちゃん。こっちにおいで……」

並木の言葉に従って、大人しく犬は戻っていった。

「こ汚ねえ犬だな、全く……。社長。こいつ等、ホットドッグかミンチにでもして、河に投げ込んで遣りますかね」

「社長」と呼ばれたチャド・高畑は、ニヤリとして言った。

「止めておけ、ヨウタ。こいつは、お前の手に負える犬なんかじゃねえかも知れねえからな」

「へ？　このボケ犬がなんですか……」

「ボケとも言わねえ方が、良いかも知れねえぞ、コウジ。こいつはな。ナイフ投げの的にされても、チャカの的にされても、平気で坐っていられる奴かも知れねえ」

「このボ……ヨタ犬がですかね？　兄貴。それならこのワン公を、番犬にでもしたらどうですか。おい、手前。この犬を買ってやる。有難え話だろうがよ。幾らだ？」

「……せっかくですが、売り物ではありませんので……。では、わたし達はこれで。何処か他に行きますので、失礼します」

立ち上がり、歩き去ろうとし掛けた並木の足の前に、一本の足が突き出されたので、並木は見事にその場に転がってしまった。犬が、その並木に身体を寄せていく。

「あなた……。何ていう事をするの？　酷《ひど》いわ。痛かったでしょうに。お怪我は有りませんでしたか？　あの……」

「同情なんかするんじゃねえぞ、美奈子。俺はな、どうもこいつの顔に、見憶えがあるような気がしてならねえんだからよ。おい、佐々木。手前はどうなんだ？」

「はあ、確かに。俺にもそんな気がしてきました。コラ、手前。手前等まさか、郷田組の三下かなんかじゃねえだろうな。そうだとしたら、許しやしねえぞ」

「郷田組、って……。あの、まさかそれって、ヤクザ屋さんの事ではないでしょうね？　違います。違います。わたしは……」

「フフン。それならお前は何なんだ？　言ってみろよ」

「パイロット。……あ、いえ。東西商事の商社員でした」

並木はその眼光の鋭い男に向かって、何故自分は「パイロット」だ等と言ってしまったのか、解らなかった。だがその男は、並木の言葉を聞いても怒らなかったのだ。

「……パイロットだとよ。どうりでな。何処かで見たようなツラである訳だ。もっとも飛行機や船くれえはよ、今では車よりも多いときたもんだがな……」

「違います。商社の社員だっただけなんですけど」

「その商社の社員様が、何でホームレスの格好なんかして、ウチの中を探っていたりしやがった？」

「格好ではなくて、本物のホームレスに成り掛けているのですが……。実は、会社にリストラをされてしまって……」

「それで？　ワン公に抱っこされておネンネしていたってか。手前、そのワンコロを、何処から盗み出して来た？　正直に言わねえと、手前から先にミンチにして遣るぞ。そいつにはな、ちゃんとした飼い主がいる筈なんだ」

「盗んだ、だなんて……。落ちていたから、拾っただけです」

チャド・高畑の眉間に、しわが寄った。ラリー・佐々木は優男から一変して、ナイフのような声になる。

「おい、兄ちゃんよ。嘘吐《つ》きは泥棒の始まりなんだぜ。手前、ヌラクラしていやがると、中近東かエジプトに売り飛ばして遣るからな。あそこじゃな、男の方が高く売れるんだ。吐け！　そいつを何処から連れ出した？」

「指の一本くれえ切り落としても、そいつは何にも吐かねえだろうぜ、佐々木。何せそいつは、ヨウタに犬を売れと凄まれてもだな。売り物ではねえと、涼しい顔して断りやがったんだ。タマならお前と、良い勝負だろうさ。だがな。度胸は有っても、金はねえだろう。悪い事は言わねえから、犬を置いて消えろと言ってやれ。こいつは俺が、ノエルの奴かパールに返して遣るとな……」

「ノエル？　パール？　誰なんですの、あなた。あなた、このワンちゃんを知っていらしたんですか」

高畑不動産の「社長」である幸弘は、渋い顔をした。

「ああ。良く知っていた犬にそっくりなんだがな。お前はどうだ？　お前はこいつを憶えていねえのか、ロミーナ」

ロミーナと呼ばれた美奈子は、嫌な顔になった。

「わたしは美奈子ですわよ、あなた。ロミーナなんていう変な名前で呼ばないで下さいな。ロミーナって誰なんですの？　嫌な人……」

「さあてな……。あれは、クラブ・リヨンだったかストラスブール辺りだったかなァ。もしかすると、ブリュージュだったかも知れねえが。女の名前なんぞ、一々憶えているもんか。なあ、佐々木よ……」

「社長の仰る通りですがね。気にする事は、無いですよ。社長はこれでも、奥さん一本槍っていう奴で……」

「馬鹿野郎。これでもとは何だよ、これでもとは！　俺にだって女の一人や二人くれぇは、いつでも作れるさ」

「そんな物、作らなくても結構ですよ。何よ、二人でわたしを馬鹿にして。リヨンだのストラスブールだのブリュージュだのって。それ、皆フランスか、ベルギーの町の名前じゃないですか。ノエルとかパールとかいう女の人も、そのストラスブールにでも居るのかしらね……」

美奈子はその、ストラスブールという町の名前が、何故か懐かしいような気持にさせられていた。ストラスブール……。

行った事等ない筈の商都、ストラスブール？　それに。ノエル。ノエル。ノエル？　パールとノエル？　ああ。黒い大きな犬、ドギー。嫌だわ、わたし。又、幸弘の手に乗せられて、後でヘラヘラと嘲笑《わら》われてしまうところだったのに、違いない……。

怒った美奈子は幸弘を無視して、自宅への階段に向かおうとし掛けたのだった。

「アレ。奥さん、怒っちゃいましたよ、社長。良いんですかね、放っといて。不味いんじゃあ、無いっスか？　あんな犬っころの事で、角なんか出させたりしたらですよォ……」

「そうですよ、社長。コウジの言う通りですってば。奥さん、又怒って、アメリカに帰る、なんて言い出し兼ねませんっスからね」

「うるせえんだよ。黙っていやがれ、コウジ。ヨウタ。おい、美奈子。お前だけ帰って、どうする積りなんだよ」

美奈子は、くるりと振り返って幸弘に言った。

「そのワンちゃんと飼い主のホームレスさんに、何か暖かい物でも持って来ます。今夜は特別に冷え込んでいますもの。あなたが乱暴した、お詫びにですよ。あなた。今夜一晩ぐらいはこのまま其処か、階段の下にでも泊まらせてあげたらどうですか。罰は、当らない筈よ。あなたの知り合いの女の子のワンちゃんなら、尚更にね。でも。わたしにはその人が、それ程悪い人には見えませんけど……」

「ノエルは、女じゃねえ。女の振りをするのが好きな、生意気なガキだよ、美奈子。パールはそいつのシステレで、男の装《な》りをするのが好きな、イカレたガキだ。佐々木に尋《き》いてみろよ、ミナ。こいつは俺よりは、知らねえがな」

「そうですね……。ノエルがムーンだとかブラウニだとか、パールはプラムだとか犬回しだとかという事くれえは、知っていますが。あのガキ達は、クルクルと名前を変えていやがったから。端から皆、忘れちまうぐらいで。社長の言う通りの、イカレたガキ達だという事だけは、確かですがね。あいつ等、このワンコロの名前も、クルクルと変えていやがったような気がするな……」

並木は、そんなイカレた飼い主の下へ、「ワンちゃん」を返したく無い、と考えていた。「犬回し」だって？　そんな事、冗談じゃない。それで。年を取り、上手に芸が出来なくなったから、捨てられたのなら、尚更だ、と……。

幸弘と佐々木は、美奈子に怒られる前に、並木に言った。

「さてと。そいつを渡して貰おうか、兄ちゃん」

「余り社長を梃摺らせたりするんじゃねえぞ。犬泥棒。そいつをどの辺の、どの家から盗んだのか、白状しちまいな」

「……拾った、と言っているでしょう。臨海ニュータウンから続いて来ている道の脇で、この子は行き倒れになっていたんです。わたしが見付けた時はもう、死に掛けているような状態で……。捨てられたのに、決まっているでしょう」

幸弘は、思い切り並木を睨んでいた。チャド・幸弘にとってのノエル・ムーンは、天敵のような存在だったのだから。姉の方のパールに就いては、そこ迄の想いは、幸弘には無かった。只、「プラム」という名だった少年の名前を騙って、散々皆を振り回してくれた、という記憶の他には……。ヘンリー・佐々木は幸弘のように二人に対しての恨みつらみは、無かったのだが。

佐々木は「親分」である幸弘に、追随しているだけだった。「高畑産業」は、表は不動産業を看板に掲げていたが、裏では立派なヤクザで或ったのだ。

その「親分」であり、社長である幸弘の天敵、ノエルとパールが、大切にしていたドギー・ドッグを捨てる筈は無い。それも、海の近くなんかには、絶対に。海は、ムーンとパールにとってはいつでも不吉な場所であり、ドギー・ドッグである「捨て犬」に就いても、不吉な場所である事に変わりは無かったのだから……。それなら。それでは……。

「フン。お前の言う通りなら、ノエルの奴とパールは、もうくたばっちまいでもしたんだろうさ。どうりでこの頃はやけに黄色い声で、あいつ等の歌っている歌が、化けて出てきやがる訳だ。煩《うるさ》くて、夜も眠れやしねえ、と言いてえところだったがな。あのガキ達がくたばったというのなら、それも憐れなもんだぜ。なあ、佐々木」

「全くで。世の中、神も仏もねえもんですね、社長。それならこの兄ちゃんとワン公には、もう用もねえって事になるでしょう。おう、お前等。こいつ等をさっさと追い出しちまいな。郷田の奴等に痛め付けられねえように、遠くにな」

チャド・幸弘は、アンナ・フローラ・梨恵子と、ユキシロ・ブラム・伸弘を、イザク・作治の事を、考えていた。梨恵子は数年前にもう、儚くなってしまってはいたのだけれども。けれども、梨恵子も伸弘も、ノエルとパールが生きているのなら、他の誰よりも二人に「会いたい」、と願っていた筈だったのだから。ノエルとパールは伸弘にとって、誰よりも、何よりも、大切な存在だったのだ。だが。大切でならないそのノエル達がもう既に、梨恵子と同じ様に儚くなっている、と言うのなら……。

仲弘と作治は、ドギー・ドッグにでも良いから、「会いたい」と思うのでは、ないのだろうか。パイロットはどうだか、解らないが。幸弘は、仲弘とも作治とも、ムーンとパールに就いて改めて話し合った事は無かった。チョートとメアリや、ランドリー・小林に就いて話した事が、一度も無かったように。だから。幸弘は、仲弘達がどの程度、「さくらの一族」と「さくら歌」に関して、憶えているのか忘れてしまったのかを、知ってはいなかった。只、仲弘と梨恵子が同じ様に、桜の花と樹を愛していた事だけは、解っているのだ。仲弘と梨恵子が綿木町に移ったのは、綿木公園に在った一本の桜のためであったし、其処から更に奥多摩に移転したのも、桜を求めての事ではないか、と幸弘は見当を付けていた。そうであるならば、仲弘と作治は少なくとも「さくら」だけは、憶えている訳で。少なくとも、「ノエルとパール」位は、憶えている筈であるのだ。全ての記憶を失くしてしまった美奈子や長治、由利子と小林平和達は、別にするとしても……。

幸弘と佐々木の二人が、大半の者達が忘れてしまった「さくらの民」としての記憶を保っていられたのは、二人の職業柄というのか、職業病のような物の所為だった。チャド・幸弘と佐々木は、前は船の警護に当っていたのだったから……。ヤクザもポリスも兵隊も記憶力が悪ければ生命取りであり、記憶力の悪い衛兵も番兵もいないものなのだ。幸弘と佐々木はその点では、優れたポリスか忠実な番兵のように、記憶力が良かっただけである。もっとも幸弘に限って言えば、「ノエル憎し・恋し」の感情と、「故郷恋し」

の感情が絡まり合っていて。

　それでいて、皆や佐々木と同じように忘れ掛けてもいる、「斑呆け」に近いような状態であると思われた。佐々木の「斑」はもっと進んでいる様であった。それでも幸弘と佐々木隆はまだ、「さくらの民」の自覚は、残されていたのである。それならば、伸弘達も同じだろうさ、と幸弘は思っていたし、それは、間違ってはいなかった……。

「ヨウタ。コウジ。あなた達、何をしているの？　そんなに乱暴に、その人の衿を摑んだりして。二人共、その手を放しなさい。わたしの瞳の前での乱暴は許しません、と前にも言ってある筈よ。あなたももっと、若い人達を教育して下さらないと……。裏表が有り過ぎるのでは逆に嘲笑《わら》われてしまう元ですからね。郷田組とかいう人達は、その良い例ではありませんか」

「そんな事くれえは、お前に言われなくても解っているがよ。相手が相手だから、仕様がねえだろう」

「下の下の相手に合わせるなんて、どうかしているわ」

　美奈子は本格的に帰国をしたばかりだから、そんな脳天気な事を言っていられるのだ、と幸弘と佐々木は内心で思い、肩を竦めて嗤《わら》っていた。ゴロツキには、ゴロツキなりの戦法が有るのだ。

　強面《こわもて》と脅しと、鉄砲玉（覚悟の殺し屋）という、汚くて楽しい戦法がよ。そいつに対抗するためにはな、美奈子。こっちもせいぜい強面にならなけりゃあ、遣っていられねえ。生命が幾つ有っても、足りなくなっちまうからな。特に、お前は危ねえんだよ、ロミーナ。嫌、美奈子か……。お前のように上品ぶっていて、敵の面も知らねえでも平気でいるような女は、鴨葱と言ってな。相手の方では多分もう、お前の帰国を承知している。お前を真っ先に狙ってくるかも知れねえという時にだぜ。呑気に良い子ちゃんごっこなんか、していられるか……。

幸弘の思いも知らずに、美奈子は怒っているのだった。並木と「ワンちゃん」は、美奈子に熱い緑茶と温かな雑炊を載せた盆を手渡され、美奈子の後ろに従ってきた家政婦の柾子に、新品の毛布も二枚、渡されたのだった。

「さあ、召し上がれ。暖まりますよ。お腹が空いていたでしょう？　ワンちゃん」

巨《おお》きな犬とその男に話し掛けながらも美奈子は、どこかが懐かしさに痛み、胸が締め付けられているような、不思議な気持になってしまっていたのだった。それと同じ気持を、並木の方でも美奈子に対して感じていて……。「ワンちゃん」であるドギーは一層の事、美奈子に親しみと懐かしさを感じ、幸弘と佐々木に対してさえも、懐かしいような匂いを感じていて、「クウ」と鳴くのであった……。

「ケッ。見ろよ、佐々木。兄ちゃんもワン公の方も、行儀が良いこったぜ。腹なんか少しも空いていませんでした、ってなツラをして、飯を喰っていやがる」

「俺達に囲まれていても、平気の平左で飯喰っていやがらあ。社長、このワンコロは本当に、ナイフやチャカの的にされても平気なんですかね。それなら俺、試してみてえなぁ……」

「手前の腕前じゃ無理だぜよ、ヨウタ。そいつが大人しくしているのは、社長のナイフとチャカにだけだからな」

「そんなら、社長。一丁、やって見せて下さいよ。俺、見てみてえ」

「コウジ。変な事を言って、この人を焚き付けたりするのは、止して頂戴。そうでなくてもこの人は、すぐ良い気になるのですからね。全くもう。あなた達ときたら、話にならないわ」

お行儀良く並んで雑炊を食べている、一人と一匹を眺めていた幸弘は、佐々木に耳打ちをして尋く。

「佐々木よ……。あそこはいつから取り壊しに掛かるんだったかな……」

「あそこですか？　社長。それなら一ヶ月程先の筈ですが」

「そうか。良し、決まりだな」

幸弘は言って、その場にいたヨウタとコウジに言い付けたのである。「あそこ」に、布団一式を運び込んでおけ、と……。ヨウタもコウジも、「どうしてなんっスか？」等とは、聞き返さない。解りました、社長とだけ返事をして、北風が吹き荒ぶ闇の中、「詰め所」

から「あそこ」、つまり取り壊しと決まった空き家に向かって、車を転がして行ってしまったのであった。美奈子には、訳が解らない。

「あなた。又、何か変な事を思い付いたのじゃないでしょうね？　あそこって、何処なんですか。布団をどうするの」

「小町通りの裏の空き家だ。ぶっ壊して更地にすると決めていたんだがな。工事に入る迄に、一ヶ月程有る。それでだな。この犬っころと兄ちゃんを、それ迄其処に泊めてやろうかと思っただけだが、悪いか」

「悪いか、って……。急にどうしてしまったの？　あなた。この人達をまさか、何か変な事に巻き込む積りじゃ無いでしょうね」

「そんなこたあするもんか。ただな。この犬と兄ちゃんを、親爺に見せに連れていきてえだけの話だ」

「お義父様に、って……。あなた、わたし達は今、そのお義父様の所から帰って来たばかりじゃありませんか。今度行くのは来月の初め頃なのでしょう？　それ迄この人達を、足止めにしておく積りでいるんですの？」

「人聞きの悪い事を言うんじゃねえよ、美奈子。こっちは親切に、宿を貸してやろうと言っているんだからな。だが、タダっていう訳にはいかねえだろう。こいつ等には宿代代りに今度、奥多摩行きに付き合って貰う事にする。それで、チャラだ。良いな？　逃げたりするんじゃねえぞ、兄ちゃん。逃げると、手前の大事なワン公のドタマの上にみかんでも置いて、そいつを的にしてナイフを投げるぜ。なァ、佐々木」

「そういう事だ。あそこは今は、電気もガスも水道も止めてあるけどな。明日には一応は使えるようにして遣るから、有難く思いな、兄ちゃん。飯ぐれえは、自分で何とかするんだな。火事は、出すんじゃねえぞ。火を出したら、手前と犬の大事な所も、焼いてやる。せいぜい気を付けろ……」

並木は幸弘と佐々木が、何を企んでいるのか解らなくて、不安な面持ちになってしまっていた。この寒空に一ヶ月もの間、家の中で暮らせるというのであれば、それこそ有難い話ではあったのだが。自分自身のためと「ワンちゃん」のために、何よりも有難く、喜ばしい事では、ありはするとは思ったが……。

けれども。その条件というのが、多摩だか何処だかに「連れていかれる」事だけだというのでは、余りにも変で……。余りにも釣り合いが悪くて、不気味過ぎていた。第一、彼等がヤクザのように見える事が、気に掛かる。並木は、美奈子という親切な女性がいなかったら、「ワンちゃん」を抱いて猛ダッシュでもして、逃げ出したかった。

「あなた達は、どうしてそう下品なのかしら。嫌になってしまうわ。そんな事を言ったら、この人達は怯えるだけでしょうに……。どうしてこのワンちゃんを、お義父様に見せたいなんて思ったりするの、あなた。お義父様の犬だという訳でも無いのに……」

「こいつは、ノエルの奴の犬だったからだと言っているだろうが、美奈子。嫌……。パールの犬だったかも知れねえが……。とにかくだ。親爺と作治の野郎は、あのガキ達とこの犬が好きだったからな。あの悪ガキ達がくたばっちまったと言うんならよ。こいつだけでも、親爺達に会わせて遣りてえだけだよ、美奈子。お前に解れとは言わねえが……。兄ちゃんの方は、オマケだな」

「呆れて、物が言えないわ。お義父様孝行は良いとしても、それじゃ、この人達はその後どうなるんですの？　用事が済んだら、追い出すの、あなた。あなたやお義父様の知り合いのワンちゃんと、その飼い主さんですもの。いっその事、この人にウチで働いて頂いたらどうですの？」

「そういう訳にはいきませんよ、奥さん。こんなとっぽい奴は、郷田の奴等にすぐに捕まって、犬ごとスマキかチマキにされてしまうのに、決まっていますからね」

「……それなら、由利子さん達の家か、小林さんの所ではどうなの、佐々木。綿木町は此処から遠いから、丁度良いのじゃないかしら。ねえ、あなた……」

幸弘は、どうしようもねえな、と美奈子に向かって言う。

「馬鹿じゃねえのか、お前は……。あいつ等はな、食い物屋を遣っているんだぜ。犬やホームレスが御法度に決まっているくれえの事は、解らねえのか。嫌。待てよ。そういう手もあった。お前はお利口ちゃんだよ、ミナ」

「やっぱり、帰ってなんか来るのじゃなかったわ。わたしをミナと呼んでも良いのは、お義父様とお義母様だけだと、何度も言ったのに。あなたはちゃんと、名前で呼んで下さる約束でしたわよね。幸弘」

「社長。痴話喧嘩なら、後でゆっくり遣って下さいよ。この寒さの中で、何も駐車場でイチャつかないでも良いでしょうに。それより、その良い手とかいうのは何なんですかね」

「佐々木。下手な口を利いていると、手前のタマから先に美奈子の奴に抜かれるぞ。こいつはな、鋏でチョン切るのが大好きなんだからよ。そいつを、忘れねえようにしろや」

「鋏で切るのは、花だけですよ。頼まれたって、他の物なんて切るものですか。それよりもあなた、きちんと説明して下さいな。わたしを誤魔化そうとしても、無駄ですよ」

「きちんとなんか説明出来やしねえよ、美奈子。ただな。チョイと思い出した事があったんだ。お前のお陰でな……。小林の名前だけは、お前も聞いて知っているだろうがよ。あいつはとんだマヌケで阿呆だという事迄は、知っちゃあいねえだろう？　あのドアホは綿木町の公園で、ホームレス達の飯炊きをしているんだとさ。若えのから年寄り迄、何人も抱えてよ。長治と由利子達には隠れて、せっせと綿木公園に通っているそうだ。この兄ちゃん達も其処へやって、あいつに面倒を見させれば良い」

「由利子さん達には内緒でなんですか？　それならあなたはその話を、誰から聞いたんですの。卓ちゃんはそんな事は、ひと言も言っていませんでしたわよ」

「あんまり昔の事で、覚えてなんかいませんがね、奥さん。小林のトンマは有名なんで。風の便り、という奴でしょう」

「あの人はトンマなんかじゃありません。佐々木。あの人は只、優しいだけなんだ、って卓ちゃん達が言っていたのよ。馬鹿はあなたと、ウチの人の方に決まっているでしょう」

綿木町の、綿木公園……。と、並木広志は頭の中にしっかりと刻み付けていた。その町に行って、その公園に辿り着けさえすれば。自分と「ワンちゃん」も、その奇特な「小林さん」とかいう人に、冬の間だけでも頼れ、助けて貰えるのではないだろうか、と祈るような気持で、しっかりと。

だが……。実際にノバ・並木とドギー・リスタ・レナが、綿木町に辿り着けるのは、春になってからの事になる筈だった。一人と一匹は、「あそこ」と呼ばれている空き家に「軟禁」をされた。食事は不規則ながら差し入れ（つまり、いつでも誰かに監視をされるという状態で）られはしたものの、不安極まり無い状態のままで、ひと月近くを其処で過ごす羽目になってしまうからである。それから並木は、監視の目の緩んだ隙を見計らい、その家から、チャド・幸宏とヘンリー・佐々木の前から逃げ出し、姿を消す事に成功する様になるのだ。並木と「ワンちゃん」の逃亡に手を貸すのは、幸弘達の遣り方に憤ったミナの美奈子であり、美奈子は忠告と助言を並木に与える事になるだろう……。

「このまま真っ直ぐに、綿木町に向かっていっては駄目ですわよ。遠回りには、なりますけど。川沿いに、公園伝いに行かれる方が、安全だと思いますから、そうして下さいな。その内にはウチの人も諦めて、あなたとワンちゃんの事は忘れるでしょうから……。気を付けて行って下さいね。それに……。厚かましいお願いですけれど。もし小林さんにお会いになれたとしても、今回の事は、黙っていてやって頂けませんでしょうか。わたしはもうこれ以上、ウチの人の恥を曝したくはありませんの。申し訳無い事をしたのは、十分に承知の上でのお願いです」

美奈子によって返して貰えた、手荷物類と自転車と。美奈子から餞別に渡された「あれこれ」と「足代」を抱えて、並木はミナに別れを告げるだろう。

「ひと月近くも泊めて貰ったのです。その上、あなたにはその間ずっと、心を配って頂いて。こうして無事にワンちゃんと行かせて頂けるのですから、もう何も言う事は、ありません。誰にも、何も言わないと、お約束しますとも……。わたし達はあなたに出会えて幸運でした。でも、本当に大丈夫なのですか？　わたし達が逃げてしまったら、あなたが酷《ひど》い目に遭わされるのではないかと思うと、心配で……」

「ありがとうございます。けど、その心配なら、御無用ですのよ、並木さん。あの人はあれでも、わたしや家族達には絶対に、手を上げたりはしませんから。大丈夫です……。

それより、あなた達こそお気を付けて行って下さいね」

「あなたも、お気を付けて下さい、美奈子さん。さあ、ワンちゃんも、さようならを言って。美奈子さんとは此処でもう、お別れするのだからね。寂しいだろうけど」

「わたしも。もうお別れだと思うと淋しいわ、ワンちゃん……」

黒く大きく濡れた瞳をしている犬に、美奈子はどこか憶えがあるような、不思議な気持にさせられる事があった事を思った。何故なのか、理由は解らない。けれど寂しくて、哀しいような、切ないようなその「別れ」を、並木と美奈子とドギー・リスタは、今生の別れになるからであろうと思い定めて、惜しむ筈だが……。今夜の不運な並木と「犬っころ」であるドギー・ドッグには、まだ何も解らず、刑場に引き立てられていく者達のようにして、佐々木の車に押し込まれる事に、なってしまったのだった。並木は「ワンちゃん」と引き離されてしまうのではないか、と思い、只その事だけを案じて、泣きたい程だった。

けれども。優しい方のお声が、美冬を励ましていたのと同じ様にして、並木のソウルに語り掛けてくれていた。そして。ノエル・ムーン・チルチルの、愛《かな》しい歌声も……。

「春になるのを、待ちなさい。希望をもって歩みなさい。あなたにも、穏やかな日々がいつか訪れてくれる。その、君影草であるミナとも、いつかは会える時がくる……」

歌ってよ！　応えてよ！　さくらの歌人。さくら民。

あたしの歌に答えてよ……。あたしは、あんた達をきっと捜しに行くから。唯、心で。唯、愛で。ソウルで応えてくれれば、それだけで良いの。それだけで良い……。

「その方」とチルチルの愛の潮道は、目覚めない夢のようにまだ、並木広志のソウルの中で眠っているのだ。

チョート・渡辺長治とフランセ・メアリ・由利子は、食事処「楓」で、遅い昼食を摂っていた。真冬の薄く、淡い陽はもう、凍えている空に向かって「さようなら」とでも告げているかのような、そんな一日の午後に……。

「ねえ、あんた。あの占い師さん達、あれから一度も来てくれないわね。一体、どうしちゃったのかしら？　こっちは首を長くして待っている、っていうのにさ」

「俺に尋くなよ、由利子。大方の所は察しが付くさ。多分だな。沢野さん達は、来ねえんじゃ無くて、来たくても来られねえでいるんじゃねえのか？　お前が余計な事を言ったりしたお陰で、ウチは大事なお客さん達を一組、逃がしちまったという事だろう」

「何が余計な事なのよ。あんただって、いつも心配していたじゃないのさ。平ちゃんが、卓ちゃんみたいになってしまったりしたらどうしよう、とか何とか言っていたじゃない」

「卓郎《たくお》の奴は、運が悪かっただけだ。何せな、相手が悪過ぎた。だがな。平和は女と深く付き合ってもみもしねえ内からもう、女には懲りたみてえなツラをして、平気でいやがる。このまま行けば、卓郎も平和もノンタラとして、独身のままで終っちまいそうじゃねえか。そうなったら俺達は、あいつ達の嫁さんどころか、赤ん坊の顔も見れねえままで墓場行きだ、と言っただけの話だ」

「……何が墓場行きよ。冗談じゃ無いわよ、そんな事。あたしは卓ちゃんの事はもう諦めているけどさ。平ちゃんにはちゃんと結婚して貰って、あの子の赤ちゃんを抱きたいのよ。？　何か、悪い卦でも出たりしたんじゃないだろうね。ねえ、あんた。沢野さん達、それが言い辛くて、足が遠退いちゃったのじゃないのかな。そんな気がしてきたわ」

「悪い卦だと？　そいつはどういう卦なんだよ、由利子」

「うーん。例えばなんだけど。平ちゃんが卓ちゃんみたいに、酷《ひど》い女に引っ掛かっちゃうだとかさ。縁が無くて、誰にも相手にして貰えないだとか。郷田の奴等に捕まって、恋愛どころじゃない身体にされちゃうだとか、何とかだわよ」

「馬鹿野郎。由利子、滅多な事は言うものじゃねえぞ。そういう事はだな。口に出してしまうと本当に起きちまう、と昔から相場が決まっているんだからよ。そんな縁起でもねえ話は、あの馬鹿ったれ達には聞かせるんじゃねえ」

「誰が馬鹿ったれなんですか？　長治さん。由利子さん。アレ。今日は七草でもないのに、又、七草みたいなお粥なんですね。美味しそうだけど、何か変ですねえ」

噂の内の一人の、瀬川卓郎が「楡」に、出て来た所だった。

「遅かったのね、卓ちゃん。あんまり遅いから、二人で先に食べ始めていたところなのよ。馬鹿ったれは、ウチには一人だけしかいないじゃないのさ。全くもう、あの馬鹿は……」

「その馬鹿ったれの所為で、今日は粥だけになっちまったんだがよ。卓郎。あいつは一体、夏から何処に行っていやがるんだろうな。今日も残り物はねえか、とか何とか抜かしながら、俺達の賄い飯の鮪のヅケ丼とお香こも洗い浚《ざら》い持って、ドロンを決め込みやがったんだ」

「はあ。そうだったんですか……。平ちゃんなら、見ましたけど。ショッピングモールの裏口の近くの、たこ焼き屋に入っていく所でしたけどね。たこ焼き屋さんに行くのに、手土産でも要るんですかねえ……」

「馬鹿ったれ。何処のどいつがたこ焼き屋に、手土産提げていくというんだよ。全く。どいつもこいつも、話にならねえやな」

「卓ちゃんは、どうしてそんな所に行ったりしていたのよ。まさかあんたも、たこ焼きを食べに行ってたとか言うんじゃないでしょうね。ウチにお昼御飯が有るのは、解っている癖に」

「まさか。わたしはちょっと、本を買いに出掛けていっただけですよ。馬鹿ったれは、取り消して下さい。長治さん」

「たこ焼きを喰っていねえという証拠に、菜粥を二、三杯喰ってみせたら、取り消してやっても良いがな、卓郎。ほら。喰え。あの馬鹿ったれの分まで喰って、もちっと太る事だ」


チョート・渡辺は北の暗い海と、港町の夢を見るようになっていた。メアリ・由利子は、ノエル・ムーンの夢を見る。

ノエルはまだ幼い子供で、後にムーンと呼ばれるようになるが、荒くれ男達から守られるように、男の子として育てられていたのだ。由利子は、黒い服を着ていたノエルが好きだった。

夢の中で。決して意識の表層に迄は昇って来ない夢の中で、由利子は黒い服のノエルに向かって言う。

「ノエル。あたしと踊ろうよ。あたしはあんたが大好きよ。ノエル。ノエル。イカレたノエルに会いたいわ……」

シトラス・瀬川卓郎は美しい光とバラ窓と、花の夢を見る。天使に似ていて、羽をまだ持ってはいなかった、愛しい子供達の夢を見る。その子供達の他にもシトラスには、矢車草の瞳のリトルスター・リスタと、桜草の頬をしていたプリムラと、白鳥のスワンと、賛歌のハサン達がいて。心に掛けていた幼いジャスミンと陽気なリリア、フロリスとヨハとロザ、M・ジリーとドール・クリスティーヌとダーク・エリックがいた。子供達は、大きなハルニレの樹に抱かれている教会の中にいる。教会の名前はサン・マリアで、港町の外れの辺りに建てられていたという事も、夢の中では見るようになってきてはいるのだったが。皆と同じで目覚めれば忘れ果ててしまっているのだった。

卓郎は、ひな菊のノエル・ムーンには、会った事は無かった。卓郎が知っているムーンは、ポートレートの中にしかもう、いなくなってしまっていたのだったから……。

卓郎の夢には、光と誉め歌が降り掛かっている。祈りの香りのしている、誉め歌である恋歌に重なり、さくら歌が遠く微かに響いて、泣いているのだ……。

あなたの恋人は　どこに行ってしまったの
一緒に探して　あげましょう

北風よ目覚めよ
南風よ　吹け
わたしの（心の）園を吹き抜けて
香りを　振りまいておくれ

恋しい人がこの園を　わが物として
この見事な実を食べて下さいますように

わたしの恋しい人は
どこに行ってしまったの
昼は呼び求めても答えて下さらない
夜は黙ることを　お許しにならない

どうかわたしを刻み付けて下さい
あなたの腕に　印章として
わたしの心に　印章として……

さくら恋歌、ハルの民。あたしの声を忘れたの？　あたしの歌も忘れたの？　あたしの愛を忘れたの……。応えてよ。応えてよ。あたしは生きて、今、此処にいる……。

長治と由利子はソウルの眠りの中で、夢を見ているようなものだった。ソウルの眠りにも、静かに「声」は語られる。深く優しい「美しい方《かた》」のお声が。

眠りなさい。安らかに、眠っていなさい。今はまだ……。

卓郎の夢は、サン・マリア教会のハルニレの下に埋もれていた。その卓郎の眠っている記憶に、「美しい方《かた》」は呼び掛けていられる。

聴きなさい。聴いて、目を覚ます準備をしていなさい。嵐に備えて、祈りなさい。あなたの子供達とチョートとメアリ、ランドリー・小林と彼の両親のために、祈るのだ。冬の嵐を恐れ、悲しみ過ぎてはならない、と……。だがそれは、今では無い。あなた方の嵐は、又来る秋か、冬に来る事になるだろう。あなた方の試練は、愛の衣をその身に纏って、花のように咲いてやって来るだろう……。


小林平和は桜の樹の下に、年老いたホームレスの「フジさん」の姿が、もう何日も見えない事に気が付いていた。寒風を避けて、何処かに移動したのなら、それはそれで良いのだが……。綿木町のホームレスがこの冬に、二人も既に死亡している事を小林は知っていて、心配していたのだ。「フジさん」も、何処かの樹の下か路地裏で倒れてしまっているのではないか、と。それ程に寒気は強く、それ程にこの冬の冷気は、普通では無かったものだから……。

そんな寒気と風の中でも、若いジョージ達は元気一杯で。空腹を抱えてこそいるが、夢を食べているバクか、夢を夢見ているバクのように、その日暮らしの生活にもめげてはいないのが、奇跡のように思われた。

「フジさんはどうした？　ジョージ。姿が見えないようだが」

「俺は知らないよ、平さん。あの爺っちゃんは治ってからさ、ぷいっと居なくなっちまったんだもの。きっと何処かのガード下か駅向こうのスーパーにでも、移ったんじゃないのかな」

「駅向こうにも、ガード下にも居なかったよ、平さん。俺もちょっと心配になってさ。見に行って来たから、確かだよ」

「あの爺っちゃん、何となくおっかなかったけどさあ。居なくなってみると、何だか気が抜けちまうよな。俺達の歌を一番聴いてくれていたの、あの爺っちゃんだもんね」

そうか。ジョージとジュンも、フジさんの行方を知らないのか……。

小林は思って、憂い顔でいるところに、リョウが来たのだった。

「爺っちゃんなら、花木町の近くでウロウロしていたらしいよ。それでもって、夜遅くか明け方近くに此処に帰って来てさ。又、出掛けて行ってしまうんだって。ジョージ達は寝ていて、気が付かなかっただけだろ。アキがさ、昨日の夜そう言っていたもの。お前達、この寒い中でもよくもそんなにバク睡出来るよな……」

「バク睡なんかしているもんか。腹が減り過ぎていて、気絶しているだけだよ。ねえ。ジョージ」

「んだね。だって平さんは、毎日来てくれる訳じゃ無いもん。朝昼晩と三食、持って来てくれる訳でも無いんだしね。腹が減り過ぎたら、気絶するっきゃないじゃんか」

「呆れた奴等だな、お前達は。家族でもないわたしに、三食も集《たか》って暮らす積りでいるのなら、わたしはもう二度とこんな所には来て遣らないから、そう思え」

「……平さんさあ。それと同じ事、もう何回も言ったの、忘れてしまったん？　それってさ、健忘症とか、若年性の何とかとかって言うんじゃないのかなあ。俺ん家の婆ちゃんの方が平さんよりか、しっかりくっきりしているよ。見せて遣りたいや」

「そんなにしっかりしている婆ちゃんがいるのなら、その婆ちゃんに喰わせて貰えば良いだろう。ジョージ」

わたしは只、お前達を放っておけないだけなのだからな。出来るものならわたしだって、お前達のような夢追いの「極楽トンボ」からは、手を引いてしまいたいと思っているのに、それが出来ない。損な性分を通り越していて、本当の馬鹿みたいな気がするが……。出来ないものは出来ないのだから、仕方が無いだろう。特に「フジさん」が紛れ込んで来てからは、尚更駄目になってしまったような気がするな……。フジさんはわたしに、まだ何も知らないでいた子供の頃を思い出させる。父と母がいて、祖母と祖父がいてくれた頃の、遠い昔を……。広い書庫の中と、大きな金木犀の樹と。高原のサナトリウムと、フェンシングと犬と猫を……。嫌、間違えた。フェンシングでは無くて、剣道だっただけだった。フェンシサナトリウムでは無くて、大学病院だし、わたしは犬も猫も飼った事等、ありはしなかったのだ。クソ。深夜映画か、テレビの見過ぎに違いない……。フジさんは花木町辺りに迄行って、一体何をしているのだろうか。アキが、見掛けてくれていたから良かったようなものの。あそこは、地田組の本拠地なんだぞ。今度会ったら、ヤクザには気を付けるようにと言っておいてやった方が良いのか、悪いのか……。地田は、郷田とは違って、まあ大人しい方だし。「余計なお節介だ」、と言われ兼ねない気もする事だしな。だけど。何で花木町で、何で此処とそっちを、行ったり来たりなんか、しているのだろうか。無事だったのだから、それで良しとしておくのが、一番なのだろうけれど。夜遅くや明け方に帰って来たとしても、飯はどうしているのだろう。仕方が無い。今夜は無理でも、明日朝早くにでも、もう一度来てみるしかないのかな。嫌、駄目だ。さっきも郷田の奴等と、鉢合わせをするところだったのだから。続けて来るのは、危険だろう。長治さんと由利子さんに「馬鹿ったれ」と言われるのには慣れている。けれども、わたしが奴等に捕まったりしてしまったら、其れ処では済まなくなるし、参ったな……。

ジョージとジュンと、アキのソウルは「さくら歌」を聴いていても、今はもう「さくら」だけに囚われている事は無い。彼等の魂は此処に集う前に、様々な夢に染まっていたから……。「さくら」の淡い花と月と海の事は、置き忘れて来てしまっているのだった。歌謡い達の中では只一人だけ、リョウと呼ばれている若者だけが、夢の中で夢見る。

「ああ。僕のムーン・ブラウニ・オドラタ。違う。オルドラ。オードラ……ジャンヌ。

ジャンヌだね！　僕のムーン・ジャンヌ。君は名前を幾つも持っているから、ややっこしくて敵わないよ。僕のオードラ。違うね、ジャンヌかな。僕のジャンヌ。君とロバの皮は、今どうしているの……」

　夢は、目覚めてみるとその痕跡を残さない。只、夢の名残りのように、「さくら歌」がリョウを包んで満たし、消えるのだ。

　ランドリー・マテオ、あるいはパトロ・小林も、夢の夢を見た。小林の夢の中には必ず、桜に似ているアーモンドの花と金木犀が咲き出で、香っていて……。れんげ畑とクローバーの花の咲く田舎道を、白い服を着た少女と彼は、仲睦まじく歩いていくのだ。少女の横には、もう一人の美しい少女も常にいるのだけれども。けれども、少女達はれんげ畑の中で、マロニエの樹の下で、彼に言うのだった。切な気に。愛し気に。哀し気に……。

「ああ。パトロ。ああ、パトロ。さようなら。もう会えない」と……。

　その夢は悲しく、小林を泣かせていた。夢の中の夢での、痛ましい別れが。そして、小林の痛みは、チルチルと翡桜の歌っている「さくら歌」に包まれて癒やされ、忘れられていくのだった。夢とも思われず、自覚も出来ない間に月《ムーン》と星《スター》によって。

　フランシスコは、薊羅達のアパートの「クルリ荘」を捜し倦《あぐ》ねて、行き暮れてしまっていたのであった。その小さな（多分）アパートの探索は、彼の予想していた以上に難しくて、彼が予測し、覚悟をしていた以上に困難だったのだ。花木町は、綿木町と同じかそれ以上に南北に広く、長かった。入り組んでいる路地と小さな町工場が混在している東京の下町の下町の、隠れ里か何かのような、ワンダーランドの一つで或ったのである。探しても、捜しても、捜し出せない……。フランシスコは焦り、疲れ果ててしまった。病み上がりの身体に、飲まず食わず、眠らずでの探索行は厳しい。それ以上に、海鳴りよりも激しい音のしている寒冷風がきつくて、堪えているのだ。フランシスコは祈り、歩き続けては、息を吐く。

昔のように町内の所々に、町家の案内表でも掛けられていると助かるのに……。神よ、時代は流れて、今では道路案内表どころか、住民（町家）の案内図さえ何処にも掛けられてはいないのです。まあ、もしも有ったとしても、わたしの今の眼では「それ」が、読み取れるかどうかは解りませんがね。老眼が進行してしまっていて、人の顔と声は解っても、文字は大きく、黒々としていなければ、只の暗号かミミズか、油虫のような物でしか無くなっていますので……。交番や、自転車に乗ったポリスの姿を見掛けると、今では思わず駆け寄りそうになってしまってさえいるのです。わたしの愛する神よ……。彼等に関わってはならないと、良く解っているというのになのですよ。彼等は、ホームレスの相手等は、してくれません。良くて、お払い箱で。悪くすると質問責めにされて。住所不定、無職、身分詐称、年齢不詳、氏名隠匿だのという難癖を付けられてしまい、勾留されでもし兼ねませんのでね。だからわたしは、警察には近寄れませんし、道を尋ねる事さえ出来ないでおりますが。どうしたら「クルリ荘」を、捜し出せるのでしょうか。後、何日したら、其処を見付けられますか？　慈悲深く、愛深くていられるお方よ、教えて下さい。わたしは弱ってきていて、今にも倒れてしまいそうです。そうなってしまってからでは、遅いのに。今すぐ、倒れてしまうようです。

フランシスコは、小さな町工場の低い生垣の陰に頽れて、眠ってしまいたいと思った。あの恐ろしい夜から三日間というもの苦しみ、まだ治り切っていない身体で歩き廻っていた彼は、その夜はもう、綿木町の桜の木の下に帰っていく事さえもが、辛く感じられていたからだ。

だが……。フランシスコの胸の中に、「美しい方《かた》」の囁く声がした。

立ちなさい。立って、歩いて帰りなさい。わたしのフランシスコ。この場所はあなたに安全では無い。安全な、あの樹の下まで帰りなさい。暖かな食物が、あなたを待っている。あなたを導く夢も、あなたを待っていてくれる……。

フランシスコは、痛む胸（肺が、生まれ付き弱かったので）を押さえて立ち上がる。この真夜中に、暖かい食べ物？　それこそ信じ難いような話ではあるけれど……。フランシスコは、従ったのだった。天を往かれる美しい鷲が「帰れ」と言われているのだから、帰っていこう、と。

フランシスコの帰りを待ち侘びていた、リョウは言う。

「思っていたより早く帰って来てくれて、助かったよ、爺っちゃん。早く牛丼屋に行こう。平さんがさ、金は払っておいたから、爺っちゃんに飯を喰わせろって、言っていたんだ。俺の分もあるって。行こ。早く行こうよ」

ジョージとジュンは満腹をしていて、寒さの中でも健やかに寝入ってしまっているようだった。神は憐み深く、父のように、母のように濃やかに愛していて下さる……。フランシスコは思い、痛む肺と足を引き摺るようにして、背が高く繊細な面立ちをしている若者の後ろに、従って行ったのである。

そして、夢を見たのだ。その夢の中では大勢の、空色の帽子を被っている子供達が歩いていた。彼等は何処かの小学生の集団で、フランシスコは小学生の集団登校の列の後に付いて、歩いていく。小学校の名前は、よく読み取れなかった。只、その小学校の壁の色が白くて、学校の裏道というのか露地の傍には、盛りを過ぎた白い山茶花か、椿の花が咲いているのが見て取れる。その樹の下には細っそりとした若者が立っていて、フランシスコが来るのを待っているのだ。顔は、解らない。だが、その若者の指は、一つの建物を指差して見せてくれているのだ。古いけれどもこぢんまりとしていて良く手入れをされているらしい、二階建てのアパートのような建築物を、彼は指差してみせている。フランシスコは叫んだ。夢の中で、神に感謝をして……。

ああ、神よ！　解りました。わたしは青い帽子を被って、集団登校をしている子供達の後に追《つ》いていけば良いのですね！　でも。あの若者は誰なのでしょうか。天使ですか。それとも、沙羅の柊なのでしょうか、と……。

夢を見ている事すらも忘れてしまっている者達も、夢の名残りを僅かでも憶えている者達の方でも、「さくらの民人達《たみびと》」は、気付いていなかった。フランシスコでさえもが、まだ何も気付かず、自覚していないように……。一日、一日では解らない事柄でも、半年、一年と比べてみればはっきりと出てきている差異が起きているのだ。

チャド・幸弘の言葉を借りれば、「どうりでこの頃はやけに……、あいつ等の歌っている歌が、化けて出てきやがる訳だぜ」というひと言に尽きる、という事になるのだろうが……。ムーン・チルチルの呼ぶ声と歌と、夢見の力が増してきている。チルチルは、幼い子供から少女へと成長し、少女から今は、大人の女性の入り口へと向かい掛けているのだ。「力」は、一定の年齢に近付き、それを超える事で速やかに増し、加えられていく。チルチルはその事を自覚していて、自覚をする事で、鋭い痛みも覚えるようになるのだった。チルチルの痛みは、心とソウルに、旅の想い出と肝臓の辺りに、集まっていた。心臓の悪いパールとは異って、チルチルは肝臓が痛い。

闇の側からの物と、光である方の下から来る、ヴェールのように厚い覆い布をも通り抜けて、チルチルの歌う声は拡がっていけるのか？　自分達の神である「ハル」に向かって呼ぶ声も。自分の民である「さくら人」達に、より多く、より細やかに「想い出せ」、と呼び掛けている哀切な声と、夢を見させるというその力によって見させる夢の鮮やかさと濃やかさとが、増してきているのだった。

　そのために、ノエル・ムーンによって「彼等」の見ている夢の中の夢は変化をし、あるいは進化をし続けて。ソウルの中に桜の花の花園を、創るように迄もなってきている。でなければ、桜の花海と月の中の海の、不思議な形とを。

　チルチルの「さくら歌」は彼等に、幾条もの光のようにして降り注いではいるのだった。だが、内側からは出て行かれても、外から入れない。悪である闇と、愛そのものである光とが、チルチルへの応答歌に降り積もり、全てを閉じてしまうから。チルチルの呼び声によって目覚める魂が出ないように、とも見張り、見守っておられる方の計らいで、ソウルの奥深く、神以外には見られないと言われている「記憶庫」の扉は閉じている。魂が目覚めると、その「記憶庫」の鍵が開いてしまい、ソウルの持ち主達に想い出させてしまうから。その恋歌と旅とを……。善い事も、悪い事も。歓びも、哀しみも。忘れてしまいたかった事と、忘れてはならなかった筈の全ての出来事を、思い出させてしまうからだった。全てを刻み付けて、心の奥深く収《しま》い込まれている「記憶庫」の中に眠っている「魂」という名前の彫刻板には、創造主である神がまず、「子よ」と彫り付けられて。贖《あがな》い主である御子イエスが、「愛」と刻み付けられているのだ、という事実も、その「記憶庫」の奥には、そっと納められているのだったが……。神は彼等のソウルのための「時」が来て、実が熟す迄は「待つ」と決められていて、待ち続けて下さっていた。

エルサレムの乙女達よ
誓って下さい
愛がそれを望むまでは
愛を呼び覚まさないと

どうかわたしを刻み付けて下さい
あなたの腕に　印章として
あなたの心に　印章として……

天使達とリトラ・リスタとシトラス・卓郎、プリムラとスワンとハサンが、そしてムーン・チルチルとパール・ヴェロニカ・翡桜と、ユキシロ・ブラム、アンナ・梨恵子とフジシロ・フランシスコ達は、その事に関して、良く知っていた筈だった。
けれどももう、その大半の者達は切り離されてバラバラになっている。ムーンを覚えている者達のソウルは、目覚める必要は無い。けれど、ムーンは最早失われてしまったのだ、と思わされ、信じ込んだりしていて、誰もが惑っていた。

つい最近では、チャド・幸弘とヘンリー・佐々木が、ノエル・ムーンとパールは「死んだ」と思ってしまった時にも似て……。もちろんの事なのだが、幸弘と佐々木は当然の如くに、並木に会う前からチルチルの歌と呼び声を無視していて、平気でいたのであった。

幸弘の考えは、決まっていた。

「フン。会いてえというのなら、手前の方から来れば良い話じゃねえか。船が来てから、呼びに来い。そうじゃねえと、後悔させてやるからな。手前は、どうにも気に喰わねえ」

鷲は全てを見られていながら、ムーンに「それ」を知らせないでおられる……。ムーンの流してきた涙を憐れと思い、ムーンの労してきた苦悩をも、哀れに思われているからこそなのだった。鷲は、ムーンのために彼女の実も熟れて、甘く柔らかくなり、神の手によって摘まれる時迄待つ、と決められていて、待つ。それで……。チルチルの歌は流れて、夢を夢見させていても、彼女の孤独に応えてくれる「声」は、何処からも届いて来ない様にと、遮断されている。神によって定められた「時」が来る、その日迄は……。

もう一枚の覆い布である闇の方ではそれを良い事にして、更に厚く昏《くら》く、外からの声を遮っていた。

ラプンツェル。ラプンツェル。あたしよ。あんたのロバの皮。聴こえている筈なのに、どうして応えてくれないの。どうして、夢の中にでも会いに来てくれようとしないのよ。

ああ、ラプンツェル。愛しているのに。愛しているのに……。早く来てくれないと、二度とは会えない……。ラプンツェル。ラプンツェル。わたし達のオードラ。ムーン・彩香。あなたが逝ってしまってからのわたし達の苦しみを、「其処」から見ていてくれるのでしょう？　それならせめてこのまま、歌を聴かせて。せめていつかは、夢で会いに来て。ママとパパはずっと待っているから。あなたのロバの皮と一緒に、待っているから……。

口々に言う声と涙の味と、懇願の全てとを、闇は遮断した。全ての全てを止められ、断たれてしまって一人、ヴェールの中で歌うムーン・チルチルは疲れ、疑い、嘆くのだ。

変だわね。変だわよ。あたしの歌に、声に、誰一人応えて来ないなんて。絶対に可笑しいわ。あたしは、東京シティに集まっている皆の顔を、月読みで、確かにこの瞳で見ているというのに……。それなのに、誰も着いていないなんて。皆はもうあの桜の樹と、さくらの歌とあたしを、忘れてしまったの？　あたしの母さんと父さんも。あたしの恋しい人も。ロバの皮も……。そんな筈は無いわ。そんな、筈は無い。それよりもきっと、あたしの力が衰えてしまったのに、違いないのね。そうよ。あたしの力は消えて、弱くなってしまったのに、違いない。「ハル」、「ハル」、あたし達の神の「ハル」、あたしの神の「ハル」よ、救けてよ……と。

太白光降と名乗っている蛇は、チルチルの呻く声を聴いていて、ほくそ笑んでいるのだった。

「間抜けなお嬢ちゃん！　お前は、わたしの邪魔をしようとしたからな。今度はわたしが、お前の邪魔をする番だ……」

愛に光り輝く、天の白い鷲は言う。鋭い声で、毒ある蛇に。

「蛇よ。蝮の子よ。あなたの企みは既に、敗れ去っている」と。

占いの小部屋である「チルチルの館」にはクラブ・ミューズのカトリーヌが、チルチルに会いに来ていたのであった。カトリーヌは「妹」だったクリスティーヌを忘れられなくて、チルチルを求めて時々会いに訪ねてくるのだ。

「ねえ、クリス。七草も過ぎた事だし、店には又嫌なオジサン達がワンサカ集まるようになってしまったの。何だか、疲れてしまったわ。ああ、休みたい。休みたい……」

「何言ってるのよ、カット。お正月にしっかり休んだばかりじゃない。たったの一週間かそこらで音を上げるなんて、カットらしくない。何か有ったの？」

「そういう訳ではないんだけどね。あんたが抜けてからあたし、急に仕事が詰まらなくなってしまったの。何処か暖かな所で、ゆっくりしたくて堪らない。あたしももう、そろそろ退け時なのかしらん。ねえ、クリス。あんた、あたしと一緒に旅行に行かない？　旅費は持つから……」

「行っても良いけど。近場しか駄目だよ」

チルチルは、カトリーヌが連夜、執こい男に絡まれてげんなりしている場面を、カットの頭の中に見てしまったので言う。身装《みな》りは良いし、姿形も良いのだけれども。けれども、その本性は下卑ていて、得体の知れない所がある。ヤクザでもポリスでもなく、「影」がある男だった。

「何よ、こいつ」とチルチルは思った。こんな奴に比べたら、あの馬鹿ったれのチャドとヘンリーの方が、まだマシじゃない、と……。とチャドとヘンリー達は、只の馬鹿だけど。こいつは、あのアホ達とは異う。この黒い影の中に、不気味な目が在るわ。こいつ、ソウルをもう喰い尽くされているのじゃないのかな。こんな奴が、ミューズに迄もう、入り込んで来ているの？　こんな奴がカットに付き纏って、クサらせているのね。こんな奴、デーモンの手下のその他多勢の中の一人に、決まっているけれど……。あたしがあれ程注意したのに、無駄だったみたいね。カットが嫌がるのも、無理は無い。シット！　蛇の奴、相変わらず汚いわ。自分は隠れていて、ソウルをバリバリ喰べている。喰い尽くした奴のソウルの抜け殻から、目玉だけ光らせて、獲物を漁っているんだわ。「ミューズ」そのものを狙っているんじゃ無いのね。カットに狙いを定めている？　何でなのよ。エジプトの古神殿の悪蛇アポピスや、アラビアのシャイターン、ユダヤ国の悪霊なら、カットじゃ無くてあたしを狙う筈なのに。太白の奴はサタンで、ルシフェルなんだよ。理由《わけ》解らない。けど、カットはしばらくミューズから、離しておいた方が良いでしょう。ルシフェルの奴、あの子の好きだった「あの人」を、ナザレのイエスという人を殺させた時のように、又何か企んでいるのに、決まっているんだからね……。でも、変ね。あいつが此処に来るなんていう事は、月のどこにも出ていなかったのに。いいえ、変では無い。あいつは蛇で、蛇は何処にでも、いつでも潜んでいて、悪さをすると決まっているのだから……。ウエ。嫌なモノを見ちゃったよ。あいつと接近遭遇するなんて、あたしはもう二度と、御免なんだからね。あんな、コンニャクみたいなグニャグニャな毒蛇と、何度もニアミスするなんて耐えられないもの。赤くて小さくて、猛毒を持っているヤツだっているんだよ。見掛けは蛇だけど、本当は蛇じゃない。蛇の姿をしている、化け物よ。きれいに飾り立てていて、きれいな仮面も持っているけど、中味なんて無いの。そいつの本性は、闇の世界のデーモンで、ルシフェルなのだもの。

ああ。パール。あたしのロバの皮。あんたは、今は何処にいるの？　元気でいてくれると良いけれど。心臓はどうなった？　あんた達も気を付けているのよ。特にあんたは、危いんだからね。あたしの神様は「ハル」だけど。あんたはもう、あの「ナザレの人」のものになっちゃった。それが、危いの。解っているよね、ロバの皮。アイツに気を付けて。あの毒蛇達と親玉のルシフェルが、どうしてだかヤポンに来ていて、どうしてなのかアリを付け回したりしているの。ニアミスしたあたしじゃ無くて、アリを狙うなんて。あいつ、本当に腐っている。底無しのゴミ溜めみたいな奴だわよ……。

「近場なら韓国か台湾か、シャンカン（香港）にしましょうよ。美味しい物を一杯食べて、プラプラするの。きっと楽しいわよ、クリス。何処が良い？」

「飛行機と船なんかに乗るのは嫌だわよ、カット」

「……そんな事を言っていたら、沖縄にも屋久島にも行けやしないじゃないの。暖かい所に行きたいわ」

「暖かい代りにあそこには、ハブがうじゃうじゃいるけどね。蛇が好きなら一人で行ってよ、カット。あたしはパスする」

「何よ。冷たいのね。ねえ、クリス。あんた、いつからそんなに冷たくなってしまったの？」

「生まれ付きだわよ、アリ」

「嫌だ。あたしはカトリーヌだってば。寝惚けちゃって」

「寝惚けてない。占いに出ていたのよ、カット。カトリーヌの上か下にアリを付けろって。カトリーヌ・アリか、カット有りかにしておけば？　オジサン達に受けると思うけど」

ねえ、カット。あんたの昔の名前は、アリだった事を忘れちゃったのね。アリは、旅が好きだった。名前は忘れてしまっても、旅行好きな所だけ変わらないなんて。アリ。アリ。あんたはもう、あたしが本当に解らないのね。あたしを本当に、きれいさっぱりと忘れたんだね……。

カトリーヌは「カット有り」とチルチルに言われて、呆れてしまった。呆れて、それから嬉しくなった。古株の「お姐さん」であり、ミューズでの「姉」であるカトリーヌに、そんな軽口を叩いてくれるのは、チルチルだけになってしまっているのだから……。カトリーヌはミューズでは、ママのマリリンに次ぐ位置に居て、長かった。

「御冗談。カトリーヌ・ドヌーブ・在りなんていう名前にしたら、お客さん達に受け過ぎて、コケにされるわよ」

「アリ？　カトリーヌだとか、アレ？　ドヌーブでも良いってよ」

「馬鹿ね、クリス。飛行機なんて、車に翼がくっ付いているだけの代物じゃないの。恐いと思うから、恐いのよ。船だって同じ。車に水掻きが付いているだけだわよ。あんただって、車位は、平気で乗っているじゃない」

「乗るだけよ。カットみたいに、免許なんて取る人の気が知れないわ。オーケー。カット。暖かい所に行きましょう。熱海にでも逗留して、伊豆山や十国峠や綱代を回るの。錦ケ浦とか梅園もあるでしょ？　気の早い桜が咲いていてくれると良いわね。桜と富士ヤマ。芸者の代りに、ミューズのお姐様のカトリーヌ……」

「そんなの、近場過ぎて話にならないわよ、クリス。あたしはあんたと沖縄に行きたい。沖縄が駄目なら、長崎か熊本の阿蘇でも良いし、鹿児島の霧島でも何でも良いけどね。近場の遠場じゃいけないの？」

「飛ぶ物に乗るのと船に乗るのは、御法度にした。カット。悪いけど、あたしは車とバスと列車以外には乗らないと決めたので、悪しからず」

カトリーヌは首を傾けて、唇を尖らせてみせた。

「船に乗りもしないのに、海に行って何が面白いのよ、クリス。熱海は暖かくて温泉も出るけど、温泉街と言う前に港町じゃないのさ。船に乗れば、初島はすぐ目の前だし、頼めば大島にだっていけるのよ。大島にはあんたの好きなサクラも、椿もあるでしょうに。港町に行くのに船に乗らないなんて。何考えてるの？」

「海岸線には、泊まらない。海の近くには行くのも嫌よ、カット。初島も大島も、お断りだわよ。あそこの桜はきれいそうだけど。あたしは島の桜には興味が無いの。他の子を誘って行ったら？　カット。あたしは薄情者で冷たいからね。一緒に行っても、詰まらないだけだわよ」

「あんたとじゃなくちゃ嫌よ、クリス。解っている癖に……」

結局、カトリーヌの方が根負けする形になって行き先は伊豆山温泉を足場にして、伊豆スカイラインを走り、伊東や熱川辺りに行くか、それこそ熱海周辺でのんびり観光気分にでも浸るかの、気分任せの旅にする事に決まったのであった。日程もその翌日から大まかに四、五日程度と決まって、カトリーヌは支度をするために、鼻歌を歌いながら帰っていった。

チルチルは思う。あの、嫌らしい「影」がある男……。あいつはカットの姿が消えてしまえば、何日もしない内に諦めて他に行くだろう……と。諦め切れないというのなら、ミューズにでは無くて、直接あたしの所に来ると良いのよ。あいつ等の「やっつけ方」なら、あたしは腐る程沢山知っているのだからね。まだ、試してみた事は無いけれど。あの子の好きなあの神様と、そのお母様のマリアの名前が効く筈なのよ。それに。天使のようだったリトラと天使族の好きな、大天使ミカエルの名前かな。「主の祈り」は、抜群に良く効く筈だったけど。あたしはあの神様のものじゃないから、あの時は試さなかっただけ……。

「試さなくて良かったな、お嬢ちゃん。馬鹿者共め。お前とお前の姉の信仰が異っているのは、結構な事だった。だが。今度わたしの邪魔をしたら許さないから、そう思っていたまえ。その前に、わたしの計画通り、しばらく消えていられる事を、ラッキーだと思うが良い。お前のその『力』が、邪魔なのだよ、お嬢ちゃん。姉の事なら、心配要らない。あれには、お前のような『力』は無いからな。今度は何を仕出かしてくれるか、楽しみな位だ。あれは、向こう意気だけが盛んな、死に損いでしかない……」

太白の呟きは、砂の中に隠れている。暗くて黒い厚いヴェールと、蛇の毒牙の中に隠されていて、悍ましかった。

「マリア」という、ナザレのイエスの御母の名前から、チルチルはダニエル・アブラハムの中に今も生きていた、「美しいマリア」の事をふいに想い出して、静かに瞳を上げた。

可哀想に。マリア……。あなたとあたしは無縁の筈だけど。それでも、言うわね。可哀想なマリア、と。あなたは、あたしのヴェロニカにどこか似ている。どことは言えないけど、とても良く似ている。哀しみを愛に変える所や、愛のために自分を捨てられる所が。信じる力と希望する力で、黙って待ち続ける根気強さや、何が有っても微笑んでいられる精神の強さもね。あなたは天使達の声を聴いて、先に逝った人達の声も、聴いたのね。あなたは「ナザレの方」とそのお母様に会って、恐れずに、素直にその事実を受け入れられたのね。そして。その事を生きる縁《よすが》にしたの。「ナザレの方」のものになる事によって、この世界からあなたは、抜け出てしまった。「あの方」の港と、御国を目指して、真っ直ぐに……。あたしのあの子も、そうだったのよ。「あの方」に惹かれて。あの方以外の神様からはもう、自由に成ってしまったの。翼を持った小鳥みたいに、あの子のソウルは飛んで行ってしまった。「あの方」の愛の、真ん中にね。あの「ナザレの方」の愛心の中の、花になってしまったの。マリア……。あなたもそうだったのでしょう？　それなのに、あのきれいな黒い肌の男の人には、理解されなかった。理解されないどころか、誤解をされて……。「狂人」扱い迄されてしまっていたのね。解ってる。心の中に「神」を迎え入れて、ソウルが神の子供になってしまうとね。誰からも理解をされず、受け入れても貰えなくなってしまうものなのよ。特に自分の一番身近な人達から、酷《ひど》く誤解をされてしまうの。あたしは、あなたやロバの皮と異って、「ナザレの方」のものでは無いけどね。「ハル」の娘だから、信仰心は同じよ。あたしも、誰からも相手にされないで、受け入れられない子供だったもの。ねえ、マリア。あなた、あたしのロバの皮にいつか会えると良いわね。あの子はあたしと異って、あなたの神様のものだから。きっとお互いに好きになって、愛し合えると思うのよ。あの男の人は、あなたのラヴァー？　ああ。違うのね。あなたの息子で、シェバ（シバ）の女王の民の末裔だったのね。あの人は、とても寂しそうだったわ、マリア。でも。あなたとあなたの神様が傍に居てくれるのだから、きっと大丈夫。大丈夫じゃないのは、あのイカレたエロ親爺と、大嘘吐《つ》きの弁護士の方だわよ。あいつ、自分の子供の数も知っていなかった。あの弁護士は、金の事しか考えていなかったのだもの。子供達とあいつ等の奥さんが、気の毒だわよね、マリア。でもね。不思議なんだわよ。あなたの息子からは一瞬だけど、あたしの一族の印の、懐かしい匂いがしたような気がしたの。少なくとも桜の花の香りは、していた筈なのに……。あの男の人の中には、「さくらの民」は誰もいなかった。あたしは悲しくて、泣いたものだわよ。あたしのロバの皮と、母さんと父さん達が恋しくて。ロバの皮。ロバの皮。あたしはあんたに会いたいわ……。

厄介な「邪魔者」で目の敵の、ノエル・ムーン・チルチルを追い払うという目的を果たした太白は、満足をしていた。アリ・カトリーヌに嫌がらせを仕掛けてチルチルの所に駆け込ませたのが、成功したのだ。太白は、冷酷にチルチルに告げている。

「アリは、解放して等遣らないぞ。愚か者め。お前が離れている間に、何が起きるかとは、疑いも思いもしないのかね!! おや、そうだった。わたしが解らないようにさせていたのだったかね! 思い知れ、デイジー」

雪白に、真白《ましろ》に輝く衣を着けた「美しい方《かた》」は、それを打ち消して言われる。

「何が有ろうとも、わたしの花々はわたしのもの。蝮よ。暗闇の子よ。お前の企ては、神の前では無に等しい」と……。

蛇であるモノは、天を往く鷲の言葉を無視し、謀《はかりごと》を進めて。鷲に、その「美しい方《かた》」に、真っ向から対立するのだった。

このようにしてチルチルは、それからの七日間を東京シティから離れるようにされていった。どの七日間よりも大切で、熾烈になるだろうその一日一日を足した七日間を、チルチルとアリ・カトリーヌは保養地で過ごす事になったのだ。蛇の企みによってだけでは無く、神の黙認の下でムーンは、今は潮に引かれていく。冬の嵐からも、愛する姉のパールからも、フジシロ・フランシスコからさえも遠く離されて……。いつかムーン自身にも訪れて来てくれる筈の、その「美しい方《かた》」のものにされる日の、準備をするために。今は遠く、アリと二人、離される。

海溝の、深く険しい嶺々の中を通って。鹿が、水を求めて山を喘ぎ登るように、ムーン・ひな菊のソウルは、渇かされてゆく筈だった。満たされる程に飲ませて頂くためには、まず渇き、呻いて、求めて叫ぶ必要がある事を、鷲は誰よりも解っていられて輪を廻す。神と、パールの愛する小さな花である、デイジー・チルチルのソウルのために、「その人」は願い、祈っていられた。繰り返し。繰り返し。何度も囁いてきた、その愛で。

時の神の塔に閉じ込められている娘よ
立ちなさい
ごらん。冬は去り雨の季節は終った
愛は死のように強く
熱情は陰府《よみ》のように酷《むご》い
火花を散らして焼き尽くす炎

あなたも熱くて、熱くない炎で焼かれなさい
あなたの魂に憧れが生まれ出で
死なない小鳥や鹿に、
花々の中の花になるように……

ダニエル・アブラハムの部屋の窓を見上げていた藤代六花と敏一は、小さな溜め息を吐いて、首を振っていた。

彼等の愛していた「ダニーパパ」は、今でも生きていてくれるのだろうか。二人の「ガリバー」として、心のパパとして……。六花と敏一には、それが解らなくなってしまっているのであった。そして今二人は、他の誰よりもダニエルの心と愛を求め、必要としているのだ。

ダニエルは、駐車場の上の部屋にはまだ帰って来ていなかった。ダニエルは、帰らない。その、痩せた長身のボディと同じように、つい十日程前迄の「ダニー」は、今はもういない。ダニエル・アブラハムは、六花と敏一にとっては今、見知らぬ他人のようになってしまっているのだったから……。それではダニエルは「小人達」には無関心で冷酷で、残酷な大人のようになってしまったというのだろうか？　高沢家の人々と同じ様に理不尽な、嫌な大人の一人になった？

雪白花の六花と鋭敏な敏一にとって、年明け以降の高沢家の家族達は、無神経な「他人」でしか、無くなってしまっていたのである……。父親の敏之は以前から独裁者であったけれども。更に我が儘で、思い遣りの無い男になってしまったようだった。

独裁者の顔を隠していた仮面を脱いだ敏之は、二人の母親の由布を叱り、風子には辛く当るように、変わってしまったのだから。叱責された由布の方でも負けてはいなく言い返し、風子が由布に加担していた。敏之の態度が変わった事によって、これ迄は隠されていたものが、はっきりと見えるようになってしまったのだ。六花と敏一の瞳にさえそうと解る程迄に、敏之対由布と風子の間は、険悪なものだった。しかも。敏之はともかくとしても、母であり、庇護者の由布とお手伝いの風子迄、感じ易い年頃の二人の子供達の心中に、心を配ってさえもいないのだ。

そして、敏之と由布の不仲というのか剣呑な空気と振る舞いは、祖父母の浩一と珠子の間に迄も及んで行っていた。浩一と珠子は穏健な「御隠居」から、口さがない愚かな老人にと、変わってしまっている。

二人は、六花と敏一の前である事にも構わずに、言い争うようになっていた。理由は、知らない。

「深町（コルベオのこと）さんからの返事が来ませんのよ、あなた。頼み事だけはする癖に、こちらからの手紙は無視するなんて。さもし過ぎて、お話にもなりませんわね。それとも、それもあなたの弟さんの差し金なのかしら。元々、変わっていた方らしいから……」

「あなたの弟さんとは、嫌味の積りなのかね、珠子。わたしの弟なら君にとっても義弟に決まっているのに。弟は変人だが、恩知らずな男では無かったよ。深町君が怠慢なのか、忙しいかどうかしているのだろう」

「……。幾ら多忙だと言われても。わたくしには納得出来ません。たった一枚の戸籍を取って送ってくるだけに、一体どの位の時間が掛かるというのでしょうね。これでは、あちら様に申し開きが出来ないわ。間に立ったわたくしの身にもなって下さいませよ、あなた」

「戸籍が要るのなら君に頼んだりしないでも、済んだ事じゃないのかね。あっちには調査員が居るのだから。そいつ等をN町に迄行かせれば、それで良い事だ。文句を言うのなら、向こうに言いたまえ、珠子」

「まあ、呆れた。呆れて物も言えませんわよ、あなた。あちらではあなたを立てて下さっているからこそ、こうして筋を通して来て下さっているというのに。それを……」

「立てるも立てないもあるものか。あいつとわたしの間は、そんなものでは無いからな。向こうが気を使っていると言うのなら、珠子。わたしにでは無くて、君にだろう」

「わたしくしの所為にするなんて……。あなたがそんなですから弟さんも、深町さんも、わたくしを馬鹿にしてしまいますのよ。由布と風子が可哀想ですわ……」

「どうしてこの話に、由布と風子が出てくるのかね。由布はともかくとしても、風子には関係が無いだろう」

「あら。有りますとも、あなた。風子は由貴と由布の忠実な召し使いなのですもの。わたくしにとっても忠実な、良い召し使いでしたから、安心していられましたのよ。それなのにあなたは、風子は無関係だと言い切れますの！」

「今度の件に関しては、関係無いと思うがね。それに、珠子。風子は住み込みの家政婦で、召し使いなんかでは無いぞ。君には、時代の流れも解らないのか！」

「解っていないのは、あなたの方ではありませんか！　今の時代に勘当だの出入り禁止だの、って……。幾ら変人だからと言ってもですわよ。それだけでそんな、時代錯誤な事を仰るなんて。お義父様もお義父様なら、あなたもあなたですわ。変人なんて、他にも幾らでも……」

「変人、変人と言うのは止めなさい、珠子。確かに弟は変わっているが、君に弟を変人と言う資格は無い。ついでに、わたしと父を悪く言うのも、止めなさい!!」


お祖父様の弟だって。誰の事なのかな？　姉様。

あたしに尋かれても、誰の事なのかなんて、全然よ、敏……。お祖父様に「変人」だかの弟がいたなんて。本当なのかな？　今迄は、聞いた事も無かった話じゃないの。嫌な事、聞いてしまったわね、あたし達。聞きたくないのに、聞かされた。

そうだよね、姉様。大体この家には秘密が多過ぎるよ。見た事も聞いた事も無い大叔父様がいたり、パパとママの仲が悪かったり。ママと風子が、親子みたいだったりしてさ。

優しいと思っていたお祖母様は、風子を「召し使い」だなんて呼んで、平気でいたりした。僕、あんなお祖母様と大声を出すお祖父様は、嫌いだよ。

あたしだって同じだわ、敏。お祖父様もお祖母様も、もう嫌い。パパは元々嫌いだったし、もうママと風子も嫌いになっちゃった。ママと風子が、あんなに意地悪だったなんてね。肌の色や外見や、お金持ちかどうかで人を差別するなんて。思い遣りの無い証拠だわ。正体見ちゃったらもう尊敬出来ないし、愛せもしない……。

そうだね。僕も、ママと風子が嫌いになったんだ。僕だけかと思って、黙っていたけどね。パパなんてもう嫌いを通り越していてさ。時々「クソ親父」って、喚きたくなるもの。

駄目よ、そんなの。そんな事をしたら、あの人達と同じになってしまうからね。ねえ、敏一。嫌いになればなる程、あの人達には丁寧にするようにしていてよね。そうされても目が覚めないなら、本物の馬鹿だわ。

利発ではあっても柔らかな心の持ち主の六花と敏一は、深く傷付けられていた。愛らしい蕾のままの二人の魂は、深く傷付いていて探すのだ。

自分達を本当に愛し、大切に思ってくれる魂を。

自分達が心から愛し、憧れて、拠り所に出来る魂の在り処を……。

「ねえ、敏。ダニーは、今夜も遅いのかしらね」

「パパと一緒なんだもの。きっと遅いよ。それで、朝は早く出て行ってしまうんだから。

いつもと同じだよ」

「どうしてもママ達は、ダニーを追い出す積りなのね」

「紅お姉様の悪口を言うのと、同じ位に確かだよ」

敏之と由布の諍いの中心には、いつでも決まって紅がいた。

慎ましく、暖かな瞳で静かに笑んでくれていた、紅がいて……。春の野に咲いている花のようなその人の悪口を、由布と風子は言い、敏之との諍いがエスカレートをして行くのだった。そして諍いの終りは、ダニエルの事になるのだと、決まってもいたのである。

「戸籍に何らかの疵が有るから、こちらには送れないのじゃありませんの。そうだとしか、思えませんもの」

「疵だと？　疵とは一体何の事なのか、言いなさい」

「そんなに恐い顔をなさらなくても、宜しいじゃありませんか。若い時に早まって結婚をして離婚をしていただとか。汚れた血が何処かに入っているとか、出自の悪さを隠しているとか。とにかく汚点か疵を、故意に隠していたのじゃありませんか。違います？」

「何を言い出すかと思えば……。紅は短大を出てすぐに入社をしたんだぞ。そんな若い女が、結婚と離婚だって言うのかね。頭は正気なのか、由布」

「正気過ぎる程、正気ですわよ。御心配無く。二十六なら、その程度の過去を持っていたとしても、珍しくも何ともありませんでしょう。現にあなたのお友達の、吉岡さんの奥様の花野さんも、十九か二十歳で結婚なさった筈でしたものね。人は見掛けによらないものですわ。あんな大人し気な顔をして……」

「俺の友達の悪口を言うのか。由布。花野さんと紅を一緒くたにするんじゃない。花野さんは吉岡と婚約していて長かったが、紅はまだほんのネンネだぞ」

「敏之様。それ！　それ。それなんでございますですよ。どこの奥様が他の女を呼び捨てにしている旦那様に、良い顔をすると仰るお積りなんですか？　お嬢様の前で、水森さんを紅と呼んだりするのは、お止めになって下さいませんでしょうかね……」

「自分の部下を何と呼ぼうと、俺の勝手だろうが。出しゃばるのも良い加減にしないか！　年寄りの僻みだ。紅を紅と呼ぶ事の何が悪いのか、言ってみろ。風子！」

「……水森さんは、二十六歳になっている女性でございますですよ、敏之様。稚気《いとけなげ》には見えますけど。もうネンネとは言えないと思うのが、僻みでしょうかね」

「そうよ。あなた。あの人はあんなに大人し気に見せている癖に、四人もの男と付き合って、捨てたのですってね。そんな人を隅田さんに紹介させたりして……。わたくしには、あなたの気持が解りません。風子が正しいですわ」

「付き合って捨てたのじゃ無くてだな。付き纏われて、断っただけだ。そんな事を誰に尋《き》いた？　弓原か」

「誰でも構いはしませんでしょう？　そういう女を自分の夫が紅、と気安く呼び捨てにしていて、わたくしが穏やかでいられると思っていらっしゃるのなら、無神経です！」

「四十女の焼き餅とは、恐れ入ったものだな、由布。俺を安く見るなよ。部下に手を出す程、落ちてはいないぞ！」

「それなら、何であの女《ひと》を、この家の近くに住まわせていられるのですかね、敏之様。お嬢様のお気持も考えて……」

「黙れ！　風子。この家の主人は俺なんだぞ。主人に盾突く家政婦なんて、今すぐにでも首にしてやる」

「風子の首が飛ぶ前に、あなたの首の方が飛ぶかも知れませんわね。お母様に聞かれなくて、良かったわ」

「離婚すると言うのかね。フン。遣れるものなら、やってみる事だな。会社の後継者がいなくて、どうする積りだ？　俺は、種馬でも当て馬でも無いんだぞ！」

心無い諍いもこの辺りまでくると、さすがに風子も気を取り直して、敏之の気を逸らせに掛かるのだった。

「まあまあ、敏之様。お嬢様は何もそこ迄は仰っていられませんですよ。水森さんの事は、旦那様と奥様にお預けするとしましてですけどね。この際ですから申し上げてしまいますけれど。敏之様はあの男を、いつ迄この家に置いておかれるお積りなんでございましょうかね。困りますのですよ、本当に……。勇二様は口先ばかりで、未だにあの男は動きもしませんでしょう」

「勇二？　あの男？　あの男とは、誰の事なのかな、風子。名前を言ってみろよ」

「ダニエルの事に、決まっていますでしょう、あなた。風子に当るのは止して下さいな。ダニエルはその……黒人なんですのよ」

「黒人でも白人でも関係無い。俺の命の恩人に、恩を仇で返せと言うのか？　由布、風子。そんな気は無いぞ」

「恩ならもう、十分に返したのではありませんでしょうかね、敏之様。十年も、無料《ただ》でこのお屋敷に置いて遣っているのでございますもの。仇どころか、お釣りが来るという物ですよ」

「誰に向かって物を言っているんだ、風子。それはお前一人の考えなのか！　それとも、其処のお嬢様の考えか！」

「家族皆の意見に決まっていますわよ、あなた。お父様とお母様は只、口には出しませんけどね。黒い肌の男を十年もウチに置いておくなんて。それこそ御近所の良い笑い者で、恥ずかしいったらありませんわよ」

「何が恥ずかしいと言うんだよ、由布。あいつの肌の色なのか。それとも俺のアチャラカ趣味か？　俺はな、由布。お前達と違っていて、毛色の変わった奴の方が好きなんだよ。

車だったらＢＭＷで、時計はスイス製。ネクタイやシャツは、フランスかイタリアのブランド物が良いんだ。女もブロンドか、青い瞳が良い。六花に敏一？　笑わせるなよな。俺ならサロメとヘロデか、ヌート（天空の女神）とゲブ（大地の神）だとかいった、もっと良い名前を付けて遣っていたね」

「悪趣味も、そこ迄行ったらゲテ物としか言い様がありませんわね。呆れて物も言えないわ……」

「敏之様。御近所の方々にお嬢様が、何と言われているのか、御存知なんでございますか？　あの男は黒人でも見た目が良いものですからね。有りもしない事を陰で言われたりしていて……。それはもう、お気の毒な事でございますのですよ」

「あいつと寝たとか、寝ないだとかなのか、由布。そいつは初耳だな。面白い。奴はどうだったんだ？　クロの肉は旨かったが、もう摘み喰いには飽きたとでも言うのかね。ん？　それは無いだろう、由布」

「そんな……。あんまりですわよ。あなたという人は！」

「あんまりなのは、そっちの方だろうが！　奴を追い出したいのなら、自分であいつにそう言えよ。俺に、首にしろなんていう命令は許さんぞ！」

「誰も、首にしろと迄は言っていませんけどね。あながたそんな風でしたら、それが良いですわ！」

「結構！　だがな由布、風子。俺はあいつの腕が、気に入っているんだ。首にしたいのなら、お前達が言え！」

「そんな事を、お嬢様に言わせるお積りなんでございますか？　敏之様。逆恨みでもされて、居直られたりしたらどうするんですか。外人は恐いと言われておりますのを、御承知の筈でございましょうに」

「外人では無くて黒人だと、はっきり言えよ、風子。だがな。あいつは只のクロじゃない。サクラメント州立大学を首席で卒業して、其処の大学院を出ている、おクロ様だからな。舐めて掛かると、返り討ちに遭うぞ」

高沢敏之は、長年のウップンを晴らしているようで、愉快だった。由布と風子の馬鹿面が、面白くて面白くて堪らなかったのだ。そして、思っていた。

お前達があいつを煙たがっているから、俺はわざとあいつをウチに置いていたんだ。あいつを追い出すのは勝手だがな。由布。そうすれば、もっと事態は悪くなるかも知れんが、それでも良いのかね。俺ならあいつの後釜に、「摩耶」の翡か、「摩奈」の変人クラブのメンバーの藤代咲也を入れてやって、其処に吉岡の奴を通わせて遣るね。咲也という小僧っ子は利用価値があるしな。勇介の遠縁に当るそうだから、せいぜい厚遇して遣る事にでもするさ。紅？　紅はもちろん、俺の物にする。見合い話なんてクソ喰らえだよ、由布。まあな……。今、手を出すのは不味いんだろうが。それも、時間の問題というヤツだ。お前達の馬鹿さ加減には、笑わせて貰えるね。紅はな、由布。

　おっと。ここまでだ。こんな面白い話は、勿体無くて、手前達になんか聞かせてやれないね。話は後のお楽しみ、っていう事にしておこう。手前達は、のんびりしているが良いさ。

「おクロ様だろうと、只の黒人だろうと、ダニエルには部屋から出て貰います。近くにはアパートは有りませんからね。水森さんの家の近く辺りにでも部屋を借りて遣ったら、それで済みますでしょう？」

「好きにしろ、ともう何度も言っているのに。執こいぞ」

　六花と敏一には、もう誰も、何も信じられなくなっていた。醜悪な争い事の中には、闇の臭いだけがある。

　サロメにヘドロだって！　僕、ヘドロなんて嫌だよ、姉様。

ヘドロじゃなくて、ヘロデというのよ、敏。学校でお芝居をしたからあたし、良く知っている。あたしがサロメで、播磨君がヘロデの役だったのだけどね。首切り女と好色男のお話だったの。物凄く悪い王様で、ヨハネという男の人の首を刎ねさせた、極悪王族だったのよ。パパ、狂ってる。自分の子供に、そんな人達の名前を付ける積りだったなんて……。

ヌートとゲブっていうのも、悪い奴等なのかな？

知らないわよ、あたしは。知らないけどきっと、そうなんじゃないのかしらね。ヌートにゲブ……。ゲップが出そうな名前だわ。ヌード（裸）にされなくて、助かったわよね。だけど。どうしてなのかしら？　変よね、敏。

そうだね。パパは着る物や持ち物にウルサかったけど。今迄は「国産品が一番よ」って言うママに、賛成していたものね。「そうだな。国産品が一番だ」、って……。

パパとママと風子は、変わってしまっただけかも。お祖父様とお祖母様が、変わってしまったのと同じみたいにね。

ダニーもなのかな？　ダニーも変わってしまったのかな？　姉様。

解らない。変わってしまったようにしか思えない時もあるし。あたし達の「ガリバー」のままでいてくれるように、思える時もあるのだもの。解らないわ、あたしには……。

僕も、解らない。姉様、解りたいのに解らないって痛い事だったんだね。姉様は、どこも痛くないのかな。

あたしも痛いわ、敏。痛くて痛くて、とても怖いの……。

もしも僕達のダニーパパも、皆と同じようになっていたら、ってね。そうだとしたら、僕、生きていたくない。

生きていたくなくても、生きなければ駄目なのだそうよ、敏。だからね。もしダニーパパも、あの人達と同じように「ゾンビ」になってしまっていたら、あたし達、家出しましょう。

良いよ、姉様。でもさ。警察に通報されたらお終いだ。

そんなヘマはしないわよ、敏。良い事？　あたしと敏は、合法的に家出をするの。下準備は、もうしてあるわ。

良いね！　姉様。それで？　僕達は何処に行くんだろう……。

近くて、遠い所よ。日本に一つだけしか無い学校に、どうしても入学したいと言うの。でもね。二人で一緒に其処に行こうと思ったら、あたしよりもまず敏の方が先にそう言わないとね。敏はまだ高校生だから、一人では行かせないって、きっとママ達は言うでしょうから。そうしたら、あたしが言うの。あたしも一緒に其処に行って、敏の面倒を見るから大丈夫よ、って。そうすれば、あたしと敏は離れないで済むわ……。

そうすれば、姉様と僕は、変わらないで済むんだね……。

ダニエル・アブラハムは、二人の「小人達」の想いに気が付いてはいたのだったが……。今のダニエルは、六花と敏一の傍に近付く事さえも許されないでいるのだった。物理的にも、精神的にも……。物理的には彼は、高沢敏之と紅の「恋人（？）」に拘束されていて……。精神的にはダニエルの傍に、連絡役になってくれる筈の勇二がいられないからなのだ。ダニエルはそれで二人には、「頑張れよ」、と心の中で言う。頑張って、力を合わせて船を漕げ、と……。嵐の海を漕ぎ渡り、無事に君達の目指して行く港に着いてくれ。六花、敏一。頑張れよ……。

ダニエル自身の船は行き惑っていて、座礁寸前であった。座礁というよりは遭難に近く、遭難というよりは、沈没船に近いような有り様で、荒れ狂う冬の暗い海と波の壁の中を、さ迷っているのだ。

ダニエル・アブラハムと呼ばれていた男の「自我」とプライドは、沈没船に乗っていて、既に死に掛けているか、死んでしまったようなものだと言えた。

では、ダニエルは「小人達」が心配しているように、もう生きてはいないのだろうか？身体だけは在っても心は魔物に侵された、ゾンビのような操り人形になってしまっているというのか……。ダニエルは確かに、「変身」し掛けているのではあった。「自我」という船が沈んで消えていき、代りに「何か」が、新しい生の中に移行し、芽吹くための「種子」が、彼を乗せたまま沖へと、荒い風雨と波の中へと導き、突進して行く。

ダニエルはその雨と風と、深い海溝を流れる潮に、本能的に逆らっているのだったが……。それは、もうどうしようも無く、彼の船を取り囲み、持ち上げては、海原に突き落とすのだった。ダニエルにはそれを、どうする事も出来ない。彼の船を進めていこうとしているのは、波と嵐だけでは無くて、蒼い海の底に住むという人魚達だったのだから……。人魚は歌う。恋歌を。マリアの声で。紅の声で。天使達の声で。彼自身の声で。

彼が担ったのは
わたし達の病
彼が負ったのは
わたし達の痛みでした
愛は死のように強く
熱情は陰府《よみ》のように酷《むご》い
火花を散らして燃える炎

恋しい人、美しいのはあなた
わたしの喜び
わたしの慰め
わたしが呼べば主は答え、
「わたしはここにいる」と言われます

どうかわたしを刻み付けて下さい
あなたの腕に　印章として

わたしの心に　印章として……

ああ。ダニー。ダニー。怖れないで進んで。あなたはわたしと同じ「愛」に出会ったの。あなたを捕らえたのは、「あの方」の御愛よ。わたし達のために傷を負って下さり、死よりも強く愛して下さった、美しい方《かた》の炎なの。熱くて強く、消える事の無い、熱情の炎……。

止めてくれ！　止めてくれ。止めてくれ、マリア。紅。違う。紅は、マリアに似ているだけで、マリアのように狂ってはいないのだ。嫌、それも違っていたのだったな……。マリアも狂っていなかった？　只、狂う程に、狂ったように見られる程に、「彼」を愛していたというだけなのだろうか……。パッション。情熱。パッション。熱情。では、紅は？　マリアに似ている紅は、本当は誰を愛していて、誰と一緒にいるのだろう。紅は、まるで人では無くて人魚のようだ。女では無くて、涙のようだ。

御覧下さい
わたしの内に迷いがあるかどうかを……
広場に出ても　わたしを見付けられなかったら、
言って下さい。そこにはもうわたしはいません、と。

わたしは愛に還っていますから……

ダニエルには、そのように言っている紅の姿が、見えるような気がした。誇らしく、慎ましく、明かやかに……。

もしも紅が。マリアと同じ瞳をしていた紅も、「彼」のものになっていて……。マリアと同じ程に強く、「その人」を愛しているのだとしたら、自分はどうすれば良いのだろうか？　ダニエルの終りの無い問い掛けに、小夜鳴鳥のような「声」が応える。

愛に渇いて死んだ　わたしのために
愛の炎に焼かれて
美《うま》しい水になって下さい……

ダニエルは、怖かった。その「声」に、答えてしまうのが……。

愛に渇くと言われた方のために
わたしのソウルよ
愛の溜め息と暖かな涙の雫になって

その方の唇に触れて下さい

美しい人、恋しいのはあなた
わたしの喜び
わたしの慰め……

「恐れるな、わたしだ」と、荒れ狂う波の中から「声」がしているような気持がする。そして、そのすぐ後からは何度も、勝ち誇っているような哄笑も……。

「おお。ダニー。ダニー坊や。お前は〃黒くても美しい〃と言われて、逆上《のぼ》せ上がってしまっただけなのだ。それももう解らなくなってしまったのかね。お前はわたしの物だ。ダニーボーイ。あの女の骨の骨と肉も、わたしの物だからな。欲しければ、奪い取れ。何、遠慮は要るものか。見合い相手からも、男・(高沢)からも、翡からも、恋人の男からも奪い取れよ。強引にな……」

黙れ！　黙れ！　シット!!　お前は誰だ？　俺に構うな。

「わたしは〃所有する者〃だよ、ダニーボーイ。この世の帝国の王で、お前の御主人様だ。わたしに従え！　今すぐにだ」

ファック！　お前なんかクソ喰らえだ。俺は、俺のままでいたい。放っておいてくれ。

クソ野郎も、パッションもな……。

このような理由《わけ》で、ダニエルの船は行き迷い、行き暮れていて、沈み掛けているのだ。六花と敏一が恐れている「生きながらの闇」か、「生きている熱情」の海の、どちらかへと……。「自我」は、その殆どを闇に支配されているので、「自分」に拘《こだ》わっている限りダニエルは、光の方には進めない。そして。光に、熱情にと進む時には、彼の自我は速やかにか緩やかにか、いずれにしても消えていってしまう事になる。人魚の歌と愛の火の中に。ダニエルは憔悴し、痩せて、やつれたままでいた。

隅田孝志と青木豊の憔悴は、言う迄も無い。紅と薊羅の憔悴も、隠れた所でその猛威を振るっていたのだった。只、紅と薊羅には頼れる「美しい方《かた》」がいて下さるので、二人の深手は他人には見えない。

翡桜だけが、紅と薊羅の憔悴に就いて深く祈っていて。沙羅は、沙羅自身の痛みと焦りの中にいた。


久留里荘では、晶子の部屋に代る代る「変人クラブ」のメンバー達が訪れて来ていたのであった。人目を盗み、人目を忍んでこっそりと来る者達と、人目等は気にもしないで堂々と、訪う者に分かれてだが……。

Tホテル、フロント総支配人の堀内とラウンジ支配人の沖は、多忙のためばかりでは無く、落ち着かない日々を送っていた。占い師の晶子がどういう根拠からか、「多分、今月の十三日か十四日か、十五日辺り……」と言っていた日が近付いて来ていたからである……。

バー「摩耶」では柳が苛立ち、「摩奈」では真奈が、鏡の中の自分と会話をしていた。バーテンダー頭の市川は「井沢翡」を気遣い、白いツルバラの咲く筈の家では、医師の水穂広美とその妻香が、気を揉んで過ごしていたのであった。時は短く、行き過ぎるのは早い……。

「あなた。正直に言って下さい。あの子の身体は、いつ迄保《も》ってくれるのですか。わたしの瞳にはもう、何年も保ってはくれないとしか、見えなくなっているのです」

「香。お前も薬剤師でありながら、理学療法迄もあの子のために修めた身だからね。隠しても仕様が無いだろうし、お互いに隠し事はもうしない、と誓った。だから、言うよ。お前が考えているよりも、遥かにあの子は悪くなっている。だが、その時がいつ来るのかは、神だけが御存知の事柄なのだ。あの子も、それは承知しているからね。わたし達に出来る事は唯、あの子の希いに寄り添う事だけなのだよ……」

「そんな……。そんな事って酷《ひど》過ぎます、あなた。あの子はわたし達の唯一つの希望で、喜びなのに……。神様はあの子迄、わたし達から取り上げてしまうというの？　わたしは嫌です。嫌です。あなた……。あの子の何もかもが愛しくてならないのに。あの子の耳朶の、あの赤くて小さな痣さえも、消してしまうのが嫌でした……」

「どうしても、と言うのだから、仕方が無かったのだよ、香。何か事情が有ったのだろうからね」

「事情といえば……。ねえ、あなた。あの子又、変な事を言っていましたわね。安美ちゃんと一寿君の上にもう一人、紅という妹がいるだとか。彩ちゃんの写真を見せて欲しいだとか、って……。何だか様子が可笑しかったわ」

「彩香の写真を見詰めて泣いた癖に、ラプンツェルは生きているかも知れないなんて、呟いていたしね。だが。あの子が生きている筈は無い。彩香は、逝ったのだから」

違うのよ、パパ。違うのよ、ママ。あたしは逝かれなかったの。天の国に着く前に、この世界に帰って来てしまった。あたしは生きているわ、ママ。パパ。でも……。あたしが死んだと思ってしまったママとパパにはもう、あたしの姿が見えなくなってしまっただけなの。ロバの皮が話していた紅も、本当に居るのよ。それにね。ラプンツェルが生きているというのも、きっと本当の事だと思うの。あたしの黄菊と白菊は、ラプンツェルの知り合いだったそうだけど。それで、言っているのよね。あたし達とロバの皮が歌っている他に、聴こえてきている「さくら歌」を歌うあの声は、ラプンツェルにとても良く似ている、って。そう言っているの。あたしの黄菊と白菊が……。ああ。ママ。パパ。そんなふうに泣かないで……。

泣くのはお止め。可愛いおチビ。わたしと黄菊がいるだろう？　おチビが泣くのは、見ていられないであるよ。

泣かせてあげなさいよ兄さん。白菊……。あたし達と違って、おチビはまだ子供なんですもの。ママとパパの記憶から消されてしまうのは、悲しい筈だわよ。こうして目の前に立っているのに、おチビの両親にも誰にも、おチビとあたし達は、残らないのだもの……。幾ら何でも淋し過ぎるわ。おチビ、泣いても良いんだからね。

泣かないわ。あたし。あたしには、白菊と黄菊が一緒にいてくれるのですもの。あたしの瞳の色が「好きだ」って。「愛している」、って言ってくれるから、泣かないの。あたしも黄菊と白菊の、きれいな髪が大好きよ……。

わたしのラブリー。あたしの、スイート。わたし達の方が、もっともっと沢山、おチビを愛しているからね……。

ええ。解っている。解っているわ。白菊。黄菊。ああ、あたし達。今度こそ本当に、天のお国に還りましょう。天使達が、橋を架けてくれるわ。人魚も歌ってくれるから。

又、そんな可笑しな事を言って。ねえ、おチビ。天使は天上にいて、人魚は海の底にいるのだよ。わたしと黄菊とおチビはね、天にも海にも行かれない。

そうだわよ、おチビ。幾らあんたが変わっているといってもよ。天使達に知り合いがいるなんていう冗談は、止めてよね。海の底にいる人魚になんて、会いたくも無いわよ、あたし達は。海なんて、恐いわ。光よりも、炎よりも恐くて、チビってしまいそうだわよ……。

ヤだわ、黄菊。知らないの？　白菊。天使達は天上だけでは無くて、この地上にもいてくれるのよ。人魚達は海溝だけでは無くて、空の海にもいてくれるものなの。この世界の空にはね、天のお国の海と、海の底が在るの。この世界の森や泉や、人混みも海なのよ。だから、天使と人魚は何処にでもいて、歌ってくれている事を、知らないの？　知らないの……。

知らないよ、おチビ。矢車草の瞳には、一体全体何がどう見えているものなのであろうかねえ。

知らないわよ、おチビ。あんたのおツムは、あたし達のリスタのようにぶっ飛んでいるのね。全く……。

ああ。黄菊。ああ、白菊。あなた達はもう忘れてしまったの？　あたしの名前は、リスタよ。リトラ・リスタ・彩香であったのを、忘れたの？　忘れたの……。

おチビの胸の中の叫び声は、黄菊と白菊には決して届かない。信じていない者達の耳には、真実の叫びも、涙も、愛も届かないものだから……。

それでも黄菊と白菊は、おチビの彩香が愛しくてならない。コーンフラワー（矢車草）

の瞳をしていて、亜麻色の髪を持っている彩香が、愛おしいのだ。
おチビと黄菊と白菊は祈る。荒海に揉まれている船人達と同じか、それ以上に切実に。

ぶどうのお菓子で
わたしを養い
りんごで力づけて下さい
わたしは恋に病んでいますから

エルサレムの乙女達よ
誓って下さい
もしもわたしの恋しい人を見かけたら
わたしが病んでいると、
その人に伝えると……

恋しい人、美しいのはあなた
わたしの喜び
わたしの希望

慰めと吐息でバラの雨を降らせる

美しい人、恋しいのはあなた
わたしの慰め
わたしの救い
わたし達のソウルを抱いて、眠らせて下さい

どうかわたしを刻み付けて下さい
あなたの腕に　印章として
わたしの心に　印章として……

おチビの可憐な唇は、黄菊と白菊の髪にそっと触れていて、言った。水穂医院の二階の、暗闇の中で。

大丈夫よ、黄菊。大丈夫よ、白菊。あたし達、いつかはきっと、「あの方」の国に還っていかれるわ……。

帰れるものかね、おチビ。人でも無くて天使でも無い。この世と彼《か》の世の間で生きる、わたし達が。

そうだわよ、おチビ。あんたはまだ小さくて、知らなかっただろうけどね。この世の中には恐い「モノ」が嫌っていう程いて、あたし達を狙っていたりもするものなのよ。悪い奴等はウヨウヨしている癖に、あんたの言う「その人」は反対に、嫌っていう程、気が長いんだもの。あたしと白菊は、良く解ってる。

「そうかも知れないけど……」

と、おチビは言って、黄菊と白菊の腕の中で呟くように、歌うように祈る。

北風よ目覚めよ
南風よ吹け
わたしの園を吹き抜けて
香りを振りまいておくれ
恋しい人がこの園を我がものとして
この見事な実を食べて下さいますように

黄菊と白菊は、涙の味を噛み締めて、飲み下す。
ねえ、おチビ。お前、そんなお祈りの言葉をどうして知っているのかね。お前はまだ、そんなに小さいのに。

そうよ。おチビ。あんたはどうしてそんなに沢山の、お祈りや歌を知っていたりするのかしらね。あたしと兄さんはね、昔、そのお祈りが好きだった。あたし達のリスタもきっと、好きだった筈なのよ……。

ああ。あたしの白菊。あたしの黄菊。あたしがあなた達のリスタなのよ。彩香・おチビはリスタなの……。でも。もうこの歌は歌わない。黄菊と白菊が泣くのは、見たくないもの。あたしが判らなくなっても、ねえ、黄菊。白菊。あなた達はあたしを愛してくれているのよね。それで良いの、あたし。それだけで良い。天の国に還って、ソウルの眠りが解かれたら……。ねえ、黄菊。白菊。あなた達も、あたしを想い出せる事でしょう。

眠っていても
わたしの心は目覚めています
恋しい人の声がしている戸を
叩いていますから

愛は死のように強く
熱情は陰府《よみ》のように酷《むご》い
火花を散らして燃える炎

黄菊。白菊。還りましょう。「あの方」の国へ。天の国へ……。還りましょう、あたし達。全てを見届けてから、還っていきましょう。

そう出来ると良いのだがね、おチビ。わたしと黄菊は天の国には行かれないだろうよ。とても、とても遠くて、長い旅をしてきたものだからね。わたし達のような状態では、門前払いをされるだけだろう。

そういう事……。ねえ、おチビ。あたしのハニー。ハニー・ベイビー。カモン。抱いてあげるから、こっちに来て。それで、良く聞いて。あたしと白菊もずっと、願ってはきたわ。

神よ　お守り下さい
あなたを避け所とするわたし達を……

とも、祈ってきたの。でも、駄目だった。あたし達、天の国よりもまず、陰府《よみ》の国に行くしか他に無いのよ。解った？　おチビ。さあ、もう寝《やす》みましょう。疲れたわ。

そうだね、黄菊。わたしも疲れてしまったよ。おチビはもっと、疲れているだろう？　カモン・ベイビー。わたしの方が黄菊よりは、少しは暖かいだろう……。

三人、一緒よ。白菊。黄菊。あたしも疲れているみたい。眠くて、寒くてならないの、でも。幸せよ、あたし。

お腹が空いているのになのかね、おチビ？

お腹が空いているでしょうに、おチビ……。

ううん。平気。ぶどうとりんごが、力をくれるから。ぶどうとりんごで、きれいになれるから。ねえ。黄菊。白……。

眠っちゃったわ、おチビ。可哀想に。りんごとぶどうだけで力が付く筈なんて、無いのにね。おチビってば、ますます変になってきてしまったんじゃないのかしら。

そうだね、妹。だがねえ。おチビが何を言っても、わたしはもう驚いたり逆らったりする気が、失くなってしまったのだよ。どうせわたし達には先は無いのだから。おチビの好きにさせてあげようではないかと思うのだが、どうであろうかねえ……。

あたしに尋《き》いたりしないでよね、兄さん。あたしだってそうしたいけど、怖いのよ。でもね。おチビを「連れ戻しちゃった」のは、あたし達なんだし。困ったわ……。

抱き合い、寄り添い合って眠る三人の夢には、ムーン・チルチルの歌っている「さくら歌」が降り積もり、花嵐のように舞い上がっては踊り、呼んでいるのだった。その花の影の向こう、天から優しい一つの「声」がする。

花の雨になって。歌の中の光と、愛になって、秘そやかに。

わたしは
あなた方と共にいる
時がめぐり来れば実を結び
葉もしおれる事がないようにしていなさい

この小さい娘にわたしは言おう
これがわたしの愛する人
これがわたしの慕う人、と。
娘よ、呼んで下さい
あなたはわたしの恋しい人だと……

黄菊と白菊の夢の中には、「その方」のお声が花の雨になって降り注ぎ。降り掛かっては、消えてゆく。おチビの夢は、夢の中でも「その方」を呼んでいた。

恋しい人はコフェルの花房
エン・ゲディのぶどう畑に咲いていています

乙女達はあなたを慕っています
お連れ下さい　わたしも……

これが　わたしの愛する人
これが　わたしの慕う人、と。
捕まえました
もう離しません。離しません……

天を往く鷲は、白い小鳩であるおチビの上に愛を注がれて言う。

「帰っておいで。わたしの下に……」

美しい方《かた》の希いは慎ましく、秘《ひ》っそりと小鳩の胸の中に降り掛かり……。白い鳩は応えて、恋歌を繰り返す。

そうして、忘れられてゆく夢の向こう側に、哀訴するのだ。

「何が有っても、三人一緒に。あたしと黄菊と白菊で……」

「わたしと妹がどうかしたのかね。おチビ。夢を見たのかい？　羨ましい事だねえ。わたし達はもう、夢なんて見る事は無いし、忘れてしまったよ」

「そうなの？　黄菊。そうなの？　白菊。大丈夫よ。天使達がきっと、揺り籠の歌を歌ってくれるから。そうするとね。忘れていた何かを想い出せるの。あたし、今ね。きれいなお山の上に、誰かと昇っていくところだった」

「山に行きたいのなら、連れていってあげるわよ。さあ、おチビ。眠ろうね。あんたは病気なんだから……」

時の初めから終りの日迄「美しい人」がこの宇宙の中心の木に昇られて、其処に立たれている事をおチビは知っているのだった。それで。救いの無いような状況の下でも、安らかに愛を夢見て眠るのだ。

「その人」は、御父の愛と共に天上にいながら、この地上でも今も、丘の上に立てられた、生命の中心の木の上にいられる。カルワリオ。ゴルゴタ。あるいは只、「されこうべ」と呼ばれている丘の上の、十字架上で、愛に傷付いて。

その人は「来なさい」と言われているのに、行く者は少なかった。その人は「渇く」と言われているのに、その人の御口《みくち》に愛の涙や歓びを、ひと雫でも捧げる者も、少なかった。けれども。「その人」に触れられ、触れたソウル達は、一瞬で理解し受け入れて、自分自身さえもを消し去る事を、願うのだ。

焼き尽くす愛で愛する方に、焼き尽くされてしまいたい、と。そして、「その人」の浄配になり、この世界からは消えて、あの丘の、あの木の上に、共に行きたいと……。そのような者達も、異う者達も、天を往く鷲は見守り、慈しんで、慰めと光を送り続けるのだった。鷲は飛翔し、同時に、釘付けられている。

地上の木の上に釘付けられて、愛故に呼び続ける「その人」が、天の道を往く鷲でもある事は、理解を超える事なのだろうか。限りある人間の知識と頭では理解の出来ない事でも、神には可能なのだという事が……。思慮深く、謙虚な知性と理性の持ち主達は、神の御業《みわざ》の可能性の前にでさえも、跪く事だろう。「そこ」に、愛が口づけのように触れてくれるならば。直ちに「わたしの神よ」、と叫び、憧れて止まなくなるように、神の愛と御業は不可思議で、計り難いものだった。神の前で人に出来る事は、たった一つの事だけであると知れば。

苦悩や苦役からであっても、病苦や貧苦からであっても。愛に飢え渇いている時も。憧れに満ちて瞳を上げる時にも。その人達は、呼び続けられる。唯一人の方に……。

わたしの神よ
わたしの神よ
あなたはどこにいるのでしょう
どうぞお答えになって下さい

そして慰め、満たして下さい
わたしの敵からわたしを守り
わたしの内に宿って歩んで下さい

あなたはわたしの創り主
あなたはわたしの救い主
あなたがわたしの愛で、共に行く方……

蛇は、そのようなソウル達が呼ぶ、憧れに満ちた「叫び声」が、嫌いなのだった。蛇は、驚であり、人となられた「その方」を、その故にこそ妬んで、嫉むのだ。蛇は強欲で、全てを所有していたかった。蛇はそのために、あらゆる手段で策略を張り巡らしている。待ち伏せて、騙《だま》し、咬むために……。蛇である太白は「その方」に牙を剝き、「冬の嵐」を、神の子供達に向けて吹き付ける。

（秘密）一

その夏の日の朝早い内に、薊羅とミーは連れ立って、北の森の入り口にある湖の向こう岸に降りて行っていた。こちら側にはボート小屋と桟橋が在るので、夏以外の季節には「四人組」はボート小屋の近辺か桟橋に行くのだったが……。避暑地の夏には其処は、格好のデートコースになっていて騒がしく、仲良しだった孤児達の憩いの場所では無くなってしまうからだった。湖の向こう岸は湖面よりかなり小高くなっている。ツルツルとした灰色の岩と木立に囲まれていて、落ち着ける所も存在していた。ボート小屋から林道に沿って別荘地へと抜ける小道は急坂で、桟橋はその坂が続き、登っていく手前、山側の丘陵に抱かれているのだった。そして。その山腹から湖を回り込んで、森の奥深くへと続いている喬木や灌木の生い繁っている山の懐深く登っていく白い道の前に、其処だけはなだらかに下っている「斜面」が隠されていたのである……。白く、眩しく光っているK町への、唯一の古い抜け道の近く、隠れた灰色の石伝いに、その場所へと行けるのだ。何十年、何百年分もの落葉がふうわりと降り積もり、重なっていて、良い匂いのしている、その場所に……。灰色や白青色の岩と木立に囲まれていながらも、木洩れ陽が射してきて暖かく、銀のように、金のように光っている湖面と、湖上に浮かんでいるボート達を眺めていられる斜面は、秘密の場所になっていた。

ミーは、紅達に其処を教えるために桟橋の上に立って、良くその辺りを指差して見せていたものだった。けれども其処は、沢木渉が愛しているとは知らないままに愛し、堀内喬が夢の中の夢のような恋をしていた頃の一人の少女が、森の小鹿か牝鹿のように駆け巡り、歩いていた場所の中の一つでもあったのだ……。少女は笑い、歌いながら、樹々達や花や、森の妖精達に「話し掛けて」いた。

そして又、幸福そうに森の奥深くへと消えて行っていたものだった。その年の、春浅い日々から春へ。晩春から初夏へ。初夏から、その夏の終りへと、運命の糸に引かれるようにして……。

その頃の少女の瞳の色はまだ黒々としていて、夢見るように輝いていたものだった。まだ、深い森の緑やエメラルドの色では無くてその足取りも軽くはあったが、未踏の原生林に迄踏み込んで行かれる程には、軽過ぎてもいなかった。


その朝、妹弟達を保育園に預けた山崎真一が、「ミー」であるエスメラルダ・パールを唐松荘に預けに行ってみると、紅と沙羅の姿はもう見えなかった。

紅はダミアン神父に連れられて、山裾のN町に在る三田病院に検査を受けに出掛けた後だったのだ。まだ若かったコルベオが、不思議そうに告げる。

「他の子供達は皆、わたしか教会の役員達が病院に連れていくものなのですがね。どうしてなのかダミアン様は、紅ちゃんだけは御自分で町の病院に連れていかれるのでございますよ。まあ、神父様にもたまには息抜きが必要でございましょうけどね。三田先生はダミアン様の良いお話し相手だそうでございますから……」

紅の「病気」の事を真一は、フランシスコから聞いて気の毒に思っていた。気の毒と言うよりは、心の痛みと、愛の痛みのようにさえも、思っていたのだ。

では、紅のあの病気は止まらずに、逆に進行しているのだろうか？　この春には紅は無事に小学生に成り、ミーと同級生にもなっていたので真一は、その事を自分の事のように喜んでいたのに。逝ってしまったムーライ・マルガレーテ・美月もそんな事を知ったら、涙を零して声も出さずに泣く筈だった。美月はフランシスコから、「くれぐれもロザリアを頼みます」と頼まれていたし、実際に紅を我が子のように愛しく思っていたのだったから……。トルー・ラファエル・真一は溜め息を吐いていた。ダミアン神父と三田医師の心の中を良く解るように、彼も扱われてきたので。ミーと美月と、自分の身体の事等で……。

「紅ちゃんは出掛けているそうだよ。ミー。どうするね？　大人しくしていられるなら、パパの会社に連れて行っても良いけどね」

「駄目だよ、そんなの。パパが皆に馬鹿にされるもの。子連れ狼じゃ無くて、子連れ猫か犬だって言われているのを、忘れたの？　それに、あたしが行っちゃったら、誰が安美と一寿を迎えに行くんだよ。あたしは平気だからね、パパ。紅がいなくても、沙羅と葪羅がいてくれるもの。心配なんか、捨ててしまってよ」

やれやれ。母親が逝ってしまってから、この子は急に一変してしまった。可愛らしい女の子だったのに、男の子のように振る舞い、男の様に話す事を、覚えるようになってしまったのだからね。お淑やかになんかしていると、安美と一寿を苛めっ子達から守れない、と言って。生まれ付きから男だったようにさえ、成ってしまったのだ。注意をしてみても、口では敵わない。

パパ！ ボクはあの子達の母親なんだよ。母鳥は自分を捨てても、ヒナは守るものなんだって！ だからね。ボクもそうしたいの。自分の望みでしている事なのだからね。ボクを憐れむのは、止めてくれない？ むしろ、喜んで欲しいな、ボク。パパとボクと、安美と一寿。ママは天に還っても、まだ四人も残っている。ボク達きっと、幸せになろうね。きっと……。

「沙羅ちゃんは、山荘にアルバイトに行ってしまっているんだよ、ミーちゃん。薊羅ちゃんは、いるけれどね……」

その夏、十七歳になっていた沙羅は、夏休みを利用して「社会勉強をしたい」と望んでいた。小さな山荘で「働いてみたい」とダミアンに申し出、許可されてもいたのだ。十八歳になったら唐松荘を出て、薊羅と一緒にU市に移り、山荘か民宿か、ホテルの中に在るカフェのような場所で「働いて生きていきたい」、というのが、沙羅達の希望のようだったから、ダミアンは沙羅にアルバイトの許可を与えたのだった。「薊羅も一緒に……」という願いは、却下されてしまっていた。双児であるならば一人が働いてみるだけで、それで十分ではないか、という理由から……。

ダミアンは、知らなかったのだ。沙羅と薊羅は本当は、幼い頃からシスター・マルトやシスター・テレーズ達に憧れていて、いつかは自分達もシスター・ルチア、シスター・セシリアと呼ばれるようになりたい、と願っていた事を……。十一歳になる迄フランシスコと、マルガレーテ・美月やラファエル・真一に慈しまれ、愛されて育った沙羅と薊羅の心には、早春の花の蕾のような、神への愛心と憧れが生まれていたという事を……。ダミアンは、二人の憧憬の花の蕾をまだ開きもしない内に、摘み取ってしまったのだった。

「修道女になるためには二人共、問題が有り過ぎる」、という理由によって。ダミアン神父と三田医師による判断と診察結果では、二人は嘘吐《つ》きで落ち着きが無く、精神的にも不安定で「分裂している」という事になってしまっていたからなのだった。

沙羅と薊羅は失望し……。コルベオと美月、真一によって励まされ、紅とミーによって、慰めを得ていった。シスター・マルト達は、詳しい事は知らないままに……。

「ふーん。それならあたしは、薊羅に遊んで貰うから良い……」

ミーは、もちろん知っていたのだ。知っていながら沙羅と薊羅に協力をして、二人が翌春に巣立つための手伝いをしていた。紅とも協調して、強力に。愛によって、惜しみ無く。ミーも紅も、「そこ」に悲劇の種が潜んでいるとは思いもしなかったし、沙羅達は尚、そうであった。

沙羅と薊羅は二人共、同じように「働いてみる」という必要を感じただけだったのだ。それで、応募した。ダミアン達には内密の内に、湯川リゾートホテルでの「夏季アルバイト」のルーム係の募集に応募をし、沙羅と薊羅は一日交替で、一人の「沙羅」として働く事になったのだ。社会勉強のための許可は、沙羅一人だけにしか出されていなかったので、仕方無く……。

真一が笑ってくれるようにとミーと薊羅は、わざと「しかめっ面」をしてみせた。出来るだけクシャクシャの顔になるようにと、指まで使って両眼の端を上げたり下げたりしている内に、堪え切れなくなった二人と真一とコルベオは、笑み崩れてしまうのだった。コルベオは思っていた。笑いながら。目尻から涙を滲ませながら、「良い子達だな……」と。

安心した真一が車の窓から手を振りながら行ってしまうと、ミーと薊羅は二匹の子猫のようにじゃれて言う。

「ああ。可笑しかったわ、ミー。あんたのさっきの顔といったら！」

「あれま。可笑しかったのは薊羅の方だよ、美人の癖に！」

「二人共、良い勝負だったと思うがね。さあ、行っておいで……」

まだ朝は早くて、ホテルの客達も別荘族達も「お出まし」では無く、散策を楽しむ者達の姿も、森の中に迄入り込んで来てはいなかった。湯川の水が、流れていく。ミーは蓟羅の先に立って、ゆっくりと坂を上っていっていた。湖の近くを通り、深い原生林と雑木林を下に見て……。山の、森の奥深くへと分け入り、隣町のK町との境界も抜けて、更に険しい山の奥深く迄入り込んで行っている筈の、その「白い道」の脇をゆっくりと。その道を何処迄も深く入って行けるのは、森の妖精であるかのような少女一人だけだった。

ミーが蓟羅を連れて行ったのは、森の入り口に位置している湖の畔の丘の中腹に隠れ、そこだけはツルリとして白く、灰色に光っている乾いた石が、並べられでもしたように美しく配置されている場所だった。その石達は丸かったり、尖っていたり、平べったくて寝椅子のようだったりと、形は様々だったが。奇妙な程に石肌と、その色合いは似通い、統一されていたのである。そして……。その石達の間にはぎっしりと、ふかふかの落葉が敷き詰められていて。その落葉の間からは気の早い、秋草である吾亦紅や、竜胆、野菊の花が二本、三本と伸びてきているのだった。

「夏が、秋という子供を生むんだね。ねえ、蓟羅。あたし達と花とか自然は、姿は異っているけど同じものみたいな気がするよ……」

「あたしもそう感じていたのよ、ミー。神様って不思議だと思わない？　人間も、動物も木も草も花も、皆同じで皆美しい……。ああ、ミー。あんたがいつも言っていたこの場所も、とても美しいのね。朝の陽射しは、光の階段みたいだわ。この場所を囲んでいる岩と青桐は、海底の宮殿か門みたいに見える。あたし達、人魚になった気がするわ」

「満足した？　薊羅。だけど、もっと驚かせてあげるからね。足元に気を付けて、こっちに来てみてよ。紅は、此処から見る湖が一番好きなんだってさ。ホラ！」

千の波、キラキラ。千の金と銀が揺れて、ユラユラ……。

岩陰から覗いて見る湖の、青と緑の水が光って。揺れて、動いて。歓びの歌を、空に向かって歌っているようだった。風は、暑くはなくて甘く優しい。その風の中から、細く澄んでいる少女の歌う声が聴こえているかのように……。

美しい乙女よ
あなたの恋しい人は
どこに行ってしまったの
わたし達も一緒に
探してあげましょう

わたしの恋しい人は

群れを飼う人
ゆりの花の中で
群れを飼っている人

どうかわたしを刻み付けて下さい
あなたの腕に　印章として
わたしの心に　印章として……

「あの子も、此処に来た事があるのかしらね……」

薊羅の言葉に、ミーは頷いた。こんなに素敵な隠れ家を、あの少女が見落としたりしている筈は無いだろうから……。只、あの少女は、もっと美しくて、もっと安らげる「何処か」を見付けてしまい、其処にだけ行くようになったのに、違い無かった。

だからといって自分達も「其処」を見付けに行こうと思う程、ミー達は厚かましくなかったし、礼儀知らずでもなかっただけなのだ。人は、自分だけの歓びの場所を持つ権利が有るのだし、自分一人だけの秘密の場所を持つ権利も与えられている、と知っていたから……。そうで無いとしても、自分一人だけの安らぎと憩いと、慰めと励ましになってくれる筈の場所が、人には必要なのだ、とミー達は既に悟るようになっていた。そして。あの、湯川リゾートホテルのフロントにいる少女は、どこか寂し気で、儚気《はかなげ》で……。未だに夢の中にいて羽化していない蝶か、羽を捥がれたひばりのようだという事も、唐松荘の「クリスチナ達」は知っていた。その少女は夜も昼も無く、恋しい人を想って鳴くという、小夜鳴鳥のように泣いて、歌っているかのようだったのだから……。だから、彼女に近付き過ぎてはいけないのだ。だから、彼女の「場所」とその歌う「歌」を、探して歩いてはいけない、と四人は感じ取っていた……。

ミー達だけが知っている秘密の仲間の「クリスチナ」は、このようにして森の中では誰からも注視されず、干渉を受けない、小鹿のままでいられたのだった。

ミーと莿羅は、湖を渡ってくる風が快いその場所で、その贈り物のような時間を何のために使おうかと迷ってはしゃぎ、相談をしていた。

「ジャンヌ・ダルクごっこなら、二人だけでも出来るよね」

「あんたがジャンヌで、あたしがシャルル？　嫌よ、そんなの。それよりあたしは、小さい花が良い。あたしは小さいテレーズで、あんたは尊い面影のセリーヌになって……」

「修道院に入る前の、テレーズとセリーヌに。だって此処は余りにもきれい過ぎるもの。生きる喜びに溢れて、愛する神への愛に溢れていた頃の、二人の庭にそっくりだと思わない？　莿羅、ねえってば。シスターのヴェールを、今度は持って来る事にするから」

「……良いわよ、それで。ヴェールが有ったら、本当のシスター・テレーズとセリーヌみたいになれるもの。でもね、ミー。言っておくけど、テレーズにはあたしがなりたい。解っている？」

「解っていないけど、解った事にするよ、蓟羅。小さい花のテレーズもセリーヌも、どちらも好きだから、ボクは良い」

「あらまあ……。駄々をこねるかと思っていたのに、ミーってば。あんた、いつからそんなに聞き分けが良くなったのかしらね」

「……生まれ付きに決まっているだろ。蓟羅のイケズ」

「言ったわね！　こら、ミー。あたしはイケズじゃないと言ってよね」

春には夏の空と同じ色の、青い卵を抱いていた山鳩の鳴く声がしていた。ポー。ポー。デデッポー……。ポウ……。そして、飛び立っていってしまったのである。丘のすぐ下の、槲《かしわ》の繁った枝と葉の間から……。

湖に通じている白い道に、林道から一台の車が登って来て、停まったのだ。車が停まるのと同時に、ボート小屋から一人の男が出て来て、桟橋のボートの舫《もや》いを解き、湖に出せるようにしていた。車から降り立って来た女性が小走りに、そのボートに走り寄って行って乗り込む姿が見える。ボートはすぐに桟橋を、湖の岸辺を離れて、真っ直ぐに対岸寄りの丘の下に向かって来たのだった。入り江は無くて、小高い丘に水楢や槲の樹が繁茂している、その丘の下に……。「そこ」は、ボート小屋からは遠く、道路からは隠されていて人目に付かない。けれども「そこ」の上の丘には、石と青桐で出来ている門か、海の底にあるような自然の宮殿が在って、蓟羅とミーが下の湖面を見下ろしていたのだった。千の波はキラキラ。金と銀の光が、揺れ揺れて……。

「会いたかったよ、花野。花野。君はきれいだ……」

「わたしも。わたしも会いたかったわ、勇介。勇介……。でも、どうしてこんな所で会うの？　此処は危険過ぎるわ。吉岡が、すぐ近くにいると思うと嫌なのよ」

「そんな事は解っている。解ってはいるけど大丈夫だと言っただろう。勝男はまだ白河夜船だし、敏之も似たようなものだからな。あいつ等、昨夜は飲み過ぎたんだ」

「……。あなたがわざと飲ませたのでしょう？　悪い人」

「違う。ラウンジにメチャウブの女の子と男の子が居てさ。昔の花野を見ているようで、つい飲み過ぎたのさ。若い、っていうのはそれだけで特権なんだな」

「良く言うわ……。あなたにとってはそれではもう、わたしはお婆さんみたいに聞こえてよ、勇介」

「僻むなよ。花野だけは別だよ。君は、年を取らない」

教会の、鐘の音が遠く微かに鳴って、時を告げていた。吉岡花野の瞳が揺れて、暗くさ迷ってゆく……。

「あれは？　あれは、教会の鐘の音でしょう、勇介。わたし達の勇花も、生きていてくれたら。今年はもう小学生に成っている筈なのに。口惜しいわ……」

「過ぎてしまった事を言っても仕様が無いだろう、花野。もう六年も前の冬に、死んだ奴の事なんてさ。あいつは、勇花は死産だったんだ。それは君に何度も言ったじゃないか。死んでいた、ってさ……」

「でも……。わたしには勇花を抱かせてくれなかったじゃないの。幾ら死産だったと言われても、遣り切れないわ」

「諦めるんだよ、花野。勇花はあの教会の前に、俺が置いて来たと言っただろう？　あいつはちゃんと埋葬して貰って、今頃は安らかに眠っている筈なんだ。生きていたって、仕方の無い身体だったからな。事実、生きて生まれる事も出来なかったような、赤ん坊なんだぜ。一月末の馬鹿っ寒い夜に、あいつを弔って貰うために教会の前迄行った、俺の気持も解ってくれないか。花野。あいつは、死んでいたんだ。死んだ奴の事なんか忘れて、又俺達の赤ん坊を産めば、それで良いじゃないか」

「あなたは奥様とは別れないで、わたしには吉岡の目を盗んで、このまま関係を続けろと言うのね。ズルイ人。でも、別れられない。ああ……。勇花。あの時の、あの子さえ生きていてくれたら、由貴さんに勝てたのに。あなたはわたしに言ったわね？　女の子だった、って……」

「……。ああ、そう言ったさ。だけど、あいつは病気だったんだとも言っただろう？

身体のどこかが、まだ成長し切れていなかったんだ。だから息もしなかった。もう良い加減に忘れてくれよ。それよりさ、花野。こっちへ来いよ。そのために呼び出したんだからな……」

「嫌よ。こんな所でなんか。いつ人が来るかも知れないじゃないの。それにね、勇介。わたしはもう二度と赤ちゃんを産めないわ。吉岡は子供が嫌いなのよ。お腹が膨れたわたしなんて、見るのも嫌だと言っていて、必ず避妊をするの。あの人が時々、怖くなる……」

「年を取ればあいつだって、考え方が変わるに決まっているさ。な、花野。それ迄は俺も、避妊をするから。来いよ。誰も来たりしやしないさ。なあ、良いだろう？」

「此処では嫌。今夜、ウチの別荘に来て頂戴。お父様は東京に帰っていて、今はわたし一人だから……」

「馬鹿だな、花野。早くそれを言ってくれれば良かったじゃないか。それなら、今からでも遅くない。そっちに行こうぜ。ボートよりベッドの方が良い、と決まっている」

「亡くなった勇花の妹を、いつか作ると約束してね」

「もちろん。勝男の奴を説得して、子供が欲しいと言えよな、花野」

「別れてくれ、とは言ってくれないのね、勇介……」

「又かよ、花野。無茶は言わない。お互いに約束しただろう？　俺は今、由貴と別れる訳にはいかないんだ。だけどな。織姫と彦星のように君を想っている。勝男の奴には君は勿体無いけど、仕方が無いさ」

嘘吐《っ》き。嘘吐き。嘘吐き……。嘘吐き！　嘘吐き!!

ミーと薊羅は、声には出せない声を上げて、泣いていた。ボートは遠ざかっていき、二人が乗った車が見えなくなってからも、エスメラルダとセシリアの涙は止まってくれない。

嘘吐き！　嘘吐き……。

「あいつ、大嘘吐きだね、薊羅。六年前の一月末の夜に捨てられていた赤ちゃんって、紅の事だろう？　紅は、生きていたんだよね、死んでなんか、いなかった」

「寒い夜だったから、凍死するところだったのよ。フランシスコパパが車の音に気が付いて、すぐに外に出てみていなかったらね……。パパはそれで、三田先生を呼んでくれたの。放っておかれていたら、紅は……」

「死んでいた。あいつ、人間じゃ無い。人殺しだよ。自分の子供を、わざと死ぬように仕向けたんだもの。人殺し……」

「あんな人が、あの人の友達だなんて……。信じたく無いわ」

「あの人？　あの人って誰なのさ。薊羅。あいつを知っているの？　何ていう名前で、何処に住んでいる奴なのかも？　あの女の人、花野って言っていたよね。吉岡っていう男の人の奥さんなんでしょ？　あの人って誰さ」

「三人組で、ホテルに泊まっている人達なの。今の男の人は藤代勇介という人で、あの女の人の御主人は吉岡勝男という弁護士さんなのよ……」

「フジシロって……。あの、国会議員の息子か何かじゃないだろうね、薊羅。あんな悪党が、フ……フ……」

フランシスコ神父様の甥だか親類だかだなんて、冗談じゃ無いよ。こんな事は、口が裂けてもパパには教えられやしない。トルーはきっと気絶しちゃうだろうし、フランシスコ様だってきっと、悶絶するのに決まっているからね。紅には、もっと言えないよ。言えないよ……。

「そう。国会議員の跡取り息子らしいけど、詳しい事迄は知らないわ。もう一人、息子さんがいるらしいけど。その人の事も、良くは知らないもの」

「……。それじゃや。薊羅の言っているあの人って誰だよ。あの人っていうのがあいつの兄弟じゃ無いのなら、何ていう名前の奴なのさ。あいつの友達なら、ワルに決まっているる」

薊羅が、桜草の花のように、甘い薊の花のように、頬を染めて俯いているのを、ミーは認めた。

「敏之さんは、ワルなんかじゃ無いわよ、ミー。高沢敏之さんっていうのだけど……。才能の有る建築家だか、設計士らしいという話なの。彼は、明るくてさばさばしていて、とても気持の良い人なのよ。それに……。それに、とても優しくて……」

「沙羅を好きだとでも言った？　バカだね、薊羅。例えそいつが、ちょっとでも良い奴だったとしてもだよ。そいつには薊羅は、沙羅なんだ。そんな事も解らない？」

「……。解っているわよ、それ位……。だから、あたしは言ったの。あたし達は双児で良く似ているけど、あたしは沙羅では無くて、薊羅なんだって。そうしたらね、ミー。あの人が言ってくれたのよ。パキパキしている沙羅よりも、大人しい方の君が好きだ、ってそう言ってくれたの……」

「それだけ？　変だよ、薊羅。何を隠しているのさ。ボクの方を見られないなんて、絶対に変なんだからね。嘘吐《つ》き」

「あたし、嘘吐きなんかじゃないわ。只ね、誰にもまだ言わない、って約束をしただけなの。本当にそれだけよ」

「誰にも内緒で結婚しようとか？　プロポーズするのに、どうしてナイショが必要になるのさ、薊羅」

「お家がとても良い所らしいの。それで、まず御家族達の承諾を取りたいから、って言っていたわ。あたしも沙羅に報告しておきたくて、それで良いと言ったの。とても真面目で、とても良い人。神様と結婚出来ないのなら、あたし、あの人と結婚しても良いと思った……」

「まだ十七なのに？　まだ十七の沙羅にプロポーズする奴なんて、信用出来ないよ。薊。考え直してよ」

「もう遅いわ、ミー。あたし、心の中ではハイと言ったんだもの。まだ婚約だけだから、手も繋いでいないけど。それでもあたしは、ハイと言ってしまったの。沙羅にはまだ内緒なのよ。何となく言い出し難くって……」

「沙羅もそいつを好きだから？　それとも沙羅より先に、一人だけ幸福になる積りだからなの、薊」

「沙羅を一人だけ残して嫁くのが、心配だからに決まっているわ……。酷《ひど》い事を言ったりしないでよね、ミー。それよりもお願い。約束して頂戴。あの人の事は、まだ誰にも言わないって約束をして……。沙羅には、あたしからきちんと説明をしたいの。それから皆に言う積りなのよ。シスター・マルト達やコルベオさんや、ダミアン神父様にも言って、祝福をして頂きたいの」

ミーは、眉を寄せて、考え事に沈んで行っていた。薊羅の言葉をそのまま信じられたら、どんなに良いかと思いながらも……。

千の波、キラキラ。だが、もう揺れてはいなくて。人魚達と天使は、水の中と雲の陰に隠れてしまった……。

「条件が三つ有るんだけどね、薊羅。一つ目。その三人組のフルネームと年と住所をボクに教えてくれる事。宿泊票に書いてあるでしょ？　それを写してきてくれれば良いよ。簡単でしょう。二つ目。沙羅に、なるべく早く打ち明けて。それで、訊いてみてよね。もしかして、沙羅も同じ事を言われていないか、って。三つ目。これ、一番大事なんだけどね。さっきの話を誰にも言わない、って此処で誓ってよ。紅は、ユウカなんかじゃ無い。紅を、あの恥知らずな二人の子供なんかじゃ無くて、シスター・マルトとフランシスコパパ（神父）の子供のままでいさせる、と誓って」

「そんなの……。そんなのはいけないわ、ミー。紅は自分の両親の事を知る権利が有るし、あの二人は紅に謝罪する必要があるのじゃないかと思うけど」

「不義の子として生んでゴメンネ、だとか？　要らないから殺す積りで凍死させるために、産着一枚で置き捨てて悪かっただとかって、言わせる積りなの？　薊。あいつ等は、そんな事言わないよ。言う位なら初めから捨てたりしないだろ？　それに……。考えてみてよ、薊。薊なら嬉しい？　それとも悲しい？　生まれてはいけない子供として生まれてきて、死なせるために捨てた鬼親の子供だと知らされて、嬉しいの？」

「嬉しくなんかないわ。悲しくて、惨めで。本当に死んでいたら良かったのに、って思ってきっと、泣いて恨むわね……。解ったわよ、ミー。誰にも言わないと約束をする。あたしとあんたとこの場所と、神様だけの、秘密にしましょう。でも。一つ目と二つ目は、何のために必要か解らない」

「……。深い意味は無いよ、一つ目にはね。だけど、世の中にはもしも、だとか、あれま、だとかという事が目の玉飛び出る位、有るものだからね。保険みたいなものだと思えば良いでしょ？　どうするのさ。書いてくれるの、くれないの？　薊。それなら良いよ。ボクって口が軽いからね。コルベオさんか誰かに、ついペロッと言ってしまうかも……。沙羅にだったりしたら、どうしよう……」

山鳩が戻って来たらしくて、すぐ近くの槲の繁みの中から声がしていた。デ……デデッポー。デ、デデッポー……。

夏の陽射しを受けて暖まった柔らかな風は、湖と石と青桐の宮殿を、緑の香りと色に染めて渡る。

「あの人を、あいつだとかそいつだとか呼ばないと、あんたが約束してくれるのなら、そうしても良いけど……。何をそんなに心配しているの？　敏之さんは良い人よ」

その良い人と、今の人で無しが、友達だというのが気に喰わないだけだよ。類は友を呼ぶという言葉を知らないの？　セシリー・アザミ。あんた、騙されているんだよ。でも、そうじゃない事を祈っている。ボクはセシリアが好きだからね。幸福になって欲しいと願っている。お守りになってあげるからね。ボクと紅で。フランシスコ様とパパと、ボクとムーンのさくら歌とで……。何よりも、ボク達の神様と、お母様のマリア様に願ってね。ボクは、薊羅と沙羅と紅のために、カードになるよ。トランプの切り札の、最後の一枚のジョーカーになる……。ボクはいつかはフランシスコ様の所に、パパと安美と一寿と一緒に、行ってしまうけどね。それでも、最後迄見守っていてあげるよ。ボクはムーン達に会えても、あんた達を陰から見ているからね。紅のためには、あの豚野郎と恥知らずなママを。そして。薊と椿のためには、その怪しい男をいつも見張っていてあげる。ボクがいなくなっても泣かないで。ボクは、「さくらの娘の姉」として行くけど、愛は変わらない……。

（秘密）二

ミーと薊羅が誰にも言えない「秘密」を持ち、その秘密の哀しさを共有する事で、それ迄の「四人組」は四人であっても、二人と二人に「どこか」が分かれてしまうようになった。「どこ」とも言えない、胸の中か息の中の均衡が破れて、乾いた涙のような溜め息になるのだ。だが、その溜め息のような何かは、分裂とは異っていたのであった。ミーと薊羅は紅を、より一層愛おしく思うようになり、沙羅に対してはより一層の濃やかな愛情で接するようになっていた。「秘密」は、二人と二人を緊密に結び付け、それ迄以上に、親密な「四人組」を作り出してくれる様にもなってゆくのだった。夏の日の花のような、四つの魂で……。

その日から十日後の朝の事である。

山崎真一からコルベオの下に電話が入り、「ミーの体調が悪い様なので、二、三日唐松荘には連れて行かずに休ませたい」、という旨の連絡があった。

「それは心配でございましょうね、山崎さん。でも、大丈夫なのでしょうか？　ミーちゃんを一人にしておいて……」

「嫌、わたしも今日は会社を休みます。安美と一寿を保育園に迎えに行く、とミーは言い張っていて利かないものですから。新学期が始まったとはいえ、この分では二学期もミーは、そちらのお世話になる事の方が多くなるのではないか、と思うと心苦しくて……」

「絶対に無理はさせるな、という三田先生の御達しですからね。学校に行かれそうもない時は、遠慮無くこちらに……。シスター・テレーズ達は良い先生になってくれますし、良い看護婦さんのようにもなれますからね。何の御心配も要りませんとも。山崎さんこそ、余り会社を休まれない方が良うございますですよ。良かったらわたしがミーちゃんを、三田先生の所に連れていっても良うございますがね。そう致しましょうか？」

「有難い事ですが、それでは余りにも……」

「お医者になんて行かない！　ボクはもう何とも無いからね！　パパはさっさと会社に行ってよ。ウーッ。ゴホン」

「ウーッ、ゴホンと言っているのは、ミーちゃんですよね。根性だけは大したものだと誉めてあげて下さい、山崎さん。ついでにその根性で先生の病院に行けば、明日には良くなるようなお薬を頂けるとも、言ってあげて下さいな。コルベオが付き添っていけば、パパは会社に行けるからとも……」

「コルベオさんは凄く忙しいから、駄目だよ、パパ。ウーッ。解ったよ。パパの車で、病院に落としていってよ。ユイちゃん家のママに、安美と一寿のお迎えもついでに頼むから」

「それは、明日にしようじゃないかね、ミー。君は今日は病院に、パパと行く。たまにはそうしても良いだろう？」

「良くないの！　パパ。パパはお仕事に行って。ボク、良い子にして先生にちゃんと診て貰うから！　ユイちゃん家のママが駄目だと言ったら、コルベオさんに自分で電話を掛けられるよ。ねえ！　コルベオさん。パパにそう言って！　何にも心配無い、ってパパに怒鳴ってよ!!」

「……。だそうでございますよ、山崎さん。ミーちゃんの言う通りにしてあげて下さい。それだけ大きな声を出せるのなら、わたしに電話も掛けられるでしょうから……」

全く、この子は……と、真一は、真っ青な顔色をして肩で息をしている、少年のような身装《みな》りしかしなくなった、ミーを見た。唐松荘の男の子達のお古を貰ってきて着る事を、ミーは母親の逝く前から既に覚えてしまい、真一がどれ程止めても、笑っているだけなのである。電話を切った真一は溜め息を吐いた。

「パパ、ねえ……。苛めっ子っていうのは、相手が自分より弱いか小さいかしなけりゃ、手を出せないんだよ。相手が強く出るとビビるか、逆に居丈高になって様子を見るの。そこをね、ガツンとやっ付けて遣るのが、一番効くんだよ。一度やっ付けておけば、しばらくの間は、安美と一寿の傍にも寄れないの」

ミーの言う「苛めっ子達」は、美月が病に臥せり、遂にはU市の国立病院に入院した頃から、三人姉弟《きょうだい》に対してチョッカイを出すようになったらしかった。ミーと妹の安美は愛くるしく、末っ子の一寿は「女の子」で通用する程に温和《おとな》しく、愛らしい事が災いしているると、親切な年寄り達が、真一に教えてくれたものだったのだが……。「それ」を、ミーは何処かで聞いていたらしかったのだ。その日の翌日からミーは、真一と身近な友人達以外の者には、男言葉で話し、男の子の服を着て、「男らしく」振る舞うように成ってしまった。母親の美月の見舞いに行く時だけは、装《な》りは男の子でも、娘として精一杯に振る舞って見せるようにしていたので、美月は余り深くは心配したりしなくて済んだ。そして、逝った。真一は泣いたが、ミーは泣かない子供になっていた。

「パパ。人間って、本当に悲しいと涙が出なくなるんだね。あたし、涙がどんなだったか、思い出せない……」

「涙は、神様からの贈り物なのだよ、ミー。悲しい時、淋しい時、辛い時。痛い時、怖い時。嬉しい時や憧れる時にも、涙は自然に出てきて傷口を洗ってくれたり、喜びを燿かせたりしてくれるものなんだ。泣きたい、と君の神様にお願いしてみてごらん。君の涙は、君の中にきっと、戻ってきてくれるだろう」

「ううん。良いんだよ、パパ。あたし、泣きたくないんだもの。あたしが泣いたら天国のママも泣くだろうし、安美と一寿はもっと泣くだろうからね。あたしの涙は、あたしのイエス様とマリア様に抱いていて貰う事にする。だけど。パパは違うよ。パパは、ママのために泣いてあげてね。そうじゃないときっと、ママが寂しいだろうから……。ねえ、パパ。あたし達、又会えるよね、ママに。新しい天のエルサレムで、又、きっと……」

「わたし達と天にいるママが想い合い、愛し合っている限りは、必ずね。別れは、再会のためのものだよ」

「大好きなママと、あたし達のあの神様に、いつかきっとね……」

トルー・ラファエル・真一は、安美と一寿を保育園に預け、ミーを三田医院の受付前に送って行ってから、心を残して車を発進させたのだった。こんな、綱渡りのような生活が、一体いつ迄続けられるのだろうか、と危ぶみながら……。フランシスコ・フジシロ・勇輝の下に、東京に出ていって合流出来る日がいつになったら来てくれるのだろうか、とも思いを巡らし、「その時」を夢見ながら……。

わたし達のパール・アイリス・美咲。パール・ヴェロニカと呼ばれ、パール・アイリス・美咲になった、わたし達の星。君が来てくれたお陰で、わたしとムーライ・マルガレーテ・美月は、どれ程幸福だったか解るだろうか。君と、キティ・安美とカニス・一寿の、五人での暮らしはどれ程幸せだったか、君に解って貰えるだろうか……。

清泉洞のトルキス・山崎美則と、サリマ・川上被衣《かずき》さん達にも、君を会わせてあげたかったよ、アイリス。だが、トルキスとサリマは、美月より先に天に還っていってしまったからね。今頃は美しの都で、天の園のぶどう畑で、三人一緒に居る事だろう。もう、悲しみや苦しみの時は去ったのだから。永遠に安らかな、喜びと愛に満たされて咲き、わたし達を待っていてくれる事だろう。

真一にとってのミーは、神の愛の証そのものであり、生きて在る事の、深い歓びそのものであったのだ……。

紅は、ミーが病欠をしたために、一人でN町立の小学校から帰って来たのだった。国道の十字路でバスを降りて、唐松荘への道を辿ろうとしていた紅の瞳に、別荘地や小さな山荘の有る丘の上の方から、沙羅が一人の青年と親し気に、楽し気にして歩いて来るのが映ったのであった。その道は、「沙羅達」がまだナイショのアルバイトを続けている湯川リゾートホテルの裏山伝いに、蜘蛛の巣か何かのように伸びて別荘地を縫い、縦断をし、結び付けてもいる、獣道のように細い、秘密の道の一つだったのだ。

春には春夏草が咲き、夏には生い繁る草木が青々しい影のトンネルを作り、秋には枯れ草が誰にも踏まれずに揺れていて、冬には凍った道になる。

沙羅は、学校を休んでしまったの？　今日は「薊羅の日」の筈だったと思っていたのに、違ったのかしら。あの男の人は誰なの？　この辺りの別荘の人でも、山の下の町の、地元の人でも無い。その男の人は誰？　沙羅。ねえ、もしかしたらその人、ホテルのお客さんか何かじゃないのでしょうね。駄目よ、そんなの。ダミアン様に、あんなにきつく言われていたでしょう？　山荘（自分の別荘を開放して客を泊めたり、食事や茶果を提供している、主にお金持ちの奥方達の夏季だけの宿）に行くのは許すけれど、異性のお客とは「親しくしてはいけない」、って、あんなにきつく……。沙羅は、答えていたわよね。

「大丈夫です、神父様。山荘のお客さん達は、大抵一泊か二泊しかしないと聞いていますから。親しくなんかなり様がありませんし、なる積りもありません。あたしは只、これから先のために山荘で仕事をしたいだけなんです。色々な事を覚えて、薊羅にも教えるの」

って……。だから。わたしとミーは、あなた達のナイショに、手を貸す事に決めたのよ。忘れたの？　忘れたの……。

紅は、山道のすぐ脇に生えて聳えていた、巨《おお》きな樅の木の陰の中に隠れた。自分の方が悪い事をして、見付かりそうになったように項垂れて、力無く……。

沙羅は、紅には会いたく無いだろうし、紅は沙羅達よりは速く歩けないと解っていたので、仕方無く。

見知らないその青年は、沙羅よりも十以上年上に見えた。青年というよりはもう大人の、三十歳に近いような男の人に、見えた。その頃の紅にとっての三十歳は、男というよりは「オジさん」に近い……。

「なあ。良いだろう、椿。K町に別荘が有るんだから。別荘に行くって、約束してくれよ。割り合い、良い家なんだぜ。庭が広くてさ。そこなら二人切りになれて、ゆっくり出来るんだ。親父達と兄貴達はもう東京に帰っちまったから、紹介出来なくて残念だけどね。それは、又今度出来る事だものな……」

「解っているわ、敏之さん。でも……。一日か二日、考えさせてくれないかしら？　確かにあたし、あなたのプロポーズにウイと言ったわ。だけど。今日、これからK町に行くなんて出来ないの。ママとパパが心配するから、今日は遠くへは行けないわ。結婚を承知したのだもの、絶対に嫌なんて言わないけど。時間が欲しいの。それも、少しの間の事だけなのよ。それではいけない？」

「解った。一日か二日の間だけだと言うのなら、俺はそれ迄待つ事にするよ。だけど、約束だ。椿、絶対に俺を失望させないでくれよな。俺は君に会うために、生まれて来たような気がしているんだから」

「あたしもよ、敏之さん。あたしもあなたを愛している。愛していると言われた時から、愛してしまったの」

「愛しているよ、椿。早く結婚をして、子供を沢山作ろうな。一人娘というのは、淋しいものだろう？　だから椿はすぐに、ウツ的になるんだ。俺が、傍に付いていて遣るからな。晴れ晴れとした顔の椿のままで、いつ迄も幸せでいられるように頑張るよ。あっちの方でもうんと頑張る積りでいるから。それも、忘れないでいてくれよな」

「嫌な人！　恥ずかしいじゃないの。大きな声で言わないで……」

「恥ずかしいもんか。夫婦に成るためには、必要な事だろ。それよりかさ。キスがしたいな。それから送っていくよ。その辺迄なら、構わないだろう？　家には、行かないから……」

ああ。駄目よ、沙羅。駄目よ、沙羅。キスなんてしては、いけないの。キスは、大切なものだから。愛の証に祭壇座の前で、誓いの言葉の後に心を込めてするものよ。

紅は夢中で、樅の樹の陰から叫んでしまった……。

「沙羅なのね！　丁度良かったわ！　わたし、足を挫いちゃったみたいなの。痛くて、半分気絶していたわ。沙羅！」

樅の大木の陰の中にいる紅を、その男は睨んでいた。

「覗き見は良くないな。それとも盗み聞きかい？」

「何も見ていないし、聞いてもいません。沙羅の声がしたようだったから、気が付いたの。沙羅。沙羅！　足が痛いわ（本当は、心が痛いのよ）。沙羅。沙羅……」

「チェッ。これから良い時だったというのに、とんだお邪魔虫だな。沙羅。あいつは誰なんだい？　まだほんの子供みたいだけど。余っ程親しくしているの？」

「……。それ程でも無いけど、放っておけないわ。近くの家の子で、あたしを姉のように思ってくれて懐いているのよ。悪いけど、敏之さん。あたしは今日は、これで帰るわ。

話の続きは、又明日にしましょうね」

「君がそう言うのなら仕様が無いな、椿。俺はこれでも、聞き分けが良いんだ。と言いたいところだけど、そうじゃない。恋する男は皆、聞き分けが悪くなるものさ。椿……。宿には、邪魔な奴等がいるからな。あいつ等に君を取られたくない。勇介と勝男も君が一番初々しくて新鮮だ、と言っているんだ」

「それって……。誉めているの？　それとも皆であたしを馬鹿にでもしているの。新鮮だなんて、失礼よ」

「そうだったな、椿。君は甘く熟れた、大人の女性だ……」

「食べ頃の旬の果物みたいに瑞々しくて、食べてしまいたい程可愛い、と言ってくれたわね、敏之さん。安心して……。あたしは勇介さんと勝男さんにも、好きだと言われたけど。あたしの一番は、あなただけなの」

「そいつは嬉しいな、椿。うん。安心したよ。やっぱり君はサイコーの女の子だ。おっと、失礼。サイコーの女性だよ。もう十分に、結婚出来る位に、大人のね……」

「シーッ……。お願い。もう黙っていて頂戴、敏之さん。あの子に聞かれてしまうと、困るのよ。あの子、見掛けよりは大人で頭も良いの。全部、解ってしまうかも……」

「解った。椿。愛しているから、約束してくれよな。別荘の事、忘れないでいてくれよ。婚約祝いだ。シャンパンを持っていくからね。君の瞳と名前に、乾杯しようぜ……」

沙羅の首筋に素早くキスをしてその男は、桜並木の方に歩き去って行ってしまった。その桜並木の道の先、突き当りの山懐に抱かれるようにして、今日は薊羅が出勤しているリゾートホテルが建っているのだ。巨大な鳥が、翼を拡げたような形で。見方によっては不気味に、白樺林と湖を抱いて建っている。夏の間だけ目覚める、肉食鳥のように……。

歩み去っていく男の足取りは軽く。まるでスキップでも踏んでいるかのようにして、駆けるように、跳ねるようにして、沙羅の方を振り返って見もしないで行ってしまう？　ああ……。一度だけはそれでも、振り向いたのね。あの人、沙羅を本当に好きなのかしら。どうして沙羅の「名前」に、乾杯しようと言ったりしたの？　沙羅。「椿」に秘密が有るの？　薊羅には何て言う積り？　一人娘って、どういう意味なの、沙羅。ママとパパって、誰のこと？　シスター・マルトとダミアン神父様では無いのよね、沙羅。唐松荘は、家なの？　只の孤児院なのに。沙羅。沙羅。どうしてしまったというの？「椿」は、あなたの「甘紫」の妹とミーとわたし達四人だけの、秘密だったのよ。優しい甘紫の薊と、夏に咲く白い椿のあなた達が、好きだったわ。わたし、今のような沙羅は嫌いよ。嘘を吐《つ》いているあなたと、あの男の人が嫌い。あなたに嘘を吐かせるような男の人は、嫌いなの……。

「紅ってば、そんな所で何していたの？　足を挫いたのなら、歩けないわね。さあ、その樹から手を離して。あたしがおんぶして行ってあげるから」

「沙羅のお家迄なの？　唐松荘へなの？」

「……。足が痛いなんて言って……。嘘だったのね、紅。あんた、いつからそんなに嘘吐《っ》きになってしまったのよ」

「嘘吐きなのは、椿。あなたの方でしょう？　あなた、あの男の人にキスされてしまうところだったのよ。だから、止めてあげたの。あの人、意地汚さそうだった。ホテルのお客さんなのでしょう？　自分の家の別荘が有るのに、どうしてホテルに泊まったりしているの。沙羅は薊羅に、何て言い訳をする積りでいるの？　一人娘だとか、パパとママだとか、わたしが近所の子供だとか、って……。どうしてなの、沙羅」

「全くもう。ミーに影響されて、あんた迄変な具合いに、頭が回るようになっちゃったのね。油断も隙も、有ったものじゃないわ。紅、そんな瞳をしてあたしを見るのは止めてよね。あたしだって、困っているんだから。あたしだって、こんな事になるなんて思ってもいなかったのよ。頭が変になりそうだわ」

ああ、沙羅。変になってしまいそうなのは、わたしの頭と心の方よ。ミーと薊羅に、何て言えば良いのかしら。シスター達は泣いて、ダミアン様は怒る……。

「沙羅。ねえ、沙羅。あなた、今日は学校に行く日じゃなかったの？　制服を着ているところを見たけど、あれは薊羅だったのかしら……。じゃ、ナイショのお仕事の方をサボったの？　それであの人と遊んでいたの……」

「違うわよ。あたしは只、学校をサボっただけなんだからね。薊羅には、それこそナイショにしていてよ……。仕方が無いわね、もう。ちゃんと理由を話すから、皆にも今見た事は、秘密にしていてよ。待っていて。鞄を取って、服を着替えてくるからね」

沙羅は、国道の向こう側に続く桜並木の入り口に建てられている、カフェ・レストランの脇の、古い薪小屋の中に入っていった。その薪小屋にはいつも鍵が掛けられてはいなく、真夏に薪が使われるという事も、無かったからなのだ。沙羅と薊羅が「愛用」していたその薪小屋は、新学期を迎えたばかりの紅とミーのための「変身小屋」にもなってくれていた。年長の双児から、妹達へのプレゼントの一つとして……。薪小屋の持ち主達は、何も知らないままに。

夏用の制服である白いシャツに紺のタイを結んで、紺色のベストとスカート姿に戻った沙羅は、薪小屋の中からそっと出て来て、紅の小さな手を摑んで言った。

「こんな所にいたら、誰かに見られてしまうから、他に行こうよ。ね？　紅。何処が良いかしら。林道や湖には人がウジャウジャいるでしょうし……。樅の木林か何処かはどう？　少し早いけど、薄ヶ原迄行っても良いわ。あんたとミーは、薄ヶ原が大好きだったでしょう」

「薄ヶ原の薄は、まだ青々としているかしら。それともう、色が変わってきているかしらね、沙羅。あそこは広くて見晴らしが良くて、わたしとミーの大のお気に入りなのよ。そういう所で、嘘の言い訳を聞きたくないの、沙羅。秘密を持つのは、一つで沢山よ、わたし。樅の木林の奥の空き地に行きましょう。あそこなら近いし、坐れる所も有るでしょう？」

沙羅と紅は少し離れて、樅の木林への獣道を辿って行った。夏の昼下がりの陽射しが揺れて、金の矢のように降ってきている、その細くて急な夏草の道を……。

樅の木林は教会の山の北側から更に北に広がっていて、登り切った丘の上からは、山の麓のN町が一望出来る場所にあった。その向こう側には、青い稲田とぶどう畑と、遠く遥かに妙義山や荒船山が蒼く霞んで見えている。

小さな空き地は、青い夏草とクローバーの白い花群れに覆われていて、美しかった。風も、青い夏色と夏草の香りがしていて……。空は高く、青く、眩しい程に煌《きら》めいている。

その場所には、ミーは登って行かれないのだ。ミーの心臓は、其処迄行くための急坂に、耐えられないからだった。紅はその事が哀しく、沙羅の嘘が悲しかった。

「フウ……。気持が良い。良い眺めだわね、紅。ミーは一度もこの絶景を見た事が無いんでしょう？　見せたいわ」

「わたしも。わたしもミーに、この空とあの山々を見せてあげたいわ。でも、無理よ。沙羅。ミーはね、今日も又、学校を休んだの。コルベオさんが朝、心配していた……」

「そうだったの、紅。それであんたは、寂しかったのね。ごめんね、紅。吃驚したでしょう？　あんた達にも蓟羅にもまだ何も言っていなかったから、驚いちゃったわよね。

だけど、悪い事じゃないのよ。嘘は、良くなかったけど……」

紅は俯いてクローバーの花を見詰め、黙っていた。沙羅は「悪くない」と言うけれども、紅にはそうは思えなくて……。

「避暑地の夏ってね、想像していた以上に凄かったの。ホテルのお客さん達も、別荘から食事や踊りに来る人達も皆、瞳の色が変わってしまっているのよね。それで……。誰か付き合ってくれる子はいないかだとか、何処かに可愛い子がいないかだとかって、社員達迄も熱に浮かれた様になっていた。頭が、紙風船になっているのよ」

「だから、って。沙羅迄頭が、花火になる必要があるの」

「言ってくれるじゃないの、おチビちゃん。あたしと薊羅の仕事のルーム係っていうのはね、そういう中で唯一の地味なお仕事だったのよ。忙しくて、不潔だし、報われないしでね。ホテルの先輩達は、蹴飛ばしたくなる程意地悪で。その上お客からも誰からも、人間以下にしか見て貰えなくてね。空気か何かのようにしか、扱って貰えないお仕事だった」

「……。そうだったの？　わたし、全然知らなかった。沙羅。それなら、わたし達のクリスチナの、あの子は？　あの子も、花火になっちゃったりしているの？　この頃は余り、森で見掛けないのよ」

「夜もね、ラウンジで怪我した人の代りに、レジ打ちをしているんですってよ。フロントの馬鹿達に、押し付けられたらしいの。あの子、温和《おとな》しいから皆に苛められているわ。あたし達のクリスチナを、山猫なんて呼んでる」

「山猫だなんて……。何だか、可哀想よね、沙羅」

「そうでも無いわ。山猫は美しくて、しなやかな生き物だからね。それに。あの沢木君がしっかりガードしてあげているらしいから、大丈夫でしょうよ。ねえ、紅。あたしもそうだったの。無神経な先輩達から、大人しい薊羅を守りたかった。薊羅は無口で、苛められ易いのよ。学校でもそうだったし、ダミアン様もあたしよりは、薊羅を叱るでしょう？薊羅とクリスチナのあの子は、何かが似ているの。それで。それでね、先手を打った……」

「沙羅は大人しそうでも、気は強いとでも言ったの？　そうじゃないわよね。それなら、椿の意味が無いもの」

「あたしはパパ（神父様）に苛められるので、殆ど一日置き位に、ウツになると言ったのよ。ウツの時には沈んでいて大人しいけど、それを良い事にして何か仕掛けたりしたら、後できっちりとお返しするわよ、って言っておいたの。それでね、沙羅というのは夏椿の事だから、椿と呼んでね、って釘を刺したの。椿と呼ばれても返事をしなかったらね。それは、パパの事で沈んでいて話したくない時だから、放っておいて頂戴、って頼んだだけなのに……。バイト仲間達の誰かが、あの人達に話したのよ……」

「あの人達って、さっきの男の人の事なの？　あの男の人の他にも誰かが居るのね、椿。どうしてその人達は、ホテルに泊まったりしているの？　別荘が有るって、聞こえたわ……」

「パパ」と「ママ」の事は解ったわ、沙羅。パパが居ると言ってしまったのなら、ママも居るのに決まっているから。それに……。パパとママが居るのなら、当然「お家」も必要ですものね。ダミアン神父様がわたし達に冷たいのも本当の事だから、仕方が無いけど。薊羅を守りたかったというのなら、それも仕方が無いのでしょうけど……。ああ。でもね、沙羅。ミーはいつも言っていたじゃないの。一つ嘘を吐《つ》くと、その嘘を吐き通すために、千の嘘が要るようになってしまうからね、って……。薊羅だって、大人しくて優しいだけじゃないのよ。薊羅だって心があるし、考えられるのに。「椿」と聞いた薊羅が変だと思うとは、考えなかったの？　沙羅、あなたの嘘は薊羅を傷付けるとも、思わなかったの。「椿」は沙羅を分けてしまうのよ。あなた達の間を、分けてしまうのよ……。

「薊羅にはその事を、言わなかったのでしょう、沙羅」

「あの子を守りたくてした事なのに、あたしを責めるの？　紅。言わなくても、通じている筈だわよ。だって薊羅はその事で、文句を言った事は無いもの」

「そうなの？　薊羅がそれで良いのなら、わたしは何も言えないわ。でもね、椿。姉さん。わたし、あの男の人が何となく嫌だった。椿に酷《ひど》い事をしたり、言ったりしていたわ。

だから。だからわたし、あの人と一緒だという人達も好きになれないの。紙風船や花火みたいに、頭は空っぽで。バクハツしている人種に、思えるわ。別荘族の癖に、どうしてホテルに泊まっていたりするの。わたしは解らない。沙羅に、何かをするためだとしか……」

「考え過ぎ。紅、頭が茸になっているのは、あんたの方じゃない。どうせ又、ミーはああ言っただとか、ミーのお芝居ではこうだったとかって言うんでしょうけどね。良い？　紅。ミーのお話は全部、あの子の死んだお母さんと、お父さんから聞いただけの物語なのよ。物語は空想で、現実とは違うものなの。解っていないのね」

「ミーは、現実程不思議で謎めいているものは無い、って言っていたわよ、沙羅。奇跡のようだとも、言っていたわよ……」

「奇跡を起こせるのは、神様だけなのよ。紅、知っているでしょう？　それでね、神様はあたしに奇跡を起こしてくれたわけ……。敏之さん達はね。とても仲の良い三人組で、親友というよりも兄弟みたいに似ているの。あたしと薊羅と紅とミーみたいに仲良しで、素敵な人達だったのよ」

「そんな風には、見えなかった気がするわ、椿……」

「それはね、紅がまだ小さ過ぎるからでしょう。敏之さん達はね、紅。とてもお金持ちなのに、職業で人を差別したりしなかったの。他の人達とは、全然異うのよ。あたし、薊羅にも確かめてみた事があるわ。八月の初めの頃だったけど……。薊羅も訝めていた。あの人達だけは、誰かを差別したり、悪く言ったりしていない、って……。でも。こんな事になってしまうなんて。まさかその時には思ってもいなかったのだもの。頭が痛くて、死にそうよ、紅」

「こんな事って……。プロポーズをされた事なの？　どうしてなの、椿。あなた、まだ十七歳よ。シスターにだって、いつかは成れるかも知れないのに。あんなに憧れていたシスターを、もう諦めるの」

「シスターには絶対になれない、って思い知らされたからね。神父様が許して下さらなかったし。もし許して下さったとしていても、あたし達には持参金も無いんだもの。諦めるのは、辛かったわよ、紅。あたし達、うんと泣いたわ。本当よ……。それで、神様は、敏之さんとあたしを会わせてくれたんだと思うの。他の二人も感じが良いけど、あたしには敏之さんが一番だった。だってね。彼、賛成してくれたのよ。神様のために良い子達を沢山生んで、いつかはシスターか修道士か、優しい神父様にしたいと願うようになった、あたしの気持に賛成してくれたの。それで、ウイと言ったのよ」

「本当に？　本当に！　沙羅、凄いわ。とても素敵ね！」

わたし、間違っていたみたいね、沙羅。あの人の事を、誤解していたみたい。仕草と言葉遣いと、あの人から感じられる「何か」が嫌だったのだけれど……。ねえ、椿。姉さん。

神様に贈り物をするのは、とても良い事だと思うわ。自分達の子供を捧げるのはもっと良い事で、素敵だと思うわ。椿。あなた、神様のお気に入りになったのね。シスターになるのと同じ位深く愛して頂ける程に……。薊にも、そういう素敵な男の人との出会いが頂けるように。わたし祈っている……。

「敏之さん達は三人共、御両親と同居をしているの。だからかしらね。一度位は親友同士で、ホテルにでも滞在したいってずっと話していたのですって。それがこの夏に、とうとう実現したという事らしいの。ずっと一緒に三人揃っていられる訳では無いわ。誰かがお仕事で此処から東京に帰っていく時もあるし……。たまには親孝行のために、別荘に帰る時もあるみたい。だけど、基本的には三人一緒に、仲良くしているわ。あたし達みたいに、とっても仲良くしていて、遊んでいるの」

遊んでいる、って……。それ、どういう事なの？　沙羅。普通はそういう時、「休暇している」だとか「静養している」だとか、というのじゃないのかしら。違っている？　ねえ、沙羅……。

「結婚式は、学校を卒業してからにする事にしよう、って敏之さんが言ってくれたのよ。あたしもそれで良い、と言ったの。薊羅にまず話して、それから神父様のお許しを頂く積りだったから……。だからね、紅。お願い。今日敏之さんに会った事は、まだ秘密にしておいてくれないかしら。頼むわ、この通り。あたしの口から、言わせて欲しいの。神父様に、祝福をして貰いたいのよ。あたしの大事な妹達にもね。紅、秘密を守ると誓ってね……」

「解ったわ。わたしの椿。神様への贈り物と薊のために、誓って言うわね。わたしは今日、誰も見なかったし、何も聞いたりしなかった。唯、樅の樹の近くで転んだの。少し足が痛くなったから休んでいて、帰るのが遅くなっただけだ、とシスター達には言うと誓うわ。それで沙羅が、安心出来ると言うのなら」

「ありがとう！　紅。やっぱりあんたは、あたしと薊羅の妹ね！　物解りが良くて、姉思いで……。大好きよ、紅」

わたしも大好きよ、沙羅。でも。わたし、薊羅とミーも大好きなの。シスター・マルトとテレーズ達と、コルベオさんも好き。わたしを嫌いなダミアン様さえも、神父様だからという理由で、わたしは愛していると思うわ。だから、皆を悲しませるような事は、絶対にしないでね、沙羅。わたし、あなたと薊羅が神父様に祝福される所を、見たいの。あなた達が、皆に祝福される所を見たい。ミーが、わたしと一緒にあなた達のために、喜ぶ顔を見てみたいだけなのよ。「物解りが良い」なんて、言わないでね、沙羅。わたし、本当は余り良く解っていないのだから。神様のために子供達を生んで、贈り物にしたいという気持なら、解るの。その子達を、どれ程神様が喜んで下さって。どれ程愛して下さるかという事も、良く解るから。それで良いだけ……。わたしだって、そうしたいと思うもの。

出来る事なら、そうしたい。許されるものなら、そうしたいと思うわ、ルチア・沙羅。だって、わたしとミーもあなた達と同じように、シスターには生涯なれないのだから。ミーはね、ルチア。末っ子の一寿ちゃんが小学校に入る前には、お父さん達と一緒に東京に行ってしまうの。だから、わたしも高校を卒業したら、東京に行くのよ。ミーの近くに、行く積りなの。その頃には椿、あなたはあの男の人の奥さんになって、お母さんになっているのね。薊羅もきっと、そのようになっているわね……。

（秘密）三

二つの秘密は、夏に忍び寄る秋風のように、秋の中に隠れている夏の終りのように、二人と二人を分けてしまいながらも、表面上はそうとは解らせないでいた。

「椿」と「薊」はそれぞれに幸福に満たされていて只、お互いにお互いを想う時だけ、束の間の夢から醒まされる。

同じ顔と姿と声と瞳をしている「姉」と「妹」は十七年間を片時も離れずに来た仲の良い「片割れ」が、自分一人だけが取り残されると知ったら悲しむ事だろう、と……。

ミーと紅の二人も律義に、健気に「約束」を守っていた。

ミーは、アザミから高沢敏之と藤代勇介、吉岡勝男（花野の夫）の年齢と職業、自宅の住所と、その電話番号を写して記した「紙片」を受け取り、それを小さな宝箱の中に入れて、自分の誓いも一緒に箱に収めたのである。もしもアザミかツバキに何かが起きたりしたら……。もしも、ユウカと呼ばれていた紅に、「鬼」が近付くような事が起きるとしたら……。その時には、あの日の山鳩よりも大きな声で鳴いて危険を報せ、母鳥がヒナを守るように紅を、薊と椿を守るというその時の誓いを、「紙片」と共に埋めたのだ……。

宝箱は黒い漆塗りに蒔絵で、金と銀の桜に満月、白兎の親子が描かれているという、美しい出来映えの、古くて小さな物だった。美月が母親のサリマ・被衣から譲り受けて嫁ぎ、美大切にしてきた品々の中の一つであるその文箱と、朱塗りの美しい手鏡が、ミーに残された美月の形見であり、宝物だったのである。ミーはその小さな箱と絵に、自分の全てを封じ込めていた。黒い宙空の中に妖しく、美しく咲き出て咲き誇り、散り急いでいるかのような金と銀の花、桜。満月の、輝く月の中に浮かんでいる、静かの海の影。純白の二羽の親兎と三羽の子兎達……。その文箱そのものが、エスメラルダ・アイリス・美咲となった少女の心であって、愛だと言えた。その文箱の中には妹の安美と、弟、一寿の宮参りの時の記念写真も、大切に納められている。ミー自身の時のものは、無かった。ミーは、宮参りには連れて行かれなかったのかどうなのかという事を、両親に尋ねてみる事もしないままに済ませていたのである。写真等、有っても無くても「それで良い」と考えるだけの心が、ミーには幼い時から与えられていたのだったから……。文箱の表には、ミーが恋うている全てが在ったし、文箱の中にも愛する美月と真一と、安美と一寿がいてくれる。この世では会えなかった祖父、トルキス・美則と、祖母のサリマ・被衣の、今では色褪せてしまった写真もある。

美しい朱塗りの小さな手鏡も……。そして、美月の形見というよりは、美月と真一からの良い香りのするサンダルウッド（白檀）で作られているロザリオと、「さくらの歌」の歌詞を記した山里の、きれいな絵柄のカードも……。ミーの描いた美しい巻毛の少女、ムーン・ブラウニ・デイジーとランドリー・パトロの夢の絵と、ワイド・ライロ（ライラック）とナルド・ジョイ（喜び）の絵姿もあった。その他には「さくらの民」の仲間達の名前を記した紙片と、何よりも大切な小さな聖書と、美しい三枚のカードが、入れられている。一枚は、ガリラヤ地方の丘の上で福音を述べ、病人を癒やして歩かれていた「ナザレのイエス」その人と、その人の一行を描いている絵で。もう一枚はオリーブの園の中で一人祈られている、青い月光に照らされた「その人」の姿を描いたものだった。三枚目のカードには、されこうべの丘の上の十字架上に、釘付けられて立っている「その人」と、その人の御母マリアとマグダレナ、お弟子のヨハネが嘆き悲しんでいる姿が描かれた、崇高な迄の絵があった。

ミーは、その絵の裏の純白の中に、十字架のヨハネが描いた、天と地を繋ぎ、地上を見下ろして立っている「その人」の、十字架の絵を写して、心の中にも刻み付けていた。パール・ヴェロニカ・美咲にとっての、始まりと終りである、「その人」を……。

恋しいあの人はわたしのもの
わたしはあの人のもの
ゆりの中で
群れを飼っている人のもの

あなたはわたしのもの
わたしはあなたのもの
愛に傷付いた人のもの
恋人よ
美しい人よ
さあ立って出ておいで
ごらん、冬は去り
雨の季節は終った

愛は死のように強く
熱情は陰府《よみ》のように酷《むご》い
火花を散らして
燃える炎

どうかわたしを刻み付けて下さい
あなたの腕に　印章として
わたしの心に　印章として……

ザ・キング・オブ・ソロモン。そしてイザイアス（イザヤ）によって記された書にある「その人」の名前、エマヌエル……。

「インマヌエル・神、共にいます」と呼ばれたその人、イエス。

ミーの幼心にはもう、生まれた時から既に「その人」、ナザレのイエスと呼ばれた方が住んでいたかのようだった。ミーは、それ程迄に恋しく、慕わしい人に唯、憧れて焦がれて、生を急がされているように感じていたのだ。

紅の「病」を、フランシスコから聞いていた美月と真一によって教えられていて、「仲良くしてあげて、何でも相談に乗ってあげられるようになりなさい」、と言われた時からは、紅にも、自分と同じような生の在り様《あよう》を、感じるようになっていた。「その人」への憧れに焼かれて、春に散る宿命と道を、自分自身と紅の上に見るようになったのだ。

沙羅と薊羅に対しては、ミーは只、姉のように思い、慕ってきていただけだった。その夏の、夏の盛りに薊羅と二人だけで行った、石と青桐で創られている海の底の宮殿か、その門であるかのようなあの場所で、「秘密」を分かち合うようになった日迄は……。

紅の「秘密」と、アザミの「秘密」は、どちらも闇《くら》くて酷《むご》く、壊れた氷花のように、ミーには感じられていた。ロザリア・紅のためにミーは、怒りと痛みの涙を堪え、セシリア・薊羅のためにはミーは、疑惑と不安を抱いて焼かれ、祈り続けるようになっていた。

薊羅は高沢という男を、「とても良い人」だと言いはしたのだったが……。ミーには、薊羅のようには考えられない根拠が有った。沙羅は、二人で一人の名前なのだから……。沙羅として働いている薊羅と沙羅の、双児の内の「片割れ」を、どうしてその男は七月末から八月中旬迄の短い期間で、見分けられるように成ったというのだろうか。薊羅は沙羅の影のようで……。二人は一つで、きれいな花のようなのだ。「四人組」であるミーと紅には、見分けは付くのだけれど。沙羅達の「入れ替り」は、容易に他人には見破れない事である筈だった……。小・中・高を通じた学校の先生方や生徒達はもちろん、シスター達とダミアン神父、時にはコルベオでさえもが、二人に欺かれてしまう程なのだ。それで、ダミアン神父は沙羅達を嫌い、ますます冷たくなっているというのに……。「悪霊憑き」だ、と思い込む程に……。

それなのにその男の人だけが、二人を見分けて「薊」を好きになった？　ひと月にも満たない沙羅のアルバイトの日数の内の、その又半分しか働きに行っていない薊羅と見分けて「好きになった」と言うなんて。

「そんな事は、有り得ない」とミーは感じていた。その男が薊羅を、「見分けた」のでは無い事は、良く解っている。

答えは、たったの一つだけしか無い。その男は多分（確実に）、二つの花に同じようにして、「好きだ」とでも言ったのに違い無かった。それに就いて沙羅は、何と答えたのだろうか？　明るくて物事をはっきりと言う姉花の方は、一体何と彼に答えたのだろうか。ミーは、それを知るのが怖くて、それでも知りたいと願うのだった。

思慮深くて温和な薊羅が、四人の「ナイショ」の約束を破り、自分から「あたしを薊と呼んで下さい」と言ってしまうような「何」が、その男には有ったというのだろうか？「甘くて脆い砂糖菓子……」、とミーの心が告げていた。「甘くて苦い物語……」とも、ミーの心は言っているのだ。

知り合ったとも言えない程に短い間に「恋」をして、「結婚しよう」、という甘い、有り得ない囁きと餌で、ロマンチックな舞台とイリュージョン（錯覚）の中に「薊」を誘《いざな》ったのだろうと……。彼が、その辺にいるおバカな男達の内の一人であったとしても、十分に悪い状況なのに、薊羅はもっと恐ろしい事をミーに対して言っていたのだ。

その男が、「良い所のお坊っちゃん」なのだ、とあの時、薊羅は言っていたのだったから。「良い家の息子」が、その両親に「薊」を会わせもしない内に、勝手に誰かにプロポーズをしてしまうだって？　それこそが、有り得ない事なのだ、とミーは痛む心で考えているのだった。この世の中は、それ程甘くは出来ていないのだ、とミーは既に知っていた。ロミオとジュリエットは、物語の中でこそ輝いていられるのだ。たったひと目見ただけでお互いに恋に落ち、死迄も共にしたいと思い、実行出来る熱情のような恋心や愛は、星屑の中の星の「欠片」としてしか、存在していない。幾千億の星屑。

輝きもしなく、瞬きもしなく、永遠に虚空を漂い続けるスターダストの中から、唯一つの「欠片」を捜し出せたのならば……。その人こそは、倖いなのだ、とミーにも痛い程に解りはする。けれどもそれは、容易な事では無い筈だった。「幸運」を通り越していて、グレイス（恩寵）としか言い様のない程の倖いは、希有であるからこそ物語になり、人々の憧れによって輝いていられるのでは、ないのだろうか。では、アザミは？

ミーは、星降るような夏の終りが近い夜の中に、秋の訪れを感じ取っていて、愁いに沈むのだった。

夏の終りと一緒に、セシリア・薊羅の初々しい迄の恋心も傷付けられて、砕け散ってしまうのではないだろうか、とミーは怖れる。砕けてしまうのが一つの恋花だけでは無くて、二つの氷花であるかも知れないという事にも怖れは及んで行って、ミーを苛んでいるのだった。

「何故？」と訊かれたなら、ミーは答えるのだろう。そう訊ねた人に、きっぱりと……。

「善は急ぎませんが、悪事は急ぎます。善人は順序を大切にして、それを踏んで行きますが、悪人は全てを無視して、平気で人を踏んで行きます。善なら沙羅に注意を向けたとしても、春（卒業）を待つので害はありません。けれど。悪なら沙羅を急がせて、二人を共に、冬を待たずに散らすでしょう」

夏の終り近くになって、ミーは「薊」と二人だけで話すチャンスを摑んだ。ずっと待ち続けていた、「その時」を……。

「ねえ、薊羅。あの時の約束、忘れていないでしょう？　沙羅に、ちゃんと尋《き》いてくれた？　そいつが本当に沙羅にも、薊と同じ事を言ったりしていないかどうか、って」

薊羅は微笑んで、ミーを打《ぶ》つ真似をしてみせた。

「恥ずかしかったけど、敏之さんに直接尋いてみたのよ、あたし。そうしたら、叱られてしまったの。そんな事を思われていたなんて、心外だと言って……。バカね、ミー。あんた、あたしを死ぬ程脅かしたのよ。解っているの？　沙羅には悪いけど、君だけしか瞳に入らない、と敏之さんは言ってくれたの。本当に、嫌なミー」

「嫌なのは、セシリア・薊羅。あんたの方じゃないのさ。沙羅に尋いて、と言ったんだよ、ボクは。そいつに訊いたりしたって、何にもなりやしないじゃないか」

「それがね。なったのよ、ミー。あんたのお陰であたし、秋の吉日か冬の前には、あの人の御家族に会える事に決まったの。あの人が、御両親に話してくれたらしいのよ」

だからもう、あの人の事を悪く言ったりしないでね。だからもう、あたしの事で心配したりしなくて良いの。ねえ、ミー。沙羅は、サバサバとしているのよ。あの人が言う通り、あの人の事を気にも留めていない。それなのにあんたはあたしに変な事を言わせて、沙羅をあの人みたいに「怒らせろ」、って言っているのよ。沙羅は怒ると、とても怖いの。知っているでしょう？

「あたしのバイトが終ったら東京に一旦帰って、敏之さんは沙羅に会いに、もう一度来ると言ってくれているの。あの人の口から姉さんに、きちんと話をしてくれる積りだ、って」

「バイトが終る迄待つ必要なんて、どこにも無いでしょ。仕事の合間にでも椿を捕まえて、ひと言断ればそれで済むのに。何であいつは、そうしようとしないのさ。後ろ暗い所が有るか、嘘八百を並べ立てているかのどっちかなんじゃないのかな。セシリア、気は確かなの？」

「御心配無く、ミー。あたしの気は確かよ。でも、あんたは相変わらずイカレているのね。あたしを、悲劇のヒロインにしようとしているのでしょうけど。お生憎様でした。あの人は良い人で、紳士なの。あたし達、まだ手を繋いで散歩をしているだけなのよ。結婚をする迄は清らかなままでいましょう、とあたしが言ったから。敏之さんも、それが良いって言ってくれたの。そんな君を好きになったのだとも、言ってくれたのよ……」

そうだったの、アザミ。それならボクの、取り越し苦労っていう奴だったのかな。そうだと、良いんだけど。そうなら本当に、良いんだけどね。ごめんよ。ボクは、薊程きれいでは無いんだろうね。ボクの心は、まだ泣いて言うのだもの。あんたの心に嘘は無いけど、あいつの心は「信用出来ない」と言って、泣くのだもの。ねえ、セシリア・薊羅。あいつを信じたら、泣くのはあんたと沙羅だと思うよ。だって……。人で無しの豚野郎の友達なんて、同種の豚野郎に決まっているもの。豚はね。頭が良くて太っていて、可愛い生き物なんだ。だから、豚に例えるのは、豚に失礼なんだけどね。豚という生き物は、土の中を転げ回って泥だらけになるのが好きなんだよ。自分で、自分の身体を汚すの。そういう習性を持って生まれてくるのだから、仕方が無いけどね。あいつ等は人間の癖に、豚と同じ事をしているんだよ。だから、ボクは。だから、ボクは、心が痛くて、気が揉めてならない。ユウカと呼ばれた紅のために痛くて、薊羅と沙羅のためにも、痛くて……。

紅の方は、ミー程には沙羅の心配をしていなかった。

それでも時々「秘密」を持っている事に、気が重くなるのだ。仲良しで、「好き」というよりも「愛している」と言った方が気持にピッタリと来る大好きなミーに、打ち明けられない秘密を持つのは辛い事だったのだと、後になってから紅にも、解ってきたものだったから……。沙羅に「黙っていてね」と頼まれて、約束をした。

余り良くは解らないままに、「秘密」を持つ事に、同意をしてしまった。沙羅が、神様のために贈り物として、子供達を捧げるという喜びと、置いて嫁かれてしまう薊羅の淋しさを思ったために。姉妹のようにして育てられ、姉として慕ってきた「椿」と「薊」が、神父様と皆に祝福されて、「巣立つ所を見たい」と願ったりしたために。けれど、それで本当に良かったのかしら、と紅は日の経つのにつれて、惑うようになっていた。人に言えないという事は、良い事なのだろうか。悪い事なのだろうか、と……。

一番最初に紅がその事に気付いたのは、病欠をしていたミーが、何日振りかに唐松荘に朝、来た時の事だったのだ。真一の車から降りたミーの姿を見て、大喜びをした紅は、一直線にミーの所に走って行ったのだった。真夏でも冷たいミーの細い手を取って、紅は飛び跳ねるようにして叫ぼうとし掛けた。

「ああ。やっと良くなったのね！　ミー。ミー。でも、まだ顔色が白いわ。あのね！　あのね！　あのね、ミー……」

沙羅が、制服姿で歩いて来ていて、紅の瞳に瞳で「ダメよ！　約束したでしょう？　紅。秘密は守ってよね」、と念を押していったからである。紅は、それで解ったのだ。自分自身でさえあるかのようなミーに、話せない苦《にが》さが。

「あのね、ミー。あなたに会えなくてわたし、死ぬ程淋しかったわ……。死ぬ程恐くて、眠れなかったの。治って、良かった」

コルベオが微笑んで、二人に合図をしてくれていた。

ダミアン神父様はまだチャペルの中にいるから、静かに話すのだよ。紅ちゃん、今日は君もミーちゃんと一緒に、シスター・ベネディクタの授業（教理問答や、簡単な国語や理・数、社会等の科目）を受けると良いよ。学校には、わたしから連絡をしておくからね。

ありがとう！　コルベオさん。大好きよ……。

ありがとう、コルベオさん。大好きだよ……。

孤児院を運営しているN町の教会の修道院には、会の本部から教員資格を持つシスター達が、常時派遣されて来ていたのである。子供達の当時の「先生」は、かなりな年配のシスター・ベネディクタと、まだ三十代のシスター、テレーズとトビアで。「お年のシスター」の方は、子供達が二、三人授業を抜けていってもそれに気付かず、二人の若いシスターの方は「何事も大目に見てあげる」というタイプの、おおどかな先生だった。

その日も授業を抜け出した二人は、屋根裏部屋に籠もって「お祈りごっこ」をしていたのだったが……。ミーは紅の「秘密」のために心痛く、紅は沙羅の「秘密」のために心が重くてならなかった。紅は、「秘密」が嫌いであったが、それ以前よりもっと嫌いになり、薊羅やコルベオやシスター達にさえも、大きな声で言いたくなってしまう様になったのだ。

「わたし、秘密が嫌いなの！　わたし、秘密は嫌いなの！」と。

「秘密」とは、紅の幼い時から胸に刺された剣で在り続けていたからなのだった。それなのに紅は、沙羅との約束を守り続けたのだった。

八月の末が来て、紅は沙羅と二人になった。

「沙羅。椿……。もうあの事を、薊羅に話したのでしょう？　ダミアン様には、いつお話をするの？　わたしもう、沙羅の事を皆に話してあげたくてならないの。わたし達の椿が結婚します、って……」

「止めてよ、紅。こういう事は、結構時間が掛かるものなのですってよ。あの人、今ね。御両親とあたしの事で話し合いをしている最中なの。結納の事だとか、あたし達の仲人に成ってくれる人の事だとかで、色々と大変なんですって。全部決まったら、晴れて神父様《パパ》に挨拶に来てくれるそうだからね。それ迄は、まだ薊羅にもあたしからは言えないわ。薊には、あの人がきちんと話すと言ってくれているからね……。だから、紅。まだ皆にはナイショにしておいて欲しいのよ。もう少しの間だけ、あんたのミーにもね……」

秋には全てが、無事に済んでいる筈なのだから。秋には全てが、上手くいっている筈なのよ。そうなったらね、紅。あんたに真っ先に報せてあげると、約束をするから。ね？紅。良いでしょう？　もう少し「秘密」を守ってね。

その日から十日が経った頃。夏はもう後ろ姿を見せ始めていて、秋の気配の衣装に着替えようとしていた。朝夕の空気は冴え冴えとして時に冷たく、夜になると霧が辺り一面を覆い隠したり、森の音が風に乗って、何処迄も響き、伝って来るのだ。陰気に。そして、不吉にも聴こえる風の歌が常に聴こえた。

けれどもまだ湖の水は、日中の陽を受けて千に輝き、湯川を流れていく水も煌《きら》めいていて騒めき、夏への名残りを惜しんで、歌い続けているのだった。青桐の生い繁った大きな葉も緑の色が濃く、槲の樹の葉の陰からは、山鳩の声がまだ「夏よ。夏よ……」、と鳴いている。アオバトの、緑色掛かった美しい青黄色の羽もまだ、夏の陽に輝いていて色褪せてはいなく、森に棲む小さな生き物達もまだ、秋の衣になってはいないのだ。

ポー。ポー。デデッポー。ポー……。ホウ。ホウ。デデッホウ……。

その朝、ミーと紅は小学校に行く振りをして、二人で丘の上の唐松荘から国道への道を、ゆっくりと降りて来ていた。それからカフェ・レストランの無人の薪小屋の中にランドセルを置き、小さな鞄と上着だけを持って、林道を湖の方へと辿っていったのだ。

夏は、いる。まだ「此処」に……。けれども、秋が。けれども、秋も、もう「其処」にいるのだ、とミーと紅は感じていた。

沙羅達も言っていたのだ。ホテルに滞在している客達の姿が次第に減り始めていて、華やかなお城のようだった館の中が、暗くなってゆくようだ、と……。夏はその華やぎを幻影（ファントム）の場に移し、少しずつ少しずつ、足音も忍びやかに、別れの踊りを踊っているようだ、と。

林道の下の湯川の水音は豊かで楽し気で。林道と並行して、向こう岸の彼方に立っている桜並木の葉影が濃く、暗く、まだ秋色に染まってはいない日に、ミーと紅は黙って、手を繋いで歩いていたのだった。

ミーは「ユウカ」と「アザミ」の秘密に因《よ》って心が重く、紅は「椿」の秘密を思って足取りと口が重かった。林道を逸れて、湖から先に伸びていっている白い道は、朝の光の中で輝いていた。その道を避け、登っていって獣道を辿れば、青桐と石の不思議な門に行き着ける。龍宮城のような蒼と緑の、宮殿の中の部屋に行けると思っても……。ミーは、紅と二人切りで其処に行くのが怖かった。

怒りと哀しさの余りに、「秘密」を口走ってしまいそうで……。

「秘密」の中味は解らないながらも、この頃になるとミーと紅は、お互いに、お互いの中の「隠し事」の存在を、感じる様になってしまっていたからなのだ。あそこには、行けない。

こんな時には、湖の千の光を見るのが良い。千の光となって揺れている波頭と、湖面に映っている千の緑の色と、金と銀に染まって煌《きら》めいている、夏の名残りの陽の色を見る方が良い。

真夏にはあれ程に賑わっていた湖には、今朝はもう人の姿は無く、ボート小屋にも栈橋にも、恋人達の姿やその影さえも見付けられなかった。夏が行く……。

「秘密」を、「秘密」のままにしておいていってしまうのか。

ミーと紅は黙って、栈橋に坐って湖と森を見ていた。

「短くて長い夏だったよね、さくら。あたし、少し疲れてしまったみたいだな。ボートに乗らない？　それで、マルタとマリアごっこか、オフィーリアごっこか、人魚姫ごっこでもする事にして、夏にさようならを言う事にしようよ」

「ボートに乗るのなら、人魚姫になりたいわ、わたし。わたしと桜。あなたとわたしの二人で一緒に、人魚になるの。お日様の光を浴びて、泡になってしまうのよ。愛する王子様（キリスト）は、あたし達に気が付いてくれるかしら。それとも水の妖精が先に見付けて、攫っていくのかな？　攫われてしまったら二人共、ローレライになるのよね……」

「ローレライよりも、あたしは泡の方が良い。ねえ、さくら。泡になってしまうのは、愛する人のためだ、と書いてあるもの」

「とても素敵だわね、わたしの桜。良いわ。わたし達、王子様のために泡になりましょう。ボートを流して、お日様の光と湖の水に任せて、漂うの。泡になるなら、山の麓が良い……」

オールを小舟に引き上げて、桜とさくらはボートの中に横たわり、瞳を閉じたままで揺蕩《たゆた》っていった。沖へ。沖へ。

湖の桟橋から丘の裾を回って、青桐と石の宮殿の下へ……。空は遠く青く、日の光も遠くて白い。小舟の下には、青くて緑の水が揺れていた。千の波、チラチラ。心を焦がして燃やし尽くして、あたし達を泡にして下さい。愛する王子様。あたし達に気が付いて、抱いて行って下さい。あたしのさくらと椿と薊のために、あたしを泡にして受けて下さい。

「ねえ、桜。エスメラルダ・美咲。わたしのミー。あなたがいつか話してくれた事は、本当の事なの？　あなた達は少数民族みたいなもので、さくらの民だとかいう、あのお話の事よ……。あなたにはムーンという名の妹さんがいて、あなた達の神様は時間の神様だ、って言っていたわよね？　時間に、神様がいるの？　さくらの民だなんて変わった民族だから、って椿と薊には黙っていたでしょう？　あなた、わたし達と全然変わっていない気がするわ。髪の色と瞳の色は薄くて、栗色みたいだけど。でも、それだけよ。さくらの民って、どんな民なの？」

「……。詳しく説明出来れば良いのだけど。難しいよ、さくら。だって、本当はあたし達、それ程凄く特別っていう訳では無いからね。そうね……。時間の神を信じていて、さくらの歌と花と、樹が好きでね。それで、今は皆バラバラになってしまっているけど。又、集まるの。東京シティの桜の樹の下でね……。あたし達、そう約束をして、別々のルートに別れた」

「そうなの？　それって、ロマンチックでミステリアスなのね。わたし達の王子様は天の国にいるけれど、時間の神様は、何処にいるのかしら。ねえ、桜……」

「美しくて大きな神殿の中にいる、と聞いているよ、さくら。その神殿は古くて美しい……、そうね。京都かパリかロンドンのような都に在ると。その都はエプスだとかモリヤだとかとも、呼ばれていたらしいけどね……」

「森谷？　森谷というの？　守屋なの？　それなら、桜。あなた達は日本の中の何処かの街に、元々はいたのね？」

「日本に来た人達もいたし、他の国に行った人達もいたらしいけど。さくら。あたしとムーンは、今では猫の町と呼ばれている所に住んでいたりしたらしいの。でも、もう良く憶えてなんかいないわよ。だって、昔の事だもの」

「そうね。昔のあなたはその頃は、きっとまだ赤ちゃんだったのに、決まっているもの。猫の町なんて、素敵だわ……。でも。今はバラバラになっていて、時間の神様を信じているだけでしょう？　何でさくらの民だなんていう、ややこしいような名前で呼ばれるようになったのかしら」

「……。呼ばれるように成ったのでは無くて、そう呼ぶように、ってあたしのムーンが言っていたからだって……。そうすれば、離れていてもお互いが良く解るからね、って言ったらしいの。あたし達、名前を沢山持っているし、部族が分かれていて、特技も沢山持っているからね」

「名前が、どうしてそんなに沢山要るの？　桜。あなたもエスメラルダとミーの他にも、名前が有るのかしら？」

「そうね……。そうみたいだね、さくら。山崎のママとパパは、あたしをアイリス（アヤメ）だとか、パールだとかとも呼んでいるしね。自分では、ロバの皮も良いな、と思っている……」

「変なの……。ミーは、アイリスなんて呼ばれても、全然気にならないの？　パールって、真珠の事でしょう？」

「アイリスでも、パールでも、エスメラルダでも何でも良いよ、さくら。さくらだって現に、ロザリアとも呼ばれているじゃない。それと同じなのじゃないかな、って思ってくれればビンゴだよ。愛称って、好きなように勝手に付けて、呼べるものでしょ」

「ふうん。それもそうだわね、桜。それじゃ、あなたのムーンという妹さんにも、沢山名前が有るのでしょう？」

「良く憶えていないんだってば、さくら。だけど、そうだね。ムーンはノエルだとか、ブラウニだとか、デイジー（ひな菊）だとかとも、呼ばれていた事がある。あたしは星で、ムーンは月星で……。あれ？　何だかムーンの他にだけどもう一人、あたしには小星という姉さんもいたみたいな気がしてきちゃった。小星。リトル。リ……リ、リスタ？」

「ヤだわ、桜。あなた達って、本当に変わっているのね。お姉さんとか妹さんの事なのに。憶えていないなんて、変だわよ。わたしだったら、忘れたりしないわ。どんなに小さくても絶対に、忘れてしまったりなんてしないのに……」

「ヤだな、さくら。絶対なんて、この世の中には無いっていう事を知らないの？　あたし達は今ボートに乗っているけど。ホラ、空を見てみてよ！　あの青い空に流れていくのか、この青い湖《うみ》で流れているのか、あたしには解らないような気がするの！　あたし達には絶対も不可能も、無いと思えるよ。在るのは唯、永遠と、愛と。あたし達の美しい王子様だけだとしか、思えない。あたしは、あたしの王子様に恋をしているの」

「わたしもよ。わたしも、わたし達の王子様に恋をしている。？　じゃあ、桜。あなたはどうして他の神様を捜しに、パパ達と東京に行ってしまうの？　あなたの神様はイエス様なのに、どうしてなの？　どうしてなの」

「あたしがパパ達と捜しに行くのは、神様では無くてね。今ではバラけてしまっている、さくらの民達よ。あたし達、グループ毎に別れてしまっているからね。それも、遠い遠い昔の事だという話なの。それでも皆が、東京シティに集まる日が来る、と決められているって。パパとママとフランシスコ様が、そう言っていた。あたし達が集まる時には、ムーンも来てくれて。あたしのパトロも来てくれる……。時間の神様の船も、皆を迎えにこの国に来てくれるんだ、と言われているみたい。あたし達、散っていたのに集まるの。それで。帰るらしいのよね、船で……」

「船も良いけど。列車やバスやジェットヘリコプターや、ジャンボ機の方が何処にでも早く行けない？　ああ！　わたしも船か飛行機で、ミーと一緒にさくらの国に行きたいわ！　時間の神様よりも王子様を愛しているわたしでも、ミーと一緒ならさくらの国に行けるのかしら？　そこは遠いの、近いの？　ミー。アメリカかエウロパか、アジア大陸の中の何処かか、アフリカにでもあるの？」

「知らないわよ、さくら。そんな事迄、あたしは知らないの。ムーンは知っているし、他の人達も知っているかも知れないけど、忘れてしまっているかも知れないんだ、って……。だからね。あたし達はさくらの歌を歌うわけ。それから、お互いに言うのかもね。どの部族の血筋の者だとか、どの技術の家系の者だとか、って……。解らないけど」

「……。そんなに沢山の部族や、家系の人達がいるの？　技術って、何の事なの？　桜。その人達は、何をする人達なのかしら？　……」

「お医者様と薬草師。パイロットとメカと神殿族。隠れ里人。マジシャンと踊り子とナイフ投げもいたって。歌謡いと庭師。歴史学者と生き物使いと、神殿の警備兵でヤクザみたいな人達もいたそうだけど。他にもっといるかもね。その中でも特別なのが、天使と話せる人達よ。それより特別なのが、あたしのムーンだったって……。ムーンはね、人に夢を見させられるし、月も読めるの。月を読んで……。過去と未来を見通せるんだって」

「月なんか、どうやったら読めるというの？　解らないわ」

「ああ、そうね。言い方が悪かったみたい。時間の神とあたし達のために、占いをするの。神殿に上って占う時もあれば、月を見て占う時もあるらしい、って……。だから、月読みと言われていたらしいのだけどね。小さくても、ムーンは凄いの。あたしも、昔の事だけど少しは憶えて……」

ミーは「さくらの民」や時間の神に就いて、「……らしい」だとか、「……だってよ」だとかを連発していて、その中で自分自身の想い出も語ってはいたのだけれども。それも、仕方の無い事なのだろう。「何か」を語るのには、ミーはまだ余りにも年端が行っていなくて。物事の是非も定かとは言えず、「想い出」の多くは美月と真一からの、受け売りと、夢を語るようなものだったからである。愛するママとパパに「アイリス」と呼ばれれば、ミーは白や青紫や甘い紫の「アヤメ」のきれいな花を思い浮かべて、幸福な気持で一杯になれたのだ。それから十八年後の冬の最中《さなか》からも、再び「彩香（アヤメの香り）」と呼ばれるように成るとは、思いも寄らないで……。ミーを「彩香」と呼ぶように成るのは、医師の水穂とその妻、香になる筈だった。ともあれ。エスメラルダである少女は、今はまだ何も知らない……。漂うボートに横たわって、騒めく森の樹々達と青い空を見ていて、感じていた。森が、騒いでいる。

八月の中旬に薊羅と来た時には、あんなにも穏やかに二人を迎えてくれ、夏の歌を歌っていた森が、今は悲し気に、淋し気に騒めいて、泣いている？　……。

「変ね。ミー。森が泣いているみたいな気がするわ。わたし達、此処で本当に泡になるのかしら？　人魚姫は海に還って、わたし達はこの森から天に還れるの？」

「泡になるためには、あたし達、まだ王子様に会っていないよね、さくら。だけど……。あたしも森が、泣いている気がする」

「森は、泣いたりしない筈よね、桜。ああ……。でも、あれは？　あれは、わたし達のクリスチナの歌う声に似ていない？」

エルサレムの乙女達よ
誓って下さい
もしわたしの恋しい人を見かけたら
わたしが　恋の病に掛かっていると
その人に伝えて……

あなたの恋人は
どこに行ってしまったの
わたし達も一緒に
探してあげましょう

わたしの恋しい人は
昼はどこで群れを飼っているのでしょう
夜はどこで眠っているのか

美しい乙女よ

あなたの恋しい人は
何をしている人なの

わたしの恋しい人は
群れを飼う人
ゆりの花の中で
群れを飼っている人

美しい乙女よ
わたし達も一緒に
探してあげましょう

「そうだね、さくら。あの歌声は、あたし達のあの子にそっくりな気がする。でも……。あたし達、きっともうそろそろ、泡に成り掛けているのじゃないのかな。だから、二人揃って幻の歌声を聴いているんだ。だってね。あの子は病気でずっと寝付いているらしい、って薊羅が何処かで聞いてきたもの。ラウンジだか、フロントの誰かからね」

「そんなの、嘘かも知れないわ、桜。だって。だってわたし、沙羅に聞いたんですもの。

あの子、恋人の……。ホラ、あのきれいな男の子と一緒に、桜並木を仲良く走っていたんですってよ。幸福そうに笑って走っていたって、沙羅がこの間言っていたのよ」

「？　それこそ変だよ、さくら。あの子の恋人のあのドハンサムは、誰かと大ゲンカをして会社を辞めたらしいんだ。その証拠にあいつ、この頃バスを運転していない」

「ヤだわ、ミーったら。約束したでしょう？　わたしと一緒にいる時は、男の子の言葉は使わない、って……」

「ヤだな、僕。又、遣ってしまった。あんな約束をするのじゃなかったわ。ややっこしくてしまいには、舌を噛みそう」

「……不可能は無いんじゃなかったの？　桜。あなた、自分でさっきわたしにそう言っていたじゃないの。でも……。どうなっているのかしらね。薊羅も沙羅も、嘘なんて言わない筈なのに。あの歌声は、幻なの？　ミー」

「あたしに尋かれたって、解らないけど、そうなんだろ……」

「天使達ならきっと、何でも知っているのでしょうね。わたし、天使と話せるという人達に会ってお友達になりたいわ……。ねえ、桜。あなた達の一族に、わたしもなりたい。大好きなあなたと一緒に、さくらの国に行きたいの。家系が繋がっていないと、絶対に駄目なものなの？」

「そんな事は無いわよ、さくら。あんたならきっと、皆に大歓迎して貰えると思うけど。

でもね、さくら。あたしはママとパパに約束をしたし、ムーンとパトロ達に会いたいから、東京には行くけど……。行って、皆に会うだけになるかも知れないよ。あたしは多分、迎えの船には乗らない気がする。それでも良かったら、喜んで……」

「意地悪なのね、桜。わたしはあなたと一緒が良いのよ」

「それなら、さくら。名前だけでもあたし達の仲間になったら良いじゃない。例えばあんたはロザリアで、薄紅かマゼンタの桜のように可愛らしいから、紅い桜に成るの。あんたは紅桜《こお》で、エメラルドのあたしは緑の桜だから……。そうね、カワセミの羽根の色の、翡桜《ひお》。翠桜《みお》だと猫族の王様みたいになってしまって、もっと意地悪になれそうで怖いからね。翡桜なら、羽の無い天使よ」

「翡桜。翡桜……。紅桜と翡桜だなんて、何て素敵なのかしら！　わたしはロザリオの子供・紅桜、紅というのね。翡桜、ありがとう！　わたし、あなたがムーン達に会えるように、もっと沢山祈るわね。？　だけど。どうしてあなたは皆と一緒に、さくらの国に帰っていかないの？」

「時間の神様の都よりも、愛する王子様の都に行きたい、って願うようになってしまったからね、紅桜」

「それなら解るわ！　わたしも翡桜と、天のお国に行きたいもの。天の都か、天の楽園の美しい森や野原に、皆で一緒に行きたいの。沙羅と薊羅にも、そう言うわ」

「……。そうだね、紅桜。皆で一緒に王子様の国に行けたら本当に良い、とあたしも思っている。思っている……」

あたしのムーンと、あたしのパトロも一緒に。安美と一寿とパパとママと、フランシスコ・フジシロ様も一緒に。トルキスとサリマも天に還った、とパパが言っていたわ。ベルルとビアンカは、どうしているのかしら。ワイドとナルドと、スノー・ユキシロ様とアンナ・フローラは？　フランセ・リリーとチャドとハリーと、大好きなスミルノとジョルダンも。ソニーノとユイハとサインと、ぶどうの里の人達と。ミナと、アリとノバ達。ラブ・キャットとラブリー・ドギー……。ああ。それからあたしの小星と、あたし達の本当の母さんと父さんも。皆、皆、天の御国に還れると良いのに……。ごめんね、紅桜。あたし達の国は、森谷でも守屋でも無いんだよ。あたし達の都はジェルサレム（エルサレム）で、正確にはジェルサレムシティという名の美しい都らしい。でもね、その事は「秘密」で、あたしはあんたにも誰にも、ジェルサレムの町の名前は、言えない。ママとパパに、そう約束をしたからね。他の事はどうでも良いけど、ジェルサレムの民だとだけは、言ってはいけないと言われているし、あたし自身もその積りだった。ヤポンに着いたあたし達が「ジェルサレム」を思い出せるのは、ムーンのお陰なのよ。ムーンが夢で呼んで、さくらの歌を歌ってくれているお陰なの。妹だったムーンのね。だから誰よりもムーンのその歌を、あたしは聴いていた。その所為で思い出す。他の人よりマシにね。パパ達に、助けられてね……。あたしの紅桜。紅桜。ごめんね。ジェルサレムには連れていけないけど。あたし達、天の都に行きましょう。シオンには帰れないけど、あたし達は新しい国に行こうね。

湖の水は揺れてはいないのに、風が、森が騒いでいて……。

思いもしなかった程に近く、はっきりと人の声が聴こえた。ボート小屋か桟橋に、誰かが遣って来たのだ。

カッ。カッ。コツ、コツ。カタン。ガタン。カタ……。

「クソ。もう夏も終りだな。良い目を見たのは結局、敏之だけかよ。この野郎！　上手い事やりやがって」

「フン。幾ら良い目を見たと言っても、ああイカレた女じゃな。おい、敏之。イカレ女の毒味はもう済んだのかよ。賭けに勝ったと言ったのは、お前なんだぜ。なあ、勇介。こいつの得意顔を、お前も見ただろうが……」

「見たく無くても、ああ大っぴらに言われるとな。しかもこいつ、俺達に見せ付けやがってさ。イカレている女にキス迄して見せやがったんだから、遣ってられないぜ」

「新婚の女房殿に隠れて、ラウンジの会計係のおぼこに入れ上げていた奴が、良く言うよな。おい、勇介。お前、酔った振りをしてあの子の手を握ったり、肩を抱こうとしたりしていただろうが。愛しているから会ってくれ、とか何とかいうメモな。会計の時に、金と一緒に渡していたのも知っているぜ。それで？　お前の方の首尾はどうだったのか、聞きたいよな。勝男」

「首尾もどうもこうも、あるものかよ、敏之。お前の未来の義兄はな、ラウンジの沖とかいう奴とフロントの堀内だか何だかに、体よく撃退されちまって、手も足も出せやしなかったんだからさ。おまけにあのバージンには、沢木とかいう野郎もくっ付いていた、ときたもんだ。勇介の奴は仕様が無いから、他ので間に合わせておくしか無かったんだぜ。哀れなもんだよな」

「抜かしていろよな、勝男。そう言うお前だって花野さんに隠れてこの機会に、良い事をしようと企んでいたんじゃないか。金沢ちゃんには、近付けもしなかったよな。後釜は誰にしたんだよ。まさかお前、俺の弟の勇二に、何か感付かれるようなヘマは、していないだろうな？」

「誰が、そんな間抜けなヘマをすると言うんだよ、勇介。お前こそ弟のバイトのお目付け役を口実にして、毎日違う女に粉掛けて、遊び回っていた癖に。良く言うぜ。俺はな、バージンよりもバージンらしい美少年とか未成年の抱っこちゃん人形にしか、興味が無いんだよ。花野の奴も二十六にも成ると、興味のキョの字も失くなるね。バージンの匂いがしていた頃は、ムラムラきたけどさ。女は、未成年に限るんだよな。敏之の奴が、証明してみせたじゃないか。十月に嫁さんになる由布さんよりも、二重人格のイカレ女のバージンの方が有難い、とさ」

「止せよ、勝男。自分はロクでも無いのに有り付けなかったからといって、敏之に絡むなんて、みっとも良くないぞ。由貴も由布ちゃんも、深窓のお嬢ちゃまなんだからな。年は相応に喰ってはいるが、まあそんな所だろうぜ。風子のお陰であの二人は、嫁《い》かず後家になる寸前に俺と敏之に拾われたんだよ。俺や敏之が遊ぶのに、文句なんか言わせやしないさ。なあ、義弟よ。なんちゃって、な……」

「チェッ。もう二人して、義兄弟気取りになっているのかよ。金と地位が目当ての癖に、図太い奴等だな、二人共。敏之。俺はな。こう見えても若手で遣り手の、弁護士様なんだぜ。遊んだ女なら、お前達よりも多いのに決まっているさ。今回はな、只、目の付け所が悪かっただけだ。ナイスバディの鄙びたルーム係のお姉ちゃんが、バージンに見えたんでな。あの手この手で迫ってみたけど、土台、田舎者は田舎者でしか無かっただけなんだよ。クソ。あんなド田舎娘の達子に手間取らされている間に、肝心要のイカレバージンは、お前の手に落ちちまったというだけの話だ」

「敏之。今の勝男の奴の言い草を聞いたか？　自分で自分の事を、遣り手の弁護士様だと吹いているようじゃ、先が見えるっていうもんだよな。それとも、何だ？　勝男。お前はこれから先、俺達の女の面倒も見てくれると言うのかよ。それならこっちは、枕を高くして眠れるというものだけどな。花野さんに知られたら、逃げられるぞ」

「逃げてくれるなら、その方が助かるね。そうしたら俺は、晴れて独身貴族に戻ってさ。おぼこ娘達を片っ端から物にして、ピイピイ言わせて遣れるからな。もっともなあ……。東京じゃあバージンといったら、小学生か中学生止まりが良いところだろうがよ。ああ、クソ！　ラウンジにいたおぼこと、敏之の二重人格はその意味では、何と言っても貴重な存在だったんだ。他の女達なんて、あの二人に比べたら月とスッポン。花と化石か、岩に小便だ」

「ケケッ。そんなに惚れていたんならだな、勝男。お古で良かったら、あのアバズレをお前に回して遣っても良いんだぞ。どうせ、夏の間だけの摘み喰いだったんだ。向こうだってそうだよ。きれいな花には毒が有る、っていうが本当だな。可愛い顔している癖に、言う事と遣る事が正しく、岩にションベンなんだぜ。二重人格というより、アバズレだ」

「あのカワイ子ちゃんがアバズレだって？　敏之。それは幾ら何でも言い過ぎじゃないのか。二重人格だか多重人格だか知らないが、可愛いものだったぜ。もっともな。今ではお前の手垢がベトベト付いているけどさ……」

「たったの一日分だけだ。あいつ、散々こっちに気を持たせて振り回して、楽しんでいやがったんだぜ。良いと言った翌日には、お式を挙げない内は嫌よ、だとか何とか抜かしていてさ。別荘に連れ込めたのは、たったの一日だけだときたもんだからな。アバズレだよ……」

「……。そうは言うけど。やっぱり、バージンだったんだろうがよ。敏之、何でバージン娘がアバズレなんだ？　初めから商売女みたいに、キイキイ喚いてみせたりしたのかよ」

「勇介の言う通りだよ、敏之。生娘だったからこそ、お前は俺達に勝ったとか抜かして、吹きまくっていたんだろうが。味見が済んだら、もうアバズレ呼ばわりかよ。この、勝手男め。勝手ついでに、避妊もしなかったとか、言うんじゃないだろうな。そいつだけは、マズいぜ。良い所の花婿様になる前に、女を孕ませたりしちゃな」

「俺のウチだって、十分に良い所なんだよ、勝男。俺は、婿になるのじゃない。嫁を貰うだけだ、と言っただろうが……。やる事は、ちゃんと遣っているさ。避妊もしないで遊ぶ程のバカと、一緒にしないで欲しいもんだね」

「それじゃ尋くけどな、敏之。あの子が何で、アバズレなんだ」

「生娘だった癖に、大の男の俺を手玉に取ったんだぜ。お前達は忘れているだろうがな。今日のあたしはアザミです、だとかな。今日のあたしは椿だから、安心して何でも言って頂戴ね、だとかと、日替りみたいにしてこっちの気持を玩具にして、喜んでいたりしたんだよ。あたし達本当は双児なんです、なんていうの迄有ったからな。アバズレというよりは、嘘吐《つ》き病だったんだ」

「チェッ。味見だか毒味だかが済んだ途端に、こうなんだものな。お前の変わり身の早さには、呆れるぜ」

「俺は変わっちゃいないさ、勝男。振り回してくれた、あっちの方が悪いんだ。イカレてはいても女だからな。抱いてしまえば大人しくなると思ったのに、まだ嘘吐いていやがるよ。こっちの方はもう用済みで、せいせいしているっていうのに、女は恐いね。早く秋が来れば良いなんて言って、シラッとしながら脅してくるからな」

「秋？　秋にはお前は結婚するんだという事を、忘れちゃいないだろうな、敏之。早いところ、あの娘には引導を渡しておくこったな。無口とため口を交互に使い分けたり、無愛想女とテンパイハイみたいな脳天気女になって、面白がっているようなイカレた女なんかとは、早く切れた方が良いって事も解っちゃいないのかね……」

「お前に説教なんぞされたくないね、勇介。嫌。もうじきお前は、俺のお義兄様だったな。切れるも切れないも、あるもんか。遊びは終ったんだ。俺達がホテルを引き払うよりも前に、あのアバズレはバイト仲間の誰かと良い仲にでもなっている事だろうぜ」

「それはまあ、無いとは言えないだろうがよ。あの子は見掛けだけは、椙子ちゃんと良い勝負だったたからな。熱上げて、言い寄っている奴もいるけど、敏之以外の奴と遊んでいるとは、俺は聞いていないぞ」

「遊んでいるさ。処女が普通、子供をバカスカ産みたいとか言ったりするもんか。俺が機嫌を取らなくなれば、キープでもしてある奴の方に行って、平気でいるさ」

「アバズレの面目躍如という訳か。それじゃ、俺達も最後の花を咲かせて派手に遊んで、バイバイする事にでもするとしようか。九月に入ったら、火が消えたみたいになってきちまっているしよ。引け時は弁《わきま》えねえとな……」

「ああ、全くだ。独身最後の夏も、これで終りかよ。呆気無いものだな。勇介、勝男。約束の金を、忘れるなよ……」

ミーと紅にはその男達が、何を話しているのか初めの内は、全く理解出来なかった。只、その男達の口調と心根の中の「何か」の、何とも言えない嫌らしさと下品さに辟易させられて、胸が悪くなってしまいそうだったのだが……。ミーは、すぐに三人の男達の名前を聞き分けていて、本当に吐きたくなってきてしまったのだった。「それ」は、秘密の名前。「それ」は、悪事と凶兆の名前。

汚れた手をしている「子殺し」の、紅の父親、勇介とその愛人の夫の、勝男という汚い男。そして。そして、ミー達の大切な姉である沙羅を、ツバキとアザミの二人を悪し様《ざま》に貶《けな》し、貶《おとし》めている、まだ見ぬ敵のような敏之という男……。「そいつ」は、人間の皮を被ったケダモノだったのだ。「そいつ」はケダモノ以下の騙《かた》り野郎で、ハイエナみたいな奴だった。ミーの怖れていた以上に沙羅達の状況は悪く、這い上れない泥沼のように酷《むご》く、惨めなものにされてしまっている……。たった一人の、「そいつ」のために。

紅の父親の勇介という男も、許せない。その男は、紅を捨てて殺そうとした罪を悔いてさえいなく、未だに人の妻である花野と、ダーティーなデートを重ねているのだ。その上に何と、ミー達の「森のクリスチナ」に、手を出そうとしていたと言うなんて。クリスチナのあの子が病気になったのならきっと、あいつの所為に違いない。

花野の夫の勝男という男も、豚よりも汚い奴だった。「タツ子」をミーは知らないけれども、沙羅なら知っている筈なのだから。沙羅の知り合いか友人の女の子に、妻のある身でいながら妻を蔑ろにして、迫るとは……。

紅は、涙の雨で顔中を濡らして、声も出さずに泣いていた。

「聞いたよね？　紅。あいつ、ボク達の薊に非道い事を……」

「わたしの所為よ。わたしの所為よ……。あの時、わたしが。わたしが椿を止めていたら、こんな事に迄、ならなかった」

「じゃあ……。紅も、沙羅に何か口止めをされていたの？」

「紅もって……。じゃ、ミーも薊にナイショにして、と言われたの？　わたし、あの男の人を一度見た事があるのよ。椿と一緒に歩いていて、椿は結婚すると言ったの。結婚して、シスターに成れなかった代りに、神様のためにあの男の人の子供を生んで、捧げるんだって」

「……。沙羅は、結婚式を挙げる迄待っていられなかったんだね。でも、薊はじっと待っていたんだ。あいつ、薊にもプロポーズをしていたんだよ。他の女と結婚するのが解っていて、ボク達の沙羅を騙した。毒蛇だ」

「あの人達、わたし達の沙羅とあの子を傷付けた！　許せない。わたし、絶対にあの人達を許したくない。許したくない」

ミーと紅は何とかしてその男達に、思い知らせて遣りたかった。椿と薊の悲しみと、クリスチナの痛みを。

特にミーは、紅には「秘密」である、紅の悲愴と、生の苦難とに。沙羅双樹である椿と薊の、初々しい迄の恋心と神への愛心も、「そいつ」達は陰で嘲り、玩んでいたのだから。

ボートの中で立ち上がってはいけない、と思うだけの分別もその時のミーと紅には、残されてはいなかった。それで二人は立ち上がり、大きく揺れているボートの中から、その男達に向かって思い切り叫び、罵ったのである。二人が知っている限りの悪口と悪態を、声高に。

「あんた達、最低の屑！　ゴミ野郎！　腐ったケダモノ！　ハイエナ！　ハゲタカ野郎！　赤い毒蛇！　野蛮人！　エビル憑きの下種野郎。毒蜘蛛!!　馬に蹴られて死ねば良い。人で無し！」

「バカー！　バカー。バカーッ。バカー。バカー！　バカーッ……」

男達は、呆気に取られて二人を見ていたが、すぐに気を取り直して湖の岸辺の小石を拾い、叫び続けている少年と少女に向かって、石を投げ付けようとしたのだった……。

低く轟くバイクの音が、近付いて来ていた。そして、そのバイクの音は林道から湖への道を曲がり、真っ直ぐに湖へと近付いてくるのに、皆は気が付いた。

男達は身に覚えが有るために、湖の上の山の方へと登り、逃げてしまった。山を越えて下へと走り去ろうとして、慌てて逃げたのだ。

ミーと紅は只、口惜しさに地団駄を踏む思いで、小舟の中に突っ立ったままで、男達の背中に火を点けられでもしそうな瞳をして、「そいつ等」を睨み続けているしか無かった。

その年の、夏の終り近い、湖で。

沢木渉は八月末に、ホテルを去って行かなければならなくなっていた。けれどもその美しい少年は、今は病気で寝込んでいると言われている、恋しい梱子に会いたかったのだ。それで、彼は森が好きだった彼の「クリスチナ・梱子」の面影を求めて、さ迷っていたのであった。ホテルを飛び出して実家に帰った沢木は、酷く後悔をしていた。彼の「魔女っ子」が、恋しくて。恋しくて……。

親友であり、熱愛である、小柄で痩せた少女を求めて沢木は、その日も森に来ていたのだ。親友の金沢に、梱子への言付けを頼んでおいた、その翌日の事だった。

「病気らしい」、と金沢に教えられた沢木は、焦っていた。梱子に会いたい。会って、言いたい。「愛している」と……。

森は、風も無いのに騒めいていて。沢木は恋しい少女の代りに、怒りに燃え立っているミーと、紅を見付けたのだった。

「お前等、何遣っているんだよお！　早く坐らねえと、ボートがひっくり返って酷《ひで》え目に遭うんだからな！」

「非道い目になら、もう遭っている！　そのバイクであいつ等を追い掛けて、跳ね飛ばしてしまってよ！」

「石を投げるの！　あんな人達、バイクで跳ねて、コ、コ……」

「殺しちゃっておくれよ！　あいつ等、子、子……（子殺しだとは、ミーは言えなかった）殺して遣った方が、世の中のためだよ！　早く。早く！　早く!!　バカー!!」

沢木は、子供達が指差している山の方を見てみたが、斜面には誰もいなかった。敏之達は素早く、繁みの中や樹の陰に、隠れてしまっていたからだ……。

「バカは、手前達の方だろう！　何やっているんだか知らねえが、俺はガキの相手をしている程、暇じゃねえんだよ」

沢木には、その時のミーと紅は、危険なボート遊びをしている悪ガキ達にしか見えなかった。一人は男の子の装《な》りをして言葉が荒く、一人は一応は女の子らしくはしていたが、長い髪を乱して大声で、何かを叫んでいるだけなのだから……。誰一人いない山に向かって。誰一人として応えてもこない、森に向かって。バイクに乗って来て通り合わせた沢木に向かって、「殺せ！」と叫んでいるその二人は、沢木にも見憶えのある子供達だった。

「ボートは止めておけ！　お飯事《ままごと》なら、桟橋で遣れば良いだろうが。殺し屋ごっこなんて、お前等には似合わねえよ！」

走り去っていく沢木の背中に向かって、ミーは叫んだ。

「クソッたれ！　あんたの恋人のためにも、殺せば良いんだ！」

「もう駄目よ、ミー。もうあの人には何も、聞こえないわよ。あの、ク、ク、腐った人達も、もう逃げちゃったわ。殺してくれれば良かったのに！　わたし達、どうしたら良いの……」

千の波、ギラギラ。愛は踏み付けられて、油の湖の底迄沈められてしまった。ミーと紅には、もう何も出来ない。

コルベオに相談すれば、コルベオはダミアン神父に報告をしなければならなくなってしまうのだ。そういう「決まり」だったから。それ程に、重大な「事件」だったから……。

「そいつ」等はもう、その夜の内に宿を引き払い、自分の別荘か東京の自宅へと逃げ帰ってしまっていた。敏之が、「女の子の方を何処かで見た」と言ったために……。

ミーと紅は、二人だけでK町の別荘地をその翌日に歩いてみたが、別荘地は所有者達のナンバーだけでしか、表札は出されていなかった。父親の山崎真一にも、相談は出来ない。

真一は結局は、コルベオかダミアンに相談するしか他に、方法を見付けられないだろうから。

沢木とは二人は、その時以来会う事も無くなっていた。

その頃には森は不穏に騒ぎ、吠えるように哭《な》いて、嘆きの歌を歌うようになっていた。「沙羅」に、全てを話すしかないと、ミーと紅が決めた頃には沙羅と薊羅はもう傷んで、憔悴し始めてしまっていたのであった。

「一生愛する」と思い定めて約束を交わした男が、「椿」にも「薊」にも、文さえ残さずに消えてしまって、帰らなかったのだから……。双児達は、敏之だけはすぐにホテルに戻って来ると信じて、待ち続けていたというのに。優しかった求婚者は、いつ迄も帰って来なかったのである。「椿」と「薊」の傷は、ミーと紅の他の誰にも解らない程に深く、胸を抉り抜いて、背中に迄達しているかのようだった。丁度、あの「美しい方《かた》」が、心臓の脇を刺し貫かれて。愛に「渇く」と言われて、逝った時にも似て、深く……。愛する「姉達」の傷心の深さと痛ましさに、ミーと紅も痛んだ。そして、二人は誓ったのだった。

あの日、あのボートの中で聞いて、心に焼き付いてしまった卑劣で汚い男達の、特に高沢敏之の言動の一切を、二人だけの胸に収《しま》って、決して沙羅双樹である椿と薊には明かさないでいよう、と……。生きて在る限りはあの蝮男達の本性を、決して口外する事は無い、と。

「血の誓いをしようね、さくら。ボク達は、喋らない。永遠に」

「胸を痛めて誓うと、約束をするわ、桜。ええ。わたし達は、話さない。沙羅達はもう十分に苦しんでいるもの。あの人達が悪党だったと言って、追い打ちをかける事はないわ」

「ボク達が何も言わなければ、椿と薊はまだ救われるからね。少なくとも、足蹴にされた事だけは、知らないでいられる。心変わりと、只の賭けの対象で、最初から人格も認められていなかったという事とは、全然異うもの」

「解っているわ、桜……。わたし達、秘密を持つのね……」

「永遠に。灰が灰に、塵が塵に還る迄……。秘密は秘密のままで。ボクと紅と、あの神様だけの物にする……」

　夕べの風が騒ぎ
　野が闇に紛れる前に……

胸の中の奥深い所から、囁く声が聴こえていた。その時、ミーは「その声」に拠って悟らされた気がしたのだ。

自分自身と紅が、人生の春に摘み取られるように、沙羅と薊羅も又、人生の夏の初めか盛りの頃に、人よりも早い「人生の夕べ」を迎えるのだろう、と。

理由は、無かった。けれども確かにミーは、そう感じていたし、「その事」を真摯に受け止めてもいたのだった……。

そして。二人の娘と二人のさくらは、運命の日の朝《あした》と、その曙である「光」と、出会う事に成ったのである。その「美しい方《かた》」との出会いが、四人の「花嫁」達の未来を決めた。

走るべき道を示された沙羅と蒯羅と、紅と美咲である「桜達」は、静やかにその道に船を進めていくようになる……。

（秘密）四

その年の夏の終りに森は荒れて、轟くような嵐を引き起こしはしたが、森にはまだ夏のエルフ（妖精）達が僅かに残っていて、秋のエルフィン達と綱引きをしていた。けれども。避暑地の夏の終りは早く、その町を包んでいたかのような森の夏も、最後の夜を迎える時が来た。夏の花々と樹々の中にいたエルフ達は、秋の装いを凝らしたエルフィン達にその場所を譲って、夜が明ける前に時と空の中へと消えて行ったのである。

エルフ達は言い交わす。嵐の行った後で。

さようなら。さようなら。又、いつか何処かで会いましょう。又来る年か遥か未来か、遠い海の向こうか、過去のどこかでか……。忘れないで。忘れないで。この夏と森を……。サヨウナラ。夏のエルフ達！　君達の後には、わたし達もいつか此処から去っていく。森の秋は短くて、寂しいものだからね。ああ、けれど！　今年の森は何と騒々《ざわざわ》としていて荒々しく、それでいて悲しい声で歌っている事だろうか。夏に別れを告げて。君達に、別れを告げて。恋の終りに、泣いているように……。

葉裏を青く、黒くしていた緑の影は、もう何処にも見られない。金色に輝く光の矢が、幾千と降って来ては落葉松林を染めていき、青や紫色や暗い紅色と、淡く白い紫苑等の秋花を咲かせるようになってしまった。夏のエルフ達は、もう帰らない。

夏が死に、秋が生まれたその夜の森の歌は、いつ迄も続いていたのだった。

夜明けが近くなってきても。東の空が、白み初《そ》めても……。

その少し後、曙に、その森の空に立たれて時を止め、森の歌も止めた、彼《か》の「美しい方《かた》」に出会って、新しい名前を頂いた時から「四人組」は前にも増して、親密で濃密な仲良しの娘達に成ったように、傍目には見えていた。彼女達の間に重い荷である「秘密」が常に置かれていて、深い海よりも深くお互いを隔てている等とは、誰一人として思いもしない程に四人は、「四人組」で在り続けようとしていたのだから……。

セシリア・スイートシスル・薊羅とエスメラルダ・パール・ヴェロニカは、紅の出生の「秘密」を、愛をもって守り抜いていた。

ロザリア・バーミリオン・紅とエスメラルダ・ヴェロニカとなった二人の「桜」は、下劣な男達の本性と本心を、二人の「姉達」には口が裂けても言わないと決めた、あの日の「誓い」を守り抜くために、苦しんでいた。

紅とミーは、愛する事において雄々しく、「美しい方《かた》」に忠実であろうとする事においても、努力を惜しみはしなかったのだけれども。けれども、沙羅達を完膚《かんぷ》無い程迄に貶め、侮って、辱めたあの男達を思うと、胸の中が泡立ってしまうのだ。憎しみに。

唯ひと言の詫びも、一葉だけの別れの文も残さないで消えて、逃げてしまった高沢という男の心無い仕打ちに、椿と薊はどれ程深く傷付けられたかを思う時、二人は滾《たぎ》るような憎悪に、揉みくちゃにされてしまいそうになってしまうのだった。二人の桜とさくらは、幼いながらも憎しみの持つ、どす黒い力を怖れるようになった。

二人は「美しい方《かた》」に、愛であり光である「その人」に一心に祈り、必然的に神である鷲、十字架の御子に深く頼るように、と導かれていったのだ。

「その人」は、愛の炎の中に、憎しみと嫌悪の感情を焼《く》べて燃やし尽くし、全く新しい、より輝かしい愛に変える事を、教えてくれたのだった。その「愛」を、何と呼んだら良いのだろうか……。「その人」が教え、与えてくれた愛は、痛みと哀しみに満ちていながらも尚、慎ましくて穏やかな、歓びにも似た炎で、二人を焼いていってくれたのだ……。愛の中に、全てが消える迄焼かれた二人は、その「美しい方《かた》」と共に、愛が祝う勝利の灯し火を、手に持つようになっていた。それは、「その人」からの二人の「桜」への贈り物であるのと同時に、紅と翡の「桜達」からの神への、細やかで美しい贈り物にもなったのだ、と言えた……。只管《ひたすら》に、直向きに、「その人」に頼り切る事と、生命を削っていくような克己心で、二人は憎しみを愛の中に捨てて、消し去った。「その人」の与えて下さった、新しい名前に似ている美しい青の色と、紅色の花を咲かせてそれを育み、いつかはその名の通りのヴェロニカとバーミリオンとなって、唯一人の方の御手で摘まれ、自らも摘んで、花輪を編める程に美しく……。その花の輪を献げるのは、愛が望んで下さる時になる事を、桜達は既に悟っていたのだ。「その人」への憧れだけが、花の生命になる事も……。

沙羅は、大嵐が森を、ホテルを襲う前にアルバイトを辞めて、沙羅と蒴羅の双児の姉妹に戻ってはいたのだが……。二人はそれでも時々一人の沙羅になって、嵐の後の片付けと整備に追われているホテルに、お互いには解らないようにして、秘かに訪ねて行くのを止められ無いでいた。憎くても、恋しい。恋しくても会えない敏之からの、連絡か伝言がもしかしたら入っているかも知れないという、儚い期待と一筋の細い糸のような希望に縋って、秘《ひ》っそりと……。

バイト仲間達は既にホテルを去ってしまっていて、誰一人残ってはいなかった。だが、そのバイト仲間や沙羅達の面倒を見てくれていた客室係主任の笠原や、フロント主任の堀内と、誰にでも優しかった沖が、まだホテルには残っていてくれたから……。ルーム係の先輩である宮城達子や遠野栄美、箱山澄江や池田静子といった、比較的親しくしていた娘達もまだホテルには残っていたので、諦め切れなくて……。椿と蒴はそれぞれに、忍ぶようにして達子や静子に会いに、出掛けて行ってしまうのだった。達子は吉岡に付き纏われていたし、静子も藤代勇介にいつもベタベタされて、迷惑がっていた娘達だった。当然、達子と静子は沙羅も、高沢に付き纏われたりからかわれたりして困り、沙羅が適当に敏之をあしらったり、お愛想をしているだけだろう、と思い込んでいたのだ。だから、達子達は沙羅が会いに行って、雑談のついでのようにして、「あの人達、何か言ってきたりしな

書　名			
お買上 書　店	都道 府県　　　　市区 郡	書店名	書店
		ご購入日	年　　月　　日

本書をどこでお知りになりましたか?
1.書店店頭　2.知人にすすめられて　3.インターネット(サイト名　　　　　　　)
4.DMハガキ　5.広告、記事を見て(新聞、雑誌名　　　　　　　)

上の質問に関連して、ご購入の決め手となったのは?
1.タイトル　2.著者　3.内容　4.カバーデザイン　5.帯
その他ご自由にお書きください。
(　　　　　　　　　　　　　　　　　　　　)

本書についてのご意見、ご感想をお聞かせください。
①内容について

②カバー、タイトル、帯について

弊社Webサイトからもご意見、ご感想をお寄せいただけます。

ご協力ありがとうございました。
※お寄せいただいたご意見、ご感想は新聞広告等で匿名にて使わせていただくことがあります。
※お客様の個人情報は、小社からの連絡のみに使用します。社外に提供することは一切ありません。

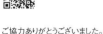

郵便はがき

料金受取人払郵便

新宿局承認

2523

差出有効期間
2025年3月
31日まで
(切手不要)

1 6 0-8 7 9 1

141

東京都新宿区新宿1－10－1

(株)文芸社

愛読者カード係 行

お名前《ふりがな》			明治 大正 昭和 平成 年生 歳		
ご住所《ふりがな》	□□□-□□□□			性別 男・女	
お電話 番 号	(書籍ご注文の際に必要です)	ご職業			
E-mail					
ご購読雑誌(複数可)			ご購読新聞 新聞		

最近読んでおもしろかった本や今後、とりあげてほしいテーマをお教えください。

ご自分の研究成果や経験、お考え等を出版してみたいというお気持ちはありますか。

ある　　ない　　内容・テーマ(　　　　　　　　　　　　)

現在完成した作品をお持ちですか。

ある　　ない　　ジャンル・原稿量(　　　　　　　　　　　　)

かった？」と尋ねてみても、格別に不審に思うような事も無かったのだった。

秋が、駆け足で進んで行こうとしていた。避暑地の九月の終りは、都会の十一月の雨のようにして、来る。

北の森の、夏の終りの嵐の夜に、鉄砲水に飲まれて死んだ若者達と唯一人、消息不明になっていた唐沢柘子の遺体を見付けるための捜索が打ち切られたのは、秋のいつ頃であったのだろうか。沙羅達が憶えているのは、秋の澄み渡った空に昇って消えていく、彼等のための葬送の鐘の音の哀し気な響きと、チャペルでの合同葬儀の、ミサの模様だけだった。

クリスチナの柘子を失った堀内と沢木は、それから程無くして湯川リゾートホテルを去っていき、金沢と野木も二人に続いて。最後には沖が、姿を消してしまう事にもなってしまった。沙羅である椿と蓟と、紅とミーの四人が、堀内喬と沢木渉の消息を摑めていたのは、沢木が有名人であったという幸運に恵まれていたからでしか、無かったのだった。

こうして、ホテルには達子達と笠原主任だけが残り、沙羅の足と心も、次第にその想い出深いホテルからは、離れていくようになってしまった。一つには、達子が報道人達の誰かに、「唐沢さんは亡くなった人達から、苛めを受けていました」という暴露をしたために、大スキャンダルが持ち上がってしまったという事と、もう一つにはそれ程の「事件」が起きているというのに、敏之からは、沙羅の無事を確認するための、問い合わせの一つも有りはしなかった、という理由に拠っての事だった。そのホテルに残されているのはその頃にはもう、砂粒程にも小さい恋物語の名残りでさえも無くなっていた。只、ひと欠片の良心も、優しかった囁きの中の誠も失われてしまった深い悲しみと苦さと、惨めさだけが、闇色をした衣を纏って怪物のように、怪鳥の形をしていたホテルの中をさ迷うばかりになってしまっていたのだ。

自分達の願いは踏み躙《にじ》られ、真心と純情も顧みられる事無く捨てられ、忘れ去られてしまったのだ、と椿と薊は嫌という程に、思い知らされた。

苦痛と、悲哀と惨めさと。恨めしさに捕らわれて、沙羅と薊羅の心は呻いて、泣いていた。苦しくて、苦しくて。痛くて、痛くて。悲しくて、悔しい……。恨めしくて憎いその男《ひと》を、どうしたら忘れられるというのだろうか。どうしたらもう一度、深い絶望の中から愛へ、光の方へと戻って行かれるのだろうか。

こうして、沙羅と薊羅も涙の内に祈り、唯一つの道であり、平和の君である「その人」に縋って、生きるようになった。そのようにして双児の姉と妹は、ミーと紅の後に続いて来るように、と招かれたのだ。美しい方《かた》に……。

沙羅達も、悲痛と憎しみと、埋み火のような未練の心を、神の炎の中に焼《く》べて、燃やし尽くしていったのである。そして、二人は消えていった。ミーと紅の後に続いていって、血の出るような祈りと努力に依って、愛の勝利の印である御傷の中へと。その時、二人の手の中には小さいが、明るい松明があった。「その人」からの贈り物である灯し火の温もりを、二人は「その人」の愛に捧げる事で、自分達自身をも、神への献げ物にしたのだ。このようにして、二人の桜と二人の香木花は、この世からは消え去って、神の愛の中だけに息づき、生きるようにと成ったのである……。

薊羅は、青桐の宮殿でのミーの言葉に拠って、姉である沙羅の方も高沢の、言葉巧みな「誘惑」に遭い、毒のようなプロポーズさえも受けたのだろう、と察するようになってい た。けれども薊羅は、沙羅の苦痛を和らげるために、自分自身への敏之の囁きの全てをも、神の御手の中に預けて、忘れてしまう事にしたのだった。セシリア・スイートシスル・薊羅は、その新しい名前にも似て、甘く優しい。甘アザミの花のように咲いて香り、いつの日か「その人」の花々の輪の中で、「花の一つにされて編まれたい」と願い、憧れる事で、姉と妹達の陰に隠れていった。愛する姉である夏椿の沙羅の白と、薊の、甘紫の花輪になりたいと……。

沙羅も、薊羅と同じ事を、同じ様にして願っていた。

愛である人の、愛の中だけに咲く、花になりたい。灯し火を下さった方の愛の炎の中に消えたまま、花々達の歌う、誉め歌になってしまいたい。永遠に。

永遠に、「その人」への愛の、花の輪を編んでいたい。自分と薊羅と、ミーと紅とで。白と甘紫と、青と紅の花の輪を作り、「その人」の海の中へと深く、沈んで行きたい……。けれど。沙羅だけは、他の三人のようには成り切れないでいた……。沙羅は、薊羅と同じ心で、「薊」も青髯公のようだったあの男に、プロポーズをされたのではないか、と疑うようになり始めてしまったものだから……。

だから姉は、妹に尋ねてみたのだ。遠回しにでは無く、はっきりと……。

「ねえ、薊羅。あんた、もしかしてあの人達の中の誰かに、結婚しようと言われたりしなかった？　愛しているとか、好きだとか……。君だけ……君とだけ、べ、べ、別……。別荘に行きたいとか、行こうとか、言われたりしなかった？」

甘アザミの妹は、微笑んで静かに姉に答える。

「別に。誰にも、そんな事は言われなかったわ。変な沙羅」

沙羅はそれでも安心出来なくて、紅とミーにも尋ねた。

「あんた達。薊羅から何か聞いた事はない？　例えばの話なのだけどね。誰かを好きだとか、結婚したいとか、って」

「わたし、何にも聞いていないわ、沙羅。それって、いつかの沙羅みたいに、オジサンと歩いていたかという事なの？」

「違うのよ、紅。オジサンでは無くて、あの時の、オ、オ……」

「男の人となんか、薊羅は結婚しないよ、沙羅。だってね、薊羅はこの間ボクに言っていたもの。ボクか紅とだったら結婚しても良いけどね、って。あれま。忘れていた。まだ、他にもいたのだったっけ。沢木君や沖さんや、ユウジ君となら、結婚しても良いとか言った気も……」

「ユウジ君って、誰よ？　沢木君と沖さんは解るけど……」

「ボクは知らないよ、沙羅。薊羅に尋けば良いじゃない」


「ねえ、薊羅。あんた、ユウジとかいう人を知っている？」

二人だけになった時に沙羅が尋いてみると、答えがあった。

「ユウジ君？　誰だったかしら。バイトの中にいた男の子達の内の、誰かだったと思うのだけど。ああ。確かにそういう名前の人がいたわよね。沙羅、忘れたの？　ユウジ君」

ユウジ君なんて、知らないわ。あたしは知らないわよ、薊羅。

「ユウジ君」というアルバイト学生が、藤代勇介の弟の勇二であった事は、言う迄も無かった。薊羅だけが、「ユウジ」という学生の名前を胸に留めていたのは、「ユウカ」を捨てて殺そうとした、鬼畜のようだった藤代勇介とユウジの姓が、同じであったという理由からだけだったのだ。兄弟と解っていたら薊羅は、「ユウカ」の父親に通じていく「ユウジ」等という名前を、沙羅に言ったりはしなかっただろう。ミーの心情は、又別の所に在った。フランシスコ・藤代勇輝の親族の誰かが、勇介という「紅殺し」と、ユウジという名の兄弟で有ったりしてはならないし、そうであって欲しく無いという願いのために。

ミーの頭の中には感情とは別に、藤代勇介とユウジの二人の名前が刻み付けられてしまっていて離れなかった。それで、ミーは思い付いて、嵐の後でホテルに舞い戻って来ていた沢木に、尋いてみた事があったのである。バスの中で。

「ねえ、あんた。東京から来ていた奴で、バイトのユウジっていう男の人を知っている？　そいつ、どんな奴？　ワルなの？」

「何だよ、お前。ボートの中で殺し屋ごっこをしていただけじゃ足りなくて、今度はバイト野郎を襲う積りなのか？　それなら、他の奴等を殺った方が良いぜ。勇二とかいう色男にはな。度胸はねえし、金もねえよ」

沢木は、金沢と野木に聞いた通りに、ミーに教えて遣ったのだ。金沢達は藤代勇二を評して、こう言っていた。

「あいつ、兄貴達は遊びまくっているのに、バイトなんかしてやんの。きっと、後妻か何かの連れ子か、鬼っ子なんかじゃないのかな。隠しているけど、誰かが言ってたよ」

ミーは、黙って沢木を睨んでいた。藤代勇介を殺してくれなかったのは面白くないが、嘘は言っていないようだ、と言うばかりに。

「勇二なんか狙っても、一銭の得にもならねえと思うぜ。坊主。あいつはな、お前達のお仲間で、連れ子なんだとさ」

「連れ子？　ふうん。なら、良いよ。ユウジの兄貴だか何だかは豚のクソだったけど。そいつの方は違うのなら、良い事にしておくよ。あんた、あのクソ男達を殺しとけば良かったのに」

「口が悪い坊主だな、お前は。俺に、国会議員の何だかを殺させて、どうしようっていうんだよ。ガキんちょはガキんちょらしく、お飯事でもしていろよな」

国会議員の何とか、って……。それならあのオタンチンはやっぱり、フランシスコ様とどこかで縁が繋がっているのに違いない。あんなオタンチンが一族の中にいると知られたら、フジシロ様はきっと、嘆かれる事だろう。でも……。それなら紅は。フジシロ様の一族の中の、あの鬼畜の血を受けている紅は、フジシロ様の遠縁だという事になるのだから。紅にとってのフジシロ様は、名付け親だけでは無かった事になる？　連れ子だと沢木に憐れまれているユウジも、紅に所縁《ゆかり》があるのだ。血は、繋がっていてもいなくても……。

「連れ子」のユウジに気を取られていたミーが、沙羅の質問に口を滑らせて、薊羅は、ミーの言葉に口裏を合わせた。沙羅は、「妹達」の返事に納得したかった。些細な事柄や全ての疑い等は、「捨ててしまいたい」と、心の底から願っていたのだから。けれども、「声」が……。

「神様のために子供を生んで献げたいと言った、あたしを騙しておいて、逃げるような人なのよ。あたしはあの男《ひと》を信じたけど、それは間違っていたと解ったのだもの。卑劣なあの男が言葉通りに、あたしと薊羅を区別していたとは、もうあたしには思えない。薊。薊……。もしかしたらあんたも、あの男に……」

あたしと同じようにして、彼の別荘に連れて行かれていたのでは無かったの？　神様の子供を早く欲しくてならなかった、あの日のあたしと同じみたいに。あの日、あの時のあたしと彼は、神様の前で夫婦になっていた。あたし達、式は挙げなかったけど、妻と夫だったのよ、薊羅。あんたとあたしは、二重結婚をしてしまったの？

妹の「恋人」だったかも知れない男を、姉が奪ったのか。姉の「恋人」だった男の毒牙に、妹も掛かってしまったのか……。

沙羅は、真相を知りたかった。真実を知って、姉妹達の前で泣き崩れても、しまいたかったのだ。

けれども。真実は、あの「美しい方《かた》」の愛の中へと、消えていってしまっていたのだった。もう、帰って来る事は無い……。

沙羅の心の中の奥深くが痛み、泣き続けるようになっていってしまった理由は、「薊」への愛のために他ならなかった。ルチア・アイスカメリア・沙羅の、夏椿の白い花びらの上に、不安と畏れという名前の雪花が、降り掛かるようになった。姉は、妹も別荘に連れ込まれたのではないか、という思いに怯え、畏れて、氷雨や凍えた雪から、夏椿の白い花を守ろうとしても、それが上手に出来なかったのだ。雪は降り積もって、白いカメリアの花芽を一つ、又一つ、凍えさせていくようにさえ、なってしまった。神への愛の炎の中に、未練と憎悪を捨て去れた「椿」の凍えは、「薊」の心身を愁える事で、いつしか椿の白い花よりも白い細雪の、小さな塊をも抱くようになってしまうようになった……。

その、白くて凍えている花芽の一つ一つには、「不安」と「畏れ」と、「怯え」という名前が付いていた。ジェラシーという名の、一番怖ろしい、汚れた塊は無いのに、それでも沙羅は怯え続けていたのである。「神のために」と望んでいた事が、甘蔗の妹に傷を付けたのではないか、と。沙羅は白くて凍えた塊をも、「その人」の愛の炎の中に消し去れたなら、と願いはしたのだけれども。けれども、凍ってしまったカメリアを、どうしたら元の、汚れも染みも無い香り花に戻せるのだろうか？

「祈りが……」と、根雪の下から、悲しみに凍えた花が答える。

「愛が……」と、まだ咲き残っている花達が、心の内に言う。

沙羅は、自分の分身である妹に、「許す」と言って欲しかった……。


その頃、高沢敏之は真山《さなやま》由布との結婚式を無事に済ませて、新婚旅行先のシドニーの、最高級ホテルのスイートルームに滞在していた。敏之は、スイスの高級宝飾街の在る首都ベルンや、伝説の湖であるレマン湖畔のジュネーブ、ネーデルランドの公認娼館とダイヤモンド街の在るアムステルダム等に行きたかったのだが……。由布は、南半球にあるオーストラリアの暖かい初夏の街に「滞在する方が良い」、と言ったのである。コアラや、カピバラを見学に行ったり、街中が青紫の花に埋もれるシドニーの街を散策したり、遠浅の美しいボンダイ浜やマンリー浜で水浴びをし、日光浴をしたりして、オペラハウスでも楽しみたいわ、と言って由布は、譲ろうとしなかった。楽しみにしていた娼館見学を出来ないのは残念だったが、白人の娘や女達の日光浴姿を見るのも、悪くはない。

彼女達の多くは、生まれたままの姿に近いような格好で、ホテルのプールや海辺の椅子や砂に、転がっているのだ。目の保養だけでは無くて、もっと良い保養も、期待出来るかも知れないではないか……。敏之は考えた。由布の目を盗んで「それ」を実行しても良いと思って行ったのだ。南の島の、楽園へ……。由布は疲れ勝ちで、午前中はいつ迄もベッドの中にいたがった。

敏之は、マリッジリングをポケットの中に突っ込んで、ホテルのプールや砂浜を歩いた。そして、娼婦と変わらない女達を見付けては楽しみ、午後には何も無かったように由布と遊んで、夜は由布とベッドに入ったものだった。そうして過ごしている間に敏之は、N町のホテルでの、全てを忘れた。南の海と日光と快楽の中に、ツバキとアザミと名乗っていた「イカレ女」との事は、きれいさっぱりと置いて、帰国して来たのだ。

真山邸での新しい日々と、真山建設工業株式会社での、輝かしい未来を手にして、晴れ晴れと……。

藤代勇介は由貴の下に帰ってからも、吉岡花野と連絡を取り、逢い続けていた。日を置いて。月を置いて。

年を重ねていく毎に、間遠になっていく情欲の行方を、今はまだ知らないで……。勇介は父親が、父親以上に伸し上がってくれるように、と期待している事を知っていた。国会議員でも何らかの大臣にでも無く、それ以上である存在に迄昇り詰めて欲しい、と内心では考えている父親の気持を、知っていた。

だが、母親である涼の気持の方は、誰にも解りはしなかった。全てにおいてそつが無く、有権者達への心配りや、心遣いにおいても評判の良い涼の胸の中には、ぶどう畑の風が吹き、夢の中では遠く、「さくら恋歌」が歌って、消えていく。その歌声はこの世の外のもののように淡く幽かで。涼の意識に昇ってくる事はもう、決して無いのか？　昨日も今日も、これから先のいつかにも……。


吉岡勝男は捨ててしまった愛の代りに、有り余る程の暇と金銭と倦怠を、花野に与えていたのだった。花野は夢見る。いつか、白い車に乗って花束を抱えた勇介が、迎えに遣って来てくれる日の事を。叶わない夢だとは、その頃にはまだ花野は、本心から思っていた訳では無かったのだった。決して。決して……。花野の心には勇介が、隣のベッドには勝男が居続けた……。

勝男が、高沢敏之の会社と藤代勇介の事務所の顧問弁護士に成るのは、まだかなり先の事になる。

長野県N町の冬は、高山の嶺々か北の海と変わらない、早い季節に訪れて来る。十月。神無月の終りか、十一月の霜月の初めには、もう木枯しが吹き初《そ》め、秋のエルフ達は地に落ちて、冬のエルフの使いである小雪が、静かに舞って。消えては又、舞うようになるのだった。N町の北の森の冬はこの年、いつになく早かった。

N町に本格的な冬が来る前に沙羅は、自分の身体に異変を感じるようになっていた。毎月の「お客様」が遣って来なくなり、食物の匂いが鼻に付いて、何も食べたく無くなっていたのだ。沙羅は、罰が当ったのかと悩んだ。

冬休みに入ってすぐに、薊羅は、沙羅の異変に気が付いた。妹は、姉の状態を気遣ったが、沙羅と同様に、姉の身体の中で育っている「生命」に対しては愛情と憐れみを、喜びと畏怖と、敬意を感じる様になっていく……。

憧れ続けてきたシスターにはなれなかったが、神に捧げるための子供を授かって、沙羅は母親に成れるのだ。沙羅の胎に宿った子供は、薊羅にとっては自分の胎に宿した子供と変わりが無かった。その子は、「薊」と呼んでくれた人の子ではあったが、沙羅が身籠った時には、彼はまだ「薊」と名乗っていた薊羅にも優しくて、誠実な（例えそれがひと夏の嘘ではあっても）求婚者として振る舞い、接していたのだった。化けの皮が剥がれてみると彼は、醜悪な「怪物」に化してしまいはしたけれど。子供には、何の罪も無いのだ。まして。胎の中で育まれている生命には、何の咎も汚れもあるとは、薊羅にはどうしても考えられなかった。沙羅の「不安」と「畏れ」を知らずにいた薊羅ではあったが、その日にはこう言えた。ルチア・アイスカメリアである姉に。

「ああ。沙羅！　凄いわ、姉さん。椿の子供が出来ていたのね。どうしてあたしに隠していたの？　どうしてあたしに教えてくれなかったのよ。神様からの贈り物を一人占めにするなんて、ズルイ。大丈夫よ、安心して。もうこれからは沙羅は、一人じゃ無いから。あたしも一緒に赤ちゃんのママになって、一緒に天使を育てるわ。沙羅とあたしの子供なら、天使に決まっているものね。嬉しいわ。嬉しいわ……。心配なのは、ダミアン様だけよ」

「誰の子なのか、とは尋かないの？　薊羅。あたしのお腹の中にいる子供の父親は、誰なのか、と尋かないの」

薊羅はこの時、沙羅の哀しみを悟った。沙羅はあの男に騙され、心身を奪われただけでは済まなかったのだと……。

それならば、あたしは椿の悲しみを聞いて、椿の苦しみも共にしよう、と薊羅は痛む心で誓ったのである。

「それじゃ、尋くけど。ねえ、沙羅。あんたのお腹の中にいる子供の父親は誰なの？

あたしじゃ無いなら、誰なのよ。その人の事を、あたしにも教えて。何もかも……」

「……。高沢さんという男の人よ、妹。高沢敏之さん。覚えているでしょう？　だって。だって、あんたもあの人に……」

「その人に何なの？　沙羅。高沢さんの事は覚えているけど……。ああ。沙羅！　それではあの人が、あんたの良い人だったのね。あの人、沙羅の事を知っているの？　姉さんのお腹の中に赤ちゃんがいる、って知っているの？」

薊羅の一世一代の「お芝居」は拙かったが、沙羅の畏れと不安を鎮めるだけの力は持っていた。沙羅は、薊羅のために安堵をしたが、彼女の中の凍え、心の全てを、消し去る事は出来なかった。沙羅の凍えは、余りにも深く刻まれてしまっていたからである。それでも沙羅は妹のために、安心する事は出来たのだった。薊羅は、姉である「椿」に嫉妬をしなかった。ならば「薊」は、彼の毒牙に掛からずにいられて、多分安全だったのだろう。多分……。と、思える位には……。

こうして、紅と「椿」との間の「秘密」だけは、無効にされた。

沙羅の胎内に「天使」がいる事を、二人の少女と二人の娘は疑わず、秘かに集まっては「天使」を迎えるために準備を進めていったのである。人知れず、着々と……。

ミーはこの段階になって初めて、「沙羅には味方に成ってくれる人が必要だ」、と主張をした。それも、大人で信頼出来る、身近な人が絶対に要るのだ、と……。

コルベオではダミアンに近過ぎて、彼には忠誠の誓いを守る義務がある。残るのは、山崎真一だけだった。

真一は、沙羅の事情を聞かされると声を詰まらせて、

「可哀想に。沙羅、可哀想に……」

とだけ、ミーに言った。

この年にはまだ三歳だった安美と、二歳には成っていなかった一寿が洗礼式に着た晴着や、まだ新品同様だったおくるみ等は全て、沙羅の子供のために別にされる事になった。お腹の中の子が、男の子なのか女の子なのかは、神だけが知っておられる事柄であったから……。産着類も、真一が一人で揃えた。紙おむつや、乳児用のミルクと哺乳瓶等の一切も……。それで、沙羅達は何も無かったかのようにして、冬休みの後も学校に通い続ける事が出来たのだ。沙羅の腹部が少し目立つようになると、薊羅は必要以上の厚着をして沙羅の体形に合わせ、二人共「太ったのだ」と、周囲の者達には思わせるように努めた。

不思議である事に、沙羅の腹部は人目に立たず、沙羅と薊羅は無事に高校を卒業出来たのだった。凍えた「椿」の花芽も次第に溶けて、取り除かれていった。

「薊」である妹の姉への献身は、それ程に健気で行き届いたものであったから……。紅とミーの、ルチアとセシリアへの献身は言う迄も無い。二人は、真一に協力をするのを惜しまなかったのだ。

真一の口利きで決められた、S市の大きな病院の産科で、姉妹は住み込みの看護助手の助手(つまりは、雑役係)として、卒業式を待たずに働くようになった。其処での仕事は、沙羅と蓟羅のために、後に非常に役に立つ事になるのだ。真一の憂いは、年若い少女達には産前産後の手助けをしてくれるべき筈の、家族達がいない事であり、そのために彼は、その病院を選んだ……。無事に赤児が生まれてくれさえしたならば、とトルー・山崎真一は、自分自身も妻であるムーライ・美月に逝かれ、幼い子供達を抱えて苦闘していたからこそ、その仕事に二人を世話する事に決めたのだ。

沙羅が、その大病院の産科で出産を済ませた後には、嬰児をその病院付属の乳児用施設に預けて見守りながら、力を合わせて「彼」、又は「彼女」を育てて進めるように、と……。

産科の医長である福島彰子には、沙羅の妊娠の件は話を通しておいた。

安美と一寿を取り上げてくれた福島医師は、気分にムラが有るのは難点だが、面倒見は「良い方だった」、と真一は記憶していたからなのである。

福島は、沙羅達に気配りをして遣ったのに、沙羅に幾ら言い聞かせても、超音波検査を受けないのが、不満であった。沙羅と蓟羅にしてみれば、生まれる前から胎児の性別を知ろうとしたりする方が、神への冒涜のように感じられたので、仕方の無い事だったのだが……。

それが悪かった、と福島は怒った。

遅い春の終り（五月は、山の町ではまだ春だった）の夜に出産した沙羅に。もしも超音波写真を撮っていたならば、双児達の障害の重さが判り、その時点で「処置」も出来たのに、もう遅い、と言って怒っていたのだ。

「処置って……。何の事ですか。解るように言って下さい」

「本当に馬鹿な子ね、沙羅。大きな声では言えないけれども、異常が有ると判明した時点で、今では皆そうしているのよ。生きていたって仕方が無いし、親は変な目で見られて、苦労が絶えないしね」

「それは……。それは、この子達を、コ、コ、殺すという事なんでしょうか。処置とは、そうする事なのですか」

「人聞きの悪い事を言うものでは無いわよ、沙羅。処置は必要悪であって、只の処理。変な事を言うような子は、病院では働けなくなってしまうからね。その馬鹿げた口に、チャックをしている事。良いわね、沙羅。ああ、それから繭羅、産んでしまったものは、もう仕方が無いですからね。沙羅には辞めて貰うから、あなただけ残って働いて頂戴。解った？」

「解りません。どうしてでしょうか。赤ちゃん達を産科付属の施設で預かって頂ければ、沙羅も辞める必要は無いと思いますが。あたし達、赤ちゃん達の傍にいて、育てたいのです」

「病院の産科施設は、健康な赤ちゃんだけのものなのよ。それと、お金持ちの奥さん達のものだと決まっている。重度の障害児達なら、県か市の乳児院にでも入れるしか無いのよ、薊羅。でもね。そういう所は予約待ちで、入れる迄には何年掛かるか解らないときているの。気の毒だけど、身から出た錆ね。そんな子供達を抱えていては、沙羅はもう無理よ」

「お金なら、二人で働いて払います。先生。お願いします。沙羅もあたしも、赤ちゃん達の傍で働けると思って、喜んでこちらに来たのです。今更、沙羅だけ辞めろだなんて……」

「辞めて貰うしか無いのよ、薊羅。処置さえしておけば、こんな事にはならなかった。強情過ぎたのよ」

双児である事だけは、検診の心音で判っていた。でも、その心音は確かで、正常だったのに。どうして。どうして……。沙羅と薊羅の心は泣き続け、真一はフランシスコに相談をした。フランシスコからの返事は、まず誰よりも先に「ダミアン神父に頼れ」、という内容のものであったのだ。可哀想な沙羅と薊羅のためには、柊と樅と一緒に、唐松荘に戻れるようにして貰う。何よりも先に、柊と樅のために洗礼式を執り行って貰って、洗礼名を授けて貰えるように頼むのが、一番大切だと思う、と……。

けれども。ダミアン神父の怒りは、皆が想像していた以上のものだった。昨年の夏の終りを告げた、鐘の音のように、ダミアンの怒りは、悲哀と後悔からきていたからである。ダミアンは怒り、悲憤のために泣き出しそうだった。彼は、誤解してしまったのだ。

「神を見た」と言ってはしゃいでいた紅とミーの二人もグルになっていた。事もあろうに神の御名を持ち出して、彼を騙していたのだ、と。沙羅の妊娠を、あの時にはもう、二人の少女達は知っていて、あんな嘘を言ったのだ。「美しい方《かた》」を見たとか、話をしたとか。沙羅は子供を「産む」というお告げがあったとか何だとかいう、とんでもない猿芝居をして、ダミアンを四人で騙そうとしたのだ。

この日のために！　この日のために、と……。

ダミアンの怒りは、柊と樅にも向かっていった。沙羅と蓟羅は言う迄も無いが、紅とミーと、ミーの父親である真一に迄も、ダミアンは怒りを向けたのだ。悲しみが、怒りという形で表れるという事を知っている者は、多くはいない。怒り狂っているダミアンその人自身も、そうだった。

彼の憤りはまず、「悪霊祓い」を率先して受けなかった真一と、二人の桜と、汚れた罪の女であり（としか、ダミアンには思えなかった）、嘘吐《つ》きである沙羅と蓟羅に向けられたのだ。結婚式も挙げず、誰とも知れない男の、子を産むような事態にさえ至ったのも、二人が「悪霊」に憑かれたままで過ごしてきてしまったからなのだ……と。それから……。

ダミアンは、手足が妙な具合いに曲がったままになっている樅と、動きが鈍く、何に対しても反応を示そうとはしない柊を見て、固く強張った声で言った。

「この者達に必要なのは、まず悪霊祓いですよ、山崎さん。あなたがどこ迄沙羅達に関わっているのかは、知りませんがね。こんな状態は、見過ごせません。まずこの者達に取り憑いて苦しめている悪霊をこそ祓って遣らないといけないのです。洗礼式と洗礼名は、するべき事をしてからでないと、授けられません。誓って言いますが、わたしはこの順序を逆にする積りは、全くありませんのでね。あなた方に対しての、わたしの心も変わりがありません。病気や、不幸な嘘吐きや障害は、悪からくるのですから。神の御名によって、祓い、清められるべきだと思っています」

そうでないと、あの森のデーモンが、緑の瞳をしているという悪霊が、あなた達全員とこの不幸な赤児達をも、いつかは森の中へと連れ去る事だろう。森の中へ迷い込んだだけのフランシスコでさえも、還らない人にされてしまったのだから。悪霊は、悪霊の仲間達を連れて来ると書かれているのを、知らないのですか？　山崎さん。あなたは熱心な信徒の筈だと聞いていたのに、この頃では礼拝にも余り熱心では無い様だ。それが、悪霊による障りだとは、思いはしないのですかね……。

とにかく、あなた達は全員、浄められるべきなのです。この者達も、悪霊祓いを受けさせないとなりません。これから先の事等、決められませんね。お話はそれだけです。沙羅達も、わたしの言った事を良く考えなさい。悪霊さえ取り除くと言うなら、洗礼をしてあげよう。

真一は、ダミアン神父の偏った（あるいは間違った）親切心には、無言を通す事で意志表示をした。紅は怯え、ミーは気丈に、背筋を伸ばして立っていた。沙羅と薊羅は俯いていて、涙を落とし続けた。

柊と樅との「悪霊祓い」の浄めの儀式のためばかりでは無く、このような事態に至った経緯と父親である男の氏名を問われるために、「何日かは、唐松荘に戻っても良い」、とダミアン神父に告げられたのではあったのだが……。

「尋問」は、ダミアンと三田医師と、神父に命じられて小さくなったようなコルベオと、シスター・マルト達によって行われたのだった。が、沙羅達は何も言わず、何も答えずにいて、ある夜突然姿を消したのだった。落葉松林からも、ダミアン神父の前からも……。

柊と樅だけを抱いて、荷物も殆ど持たないままで姿を消してしまった二人の行方は、全く判らないままに、終ってしまう事になってしまったのであった……。少なくとも紅と、紅から伝言されたミーと山崎真一以外には、その当時は誰一人として、ルチアとセシリア、柊と樅の行方を、皆目摑めなかったのだ。

沙羅達は、真一に迷惑を及ぼす事を怖れた。紅を通しての伝言さえも簡単で、短いものにするしかない程に……。二人は紅とミーと真一に礼を述べ、「知人の世話になる事にしましたので、御心配無く。いつか落ち着けるようになったら、御連絡致します」という言葉だけを紅に残して、消えてしまったのだ。

紅とミーは「沙羅達は、東京に行ったと思う」としか、真一には言う事が出来なかった。沙羅と薊羅の「赤ちゃん」のために、沙羅の妊娠の事実だけを父親に告げたミーはその時、「相手の人の事はボク達、何にも知らないの」としか、告げていなかったのだから……。

「薊」とミーの「秘密」はまだ生きていたし、紅とミーとの間で交わした約束の「秘密」も、生きていたからなのである。だが、今回は話が別の事だった。沙羅達の身を思って心配する真一に、ミーはそれこそ「何も知らない」としか、言うより他には無かったのだから……。ミーも紅も、心配はしていた。けれども、神が。

けれども、あの「美しい方《かた》」が、二人には付いていてくれるのだから。だから、きっと沙羅達は大丈夫。柊と樅も大丈夫。「あの人」が、その御手で沙羅と薊羅の手を引き、その御胸に、柊と樅を抱いていて下さる筈……。

トルー・山崎真一も結局は、エスメラルダ・パール・アイリスの言葉を受け入れて、フランシスコにもそのように伝えたのだった。フランシスコへの手紙に、真一はついでのようにして、一文を添えて認《したた》めていた。

「ムーライが天の国に還ったばかりだというのに、わたしの体調も少々悪くなってきてしまっているようです。まだ入院する事態に迄は、至っていません。ですが、仕事に出るのが辛い日が、増えてしまいました。出来る事なら約束通りに、一寿の入学前にそちらに向かいたいと願っていますが、それも怪しい気がします。わたし達のエスメラルダには、まだ何も話しておりません。けれど、あの子は敏い子ですので、いつ迄隠しておけるか心配しています。フジシロ様。どうかあの子のために祈っていて下さい。わたしが、あなたとの約束を守れるようにとも、お祈りになっていて下さい。少し位忙しかったからといっても、そのために体調が悪化した訳ではありませんので、どうか沙羅達をお責めになりませんように。ルチアとセシリアのためにも、お祈り下さい」

フランシスコはそれに対して、次のように書いていた。

「沙羅達が何処に居ようと、神が共にいて下さる事を信じて、疑ってはおりません。只、心に掛かるのは柊と樅という子供達の事です。ダミアンの言い分がもし正しいのなら、わたしもこうは言えませんが……。ダミアンは自分の心を守るために、百重《え》もの鎧を着けているのです。心の中の大切な部分迄も、武具で固めるようになって、人の痛みに疎くなりました。本来は沙羅と薊羅を傷付けたりするような男では無かった筈なのに。この様な結果に終ってしまって、残念です。上京して来て下さる日を待ちに待ってはおりますが、期限に捉われて無理をなさいませんように。さくらの民達の身体が悪いのは、一種の定めのようなものです。血が、そのようにさせるのですから、仕方がありません。パールには、なるべく気付かれないように。善く善く気を付けて遣って下さい。ムーライの、天への帰還に依ってあなた達の事情が変わった事は、わたしにも解っていますので、御心配は無用です。わたし達の主が待て、と言われたのですから、わたし達は待ちましょう。必ず、会える筈なのですから。わたしはこの春も、遅い桜を訪ねて回る仕事を取って、忙しくしています。あの方の祝福が、トルー、あなたとパールの上に、キティちゃんとカニス君の上に在りますように。紅と、唐松荘の子供達と、コルベオとダミアンの上にも。神の慈しみを、祈っています。沙羅達のためには、言う迄もありません。ムーン・ブラウニとわたしのためにも祈って下さい」

ダミアン神父は、コルベオや三田医師達と共に、北の森のデーモン、「緑の瞳の魔物」に連れ去られたかも知れない沙羅達のために心を痛め、神に祈っていた……。

沙羅達から消息が伝えられて来るようになったのは、それから何年も経ってから後の事であり、二人の娘達のその間の苦闘が、どんなに凄まじくて酷《むご》いものであったのかを、言外に真一達に伝えてきているものだった。ミーと紅は、「姉達」が高沢に頼らなかった事は、良く解っていた。二人は姉達が消息を絶ってしまってから思い切って、東京の高沢家に電話をしてみた事があったからである。敏之は結婚して、真山家に既に入った後の事だった。

しかも敏之の妻はその時にはもう、身籠っていると知らされたミーと紅は、椿と薊の痛みと傷を再び共にしたものだった。

そして。その頃を境にして、トルー・真一の体調は隠しようも無く悪化し始めてしまい、ミーの心を痛めるようになってしまうようになる。真一は会社にだけはまだ、辛うじて通ってはいたが、田畑は人に貸したり、休耕田にしておくより他にはなくなってしまう程に、悪くなったのだ。

その年、ミーと紅は揃ってK町立の高校に入学をし、真一は最初の入院を、余儀なくする事になってしまったのであった。ムーライが逝ってから、十年の歳月が行ったのだ。

やがて、紅も唐松荘を出ていく時が来た。紅は、ミーが必ず上京する事を、知り過ぎる程に知っていたので、自分の方が先に上京する事に対しての躊躇いは無かった。セクレタリーを専門職に選んで「高沢敏之の下で働く」という決意の方も、揺らぐ事は無かったのである。それは、過ぎた日の「秘密」が運んで来た宿命のようなものであり、姉達と柊と樅のための、紅の一生の仕事に成る筈のものだった。ミーは、微笑んで紅に言う。

「可愛い妹。あたしだけの紅桜。君の代返のお陰で、何とか高校を卒業出来たよ。ありがとうね。だけど。少しだけは、残念な気もするな。町立高校の生活は、チョー楽しかったもの。特に、サボるのがね……」

「学校になんて、殆ど出て来ないで働いていた癖に。良く言うわ、翡桜。あなた、欠席続きのままでも、試験ではいつも一番だったわね。先生方も他の子達も皆、狐に化かされたみたいな顔になるからわたし、可笑しくて嬉しくて。自慢だったわ……。優しくて働き者で、しっかり者のシスター・マザー・翡桜。安美ちゃん達は、あなたをお母ちゃん、って呼んでいた位ですものね。あなたはやっぱり、あの方が言われた通りに、ママに成ってしまったのね。お父様を看て、安美ちゃんと一寿ちゃんを育てて……。わたし、学校をサボっていたあなたが好きで、羨ましかった」

「君にも、子供達はいるじゃないの、紅桜。ママと呼ばれなくても君は、あの子達の立派なママになったよ。沙羅と薊羅には出来なかった事を、君はずっとしてきたんだからね。それでね。とうとう君のおツムは、愛の余りにイカレてしまった。青髯公の本拠地に、単身で乗り込んで行くなんて。正気の沙汰とは思われないもの、普通はね。だけど、あたしはあんたの心が解るから、そうは言わない。シスター・ロザリア。柊と樅のもう一人の、隠れたままでいるママの、紅桜。ジル・ド・レ公の館に入り込んで行って、彼を脅す積りなの？　止めておいた方が良いよ。反対に青髯の奴に殺されたりしたら、どうするのさ。君はあいつの七番目の妻になって、あいつの秘密を暴きに行くのだね」

「そんな事では無いわ。嫌な翡桜。あなた、わたしの心配をし過ぎてしまって、イカレてしまったのね。わたしは只、柊と樅のために、あそこに行くのよ。沙羅か薊羅にもしも何かが起きたりしたら、あの子達は生きていけなくなるのですもの。脅かす必要なんてありませんから、御心配無く。今はね、翡桜。ＤＮＡ鑑定という、伝家の宝刀が使えるの」

「あれま。あたしのロザリア・バーミリオンは、いつからそんなに物知りになったのかな。悪知恵を付けたのは、誰なのさ」

「あなたに決まっているでしょうエスメラルダ・ヴェロニカ。あなた、お家の蔵の中の図書館は県立並みだって、自慢していたのじゃなかったの？　わたしは、あなたに色々と聞かされていただけよ。その本を片っ端から読み飛ばしていって、一番になっていたという事も……」

「ヤだな、妹。あたしは、自慢なんかしなかったわよ。唯、そうしなければ試験を受けられなかったし、そうするのが好きで幸福だったと言っただけなのに。誤解は良くないよ」

「五階も六階も大好きよ、翡桜。あなたのする事ならわたしは、皆好きなの。だから……。あなたも、必ず来てね。必ず来ると、約束してよね。わたしを一人にはしない、と言って。待っているから。いつ迄でもわたし、あなたを待っているから。藤代というあの議員の事務所に、あなたも来て頂戴……」

ごめんね、紅桜。あたしがあいつの事務所に入りたいのは、フジシロ様に会う拠点にしたいからだけなんかじゃ、無いんだよ。フジシロ様は、二度目の退職をされてからは、パパとの間の連絡も、上手く行かなくなり勝ちではあるからね。万一に備えてあたしは、藤代事務所には行く積り。だけど。本当の理由は、それだけでは無いんだ。あたし達、さくらの民はグループ毎に居る事が多いから……。フジシロ一族の近くに行けば、必ず誰かが居るような気がする、という理由がある。

でもね。本当の本当は、紅桜。あたしがあいつの所に行くのは、君のためなんだよ。君が、柊と樅のために青髯公爵の所に行くように、あたしは君の未来を守るために、あのスカタン野郎の所に行くの。何が有っても、君を守るよ。後ろ暗い情事の果てに「生まれてきたから」といって、父親に殺されてしまい掛けた君を守るために、あたしは行くの。出来る事なら君が一生、両親達の事は知らずに済むように。君の心は、全てを知ったらきっと、壊れてしまうもの……。

「解っている。五階も六階も好きな君のためにも、あたしは必ず、あいつの所に潜り込めるようになってみせるよ。パパの身体が少しでも楽になったらね。その時にはすぐに東京に行って、君に合流をする。可愛いマドンナ（聖母）の、あたし達の紅。必ず行くよ。必ずね」

「そして、一生わたしの傍にいてくれるわよね、翡桜。沙羅と莿羅に、柊達がいてくれるように。あなたのパパと弟妹達に、あなたが付いていてくれるように。わたしの傍にもいてくれるわよね」

「もちろんだよ、紅桜」と、翡桜はその時言ってくれたのに。

その日から三年後に真一を亡くして、安美と一寿を伴って上京してきたミーとの生活は、たった三年だけしか続かなかったのだ。

ミーは紅を残して、一人で天に行ってしまった。「一生愛する」、と約束してくれた紅のミーは、寒さの中で倒れて、春の桜を見られないままで、逝ってしまった。

ミーのバカ。あれ程固く、約束してくれたのに。あれ程固く誓ってくれたのに。わたしはとうとう、一人ぽっちよ……。

ミーが逝ってしまってからの紅は、抜け殻のようになって過ごしていたのだった……。時間だけが、しめやかに流れていった。思い出の全てを、花々にして。柔らかな香りに託して紅に届けて、過ぎていってしまう。夜と夜の間を、縫うように……。

ミーと一緒にいる時だけは、軽やかに、滑らかに、歌うようだった紅の心と唇は、沈黙の海の中へと重く沈んで行ってしまったのだった。元々紅は、「一人静」の花のように慎ましくて目立たなく、「紅葉《べには》・シズカのようだね」と、良くミーは笑って言っていたものだった。けど、ミーは、もういない。紅の寂寥《せきりょう》は増してゆき、誰にも近付けない娘に、なってしまった。誰をも近付けない、娘になってしまった。

「大丈夫だよ、紅桜。あたしが付いている。あたしも良く囀《さえず》って歌うのは、君と一緒にいられる時が、一番なんだもの。あたし達、似た者同士の二人静なんだよ。心と愛は、あの方に向かって憧れて歌うけど。この世ではあたし達、声を持たないひばりのようなものだからね。あたしはそれで、満足をしている。あたしはそれで、幸せだと思ってる。紅桜はどうなの？　二人静は嫌いなの」

「嫌いじゃないわ、翡桜。わたしもあなたと二人だけの、二人静で幸福なの……。沙羅達もそうよ。椿と薊は、今では二人で一人の、香り静でしょう？　そして、その香り静達の心と愛も、歌っているの。あの方だけに捧げるための、憧憬の歌をね。わたし達きっと、四人静よ……」

その沙羅達も柊も、ミーの帰天に因って変わってしまった。

「沙羅双樹」は、時々、椿と薊に分かれるようになり、椿は一人、可笑しな新興宗教に惹かれていくように、なってしまった。

「いいえ、そうでは無いわ」と、紅の心は呟いていた。

椿の心がさ迷い出して行くようになったのは、ミーが逝ってしまってから、少し後の事だけど……。椿である沙羅は、柊と樅の世話に疲れ、薊とだけの生活にも、疲れてきていて。光が、もっともっと強い愛が、欲しかったのだろう。只、それだけ。只、それだけ……。ミーが居てくれた事に依って良く囀っていた小鳥達は、元の「一人静」の、小さな花に戻った。静かに息をして、天を見上げて生きるだけの花に、返ってしまった。ミーの嘘吐《っ》き。ミーの、嘘吐き。わたし一人を残して、「あの方」の所に自分だけ行ってしまった……。わたしは、あなたに逝かれてしまって、枯れた花のようになったわ。沙羅と薊羅と柊達も、咲かない花樹のようになってしまったの。あなた、わたし達の中でも一番だったのよ。一番明るい灯を持っている花で、姉妹達を喜ばせ、力づけてくれる人魚だったのに。あなたはきっと、そんな事も知らないでいたのでしょう？

「強くなければ生きられない」と言っていた、あなたの言葉が懐かしい。あれは、あなたの愛だと解ったから……。

紅が瞳を上げると、其処はもう自分の小さな隠れ家の前の、空き地の端だった。仄暗い、早春の草萌えの匂いのしているその空き地に、恋しい人が立っている。

恋しくてならなかったその人に、紅は走り寄って行って、その胸の中に飛び込んだ。ミーが逝って、一年も、行った夜。

「還って来てくれたのね！　還って来てくれたのね。ああ、ミー。永かったわ。とても、とても永くて、怖かったの……」

「一人ぽっちにされたと思って？　やっぱりね。そんな事じゃ無いかと思うと心配でさ。君が淋しがって泣いている声が聴こえるから、ってお願いをして、帰って来てしまった……」

紅は、白く透けているような、ミーの顔を見詰めて立っていた。幽霊って、本当に白くて冷たいものなのね、と考えながらもその一方では、ミーの微かな体温にも気が付いてしまっている、自分がいる。紅は、ミーを家の中に入れた。

心臓がドキドキとしていて。今にも爆発しそうな、そんな気がしている癖に、それでも紅はミーの傍にいたかった。

「会えて嬉しいわ……。本当よ。ミ、ミ……桜、翡桜。でも。でも、あなた。シ、シ、死んだのでは無かったの？　あなたはシ、シ、死んだ、と聞いて、わたし達、とても悲しかったのよ。ヤ、ヤ、ヤ……安美ちゃん達も泣いて、オ、オ、お葬式をしたと……」

長かった髪をばっさりと切ってしまって、それこそ少年のようになってしまっていたミーは、低く掠れた声で紅の言葉を遮った。前よりも低くて、酷《ひど》く掠れた声をして話すミーは、姿形だけでは無く、生来の男性のようにさえも見える……。

「君は変わっていないのだね、紅桜。言い辛い事を話す時にはいつも決まって、少し吃ってしまったりする癖も。だけど、僕は変わってしまった。人間はね、一度死んでしまうと、もう生き返ったりはしないものなんだよ。紅。だから、今此処に君といる僕は、昔のミーじゃない。ミーは、死んだんだ」

「でも。でも。あなたは今生きていて、此処にいるじゃない。それなのに、お葬式だけしたというの？　ナ、ナ、何でなの。ド、ド、ド……どうして逝ってしまった、ア、ア、あなたが……」

「逝けなかった。死ねなかったんだよ、紅。僕は、死にたかったのに、死ねなかった。あの方の所に、行ってしまいたかったのに、逝き切れなくて、帰って来てしまったんだ。あの時に、逝けていられれば良かったのに。とても無念だよ、紅」

「イ、イ、生き返れたのに、何を言っているの？　ミー。生き返れたのなら、ナ、ナ、何であなたはシ、シ、シ……死んだ事になってしまったりしたの、ミー。オ、オ、オ……お葬式迄出されてしまったのに、ド、ド……どうして文句を言わなかったの？　ねえ、ミー」

「それが、僕の望みだったから……。ねえ、紅。僕のお葬式は東京では無くて、故郷の菩提寺でした筈だったよね。お葬式を出すからには、ボディ（死体）は当然要った筈だろう？　僕の棺には、僕がいたんだ。そうで無ければ、僕に良く似た、僕とそっくりの誰かのボディがね……」

「何を言っているのか、解らない。解らないわよ。解らない……」

「紅。君には、ちゃんと解った筈だよ。僕がお棺に入っていなかったのなら、当然、誰か他の人のボディか何かが、それには入っていた筈だって。君には、はっきりと解った筈だよ」

「ダ、ダ、ダ……だって。どうしたら、そんな手品みないな事が出来るというの？　ミー。シ、シ……死んだ人を、ド、ド……何処から、」

「死んだ人を盗んだ訳ではないし、死体を摩り替えたという訳でも無い。紅。僕、言ったよね？　僕はもう、ミーでは無くなったんだ、って。君にはっきり言ったよね。僕はね、紅。山崎美咲という存在を、完全にこの世の中から消してしまいたかったんだ。だから。

入れ替って貰ったの。僕と同じ様に倒れて昏睡していていて。僕に似ていた、僕よりももっと植物に還ってしまっていたある人に、僕は代って貰ったの」

紅の顔色は雪のように白くなり、血の気が失われた唇は震えていて、その大きな瞳は茫然と見開かれたままでいた。

「ヤ、ヤ、ヤ……止めて。ミー。それって。それって、もしかして。あなたがその女の人を、コ、コ、コ……コロ……コ、コロシ……」

「そう。僕はその人と入れ替るより他に、道が無かったんだ。そんな瞳をして、僕を見ないで。紅。一番辛くて、一番怖かったのは、この僕なのだからね。それに。彼女は、逝きたがっていたんだよ。目覚める事の無い長い睡《ねむ》りの後で解放されて、むしろ安らかな、きれいな顔で旅立っていけたんだ……。紅。僕を責めないで。君が言いたい事なら、解っている。解っているから」

安美と一寿は、僕の入院費用のために、あの子達の人生を終らせようとしていたんだよ。僕は、不幸な事に何ケ月もの長い睡りから、醒まされようとしていたのだけどね。あのまま、逝けていたら良かったのに。そうはならなかったんだ。人工呼吸装置を運び込んだ個室の入院費用って、一日幾ら掛かるか知っている？　紅。僕は、知らなかった。あの時迄はね……。あの日、安美と一寿は、誰にも聴こえていないと思って、大きな声で言い争っていたんだよ。そして。そしてね。結果的に二人の声が、僕を睡りの中から呼び戻してしまったんだ。あのまま逝けていたら、本当に良かったものを！　悲しくて、悔しいよ。二人はね、僕の入院費用のために、せっかく入った大学を辞める、と諍いをしていたんだ。それで、銀座のクラブのホステスかバーテンダーになるとか言って、お互いに言い分を譲らないでいた。何とかして相手を説得して、自分一人が僕の犠牲になろうと努めて、必死だったんだよ。安美は婚約したばかりで、一寿は才能を認められて、色々な賞に入賞していた時の事だった。その二人が、僕のために全てを投げ出して、終りにしようとしていたんだ。僕はね、紅。もう治らないと言われていたんだよ。もしも、発作を起こして助かったとしても、又、次が来て、次も来て……。結局は駄目になると、もうずっと前から医師に、宣告をされていたんだ。隠していて、悪かったけど。言えなかったんだよ。誰にも言えなかったし、言わなかった。許しておくれよね、紅。だから……。二人があの時、どんな犠牲を払ってくれたとしても結局、それも無駄になると解っていて。僕は逃げたい、と思ったのだけれど。だけど、僕が逃げても何にもならない。事態はもっと、悪くなると思った。安美と一寿は、必死で僕を捜すだろうし。紅、君や沙羅達も僕を探して、諦め切れないだろうと、良く解っていたからね。逃げれば尚更悪くなるのなら、いっその事、このまま死んでしまった方が良いと考えたんだ。それで、僕は死ぬ事に決めたの。簡単だったなんて、思わないでおくれよね。僕だって入れ替る事は、とても怖かったのだから。そうする事がどれ程重い罪であるかも、ちゃんと解っていたからね。怖くて、凄く哀しかった。でもね、彼女は、全く苦しまないで済んだんだよ。苦しかったのは機械に繋がれて、無理矢理生かされていた時の方だったんだね。解放されて、あの方の御国に旅立っていけた後の彼女は、本当に安らかな顔をしていた。僕は彼女の装置にほんの少しだけ触っただけで……。それから後の事は、君にも誰にも、言えない事だけど。それで……。彼女のソウルのために僕は、「あの方」に深い祈りを捧げてね。逃げ出してしまったというわけ。僕と同じだったその女《ひと》はね、紅。僕の隣のベッドに寝かされていたんだよ。僕は回復が見込めないからと、その時には二人部屋に移されていた。安美と一寿と、パパとママ達の写真に囲まれると、嘘みたいだけど、彼女は僕に、そっくりに見えたものだよ。僕は写真を一枚だけと、ママの手鏡だけを貰って、後の物は全部その女《ひと》にあげて、逃げたという訳……。だからね、紅。僕はもうミーでも誰でも無いんだ。ミーは、死んだの。彼女も、許してくれていたと願うよ。僕はその夜から、彼女になったのだけど……。その女《ひと》になって生きる事で、今は許して欲しい、と祈るしか無いんだ。その内に僕も、彼女のいる所に行くからね。その時には、もっときちんと謝れると思って、新しい名前で生きている。今の僕は、かすみ。井沢かすみというんだよ。井沢緑ともいうけどね。僕はかすみで翡で、君の翡桜だけど。もう安美達のママでも姉でも無いし、沙羅達と柊達のミーでも、無くなってしまったの。今の僕は君と同じで、一人ぽっちだよ。水穂という夫妻に助けて貰わなかったら、今頃は本当はもう、とっくの昔に「もう一度」、死んでしまっていた筈なのだけど……。彼等が僕を、今迄生かしておいてくれたんだ。彼等はね、紅。僕のムーンの両親だった人達だ。色々有ってね。詳しく言えなくてごめん。だけど僕は、彼等に迷惑を掛けられないいし、掛けたく無いんだよ。僕は今、彼等からも逃げたい位に怖くて仕方が無い。僕が、僕で在る事は罪になるから。この世界ではそれは、罪だから……。

「あなたのム、ムーンって。あなたの捜していた、あなたの妹さんのムーンなの？　それじゃあ、ミ……。翡。翡桜。あなた、とうとうさくらの人達と出会えたのね。でも、どうやって捜し出せたの？　あなたのムーンはあなたに会えて、とても喜んでくれたのでしょう？　それなのに、どうしてあなた、一人ぼっちだなんていう嘘を言うの？　酷《ひど》いわ。酷いわ、翡桜。わたしがあなたのために、喜んであげられないとでも思っていたの。わたし、あなたの幸せを妬んだりしないいわ。あなたの幸せならわたし、心から一緒に、喜んであげられるのに。それを、忘れてしまったの？」

「忘れたりしていないよ。僕のロザリア・バーミリオン。ムーンはね、もう逝ってしまっていたんだよ。さくらの民の中心で。皆のリーダーで、纏め役で、愛の要になる筈のムーンが、もう逝ってしまっていたなんて……。妹はずっと前、五歳の時に逝った、と水穂家の人達が教えてくれたんだ。僕達のムーンは、ムーン・彩香という名前になっていた……」

紅は一瞬、言葉を失ってしまった。山崎真一とその娘、美咲と、フランシスコ神父様が必死に捜していた、「さくらの一族」達の娘長《むすめおさ》であるムーンが、この世には既に存在していなかったとは……。それでは。それでは……。

「ごめんなさいね、翡桜。わたし、酷《ひど》い事を言ってしまって。でも。それならあなた達は、これからどうなってしまうのかしら。ミ、ミ……ミーも逝ってしまっているなら、あなた達はもう、バラバラになってしまうより他には無いの？」

「そんな事は無いよ、紅桜。ムーンがいないのは、確かに凄い痛手ではあるけどね。さくらの民を引っ張っていける人達は、他にもいる筈だから。例えば、フランシスコ様や、水穂家のムーンの両親だった人達とか。他にも、神官だった人達がいる筈なんだ。それにね。ムーンとパールがいなくなっても、さくら人達の船は遣って来る。そのためにムーンは、今でも歌っているんだよ。月の中の海か、桜の樹の下で……。ムーンは、時の神様の娘だからね。僕達のようなクリスチナとは異っていて、天の御国には行かないの。ムーンが歌っているのはきっと、この世界の空でも、海でも無い。この世とあの世の間の、谷かも知れないね。鹿が、水を求めていくと言われる、あの愛の影の谷。死の影の谷か、月の海の裂け目の中か、霧の道の何処かで、僕を呼んでいるような気がしてね。僕は、ムーンが可哀想でならない。ムーンの待っていてくれる所には、僕は多分、もう行けないだろうから。多分……」

「いつから、多分なんていう言葉を使うようになってしまったの？　ミ……翡桜。あなたはもう、あの方の御国には、行かない積りでいるのじゃないでしょうね。確かにあなたは、カ、カ……カスミさんにナ、ナ……成ってしまったかも知れない……。でもそれは、愛のために、仕方が無くした事なのでしょう？　罪は重くても、あの方は許して下さるという事を、もう信じられないの……」

信じているよ、紅桜。この世の法では僕は重罪で、弁明出来る余地は無い。だけど。僕達を本当に裁くのは、あの方お一人だけだからね。十字架の上のあの盗賊のように、「主よ。わたしを憐れんで下さい」、「御国《みくに》に入る時には、わたしを思い出して下さい」、と心から願えば、その通りにして下さるという事を、信じている。例えば天国の門番が僕を拒んだとしても、あの方は僕を拒まれたりはしない、と……。あの方は、僕の涙の重さを、知っているからね。僕の愛の深さも、知っていて下さる。僕に残されている短い生涯の終りの日には、あの方がきっと迎えに来て下さると信じて、生きている。僕は、あの方の愛と憐れみに縋らなければ、息一つ出来ない。一年は、永遠のようだったよ、紅桜。生涯の終りの日にはあの方に、「愛の重さで量られる」と、知っていなかったとしたら……。一瞬も生きられない程に、永かった。ねえ、紅桜。僕が必ずと言えないのは、愛を信じていないからでは無い。裁きを恐れて、戦《おのの》いているからでも無いんだ。全ては、逆だったんだよ、紅桜。僕は、こうなってからは尚、あの方の愛と憐れみに頼る事だけでしか生きられない、小さな花にされた。あの方に頼り切って。委ね切って。あの方の望んで下さるままに風に吹かれている。小さくて青いヴェロニカの花に還れたの。人の世界の裁きなら、僕はもう十分に受けている。ミーを死なせて、かすみと翡という名の「誰か」になった。愛する者全てから離れて、深い孤独の淵で一人、神様とだけ生きる道を、歩んでいるんだ。愛する者全てから「死んだ者。もう、いなくなった者」とされて、今の僕は生きている。それが、どういう事なのか解る？　紅桜。僕は、生きながらの死者だから、存在していてはならない。名も無い草の、ひと茎に過ぎない。誰の目に留まってもいけないし、まして、愛する人達の近くに居たり、その人達の瞳に触れてはならないのだよ。草は、草々の中に隠れる事でしか、生きられないものなんだ。それは、僕が受けて当然の罰だから、文句なんて言えないよね。だけど……。それでも僕の神様は、僕に優しくて、情け深くしていて下さるのだよ、紅桜。僕は、あの方の泉から水を飲んで……。生かされて、咲いていられるのだから……。あの方の泉は豊かで、涸れるという事が無かった。あの方の血潮が、宇宙に張り巡らされている生命の川になって、溢れてきてくれているように。僕は「そこ」で、「許されて在る」という事の、本当の意味と価値を知る事が出来たんだよ。ロザリア。あの方は、僕の罪もその血で洗って、白くて清い衣を着せて下さった。青くて際立つ、美しい花とも、して下さったの。僕はその花びらの一枚一枚で、あの方のために小さな花の輪を編んでいる。多くを許された僕は、どんな言葉でも説明出来ない程の愛をもって、彼を「愛している」、と言えるよ。嘆きの淵に沈んでこそ得られるという、穏やかで暖かな、平和の君の平和に与る、幸福を得たから……。ムーンが天の国に行くのを、見届けてあげたい。フランシスコ様とパトロ達にだけは会って、天の国に行かれるように、愛を贈りたい。一人ぽっちのロザリアの傍に、短い間だけでも良いから、付いていてあげたい。僕のエンジェルの涙が、溶けて、乾いて。きれいな歌と花に成れるように、限りの有る時間を、共にしていてあげたい……。紅桜。僕は欲張り過ぎていて、自分で自分が変だと思うよ。今の僕は只のファントム(幻影)か、下手くそなマジシャンのようでしか無いというのにね。もっともっと愛したくて、もっと咲きたい。こんなに欲張っていると翼が重くなってしまって、もしかしたら、多分、あの方の都に迄は、飛べなくなってしまうかも知れないじゃない。それで、多分なんだよ、紅桜。落っこちないためには、僕にもエンジェルの君が傍にいてくれないと。頼んでも良いかな? 紅桜。でも、この事は誰にも言わないと、誓ってよ……。

「怖いわ、翡桜。あなた、前よりもあの方のお傍に行ってしまったのね。わたしを置いて、あの丘の、十字架への道を、どんどん先に進んで行っているみたい。ああ。可哀想に。翡桜。今のあなたを見れば、あなたがどれ程あの方に愛されているのかが、良く解るわ。多く愛された人は、多くを求められるのよ」

翡桜。わたしは多くを求められている、あなたの愛の道の険しさと、あなたの命の短さが、怖いの。あなたの「秘密」なら、守ると誓えるわ。愛が望む迄は、愛を呼び覚まさないように。許されて、共に逝かれるように……。

六　(廻航《かいこう》)帰還

わたしはわたしの名を呼ばない民にも
わたしはここにいる
ここにいると言った
ましてあなた達には尚更に
わたしはいつも共にいると言う
あなたの内に歩み、憩っていると言う

かがり火を燃やしましょう
松明を振って進みましょう
火を絶やす事なく手渡して
憧憬《あこがれ》を抱いて帰りましょう
永遠に愛すと言われる方に
永遠に愛しますと言うために……
さわやかな朝《あした》にえらばれた

花々とエメラルドで
わたしは花輪を作ります
かがり火と恋歌で、
編んだ花輪も。
美しい方《かた》、
恋しいのは唯、あなた
わたしの光である
あなたお一人……
美しい方《かた》
あなただけを愛しています

「美しい方《かた》」は天を往く鷲の眸をもって、時の始まりから終りの日迄、神の愛する子供達を見守り、見詰めて育て、先導をして「その船を進めるように」、と促していられて、止まない……。神の愛する子供達、つまりは神の言葉から生まれて、神の息を吹き込まれ、生きるようになった、神の似姿であり容れ物でもある土の器達に……。その土の器達は神の求めに応じて、愛を呼び覚まされる時を待っていて、目覚める。ある器は、豊かで見事な樹かその枝々や花となり、ある器達は憧れに満ちて、「彼」だけの愛に留まる。そして又ある者は、自分達に出来る限りの事をしたい、と望むのだ。「彼」のために……。

心の限り。力の限り。誠の限り。持たされてきた、愛の限り。その限界を超えても尚、「彼」に尽くして。力が尽きた時には、「彼」の手に全てを委ねて謳い、賛えるように、と願いもする。穏やかな平和の内に、愛に抱かれるのを願う……。

あなたはわたしの宝
わたしだけの　恋しい人
あなたはわたしの灯し火
わたしだけの熱く滾《たぎ》っている炎
あなたは　わたしの命
わたしだけの泉に住んで下さる人

わたしは賛えます　恋歌と憧憬《あこがれ》で……
あなたは平和　穏やかな歓び
あなたは光　煌めく虹の橋
あなたは道　血潮と痛みで道標を置かれた
あなたは救い　無限に許すと言われる方
あなたは憐み犠牲を退《の》けられる
あなたは命　あなたは誠
あなたは慎ましく　愛を求めてくれる人
あなたは激しく、愛に応えてくれる人
わたしは捧げます　永遠の愛と花輪とを……

小さな土の器達が命の限りに謳う歌は、どこに行くのか。天を往く白い大鷲の眸と耳は、永遠の「現在《いま》」を見て、聴いて憐れんで、誉め歌と愛歌を喜んで下さる。嘆きの歌と哀歌を聴き、悲しみの涙と苦役の重さも見ていて涙を落とし、共に痛んで下さる。背きの苦さと、裁きの辛さも。離反と、荒れ地の荒涼とした闇も、鷲の眸で見詰めている「その人」は、知っているのだった。「その人」の御愛は、誰一人として見落とす事は無く、唯の一人でも、「その人」の御心から離されるという事は無いのだから……。例え、土から生まれた花自身が「彼」を離れ去っていっても。その花が、闇に呑まれてしまっても。神の御心とその眼差しは、船人である子供達から離れる事が無い。子供達は迷っても、神は迷わない……。夜風に戦《そよ》いでいる花達の時は、過ぎていっても。鷲の前では、時が過ぎ去る事は無い。航路に惑う船人達の時間は費えて行く。が、「その人」の御瞳には、時間も空間も同じように存在していて、永遠に、消え去って行ってしまう事は無いのであった……。

「美しい方《かた》」はこの世界で、宇宙の愛と命の中心で在るあのされこうべの丘の上から、全てを見られていて、出来事の全てを感じ、胸の中に納められているのだった。書かれている事も、書かれていない事も。語られた事の全てと、語られなかった事の全てをも……。無限に拡大し、無限に縮小してゆく生命在る世界の渦巻く中心で、「その人」は唯、黙して見詰め、手を差し伸べて呼んで下さっているのだ……。

全て
重荷を負っている人、苦しんでいる人は
わたしのもとに来なさい
休ませてあげよう。

又、その「美しい方《かた》」は、愛を乞い求めて、問われ続ける。

あなたはわたしを愛するか
あなたはわたしを愛するか
あなたは、わたしを愛するか……

そして又、「その方」は言われ、御自身の傷を示される。

御覧なさい
わたしは来ました
わたしが来たのは
罪人達と病人のためです
お聴きなさい
神の子であり人の子である
わたしの福音を
わたしを信じる　あなた方は幸い
わたしを迎え入れる準備の整った
あなた方は幸い

今は救いの時　今が恵みの時だからです……

このようにして鷲自身が愛歌を歌って呼び集め、鷲の愛の中に平和を見付けた神の小鳥達は、憧れて。憧れて。天の鷲の翼を慕う、恋歌に生きようとする。刺し貫かれる事で、従順と勝利を父なる神に献げられた方。永遠の命に至る道を示された方が今は、命と愛と、光を与え尽くそうとして、小さき花達を待ち焦がれ、その愛を請うから。天を往く鷲の眸には、時も次元も空間も無い、と述べたと思う。鷲は、天界と天空の中心に在りながら、同時にカルワリオの丘の上にもいて、「彼」の心に隠されている出来事は何一つ無かった。「彼」の心、すなわち愛の眼差しに……。わたし達の船人の道と、その心の奥の由無し事や秘め事も、何一つとして「彼」から隠されている事は出来ないのだろう。愛は燃え、照らす明るい炎だから……。

その日、御屋敷幸男は、アパートのドアの入り口脇にある名札を見ていて、フッと微笑っていた。沢野晶子が幸雄に改名では無くて、改字を薦めた時の事を思い出したのだ。

「何でなの？　幸雄も幸男も変わり無いじゃない。幸也《こうや》とか幸成だとかいうのならともかく、字だけ変えてみたって、詰まらない。あたしは幸世《ゆきせ》が良いと思う。あたしのモヨの名前から世を貰って、幸世にしたら嬉しいもの」

「幸世でも、まあ悪くはないと思うけど。幸雄さんは呼ばれ慣れている名前の方が、落ち着けると思うのよ……」

「そうだよな、晶子さん。三十六にも成って幸世はどうも……」

「そうですね、幸雄さん。でもね、あなたの不運の影は、改字だけでもかなり薄くなる、って占いに出ているのよ。雄の字を男に変えるだけで、影は逃げるわ」

「影が逃げたりしたら、大変なのに。変な晶子さん」

奈加は理由が解らないので反対し、可愛く膨れて見せていたのだが、幸雄と晶子は二人だけで、さっさとその話を進めていってしまったのだった。その日から幸雄は「幸男」になり、悪運もその影を潜めてゆくようには、なったのだ。思い切りが悪く、嫌々をしている影達の気配を逃れて、幸男の気持も幾分軽くなったのだった。奈加という少女と、暮らすためにも。

晶子の部屋への階段を上っていく時に幸男は、見慣れない男の姿を見た。湯川柊と樅の部屋のドアの前に立とうとしていた男は、何の積りなのかそのまま廻れ右をして、立ち去っていってしまったのである。その男の目が、晶子と咲也が掛けておいた「魔除け」のリースの上に注がれていた事を、幸男は知らなかった。リースの上のクルスにその男の目が注がれていた事も、幸男は知らずに二階に行った。

セールスマンが来るようなアパートなんかじゃ無い位の事も、解らないのかよ。アホウだ、と毒づきながら。

晶子は折良く部屋にはいたが、彼女の心の方は幸男が心配していた通りに、地球の裏側か海の果て迄も行ってしまっているような、感じに見えた。

晶子は咲也よりは少し遅れて、咲也と同じ様な「上の空症候群」に罹ってしまい、ついでに咲也と同じ「仕事場放棄症」と、「何も言わないで症」という病に罹ってしまったのである。

幸男は晶子に、今日こそは教えろよな、と詰め寄る。

「今日こそはだなんて、変な幸男さん。わたしは別に何にもしていないわよ。一体、何を話せと言うのかしら」

「仰る通りの、何もしないでいる理由を聞きたいものでね。Tホテル側でも摩奈の方でも、白々しい事ばかり言いやがって……。休みたい人は休めば良いですよ、だなんて、良く言うぜ。沖さんと真奈さんは狸と狐の共同戦線を張っていて、堀内さん迄それに絡んでいるらしいという事だけは、俺達にも解るけどな。ホテルのお偉いさん達が、どうして変人呼ばわりされているクラブのリーダーと、その末っ子の僕ちゃんにだけ、変わった飴玉を舐めさせたりして喜んでいるのか、知りたいものでね。あいつ等、何を企んでいるんだい？　晶子さん。それにさ。あんたと咲也だけが飴を貰えるというのは、どういう理由でなんだ。俺達は信用出来ない、という事なのか？　俺と奈加と霧子は、あんたの仲間じゃ無かったのかよ」

「もちろんよ。わたし達は家族で、仲間に決まっているでしょう。少し変わってはいるけど、絆は変わったりしていないのよ。何度も言うようだけど、わたしと咲也は本当に、只のサボりたい病に取り憑かれてしまったというだけの事なの。季節の変わり目には、良く有る事でしょう？　別に、目くじらを立てて怒る程の事では無いと思うのだけど。違う？」

「大いに違うと思うね、俺は。少なくとも俺と奈加はそう感じていて、クソ面白くも無いんだよ。霧子の奴も、俺達に何か隠しているような感じがするのも、気の所為なのかね。何なら俺達は、このアパートから出て行っても良いんだぜ。隠し事も騙し事も、俺はもう嫌なんだ。それは解るよな？　易者さん」

「解っているわ」

と答えながら、晶子は哀しい顔になってしまっていた。占い師と呼ばずに「易者」と呼んだ幸男の（そして恐らくは奈加の）心の痛みが、悲しくて……。明かせない秘密を仲間達に対して持ち続けるという事は、晶子にとっても痛みになってしまったというのに。霧子は、薄々らしいが何かを察していても、「それ」に就いては触れないでいてくれるけど……。霧子には、変人ばかりであるからこそその仲間が必要だったし、何よりも咲也が必要だった。そうして霧子には人が、「触れられたくない」と思っている事柄に関しては、意識してその事には触れないようにしてくれるだけの心と、抑制力が有ったから……。だが幸男達は、異うのだ。

運命に痛め付けられ続けてきた幸男と、緑《あお》い桜に抱かれて眠っている知世の親友の奈加は、傷付き過ぎていた。だから、訊かずにはいられないのだろう。だから、言わずにはいられない。聞けば相手を困惑させるだけだ、と解っていても。言ってしまえば、相手を傷付け、泣かせるだけだと解っていても……。そして、その棘は必ず自分に返って来て、幸男と奈加の心に刺さり、血を流させると知っていても。

それでも晶子は、微笑って嘘を言うしか無かった。

約束は、約束。誓いは、誓い。だから……。情愛と涙と思い遣る心は、孤独の中で抱いてやるしかない……。不安と畏れの中でしか、抱き締めてやる事が出来ない……。約束は、愛をもって果たされるべきだと承知していても。その約束が沈黙を求める時には、棘になる事を、晶子は知った。愛する仲間を傷付けて、自分の心も深く傷付ける……。

晶子は今、沖と堀内との約束の他に、咲也と交わした約束のためにも、苦しめられていた。十二月のあの日、翡が言っていた再来教団の教祖、危険な太白を調べるために、咲也と二人で「其処」に行くという、思い付きから生まれた約束は、晶子を縛って苦しめた。線が細くて、神経が濃やかな咲也は又、愛にも濃やかで、愛に飢えていたのだ。咲也の飢えていた愛とは、親戚同士の情愛でも無く、又とは巡り会えないような、霧子との恋愛感情でも無かったのだった。咲也は自分と「同じ種」である人間との、友愛に飢えて一人、さ迷っていたのだ。

赤い椿が咲く藤代家の裏庭に在った、月光に沈んでいる野茨の海の中に、共に小舟で還って行ってくれる人を、寄り添う心を、咲也は求めて哭《な》いている……。

還りたい。帰りたい。あの月の光の中に。あの花の海の中に、帰りたい。そして、そのまま眠ってしまいたい。永遠に醒めない眠りの、船の中で。「同じ種族」の、その人と……。現実には咲也は、故郷の家の庭には帰れなかった。けれども。けれども、その人が一緒に咲也の心象風景の、夢に迄見て恋うその庭迄、「共に行ってくれる」と言うのなら……。咲也はいつでも帰って行かれるという事に、あの日、気が付いてしまったのだ。

どれ程に強く自分が、野茨の庭に帰って行きたくて恋い、哭《な》いていたのか。どれ程強く自分が、「同種」の人間を求めていて、気も遠くなる程の長い時間を、暗闇の中でさ迷っていたのかという事に……。藤代咲也という大人の入り口に差し掛かったばかりの少年が、情愛よりも恋愛よりも友愛を、「共感」という深い愛憐を求めていた事を、あの日晶子は悟らされていた。

咲也はやはり、十分には幸福では無かったのだ。「幸福である」と思おうとしていただけで、心は呻いて哭《な》いていた。そして……。その事に、はっきりと気が付いてしまったのだった。一人の男が咲也に、花の海航《い》く船を、刻み付けてしまった。薄々解ってはいても避けていられた、あの家の月光の下の、野茨の花の香りに包まれて酔い、夢見る夢の甘さを、想わせた。咲也の憧れと歓びの源を、嫌という程に想い起こさせ、刻み付けておいてから、去ってしまったのだ。「友よ」と、その花の海は呼び、「愛人《まなびと》よ」と、花々の色に染められている月の光も呼んで言う。

咲也は友であり「同種」であり、憧れと幸福と、安らぎだった「緑」を刻み付けられて、彼のものになってしまったのだった。刻み付けた者と刻印された者とが意識していてもいなくても、「それ」は起きてしまったのである。それも、他ならない晶子の瞳の前で……。

咲也はヒオを求めるためにだけ、今は生きていた。

晶子と二人だけでの「仕事」をしている時も、ホテルのラウンジに居る時も。幸男や奈加と話している時も。霧子との、幼くて瑞々しいような恋の時間の中にいる時にも。たった一人切りで、綿木公園や「楓」の近くに行く事が出来なくなった代りに、晶子と再来教団の周辺や門の近くでウロウロとしている時も。咲也の瞳と心はヒオだけを見、求めていて、待っているのだった。恋のように。涙のように……。

エメラルドの瞳の少女が警告してくれていた「凶事」はまだ今の所は起こってはいない。ヒオの告発も、未だにその全貌を現してはいない。晶子の愁いはいつしか教団よりも太白よりも、咲也に移った。紅の事よりも。

晶子には、咲也の「移ろい」と「空っぽ」に、霧子がいつか気付いて、哭《な》くのが怖かった。ヒオに退けられた咲也が絶望して、どうなってしまうのかと思う事も、怖くてならない。

それなのに、石は。石の中の龍と水晶は、黙し続けているだけなのだ。龍は、緑のヒオが好きなのだ。そして龍精は「緑の瞳の少女」も好きで、彼女の姿を映さない……。

「美しいお方《かた》」が教えてくれた、その方の「クリスチナ」という娘の姿も、龍は石に映してくれなかった。もっとも、「美しい方《かた》のクリスチナ」等という、曖昧で漠然とした呼び出しの声に応えてくれる誰かがいるとは、もう晶子も考えてはいなかった。それだけではきっと、何かが足りないのに、決まっているのだ。それだけでは、届かない。届かない……。

再来教団の周りを彷徨《うろつ》き、その後も彷徨いていた晶子と咲也は、どことなく柊に似ている面立ちの女性を見たのだった。そしてその女性は、沖達から頼まれていた、紅という娘と一緒であった。

紅を尾けていった時にも、偶然に見掛けた時にも、教団の門の中に入っては行かないで、二人は只、門前に立ち尽くしているだけだったけど……。茫然としているような、青白い顔色をしたままで。怯えているようでは無いのに、何かに足止めされでも、しているように……。見えない糸か、誰かの手によって行き先を塞がれ、前には進めない様子で唯、立っているのだ。柊に似ていたその女性と、連れ立っていた紅はそして、帰って行ってしまうのである。その二人の様子は、晶子と咲也の瞳にはまるで、何者かに追い返されでもしたかのように映った。そして、二人も立ち竦んでしまっていたのである。凍った海を渡って来るような、冷笑が聴こえた？　いいえ。アレは、何かの獣が吠えているかのような、声だった。誰かが、得意気に哄笑しているような、声だった……。晶子と咲也はゾッとして、其処から立ち去って行ったものだ。遠く微かに、歌が聴こえている？

　さくら　さくら
　弥生の空は　見渡す限り……

歌に続いて、声も聴こえる？　まるで、生きているかのような声が。

シャイターン！　あたしのカットに、まだ手出しをしようとでもいうの？　ヤク中とアル中のバカ達を、何処かに遣ってよ！　そうでないとあんたに、十字架の神様の夢を見させるからね！　お母さんのマリアの夢も見させてやる！　そうなりゃあんたは又、地獄落ちだわよ。どうするの？　止めさせなければポリスに夢を見させても良いんだからね!!　懲りない奴は大嫌い!!

咲也には、その歌と言葉は聴こえていない。咲也には、何も聴く事は出来ないから……。けれども、わたしは聴いた気がする。久留里荘の住人達に害を為し「もっと悪い事を企んでいる」、とエメラルドの瞳の少女と緑に警告をされ、名指しをされた太白に向かって、活々《いきいき》とした声で毒づいている、誰とも解らない娘の声を……。

再来教団の中には入れないでいた晶子と咲也だったが、その教団本部の中からの異様な程の悪は、感じ取れるようになっていた。そして、恐れたのだった。太白という男と、悪の気配を……。

けれども、その叫び声の主は太白を恐れて等いないようだった。

あの活々とした叫び声の持ち主は、誰だったの？　それとも、空耳だった？

「シャイターン」とは、何を指して言う呼び名なのだろうか。その名前に晶子は、本能的に嫌悪と危険を感じ取り、龍精と桜の精も、それを告げ知らせて、怒り狂っているかのようだった。

シャイターン？　そんなモノと、どうすれば戦えるというのかしら。人では無い、というモノに立ち向かえるのは、龍と桜と、あの「美しいお方《かた》」唯お一人だけなのでは無いか、と晶子は考えて、行き暮れる。「美しいお方《かた》」は、あれからはもう二度と、晶子の前に現れてくれなかったのだから……。

「解ってはいるけど、幸男さん。原因が無いのにこんなになってしまって、わたしと咲也も苦しいのよ。アパートを出て行くなんて、言わないで頂戴。気分を直して、奈加ちゃんと二人でもう少しの間、頑張っていて欲しいの」

「三人だぜ。晶子さん。霧子の事も、忘れちまったのか……。原因不明だなんて、良く言えるな。あんた達が可笑しくなっちまったのは、先月楓に行ってからだろうがよ。楓の女将さんに、何かを頼まれていたと聞いたのだがな」

晶子は内心でホッとしていた。話が逸れて。安心したのだ。

「小林さんの結婚運に就いて、占って欲しいと頼まれたの。でもね。でも……。その結果が悪過ぎて。わたし、苦しくて」

それで……。わたしは、もうあの店には行かれないのよ。それでわたしはもう、咲也にもあの店に行くな、と言ったの。

幸男は、「悪い結果」という晶子の言葉に、反応をした。

「悪過ぎたって。どういう事なんだよ。それ程酷《ひど》かったのか……」

「酷かったわ。小林さんは、多分一生結婚出来ないと思うの」

晶子が水晶球の中に見たのは、「楓」の屋上のベランダで、若い男か少年と、親し気にコーヒーを飲んでいる小林の姿だったのだ。少年の方の顔は、逆光になっていて良く見えなかった。けれどもその顔形と姿とが、ヒオに似ているように、晶子には思われたのだった。咲也の傾慕しているヒオ。ゲイのバーテンの、緑。

それならば小林もゲイか何かであって、当然のように結婚等はしないし、出来ないのだろう。晶子は悲しみ、龍精に向かって「もう良いわ」と、言ってしまっていたのだった。それで、青の球は沈黙し、透き通った水のようになって、眠ってしまったのだ。

「それにね、幸男さん。占いに依ると、それはあの店の場所の所為なのですってよ。土地が、悪いの。あの土地は（本当は小林が、なのだけれども）、死者達の想い出に囲まれていたのよ。あの店の中で、生者と死者の道が交差しているの。善霊と悪霊達の通る道もね……」

ごめんなさいね、幸男さん。あなたに、あの女将さんに「小林さんはゲイだ」なんて言われてしまうと、困るのよ。女将さん達は嘆くでしょうし、小林さんは恥じ入ってしまう事になるでしょう？　わたし達、「楓」にはもう行かれない。咲也のために、そうするしか無いのよ。ごめんなさい……。

幸男は、それこそ血の気の引いた顔色をして、晶子を気味悪そうに見詰めて固まっていた。

「悪霊達も、っていう事は、厄病神やあの、影のような奴等もなのかよ、晶子さん。だったらあんた達は、そいつに遣られてしまったのじゃないのかね。クソ。そういう訳だったのか……。だったら俺も、二度と楓には行けないな。奈加も、二度とあそこには行かせない。あんた達は、御祓いでもして貰ったらどうなんだよ。奴等は執こくて、質が悪いぜ」

「ありがとう。しばらく様子を見てみて、駄目そうだったらそうするわ。占い師が憑かれるのなんて、別に珍しくも何とも無いから、平気だけど。咲也は別ですものね」

「当り前だろうが。あんな僕ちゃんなんて、奴等の手に掛かったらイチコロだからな。霧子にも、行くなと言う」

「霧ちゃんになら、もうわたしがそう言っておいたわ、幸男さん。霧ちゃんて、ホラ……。死んだ人の声が聴こえてきたりするでしょう？　だから、言ったの。青くなっていたわ」

「それなら何でその時に、俺にもそう言ってくれなかったんだよ……。仕様がねえな。あんたがそこ迄、バカだとは……」

　思っていなかったでしょう？　でもね。わたしもこの話は、今思い付いたところなのよ。霧ちゃんにはすぐ言うから、ごめん……。わたし、嘘は得意じゃないの。嘘吐《つ》きは嫌いなのに、嘘を言うなんて……。

　霧子は幸男と同じ様に青くなって、「楓には二度と近付かないわ」、と晶子に言った。霧子はそれでも、何かを言いたそうにして晶子を見ていたが、微笑んで見せただけだった。霧子は、晶子は高沢に傷付けられて、Ｔホテルや「摩奈」での仕事に嫌気が差したのではないか、と思っていたのだ。その晶子に付き添って、咲也も仕事を休んだり、早退けをしてしまうのだろう、と霧子は思っていたかった。晶子が元気になりさえすれば、優しい咲也も帰ってきてくれるだろう、と。

晶子は心の中だけで、霧子に詫びて言っていた。

ごめんね。霧ちゃん。咲也は只、道に迷っているだけなのよ。あの子を無理にこのアパートに連れて来たのが間違いだったとは、わたしは今でも思っていないの。咲也にはわたしとあなたが必要だったたし、今でもそれは、変わっていない筈だわ。咲也はきっと、疲れているの。花と月と、野茨の海の香りが恋しくて……。あの子には、もっと自然が必要なのよ。野茨の海や蓮華や椿の。白詰草や桜草、ジンジャーや丁子や。甘蔗の草花達と樹々が、咲也にはどうしても必要らしいのね。だけど……。霧ちゃんにも解っているわよね？　人は、全ては手に入れられないものなのだ、と。人は、自然と都会の喧騒の両方は、手に入れられない。理解と無理解の境を越えられないし、愛情と侮蔑を同時に持つ事も、受け入れる事も出来ないの。それなのに、咲也は迷い道に入ってしまった。何処からでも行けるけど、何処にも行かれない十字路の、迷い川の水の中に、入って行ってしまったのよ。あの、ゲイのバーテンダーの緑さんに惹かれて行ってしまったの。だけど。大丈夫。わたしは咲也を連れて、帰って来てみせるわ。だから、霧ちゃんも咲也を離さないでいてあげてね。咲也の帰っていく所は、あなたの愛の中だけにしか、無いの。待っていてあげて。待っていてあげてね。

龍精が晶子に告げていた日付が、近付いてきていた……。それなのに晶子はまだ、「美しい方《かた》のクリスチナ」を呼び出す事も出来ず、知世の眠りも醒ませないでいるのだ。

奈加は、その日はいつものように幸男の子供はいつになったら「授けられるのか」と訊いて、晶子を困惑させたりしなかった。奈加は同じ理由で幸男も困らせて、いつもは平気でいたのだ。奈加の目的は「出来ちゃった婚」なのだが、「出来ちゃう」ためにはそれなりの手順が要るというのに、奈加にはその事すらも、まだ良く解っていないように思われた……。幸男は奈加の「要請」に対して消極的で、結果的に彼女とはまだ結ばれてはいないのだ。幸男の理由は、「奈加が大切だから……」で、奈加の言い分は「出来ちゃえば、親は納得するもんよ」なのである……。彼女には、「出来る」訳が無いのに、奈加はすぐにでもその日が「来る」と信じていて、疑ってもいなかった。奈加は、嬰児を勝利の御旗にして、幸男を連れて帰るより他に、両親の下には帰れない事だけが、良く解っていたのだ。だから知恵を絞ったのに、肝心の幸男の方は、その考え方に賛成が出来ない。奈加の幸福は、本当に彼と一つになる事で得られるのだろうか。都会の夜に染まった幸男は、草の匂いに染まった田舎の夜に帰る事等、可能なのだろうか……。

幸男の反問を、奈加は笑う。あたしを、好きじゃなかったの。あたしを好きだと思っていたのに、違ったの。嘘吐《つ》きね、幸男。モヨは幸男に、あたしと結婚しなさいと言ったんでしょう？　幸男も、あたしが好きだと言った。あたしは、子供が欲しいのよ。結婚式なんてしなくて良いし、ウエディングドレスも着なくて良いの。赤ちゃんを、頂戴。赤ちゃんさえくれれば、後の事は全部、あたしがするから。皆がそれで幸福になれるのよ。ねえ、幸男。幸男……。

　幸男は惑って、霧子や晶子の方を見るのだった。

　本当か？　奈加が言っている事は、本当なのか？　なあ、晶子さん。俺にはもう解らないんだよ。今、奈加が、愛しい。けれども俺には、奈加を幸福に出来る力なんか、無いと思える。姉貴の尚子と悟さんが生きていても、奈加はやはり「出来ちゃった婚」しか他に、方法は無いと言うのだろうか？　奈加の両親は、俺を受け入れない。十八歳も年上で、風来坊だった男を婿には、したがらない……。

「良い考えだと思ったわ。今でもそれは、変わらない。だって。ねえ、幸男さん。親にとっての幸福は、子供の幸せだけしか無いと思うの。奈加ちゃんが幸せなら、御両親は折れるわ。あなたはもっと、自信を持って……」

　好かれているのよ。愛されているの。あなたも彼女を好きなのに。逃げてばかりいると、大切な何かも、大切な誰かも、失くしてしまうものなのよ。受け入れられなくても、怖くは無いわ。時が、人の心を変えてくれるから……。

　奈加はその日に限って珍しく、両親達の様子を知りたいの、と晶子に言った。今年は格別に寒いからね、と……。

水晶球の中には、四人の男女が映っていた。八十代かと思われる夫婦とその子供である五十位の男と女が、居間で炬燵に入ってお茶を飲み、みかんを食べながらテレビを見ている。そのテレビ台の上には、奈加と知世の写真が、飾られているのだった。真新しい制服姿の、高校生に成ったばかりの奈加と、今はもういない御屋敷知世の、輝くばかりに愛くるしい笑顔の……。どこか寂し気な瞳になってしまった、一人ぽっちの奈加の、卒業式の日の写真も。「彼等」の見ているのは、テレビなのだろうか。愛する我が子、孫なのか……。

晶子は堪らなくなって、龍に「解ったから」、と言おうとし掛けた。龍精は晶子の想いには構わずに、石の中に映している「絵」を変えていく。広々とした敷地に建てられている、二棟の建物。一軒は母屋で、もう一棟の方はガラス張りの温室のように、晶子には見えた。温室の中には、冬バラの花の波。温室と母屋の周りには、梅やすももや杏の、果樹の枝波。果樹達の向こう側には、良く肥えた黒い畑と、新雪の残りが根雪になった、胡桃の林。大きな鶏舎と山羊小屋と、番犬か猟犬達が入れられている、古くて広い建屋も見られる。龍は、晶子に満足か、と尋く……。

晶子は、溜め息を吐いて、黙って頷いていた。巨《おお》きな白猫のルナも、晶子の膝の上で「ニャア」と言う。暖かくて、フワフワで、ずっしりと重い、愛しいルナ……。

「皆さん、お元気みたいだわよ、奈加ちゃん。でも、少し寂しがっているわ。あなたに会えなくて。ねえ、奈加ちゃん。あの温室のバラは、誰が育てているのかしら」

「父さんと母さん。お爺ちゃんとお婆ちゃんも、良く手伝っていたわ。あたしは、鬼っ子なの。家《うち》の家系で勉強が好きで成績が良かった子なんてね、あたし位なんだもの」

「自分で言っていれば、世話はないわね。鶏と山羊と、犬も飼っているのね。奈加ちゃんは、バラや生き物達には余り興味は無かったのかしら？」

「そんな事は無いわ。バラはきれいだし、鶏達は利口で、山羊は可愛いの。山羊のお乳って美味しいのよ、晶子さん。青くて良い匂いのしている、草の味がしていた。犬も、大好き……。でも。あたしのは、それだけよ。あたしのモヨみたいに、生命を懸ける程には何も愛さなかったの。生命を懸ける程には、誰も愛さなかった……」

「誰だって、そうなのよ、奈加ちゃん。この人、と思う人と巡り逢えるのは、本当に幸運な人達だけなの。幸男さんを、大切にしないとね。巡り会えた人を大切にしないと。愛が、逃げていってしまったら、大変よ……」

「大切にしているわよ、あたしはね。幸男の方もそうだと思いたいけど。解らないの。子供を、あたしにくれないいんだもの……。あいつってば、本当はあたしが嫌いなのかなァ……」

「そうじゃない事は、知っているでしょう？　奈加ちゃん。幸男さんは多分、怖いのよ。

奈加ちゃんのお家の人達と本当に仲良く遣っていかれるかどうか、ってね。だって。あの人は奈加ちゃんに、幸福になって欲しいのですもの。皆に祝福をされる、花嫁になって欲しいのよ、きっと……」

ああ。そうよ！　幸男さんだけでは無くて、わたし達も皆、あなたに幸福になって欲しいと思っているの。本当よ、奈加ちゃん。「出来ちゃった婚」しか無い、なんて決め付けないで。彼を、実家に連れて帰ってみたらどうなのかしら。幸男さんはルナが好きだから、犬達や山羊や鶏も、きっと好きだと思うわ。彼のその姿を、本当の彼の、本当の心と姿を御家族に見せてあげれば、案外道は開けてくるかも知れないもの。御両親達だって、あなたの幸せを願っていると思うのよ。本当はね。だけど。あの見事な果樹達や、バラの温室！　ああ。あんな所に、咲也を連れて行ってあげられたら、どんなに良いか知れないのにね……。ねえ、奈加ちゃん。あなたの実家は、咲也にとってはきっと、天国だと思う。咲也の心象の、野茨の海の中に立っているヒオさんが、咲也の心を捕らえていて、今は離さない。けれど、あの温室の中のバラの花の香りは、現実の世界に咲也を、返してくれるでしょう。その香りの海に染まって微笑んでいる霧ちゃんに、咲也の心と愛はもう一度、恋に染め上げられて帰って行ける事でしょう……。あの場所に行けたなら。あの家に、奈加ちゃん、あなたの家に皆で行って其処に立てるなら……。

晶子の願いは、金眼銀眼のルナが聴いていた。

そして、今では静かに石の中に沈み、寛いでいる龍精の心耳《しんじ》も、晶子の心を聴いている
のだった……。

バー「摩耶」ではママのオリビアが、翡の心を凍らせるように、冷え冷えとした態度を
取るようになっていた。翡の言葉が、柳にそうさせている事は、誰も知らない。翡は思っ
た。柳には、高沢が似合っているのだ、と……。

高沢と吉岡は相変わらず、連日のように「摩耶」に来てはいるのだが。その二人の男達
の卑しさは、隠しても隠し切れない種類のものになっていた。吉岡はますます陰湿になり、
淫靡《いんび》になって、高沢は傲慢無礼で不遜である事を、今では誰にも隠さない。闇《くら》くて酷《むご》いそ
の心根と行いが、顔と瞳に露わになっていた。その高慢さに柳も染め上げられていって、
驕り高ぶっている男と、冷酷で妖しい女のカップルが幅を利かせているのだ。

柳は、若く美しい翡の代りに、年経た蛇のような高瀬という、真奈の愛人である老人と
も、親しくなっていた。まだ、その老人を手に入れてはいない。まだ、その老人に取り
入って、「摩耶」を手中に迄はしていない。

翡への腹癒せと当て付けだけは、嫌という程したけれど……。二宮真奈への報復と、
「摩耶」の乗っ取りは、進んでいなかった。高瀬が、柳に搦め捕られ掛けながらも、真奈
に執着しているからなのだ。

柳は思う。グレースの、どこが良いのよ、と。グレース。真奈。愛人稼業で成り上がっただけの、中年女。

その真奈は、超高層マンションの豪勢な一室で、鏡の前に坐って、鏡の中の自分を見ていた。翡の言葉が、真奈を捕らえていて放さないのだ。翡は、真奈の誘いにはとうとう乗って来なかった、薄情者であるというのに。薄情けで、嘘吐《つ》きの翡を忘れられない。

「柳ママさんにも言ったんですけどね。僕には両親の他に、敗血症の妹（紅）と、分裂病（精神では無く、沙羅は、身体的に分裂している）の姉と、重度の心身障害を持っている弟が、二人いるんです。僕自身は、貧血と低血糖症で。虚言癖もある、と言われていましてね。中の妹と弟は、僕は死んだ、と迄も思っているような有り様なんですよ。つまり僕は、愛想を尽かされてしまう程非道いドラ兄貴である、という訳なんですのでね。真奈さんのお相手には、向かないと思いますが。柳ママさんはその点、物解りが良くて」

「わたしをオリビアなんかと、一緒にしないでよ、翡。わたしは、騙されませんからね。あんた、わたしから逃げたいのなら、正直にそう言いなさいよ。嘘吐き」

「あれま。だから今、言ったばかりでしょう？　僕には虚言癖がある、って正直に。今言った事は本当で、僕には、他の事なんて、何にも無いですよ。逃げたければ、とっくの昔に逃げていますからね。アレマ。僕、いつかは何も言わないで逃げたんでしたっけ……」

「アレマ、じゃ無いでしょ。この大嘘吐き。あんた、そんな事を言って本当は、わたしを嘲笑《わら》っているんじゃないの」

「そうだと良いけど、そうじゃないんです。真奈ママ。僕は、嘲笑《わら》われはするけど、誰の事も嘲笑《わら》ったりはしません。寂しい女の人の事は特に、嘲《わら》ったりしない。寂しくても毅然としていて、前を向いている人に、嘘も言わない。真奈さん、あなたは僕を好きだと言ってくれたでしょう？　僕も、あなたのような女性が嫌いではないけど。無理なお付き合いは出来ない、と言っているだけなんです。僕には問題が多過ぎますからね。この上、恋愛問題を抱える訳にはいかないだけです」

真奈は翡が恨めしく、憎かったけれど、涙は見せなかった。泣くのは嫌よ。泣くのだけは、嫌。わたしは泣かない。翡の瞳が、わたしを見ている。別れを告げた、男が見ている。いいえ、違ったわね。翡は初《はな》から、誰の物でも無かったのだった……。

「話は違いますけど、真奈さん。市川さんを摩奈の方に引き取ってくれませんかね。彼は、辞めさせられますよ」

「わたしの承諾無しに、オリビアには何も出来ないわよ」

「市川さんは情に厚くて誠実な、濃やかな気配りの出来る男の人ですよ。摩奈に移せば、あなたの得になる。彼は良いバーテンダーで、良い教育係にもなるでしょうからね。その上に、良い話し相手にも、恋人にもなれる。まだ、五十代でしか無いんですよ。僕なら、そうしますけど」

それは、わたしに市川と付き合ってみろ、という事なの？　翡。良い加減にしてよ。あんな……。あんなおちゃらけた男が、情に厚くて誠実だなんて、良くもそんな出鱈目な事を！　ああ、翡。本気なのね？　市川は、あんたの瞳から見ると、そんなに善い男だったというの？　それなら、わたしの頭の方がどうかしていた。

「解ったわよ。翡。あんたの言う通りにしてみると約束するわ。この薄情者。わたしが淋しいと、思わないの」

「思いますよ。でも。あなたは一人ぽっちの、淋しい女ではありません。淋しい、と思ったら、鏡の中の自分の瞳を見詰めて下さい。負けん気で、誇り高く生きているもう一人のあなたが、あなたの中から見返してきてくれる事でしょう。驕り高ぶったプライドと、誇りは異うものですからね。あなたは、誇り高い女の人です」

「……。ありがとう。最後迄優しくて、残酷な翡。あんたは、又消えてしまう積りでいるんでしょう？　行く当てはあるの」

「無いですよ、そんな物。解って下さって、嬉しいです。真奈さん。餞別代りに一つだけ。高瀬さんが、摩耶に時々来ています。あなたは、あんな汚い店とは縁を切って、摩奈だけで遣っていけませんか。市川さんが、支えてくれる筈です。柳ママさんの裏も表も、彼が知っていて、力になってくれる事でしょう……」

翡はわたしに、高瀬とは切れろ、と言ってくれていたのね。そのために必要な切り札に、市川がなってくれるとも、言ってくれて行ったのね。翡。あんたは非道い男だわ。そして、最高の男だった。ありがとう。さようなら……。

鏡の中の真奈の瞳が濡れて、光っていた。真奈は、声を出さずに泣いていた。誇り高くて、真っ直ぐに生きたいと願ってきた、本当の自分が「そこ」にはいたから。寂しい女の咲かせた儚い「寂寥《せきりょう》恋花」は、涙色をしていて、もう散った……。

初夏から晩秋に渡って、見事な白いツルバラが館を覆う水穂医院では、医師のワイド・ライロ・広美と妻の薬剤師であるナルド・ジョイ・香が、パール・美咲・彩香を愛おしみ、懐かしんで、今夜も話し込んでいた。

「アーモンドと、桜の蕾に似ていた赤い痣。わたしはあの子の、あの可愛らしい痣が好きで、消したくなかったのに……」

「あの子の証の一つで在ったあの痣が、それこそ命取りの印になり兼ねない、と言うのだから、仕方が無かったのだよ、香。それにしても、どうしてあの子は彩香と言わずに、かすみやみどりと名乗るのだろうか。ウチに迷惑を掛けると言うが、度が過ぎている。あの子はそうでなくても、名前を持ち過ぎだというのにね」

「もう、山崎ではいられなくなったからだと思いませんか？　あなた。井沢でありさえしたら、下の方の名前は本当は、何でも良いのじゃないかしら。水穂家の彩香では無くて、井沢家の誰かになりたい気持は、解るわ。あの子、ムーンは井沢家に入ったのだと、思いたいのではないかしら？　だから、自分も井沢だと……」

「その事なら、わたしも考えはしたがね。ムーンは井沢にでは無くて、この家に与えられたのだよ。そして、逝ってしまったのだから……。あの子は現実を受け入れたくないだけではないか、と思うと心配でならない。あの子達は本当に、仲の良い姉妹だったからね。無理は無いとは思うけれども。心に、棘が刺さったようだよ。こうして日本に辿り着けただけでも、奇跡のようなのに……」

「井沢家に、と決まっていたムーンが水穂に来た事は、そんなに悪い事でしょうか……。わたしは、井沢に拘っているあの子の事が、心配なのです。いつかはあの子がわたしの二の舞いになって、絶望の余りに自分から……」

「香。その事はもう考えるのを止めて忘れる、と約束した筈だよ。大丈夫。あの子は芯の強い子だからね。ムーンが逝ってしまったと得心が出来たら、井沢に固執するのは止めて、あの子が話していた水森姓にでも何でも、成ってくれる事だろうと思う。絶望の余りに死の寸前迄行った君の辛い気持は、解った。けれども、そうはなるまい。あの子にはまだ、山崎の家に残してきた、キティとカニスが残っているのだから……」

「そのキティとカニスにだって、あの子はもう一生会えないのですよ、あなた。それだからこそあの子は、ムーンとパトロに、あんなにも会いたがっているのじゃありませんか。わたしにには、あの子が痛々しく見えてならないの。だって、ほら……。あの子、ムーンは死んでいないだなんて……」

　ムーンは、生きているかも知れないわ。ねえ、父さん。ねえ、母さん。ムーンが本当に逝っているのなら、どうしてあの「さくらの歌」はあんなにも鮮烈に、活々《いきいき》としていて、生命があるように聴こえるの？　ムーンの、ラプンツェルの歌声は哀切だけれど。あの歌を歌う声はまるで、生きているみたいにはっきりと聴こえるでしょう？　あたしには、ムーンが生きていて、何処かに居るのではないかとしか、思われなくなってきているの。父さんと母さんを信じない、という訳ではないから、それは解ってね。でも……。でも、一番目の彩香ちゃんの、ムーンのこの写真……。この写真を見ていると、彩香ちゃんは、ムーンとは別の子だったような気がしてならないの。

「別の子、って……。パール・ルナ・彩香！　彩香もいけないの？　それでは、ルナ・翡・かすみ……。それでは、この彩香は、誰だと思うの？　この子は、ムーンですよ。間違い無いわ。この大きな瞳と、桜色の頬と唇。まだあどけない顔をしているけど。ムーン・ラプンツェル以外にこんなにきれいな子なんて、あなた以外にいませんよ……」

「そうだよ。かすみ。この写真の彩香と君は、本当に良く似ていると思うがね。彩香の瞳は、紺青だけど」

「……。そのね、サファイア色の瞳が問題なんだよ。あれま。間違えてしまったわ。ややっこしくて、又舌を噛んでしまいそう。あたし、田舎育ちだから、言葉が悪いの。瞳が、問題なんだよ。もとい。問題なのよ、父さん。母さん。ムーンはとても深い、黒々とした瞳をしていた筈なの。あたしは、はしばみ色だけど。ムーンは夜の湖よりも、黒曜石よりも強い、黒い瞳をしている筈でしょう？　だから。この彩香ちゃんは、ムーンではない、と感じるの」

「ムーンでは無いのなら、わたし達の彩香は誰だったと言うの？　あなたにそっくりな、この彩ちゃんはムーンで、逝ったのよ。わたしの瞳の前で事故に遭って、逝ってしまったの……」

「それでも……。この彩ちゃんはムーンじゃない、としか思えなくなっているのよ、あたし。だって。だって、ムーンは予告していたのでしょう？　憶えていない？　母さん。父さん。リトラ（小星）が、誰かと一緒にいるのを覗た、と言っていたという事よ……。このサファイア色の瞳は、リトラのものではないのかな」

「嫌。リトラ達は、船には乗らなかった筈だよ。かすみ」

「そうよ。彩……かすみちゃん。あなた達はリトラと別れて船に乗ったのだ、と思っていたけど。違っていたの？」

「違っていない。確かに、ボ……あたし達は、リトラを残して来た筈だったけど。それでも、この子はリトラだと……」

「思いたい気持は、解るけど。もう止めましょうね、この話は」

年の明けた二日の夜に、「彩香」と呼ばれるのを怖れるかすみが、一番目の彩香の写真を「見たい」、と言った。

酷《むご》たらしく死んでしまった可愛い盛りの娘の写真は、香が全て収《しま》い込んでしまっていたから、水穂家には一枚も、彩香の写真が飾られてはいなかったからだった。香は、余りにも深手を負ってしまっていたので、彩香の写真を見る事さえも、まだ出来ないでいた。それなのに。パールは、ムーンが「生きている」と言う。愛するムーンがまだ生きていて、いつかは水穂家に夫妻を訪ねて来るのではないか、と迄、言った。

「その時」迄、自分も生きていられれば嬉しいけれど、とも……。


「あんな事を言って……。あの子、もうこの家には帰って来ない積りでいるのじゃないかしら。頭が変になりそうよ。あの子の心臓は、いつまで頑張ってくれるの？　ねえ、あなた。あの子に迄逝かれてしまったら、わたし……」

「それを考えるのは止めよう、香。わたしはあの子が、何かを思い詰めているようで、怖かったけれどね。ムーンの事を、リトラだと言い張る事が、怖かったよ」

「彩ちゃんがムーンだったのなら、こんなにあどけない顔はしていない、とも言ったわね。ムーンはもっと利かん気で、悪戯好きそうな、腕白坊主みたいな瞳をする筈だって。アカンベーをしていないのが、不思議だと言ったわ……」

「当っているだけに、何も言い返せなかったけれどね。それでも、ムーンは逝ったのだよ。さくらの歌が響いていると、かすみは言ってもいたけれど。わたしには、そうは思えない。さくらの歌は、聴こえているのか、いないのか……」

聴こえているわよ、パパ。ママ。ムーンのさくら歌は、確かに聴こえているのに、解らないのね。皆はもう、ムーンを忘れたの？　あの子が、あたしのようでは無かった事を。ロバの皮が言っていたように、ノエルは男の子みたいだったわ。ロバの皮、ロバの皮。あたしの可愛い妹の、ジャスミン。あたし達も船に乗ったのよ。あんたとラプンツェルは知らないだろうけど。あたし達も、ジェルサレムを出たの……。

「泣くのじゃないよ、おチビ。あの二人はもう、余り解らないみたいだからね。さくらの民達はきっともう、何もかも忘れてしまっているのだろうよ。何もかも忘れて、」

「兄さん迄泣いてどうするのよ、白菊。良いじゃないの。仕方が無いわよ。おチビのママとパパも皆も、今聴いた事さえ憶えていられない、健忘症みたいなものだもの」

「それは、わたし達の所為でもあるのだから、怒るのではないよ、黄菊。わたし達は、家付きのゴーストみたいなものだからね。覚えていられたりしたら、困るではないかね……」

可哀想な白菊と黄菊。そう言うあなた達も、あたしを忘れてしまっているのが、もう解らないのに。ねえ、黄菊。白菊。あたしの忘れん坊さん達。あなた達の記憶も薄れてしまって戻らない。あたしだったのよ。信じてくれないだろうけど、本当の事なの。あたしはあなた達のリスタで、リトラなのに。でも。良いわ……。忘れてしまっていられる方が、幸福なのでしょう。あたし達。全てを忘れられれば「時の神」の事もきっと忘れられる筈よね。ロバの皮とラプンツェルも、もうジェルサレムには帰らないで済むと思うと、嬉しいの……。

Ｔホテルのラウンジの控え室に近い所で、沖と堀内は狐に摘まれて、化かされてしまったような顔をしていた。薊羅と紅のために、出来得る限りの手を打ったのに、何も起こらない。何も、起こらない……と。沖と堀内の頭の中からは、晶子の告げた日付が急に消えてしまっていたからだ。消してしまったのは、二人が邪魔な蛇だった。

いずれにしても沖達には、金沢迄巻き込んだ騒動が、今では嘘のように、夢か幻の様に思われてきてしまっているのだ。それでも。時と船は、進んで行っている。荒海を目指して。闇の中に瞬く灯し火を探して、船は行く……。

沖は堀内に「お前さんが何か、勘違いをしたんじゃないのか」と問う。堀内は沖に「そう言われてみると、自信が無くなるな。だけども俺は、確かに聞いたんだ……」、と答えていた。二人は、お互いの頬を抓ってみたそうな瞳をしながらも、紅に張り付かせた晶子達をどうしようか、と悩んでいたのである。薊羅と紅は、派手なパフォーマンスで名を上げた再来教団に行きはするが、入りもしなかったのだ、と聞いている。門を潜らなくても、危険は有るのだろうか。二人は本当は、何を話していたのだろうか……。

堀内と沖は顔を見合わせて、「高沢殿の事かなァ……」と言ってみるしか、無くなってしまっていた。高沢という名の馬鹿男が、真奈に振られる原因になる事を、二人に対して何かしようとしたのか、今しているのではないのか、と。そういう事ならば紅の言葉は大袈裟で、薊羅に対して言っていた事も、当てにはならないが……。だが、本当にそれだけなのだろうか？　晶子に尋いてみたくても、晶子は口を貝にしていて。自分自身と咲也をも、貝にしてしまっているのだった。

紅の勤務先である真山建設工業の秘書課と人事課では、新年の七日になってから、ちょっとした騒ぎが持ち上がっていた。「それ」は、予測もしない形で遣って来たのだ。紅だけは、その嵐のような騒動の中でも一人、静かに仕事をしていた。顔色だけが青褪めていて、紅の心の中の海の色をしている。けれども紅は、その、荒れて泡立っている海の中を行く船の行方を、誰にも気付かせてさえいなかった……。紅が恋しくて、今では憎いような気持の中で嘆いている、ダニエル・アブラハムにも……。

騒ぎの発端は隅田孝志で、孝志は紅の返事を待ち切れなくて、七日の昼前に来て「受付」の前に立った。

　受付課長と警備課長の根岸と水島は、華菱物産の「御曹子」である孝志の顔と名前を知っていたのだ。

　その「御曹子」は、秘書課の「水森紅さんに会いたい」と告げ、呼び出されて降りて来た紅に、心安く、親し気に笑い、話し掛けていて。紅は孝志を、ロビーの隅に置かれている来客用のブースの奥に、案内して行ったのであった。

「其処」で紅は、孝志に見合い話だとは知らなかったので、「ごめんなさい」と謝ったのだったが。その断り方が余りにも柔らかく、慎ましく、率直であったために、孝志は余計に紅を好きになってしまうのを、止められない。孝志は、せがむ。

「それなら、どうかもう一度、初めからという事では、駄目でしょうか。もう一度、初めから。姉も祖父母と両親達も、あなたが僕とイタリアに行ってくれるのを、楽しみにしているのです。僕は、あなたを待っていられますから。あなたに相応しい男であると迄は、自惚れていませんが……」

　相応しく無いのは、わたしの方なのよ。孝志さん、お気持は嬉しいけれど。このお話は、これで終りにするしか他に無いのです。隅田家の方達も、すぐに納得なさるでしょう。結婚話に付き物の戸籍が、じきにそちらに届くようにしますから。社長が余りにも変わってしまって、奥様も変わってしまわれたので、仕方が無かったの。「そうするより他には、方法が無いよ」、と翡桜も言ってくれたので、コルベオさんにわたし、手紙を出しました。コルベオさんが戸籍を送ってくれたら、わたしの手紙と一緒に、あなたに宛ててお送りします。捨て子とは記載されていなくても、察する事はお出来になるでしょうから……。でも、どうかその事を社長や奥様や、珠子さん達には言わないで下さい。情けが有るなら全てをあなたの胸に納めてそのままイタリアにお発ちになって。お願いです……。

紅からのコルベオへの依頼の手紙は、江戸川の流れに捨て去られていて、永遠にコルベオの手には届けられない事を、紅は知らなかった。郵便局の集配係のアルバイトをしていた青年が、理由も無いのに江戸川に行き、理由が無いのに集めた郵便物を捨ててしまったからなのだが……。その青年は、全てを捨てた時の記憶も、失くしてしまっている。

蛇。どす黒くて、腹黒い蛇が、紅を追い詰めて嘲《わら》っているのだ……。

受付の根岸からの電話を受けた弓原は、高沢に孝志の来訪を、報告に行った。そのついでに彼は、人事課の清水の所にも話を伝えに行ったのだった。高沢が根岸に、隅田孝志と紅を社長室に伴うように、と命じていた同じその時、清水は青木豊にだけは「この話が伝わらないように」、と念じていたのであった。

けれども、海は鳴いていて。けれども、冬の嵐の風と氷雨が、船人達の上に酷《むご》く襲い掛かってきてしまった。

「明るくて前向き志向」が売り物の青木にとっても青天の霹靂であるそのニュースは、青木はすぐに、孝志の来訪と紅との関連を知ってしまった。

じきに社内全体に広められていってしまって、彼を「第四の男」、失恋退職者の仲間へと押し流していってしまう事になる筈だった。紅が辞める方が先だ。結婚退職が先だ、と弓原達は思う。紅が、今迄口実に使っていた男が、隅田孝志であるならば……。

高沢は、孝志と紅の見合い話等は、初めから無かったかのような顔と態度を取っていた。紅には「飲み物を持って来るように」と言い付け、孝志にはいつイタリアに発つのかと尋いて、平然としているのだ。孝志は敏之の言葉に戸惑い、何よりも彼が紅を「紅」、と呼び捨てにしている事に驚きと怒りを感じさせられてしまっていた。敏之は、孝志の知らない男のようだった。孝志の見合い相手で、近い将来に妻になるかも知れない娘を、自分の女か何かのように呼び捨てる……。

「ブランデーが、お好きだと良いのですけれど……」

熱い紅茶に垂らしたブランデーの芳潤な香りに、孝志はそれでも紅に微笑んでみせるのを、忘れなかった。その孝志の態度にも敏之は、知らん顔をしていたのである。

「紅。お前は本当に、旨いお茶を淹れてくれるんだな。お前は秘書なんかよりも、男を喜ばせる女でいる方が、ずっと似合っていると思うがね。孝志君の前で言うのも何々だが、お前は社内で一番の女だよ。なあ、孝志君。君もそうは思わないかね？　紅のような女は、君達の会社にもイタリアにも、そうはいないだろうが……」

止めて下さい。社長さん。幾ら何でも、孝志さんに対して失礼ですわ。そんな風にあからさまに、嫌味たらしい言葉で、わたしを辱めたりはしないで下さい。孝志さんは優しいけれども、鈍感な人では無いのです。あなたがわざとそうしているのに、気が付いていないとでも思うのですか？　どうかしている。どうか、している。ここ迄冷酷で非情な人だったとは。あなたは、少しも変わっていないのね。沙羅と薊羅が、可哀想です。椿と薊を忘れてしまったの？　酷《ひど》い人。酷い人……。柊と樅は、あなたにはもう、託せ無い。あなたみたいな人にはもう、託さない。六花ちゃんと敏一君が、気の毒だわ。あの子達は双児のお兄さん達にはもう一生、会えないのですもの。あなたの所為で、会えないのですもの。醜くて、憎らしい人！　翡桜は、あなたを「怪物」だと言ったわ。あなたと、吉岡先生と藤代さんは、人間の皮を被ったビィースト（ケダモノ）だって。翡桜は、そう言っていたの。柊と樅は、翡桜が言っていた通りに、神様だけの子供だったのね。神様が、椿と薊に与えてくれた、天使のような子供達に、あなたは似合わない。似合わない……。あ

あ！　わたしがして来た事は全て、こんな結末を迎えるためだったというのかしら。六花ちゃんと敏一君なら、柊と樅を「好きになってくれる」と感じて喜んだあの夜が、懐かしい……。わたしの、あの女《ひと》……。あの、花野という女の人も、あなた達に似ているのね。わたしの父親は誰で何処にいるのか……。翡桜は、知らない人だと言ったわ。だけど。多分、その人も怪物でケダモノなのでしょう。わたしの心が、そう言っているもの。わたしの身体が、そう言っているの。わたしは、怪物達の間に生まれた子供だと……。

隅田孝志は、敏之が紅を下がらせないので、仕方無しに、席を立てないでいた。帰りたくても、帰れない。敏之の傍から紅を連れ去りたくても、紅はまだ、彼の秘書の一人なのだ。孝志は、重い鉛を飲み込む。

その三人の、三様の想いと言葉を、ダニエル・アブラハムは背中で聴いていた。ダニエルは隅田孝志の存在を、その日、その時迄は、青木と同じように知りもしないでいたのだが……。青木の他にもう一人、強力なライバルが出現して来ていても、ダニエルの心はそれ程酷《ひど》いショックを受けないままだった……。

そうなるのには、遅過ぎる。ダニエルは、青木豊の受けたダメージに自分も染まってしまいたい、と願っていたのだが。彼はもう、打撃も、衝撃も受ける事は、無い。

高沢の、怯気を震うような声音と言動にも、もう慣れてしまった。驚きも嫌悪も、ダニエルを最早襲う事は無い。ダニエルは唯、背中で「彼等」の心を聴いていたのだ。そして、聴きながら紅を恋い、聴きながら紅を「嫌いになりたい」、と何かに祈っていたのだった。自分自身でさえもが知らない祈りを祈り、知らない何かだか誰かに縋って、泣いてしまいたい……。

その「何か」だか「誰か」は、パッションの、熱情の炎の中に居て、ダニエルを呼んでいた。熱情は、陰府《よみ》のように酷《むご》く、死のように強く、燃え盛る炎のように、熱いのだ。

「その人」の、傷付けられた瞳と愛と命とが、炎と化してダニエルを呼んでいる、と気が付いた時には、ダニエルにとっては何もかもが、手遅れになってしまった後の事だった。ダニエルは、「パッション」というフィルム・ムービーを、マリアと紅のために観た事を悔んだ。悔んでも、悔んでも、悔みきれない程に悔んだダニエルは、「その人」からも、マリアからも、紅からも、逃げて行ってしまいたくなっていたのだ。地の果てに。宙の涯に迄も、ダニエルは逃げたくて、逃げられないでいた。

背中の向こうの紅の心が泣いて、悲鳴を上げている。このところの高沢の態度は、悪趣味を極めているので、紅は泣くよりも怒るべきなのに、怒りは感じない。怒り、戸惑っているのは何処やらの「御曹子」だとかいう、爽やかなマスクをしている、青年の方だけだった。

ダニエルは、心の中にいる紅と、背後にいる紅に、言って遣っていた。

どうして怒らないんだ？　紅。嫌、良い。君は怒れないし、そのお坊っちゃまにも高沢にも、言い訳も出来ない事を、俺は知っているからな。君はいつか俺に、好きな男がいると言った。忘れた、とは言わせないよ。あれからまだ、半月しか経っていないんだ。忘れてしまいたくても、忘れられない事だしな……。紅。君はバー「摩耶」の、翡とかいう優男が好きなのだろう？　それならば何故はっきりと「翡を好きだ」、とそいつ等にも、青木にも言って遣らないんだ。翡が好きだ、とどうして俺にも言ってくれない？　翡は確かに、巫山戯《ふざけ》た男だよ。巫山戯ているだけでは無くて、正体不明で、頭だけは良い奴だ。その代りに翡は、身体が弱い。多分、心臓に間違い無いと思うがね。あいつの悪い所は、心臓と口と稼ぎだけなのかい？　そうでは無いだろう、と俺は思っているけどな。だが、紅。例えあいつが何だろうと君は何故、きっぱりと言ってしまえないいんだ。たったひと言で済む事を隠して、誰にもあいつの名前と職業を言わないなんてな。「言えない」とだけは、言ってくれるなよな、紅。根無し草のバーテンダーで、稼ぎは悪い癖に、口先だけは上手かったり悪かったりして、年上女を何人も誑し込んでいるようなヤクザな男でも、恋人は恋人だろうに。あいつの、何が君に隠し事をさせるのかな？　卑しいバーテンダーだからなのか。風来坊で取るに足りない、日銭稼ぎの男が、恥ずかしいのか？　紅。君だけは、そんな女では無いと思っていたのに。君だけは、他の女達とは違うと思っていたのに。それは、俺の買い被りだったようだな。見映えだけは良い少荾年《こう》（美少年）でも、金と定職が無くて。夜の世界でギリギリに生きている、翡のような男を「恋しい人」だと呼ぶのは、君のプライドが許さないからか……。それでは君は、俺達をクロと呼んで見下げる奴等と、同じだよ。俺を、怒らせないでくれないか、紅。君はあの時、俺に何と言ったか憶えているだろう？「あなたは黒くても美しい」確かに君は、そう言った。それともあれは俺の聴き違いで、俺は夢でも見ていたのかね。Tホテルの沖と金沢とかいう奴等に呼び出されて会った事も、話したり聞いたりした事も、白日夢だったというのだろうか？　紅。君は恋人を、二人も持っていた。翡という美少年と、金沢という良い感じがする男を、二人もだ。

金沢には、翡の事は打ち明けてもいないよな？　君の生命の心配をしていた沖達も、君の本性を知ってはいない。君がクラブ「花王」のさくらだと名乗って迄、会いたがっていた、あの謎だらけの翡の話は、ひと言もしていないのが解った……。

ああ……。もう止めて頂戴、ダニー。愛している人の事を信じてあげられない時には、自分が傷付くの。信じてあげて。信じてあげて……。只、信じて待ってあげるのが、愛なのよ……。

「止める事等無い、と何度言ったら解るのかね。わたしのダニー坊や。お前は黒いが、美しくなりたいのだろうが。其処にいる女の恋人の、あのきれいな坊主よりも白くてピカピカにな。美しく、してやろう！　その女も、いつでもお前のものにしてやるぞ。わたしのものになれ！　そいつ等全部と坊主を見返す程、白くしてやる!!」

「うるさいんだよ。黙れ、ダニエル」

声にならない声で、ダニエルはその「声」に向かって毒づいていた。ダニエルには、マリアからの「声」以外の声は、自分の深層から来ていると思いたいだけの、理由が有るからだ。「声」等、存在していない。「わたしのもとに来なさい」と呼ぶ声も、在りはしない……。

混乱し、疲れ切ったダニエルの脳裏には、小さな花の蕾のようだった、赤い痣が染み付き、棲み付いてしまっている。翡の耳にはもう、その赤い痣は無い。正月休みが明けてからの翡の耳朶にはもう、花の蕾のような印は無い……。

翡は、ケロリとした顔と声で、同僚の市川に言っていた。

「付けタトゥーとか描きタトゥーって、ホント、便利だね」

「そのようでござるね。翡。お前さんの赤い花は、誰だったのでござるかねえ。さくらちゃんか、アヤカちゃんか……」

「アヤカ？　ヤだな。市川さんてば。それって、誰の事なのかな」

「翡が寝言で呼んでいた子でござるがね。いつかの夜、タクシーの中で。翡はいつも、眠ってしまうでござるだろう？　その時にね」

「僕が、アヤカと言ったの？　市川さん。変だね。夢でも見ていたのかなあ……。あの描きタトゥーは、失くした妹の形見だよ」

「あらま。翡。お前さんに、そんな妹さんがいたとはね。知らなかったとはいえ、重々に悪かったでござるでござる……」

市川は翡に、どうして嘘のタトゥーを描いたり貼ったりしないのか、等とは決して尋ねなかった。その代りに市川は、翡の無言の別れの歌を聴く。声には出さない声で秘そやかに告げられている、哀しい別れの歌の調べを聴き取っていたのだ。翡は市川に、瞳だけで頷いて見せていたのだった。「さようなら」は、言わない。だけど、さようなら。市川さん、ごめんね。僕はもう此処には、居られない……。

さようでござるね、翡。解っているでござるから、言葉は要らない。柳ママさんは変わってしまったし、客筋も妙な具合いに、変わってしまっているでござるものね。特に、お前さんに絡む例の二人には、さぞかし手を焼かされている事でござろうから、無理は無い。淋しくなるねえ、翡……。

ごめんよ、市川さん。後の事は、真奈社長さんに託してあるからね。真奈さんからの話は、断らないであげてくれないかな？　市川さんと僕と、真奈さんのためにも……。

「マナ」と書き付けたコースターを翡は、リキュールとウォッカの瓶の間に置いて市川に見せてから、捨ててしまった。コースターに書かれた二文字の意味は、市川だけにしか通じないのに。マナ。真奈。「摩奈」。

翡は市川に、自分が居なくなったら「摩奈」に行け、と言っているのだ。市川を叩き出そうとしている柳に、翡は忠告したものだった。だが、柳はもう聞かなかったのだ。

「市川さんを辞めさせたりしてしまったら、常連さん達も失くしてしまうと思うよ、ママ。犬は飼い主に付くけど、猫も人に付くからね。アッという間に常連さん達がいなくなってしまってさ。この店は見掛け倒しの、安っぽいお触りバー擬きになってしまうでしょ」

「口に気を付けている事ね、翡。あたしを振る口実も下手だったけど、摩耶はその辺のバーとは違うのよ。お触りバーなんて、口が裂けても言わない事だわね。高瀬さんが聞いたら殺されるわよ、あんた。市川は年寄り臭くて、ウチには似合わなくなった。若くてきれいな子が良いの。常連さん達は市川では無くて、あたしに付いている事を忘れるなんて、バカね。ミューズのオリビアの、このあたしに付いているのよ。今では摩耶のママの、あたしにね」

声を潜めていたのは翡だけで、柳は居丈高な声と物言いをしていた。市川はそれで、翡と自分の先行きを悟ってしまっていたのだ。翡と別れ別れになると迄は、考えもしてはいなかったが……。それでも。翡は早晩、行ってしまうのだろう。一人で。

ダニエルには、その辺りの事情は解る筈も無かった。だが、あれ程翡に接近していた柳の、態度の変化は解った。

美しくて、正体不明で。イカレている翡の耳朶の、火炎のようだった赤い痣……。今はもう失くなってしまった、火の印。Tホテルの沖に会いに、渋々と出掛けていった時にはもう、あの赤い爆莢のようだった印は、消されてしまっていたのだろうか。

翡。お前は本当は誰で、紅の何なのだ？　教えてくれ……。

翡はダニエルの心の中の声を、瞳の色によって聴いていた。

あの赤い痣を取ってしまって、本当に良かった、と翡は思う。淋しくて怒っていて、今では紅に恋をしているダニエルを、翡は南米のオペラ歌手、フェルナンド・リマのようだと思って、「摩耶」の天井のシャンデリアを見上げた……。

光は、美しい。それは、「あの人」の灯し火に似ている物だから。色も、美しい。それは、「あの人」の多彩で無限の心と御愛に、とても似ている物だから……。ダニエル。君は、美しいよ。紅が言ったように、黒くても君は美しい。リマのように、すっきり背筋が伸びていて。リマのように髪が、肩まで下りてカールしていて。リマのように、美しい心を示している、大きな黒い瞳をしている。君が男で残念だよ。ダニエル。もし君が女性だったら、僕と紅は君と仲良くなれたのに。求婚者としての君とではなく、姉妹のようにもなれたのに。本当に残念だよ、ダニエル。僕は紅のために、そう思う……。

翡桜がオペラ歌手や映画スターに詳しいのは、映画館の暗闇が、ゲームセンターや小さなスナックのように、翡桜を隠してくれるからだった。苦しみと痛みに歪んだ表情と姿勢を、映画館の暗さと音は隠して、優しく包み込んでいてくれる。痛みが去る迄。時が、癒やしてくれる迄。暗いその場所はいつでも、即席の礼拝堂にと変わってくれるのだ……。

ダニエル・アブラハムは、翡桜の心も、紅の痛みも知らない。彼の知っているのは紅に「恋人」が何と二人もいて、紅と翡は数年越しの恋人だった、という事だけなのだった……。

その事を、勇二の写真が教えてくれたのだ。勇二は正月四日の夜に達子を連れて、ダニエルの下に帰って来ていた。達子は、ダニエルの瞳を少し眩しそうに見上げて、

「勇ちゃんから、全部聞きました。わたし、達子といいます。どうぞ宜しく。こんなダメ男を助けて下さって、嬉しいです」

と言ったのだった。ダニエルは勇二に責められて、彼の写真を端から見せられたのである。花爆弾が弾けて、四方八方に飛び散っていく。その爆弾の薬莢は、赤い痣だった。ダニエルを打ちのめし、死なせ掛けてゆく、あの時の、写真の中の赤い痣。

勇二は夥《おびただ》しい数の写真に写っている娘達を、数年前から撮り溜めていた。そして「写真展を開こう」、と思い付いたのだと言った。偶然から始まった追跡劇の一部始終は、まるで、物語の中の桜の精達か、物の怪姫達のように美しく、不可思議な謎に満ちていたからだったのだ……。

勇二はその中の一人が、兄の勇介の事務所にいた娘だとは、知ってもいなかった。兄を避けている勇二は、ミーを知らない。

「物語」は、五、六年前の桜の季節から始められていた……。

其処には、飛び切りの美少女と少茭《こう》年を伴い、微笑んでいるミーがいたのだ。満開の桜の樹の下で。もう一つの赤い小さな花の蕾は、腰に迄届く髪をしている娘の耳朶にも、咲き染めていた。数え切れない程の写真の中で可憐に。

決して咲く事のない赤い蕾花が、血のように赤く。紅く……。

同じ年にミーは、別の桜の樹の下で、今ではダニエルの想い人の紅と親し気に寄り添い、又は腕を組んで、何枚もの写真の中に収まり、赤い痣を耳朶に刻んでいた。

車椅子に乗せた少年と、その母親か姉らしい女性と一緒に、桜を見上げているミーと紅。その少年にそっくりな顔をしている少年の手を引いて、同じ女性と桜の樹の下に立ち、桜吹雪に包まれている紅と、赤い痣のミー。

紅とミーは、他人のように振る舞っていたというのに。ミーの訃報を聞かされても、紅は、涙も見せなかったものだったのに……。二人は、少年達と同じ様に、双児の様に良く似ていて、親しい間柄だったのだ。それなのに。もう一組のミーと良く似た姉弟《きょうだい》と、紅との写真は一枚も無かった。桜の樹の下には、ホームレスのような老いた男も、時折写っている。誰とも解らない、品の良い中年の夫婦らしい男女も、花影の下で宙を見ていた。一年の、春だけの桜という花の下での美しい、物の怪のような娘と、少年達と少女と、男と女と、ホームレス。ホームレスの名前がフランシスコ・藤代である事も、男女の姓が水穂である事も、誰も知らなかった。只、達子だけは「沙羅」の写真を見て、「あら。この人！　わたし達と同じホテルにいた、沙羅ちゃんに似ている。あんちゃ、憶えていない？二十年も前の夏に、あんちゃと同じアルバイトをしに来ていた、地元のきれいな子……」と、言ったのだ。達子は沙羅を忘れていなかった。

「そんな事を、今頃言われてもなあ……。やっぱし解らねえや」

「あんちゃはホテルの芳恵ちゃに夢中だったけんもんね」

「それこそお前の勘違いだよォ、達子。俺は兄貴の奴に見張られていて、何も出来なかったんだぜ。兄貴達は高沢さんの独身お別れパーティーとかで、好き勝手をしていたっていうのにさ。あの夏が狂っていたのは、その所為だ……」

勇二は何年も前から、桜を撮るようになっていたのだと言った。そして、気が付いたのだ。桜の、気の遠くなるように妖しく美しい花影の下に立っている、特定の人物達の一群に……。その一群の人々は、まるで西行法師のようだった。

願わくば花の下にて春死なむ
そのきさらぎの望月のころ

西行のように、花の下にて春死なむ。花に埋もれて、春死なむ……。花、如月の望月の頃……。勇二でさえもその歌ぐらいは、知っていたのだ。望月では無くて半月の、弓張月の桜の下で「死なむ」としている少女の事は、知らないが……。

緑色の瞳をした、細っそりとした美しいその少女は、半月の白い光の下で、月と桜を見ているのだった。但し、その少女だけは桜の下にはいない。緑の瞳の少女は、桜の梢の近くの枝に坐って、哀し気に恋し気に宙を見上げている……。達子は少女の写真を見て「同期だった女の子に似ているちゃ。だけど。この子は死んだのよ。勇ちゃあ。あんちゃ、森の幽霊迄、写真に撮ったっちゃ？　幽霊の呪いで、今に殺されてしまうとよ。この子を見た人達は皆、森に消えたそうだっちゃ。教会の神父しゃんも、沢木君もだちよ」

勇二は驚いて、達子を見た。そんな話は、聴いていない……。

「沢木、って……。あの、色男の沢木の事かよ、達子。沢木は消えた、と騒がれているけど。あいつは、あの森に入ったとでも言うのかよ。それも、幽霊に呪われて？　脅かすなよな、達子。俺がこの写真を撮ったのは、もう五年も前の事だけど。この通り、俺はピンピンしているぜ……」

「入らずの山の前に迄、あんちゃは行ったんちゃ？　呆れたアホウちゃね。この桜山には、猫を抱いた女の子の幽霊が棲んでいるっちゃよ。あれ？　桜山の桜を見て、手を合わせている人達は誰なんだろうちゃね？　死んだ女の子の家族達にしては、何か様子が変だっちゃ」

その写真は年代順に見てゆくと、三年前位の物の中に、混ざっていたものだった。「摩奈」に所属していて、今ではTホテルに出入りしている変人クラブの面々達が、桜山の桜に魅入られたようにして、見ている。晶子と霧子、奈加と幸男と、藤代咲也とが……。咲也の姓も「藤代」で、遠い親戚であるという事すらも、勇二は知らない。

勇二は咲也が生まれ、育てられていた頃はサクラメントに「売り飛ばされていて」、日本から、藤代家自体から遠かった。そして、その距離はそれからも一歩も埋められてはいないのだ。

その桜山の桜の見事さに、ダニエルは魂を奪われたようになる。桜山の桜は薄墨と白と緑と、紅だった。

ミーと、美少女と美少年。ミーと紅と少年達と、その母らしい女性と。ホームレスと夫婦者との写真は、永遠に変わらない記念碑のように、眼前にあった。桜の樹々は年毎に変わっていき……。ミー達と少年達と、ホームレスと男と女は、すぐ近くにいたり、遠く離れていたりして、擦れ違う過去の想い出のように、互いに会う事さえも無かったのである。桜山に、変人クラブのメンバー達が詣でるようになったその年迄、それは変わらない。

変わったのは、その年よりも後になってからの「物語」になるのだ。変わったのは、その年の一年後からはミーが、写真の中から消えてしまっている、という事だった。ミーといつも一緒であった美しい姉弟《きょうだい》は、その年からは黒い喪服姿で、桜の下に立つようになっていて。ミーは、逝った。

その代りに、ミーに生き写しのような美少年が、紅と一緒に花影に包まれるようになる。彼の髪は短く、服装はラフなジーンズの上下であった。が、紅の恋している男の耳朶にはミーと同じ位置に、赤い血の印が付いていたのである。翡が、初めて登場してきたのだ。ミーが逝って、翡が紅と親しくなった。翡がミーの兄なのか弟なのか、双児の片割れなのかは、誰にも解らない。

只、翡はミーと異っていて、車椅子の少年達とその母親とは決して会う事は無く、桜の下に立つ事も無いようであり……。紅だけが、変わらずに彼等と共にいる。

紅が共にいる女性を、ダニエルはその時にはもう知っていた。その女《ひと》の、顔と姿だけは、沖によって……。

翡は、少年達とその母親には会わない代りに、その前年迄は夫婦だけで桜の下にいた、中年過ぎの男女と一葉だけ、咲く花の下にいた。そして、別れていったようだった。まるで他人同士が偶然出会って、擦れ違うかのようにして。去っていく翡の後ろ姿を、立ち尽くしたままの男女が、いつ迄も見送っている姿も、撮られていた。

ホームレスは、老いた。だが、桜の樹の下に立つのを止める事は無かった。その中の一枚である昨年の写真の中の彼の胸には、神父だけが身に付けるようなクルスが、月の光を浴びて鈍く光り、輝きを放って燃えていたのだ……。

ミーが逝ってしまった年の頃、別の美しい二人連れが一度だけ登場していた……。華やかで、天使のように愛らしいが、その唇には強い毒がある。ダニエルに向かって「あんたのマリアは、狂ってなんかいなかった！」と叫んだチルチルの、男性そのもののように変装した後ろ姿と、ミューズのカトリーヌの二人連れ……。ひと目でヤクザではないのかと解る男達に追われているらしい、暗闇に紛れて影のように消えた、三十代位の男の後ろ姿迄が、撮られている。五十代の男女達。そして。その男女と痩せた優男の三人はいつも、何処かの不動産屋の車で来ている二人の男達と、談笑をしたりしている姿もあった。親し気に。気安げに。

二、三枚だけが、Tホテルのフロント支配人である堀内という男と沖が、ミーの代りのように紅と一緒に「少年達」を、花見に連れて来ている写真も有った。「少年」は多分、紅の弟達であり。障害者のようであり。母親は、柔らかな笑みを湛えているのだが……。ダニエルは、不審であり、怒ってもいたのだった。どうしてこれ等の写真の中に、金沢は写っていないのか、と。

それにしても、とダニエルは呆れる。勇二は一体どのようにして、これ程に夥《おびただ》しい桜の写真と、「彼等」の姿を撮る事が出来たりしたのだろうか。特定の人物達の、特定の姿を。

「ああ。それならさ。割と簡単だったんだよ、ダニエル。今は便利な世の中だからさ。彼等を追おうと決めた年からは毎年、ここぞと思う場所に隠しカメラや、インフラレッド・カメラ（暗視カメラ）を設置しておくようにしていたんだ。もちろん俺も、あちこち飛び回ってはいたけどさ」

そんな事を聞いても、ダニエルの紅への不信と怒りは治まらない……。

達子は、自分が桜の花の下にいる写真を見、堀内と沖の写真と沙羅の写真を見て、溜め息のような、息を吐く。

「あんちゃあ。懐かしかとよお。主任しゃん達と、沙羅ちゃたい……」

ダニエルは、翡の耳朶の赤い蕾がこれから先はもう咲く事は無く、今年の春の花の下には紅は、翡か金沢と、隅田孝志か高沢と立つのか、と想像し掛けて、又しても腹を立てた。あの膨大な数の写真を今すぐにでも、翡の瞳の前に打ちまけて、怒鳴ってやりたい。大声で。

「お前は誰で、紅の何なんだ！　恋人か？　愛人か！」と……。それから、紅にも宣告して遣りたい。花爆弾を浴びせ掛けて、「生命を狙われているだと？　それは誰にだ！　紅。翡か、其処の御曹子か、高沢にか？　金沢にではないよな。金沢は何も知らずに、今でもお前に惚れているから！」と……。ダニエルの心の中には、血のように赤い痣が降る。

紅は、ダニエルの背中から自分に向けられている怒りを、感じ取っていた。けれども、その理由は解らない。解らない……。どうしてなの、ダニエル。あなたも変わってしまったの。

皆、どこかが変になってしまったみたい。翡桜と薊羅以外は、皆、どこかが変わってしまった。

沙羅の様子も変だってこの間薊羅が言っていたのよ。それで。それでね。わたし達、沙羅と柊達が心配で。あの教団の中には、入れなかったの。中に入ってしまったら、二度とは出られないと解っているから、入れなかった。沙羅がしっかりしていてくれないと、困るのですもの。柊と樅はもう、父親の助けは生涯、当てには出来ないわ。沙羅だけが、頼りなのに。沙羅は酷《ひど》くぼんやりとしているんですって。翡桜に、相談出来たら良いのに。翡桜に、わたしも薊と一緒に逝く積りだ、って言えたら良いのに。それは、叶わないのよ。言えば、翡桜も必ず付いて来てしまうだろうし。言わなければ沙羅を、正気に戻す方法が解らない……。わたし達、途方に暮れているの。「あの方」に助けて欲しくて、泣いて祈っているけど。「あの人」は黙っていらして、応えて下さらない。それは、このまま「進め」という事なのかしら。違うのかしら？　翡桜は敏感だから、わたしの決心に気が付いてしまいそうで、怖いのよ。怖いのよ……。

ミスター・アブラハム。わたしの心は砕けて、千切れてしまいそうなの。「あの人」のために、その千の欠片で、わたしは紅い花輪を作るわ。

薊は、甘紫の花を編む、と言っている。後悔は、しないわ。わたし達は沙羅の、助けに成りたい。わたし達は、柊と樅の母親の沙羅に、生きて欲しいの。翡桜は悲しむでしょうけど、許してくれるわ。だって、又すぐに会える筈ですもの。翡桜とは、すぐに会えるの。新しい国で。新しいエルサレムの在る懐かしい方の、懐かしい港に還れば会えるから……。薊羅も、その事を知っている。だから余計に、椿を想うし心配するの……。

同じ頃に沙羅は、再来教団に行く事を留められて離れていた事で、たった一人切りで迷いの森の奥深くへと入って惑い、行き暮れていた。

白い山茶花の大樹の下で、懐かしい人の「声」を聴いた気がした？「それ」は泣き出したい程に、懐かしい人の「声」のようだった。

でも。それでは自分は一体、何を見て、誰に縋って来たのだろうか。太白の、光り輝いている美しい姿と癒やしの技に、過ぎ去った二千年前からの、「あの方」の優しさと栄光を見た、と震えたものなのに。離れてみれば、彼からの「声」が聴こえないのだ。それなのに……。あたしは、山茶花の花の下で、「何か」を聴いたように思った。永遠に変わらない愛の言葉と「声」が、あたしを呼んで囁いていてくれたように思った……。

「帰っておいで。帰っておいで。わたしの命に帰りなさい……」

「あれ」は、本当に在った事なのかしら？　あの「美しい方《かた》」の御姿と「声」があたしに呼び掛けてくれていたのだとしたら、どうなるの？　あたしは、全然解らなかった。それでも。それは、あたしに限った事ではないわ。「あの方」のお弟子様方も復活されたあの方に会っても、解らなかったと書かれているのですもの。「声」を聴く迄は、解らなかったと記されているのよ。あたしは？　あたしは、お声を聴いても悟れなかったのね。何という事。あの、二十年前の美しい朝《あした》に出会って、憧れ続けてきた方が解らなかった!?

そう……。すぐには悟れなかった。けれど、今なら解る気がするわ。それなら……。それなら、太白先生は誰なのかしら。天使？　それとも、只の騙りなの？　騙りだけの人間に、癒やしの力が備わるの……。

行きつ戻りつ、沙羅の想いは、糸車のように廻る。白い山茶花はカメリアの白い花を、冷たく凍えた花の弦《つ》り車のように廻して、沙羅を揺らしているのだった。山茶花の花は、甘い水だった。カメリアの白い花は、見せ掛けだけの光と業に騙されて、本心から愛した方への愛から迷い出てしまい、哀しみに凍えて、苦悶の味がした……。

沙羅の心変わりと「その方」の愛への恋心と立ち返りは、たちまち太白に伝わってしまっていた。太白は、嘲笑《わら》う……。

「全てはもう手遅れだよ。女め！　一度汚れたお前は、奴に捨てられる!!」

太白が沙羅の耳には聴かせないでいたその嘲笑を、鷲は聴いていた。沙羅の心とソウルが、許しと愛を求めて泣いている声も、鷲は聴いていて、深く憐れんで言われるのだった……。

「傷付けられて、泣いている娘よ。わたしが許す事を忘れてしまったのか。わたしの愛は強く、わたしの愛は熱いのだ。迷いの森を出て、わたしの道に帰りなさい。道はわたしの命に通じていて、わたしの言葉が、あなたの塚になる。わたしの言葉を辿りなさい。わたしはあなたの友であり、あなたの生命で、あなた自身だ。あなたの魂の中に、わたしは憩おう。わたしの霊の中に、あなたも憩う」

沙羅は、夢から醒めた子供のように泣いていた。

「その人」の慰めと導きの言葉はまだ、沙羅の耳には届かない。けれども、心は聴いていて。けれども、ソウルが聴いていて……。沙羅の中には、清らかな水に洗われた、清らかな涙と愛と希望が、静かに満ちていく。

「その人」の心によって、その夜沙羅は夢を見たのだった。その夢の中では沙羅は、あの白い山茶花の花が咲き、散り敷いている樹の方を、アパートの窓から見ているのだ。そして……。その樹の下には、一人の老いた男が立っている。沙羅は、叫んだ。

「フランシスコパパ様！」と。

フランシスコ神父の傍らには、逝ってしまったミーも立っていた……。


紅が出社して来て退社をする迄の間だけ、「紅の様子を見ていて欲しい」、とダニエルは頼み込まれていて、承諾をした。恋しい女《ひと》が危険であると言われれば嫌でも沖と金沢に会いに出掛けたし、喜んで彼等の依頼も受けたのだ。退社後の紅の行動は「別の人物が見ているから、ダニエルは心配しなくても良い」とも、ラウンジ支配人の沖は言っていた。紅の姉だという女性の方は、ホテルの中では堀内と沖で見ていて、夜は紅が動かない限り、姉であるという沙羅にも心配は無いから、と沖はダニエルに言ったけど……。ダニエル・アブラハムは、車の中にいる。

恋しくても憎めない紅のためにでは無く、異様な迄に紅に執着し始めてしまった、高沢のためにであった。

高沢が退社直後に紅の家に「行くように」と命じ、紅が眠ってしまう迄は「摩耶」に移動しなくなってから、十日になった。ダニエルは、毒を飲まされているように感じていた。地獄の番犬の手下になるのは、嫌だった。それ程に高沢の行動はあからさまで下卑ていて、下種《げす》だったのだ。紅は眠ってしまったと確信すると、高沢は柳の所に行く。

紅の生活は規則正しくて、健康的なものだった。二度ばかり、姉である女性と連れ立って浜町を散策しただけで、紅は翡とも金沢とも会ってはいないのだ。

紅と、その姉という女性の後ろ姿は、幻のように儚いものだった。一月の早い日没の後の、宵闇の中では尚更だ。

紅は明かりを消した家の中で、車の発進音を数えていた。理由は知らない。けれど、翡桜が「そうするように」と言ったので……。発進して行く車の音が二台。もう一台。そして、もう一台……。

紅は、首を傾けていた。車が増えた？　それとも偶然なの、と……。それから紅は、翌日の出社の支度を整えたバッグを持って、翡桜の終業時刻に合わせて、家を出ていくのだった。タクシーで店の近くに迄行って、翡桜を拾って帰り、向かうのだ。翡のアパートに。

柳が翡に市川を付けなくなると、翡桜は吉岡除けのために、タクシーをすぐに捕まえなければならなくなった、そのために……。紅は翡桜の忠告で、男物の帽子を目深に被って変装をしていた。「真夜中に女性が一人で乗るのには、タクシーだって危険だよ」、と翡桜は心配し、真顔で勧めて譲らなかった。翡桜は、紅が薊羅を一人にはしない事を、確かに知っていたのである。だから……。翡桜は、紅との時間を惜しみ、大切にした。紅の願っているように、「その時」迄は紅と過ごそうと……。

翡桜も又、自分もいつか近い時に、「その国」に行く事を知っていたから。だから、紅と薊羅を無理には止めない。けれども。沙羅だけを残す事になるのが、翡桜を痛めていた。薊羅が、沙羅と柊と樅に別れを惜しんで慈しみ、寄り添うのと同じ様に、紅桜と翡桜とは、無言で寄り添う。

エスメラルダ・翡桜とバーミリオン・紅桜。スイートシスル・薊羅とアイスカメリア・沙羅……。四人の祈りは今、一つになっていた。憧れ続けてきた方の住むという、港に着きたい。冬の嵐の荒波を過ぎ越して。「美しい方《かた》」が行く宙の上の、この世界の上に在る海も、越えたい。柊と樅の手には、神への信頼と憧れという、灯し火を残し、渡して行きたい。全ての者達の父であり、母でもある方が、柊達を守って導き、暖かな泉の畔で生かされ、生きられますように、と。沙羅は、柊と樅の母である事を今迄以上に強く自覚していた。二人の子供達のために、「遣り直したい」と願ってもいた……。

時が、来ている。真冬の嵐が襲い掛かってきて、海を行く船人達全ての航路を狂わせ、船そのものも、沈めようとしているのだ。「その日、その時」を告げられたのは、翡桜だった。翡桜は、紅を送り出す前に一人、祈っていたのだ……。

「懐かしい人」の声が、エスメラルダ・パール・ヴェロニカに向かって告げていた。

「わたしの小さな青い花、ヴェロニカ。あなたはわたしに献げなかったのではない。あなたは突き飛ばされて水を落としてしまっただけなのだ。わたしは飲んだのだよ、ヴェロニカ。わたしはあなたの水は飲めなかったが、あの時望んでいた物を受けた。あなたから差し出されていた、愛を飲んだのだ。自分を責めるのは、もう止めなさい。そして支度をしなさい。ヴェロニカ。あなた方とわたしの時が、再び来ている。あなたはそれが解る筈だ」

わたしに、何が解るのでしょうか？　問い掛けて翡桜は、それを止めてしまった。光と闇とが、再びぶつかるのだ。光は闇をも見逃してやろうとしているのに、闇の方では光に、愛に向かって牙を剝き出しにして、刃向かおうとしている……。その闇は悪いモノで、天空を超えて墜とされてきた。その闇は悪いモノで、敵愾心と復讐心に燃えているのだ。ソレに逆らい、刃向かう者達には、地獄の烈火と永遠の闇が、牙を剝いて待っているのだろう。その地獄の火はどす黒く、逆らう人間の生命を奪い尽くして、枯らすのだ。だが……。それならば神である「その人」に背き、反逆する者達の先には、何が待っているのだろうか？　それは「神の怒りだ」と翡桜は感じていた。神の怒りに触れるという事が、どのような結果を招くのかを、翡桜は知らなかった。翡桜と紅桜と、薊羅と沙羅は、神だけを求め、憧れて、恋して、一心に生きてきたのだったから……。

過ちは犯しても、罪も犯しても、神への恋心が失われるという事は無かった。決して。決して……。心から悔い、請えば神の怒りは、すぐにでも和らいでしまう、と知っているから。

「許して下さい。わたしの神よ……」、と心の底から願うなら……。芯からの悪であるモノは、許しを知らないし、許さない。ソレは、殺すのだ。惜しみ無く奪って、枯渇させてしまう。だがソレは、利用出来る間だけは生かして利用をする。あなたなら、どうするのだろうか？　ソレの報復を恐れて、悪に屈服する方を選ぶか。ひと時の栄華のために、進んでソレに従っていくのか……。命を殺す事の出来る方の前で謙虚になるのか。そうした場合には、ルシフェルの妬みを買って、この世での生命は奪われるかも知れない。だが、神の子としての命を頂いて、永遠の中に入って行けるのだ。

「その人」が、永遠の命の内にと還られたように。「その人」の子供達は神の命の中にと、続いていく。花婿である鷲に招かれて。十字架上にいる「恋しい人」に、その手を引かれて……。

あなたなら、どちらを選び取りたいと思うだろうか？

現世での、見せ掛けだけの繁栄と、やがては消え去る命か。

この世では十字架に付けられても、永遠に愛する方の愛の中で生きて輝き、傷付けられた御傷のために、花になる事の方か……。

その時には、その人はエスメラルダ・美咲のように言う。

もしも今日から広場に
わたしの姿が見えず
探しても見付けられないならば
わたしは失われたのだと言って下さい
わたしは愛に燃えて歩みながら
自分を失う事を望んでいたのです
愛の中へと消えていき
もう二度とは還って来ない、その事を……

その人達は、変わってしまうから、もう何処にも元の彼等は見付けられない。その人達は愛の中に消えてしまうから、もう二度とは元居た場所には、帰らない……。

あなたは、どちらを選ぶだろうか。その答えは唯、あなた自身の中のソウルだけが知っている事なのだろう。

エスメラルダ・ヴェロニカは、四人の娘達の中では、最初の殉教者に成っていた。パール・アイリス・美咲とも呼ばれていたその娘は、妹と弟を守るためだけに死者の列に並び、自らを消し去る罪でだが、「もういなくなった者」だと呼ばれる事を望んだのだ。愛のために。

愛のために姿を消し去った娘は、翡桜としての命を与えられたのである。殉教者の群れから離されず……。

四人の中で初めに見えなくなり、初めに失われた青いヴェロニカは、恋しい人の言葉を噛み締めていて、気が付いた。

「その人」の時が、再び来るのだと告げられた、その意味に。二千年前と同じ事が、繰り返されるのだ。「その日、その時」は、その方が苦難を受けられた、祭りの準備の日の事であり、「わたしの時」とは、薊羅と紅の、沙羅と柊と樅の、そしてヴェロニカである翡桜の「時」の事だった。

何故ならば……。「その人」は、二十年前から、四人の少女達と共にいて。少女達の、ソウルの中にいて。その十字架を共に担い、愛して、苦しみも共にして来てくれたのだから……。

そして今日。その人はもう一度、死んで下さるのだ、と言われているのだ。

暗黒に、暗黒で立ち向かうのでは無く。暗闇に対して、光で。憎しみに対しては、愛で。

無理解と侮りと蔑みに対しては、理性で。思い上がりと傲慢には、謙虚さと慎みで。神に対しての反逆には、死をも辞さない忠誠心で。

信仰と、希望と愛だけを盾にして、戦いは始められ、信頼と憧れと誠だけを武具にして、「その人」が一緒に進んで下さる……。神へと！　唯、父と母である方の下へと、力強く。

勝敗は、戦われる前から既に付いている事を、翡桜は改めて知ったのだった。怖れる事は、もう何も無いのだ。

「祭り」とは、太白のための祭りで、準備の日には一月十四、十五、十六の内の初めの日である十四日が、当る事になる筈だった。祭りのためには、犠牲が必要で有ったから……。二千年前の祭りの前にもルシフェルは、祭司達を唆して、ローマのピラトに、「彼」を殺させたのである。「彼」は、その時にも自分の信仰と意志によって、神への忠誠と愛を貫いて、証をしたのだ。進んで犠牲になる事で、彼を慕う者達のためにも、そうでは無い者達のためにも、永遠の命に、神に帰るための道に、成ってくれたのだ。彼の道を辿れば、迷う事は無い。

「その人」の御跡を求めていけば、憧れている港に着けるから……。「その人」の道と方法は、その人自身が言われていたように、人間の思いとは異っているものだった。

祭りが、始まる。紅は、翡桜の眼差しによって、別れの時を知り、薊羅は紅からの連絡によって、時が来ている事を知ったのだった。「時」を逃せば、沙羅が傷付けられるかも知れないのだ。紅と薊羅は、その日の退社後には浜町に近い下町のRホテルのロビーで、待ち合わせる事に決めたのだった。そのホテルの地下駐車場からであれば、再来教団迄は歩いて十分も掛からない筈であったからだった。

紅は、翡桜の見送ってくれている視線に歌い掛けて、別れを告げて行った。「それ」は、想い出の歌。「それ」は、愛の歌。

わたしの恋しい人は
群れを飼っている人
ゆりの花の中で
群れを飼う人

どうかわたしを刻み付けて下さい
あなたの腕に　印章として
わたしの心に　印章として……
どうかわたしを刻み付けて下さい
あなたの腕に　印章として

わたしの心に　印章として……

翡桜の、別れの歌も聴こえる？　いいえ。それは違うわ、と紅は思った。翡桜は、わたしと薊のために、身代りになろうとしているようだから。翡桜は一度死んでしまって、二度目には本当に死のうとしているようだから……。愛のために死んだ翡桜は、わたし達のためにも死のうとしているみたい。でも、それは駄目よ。わたしのエスメラルダ。わたしと薊も、愛のために逝くの。沙羅を柊達に、返してあげたい。あの「美しい方《かた》」のもとに、帰してあげたいから、行くの。翡桜にはまだ「さくらの一族」がいるでしょう？　翡桜のムーンが生きているのなら、尚更駄目よ……。

薊羅は、沙羅達に会いに、アパートに帰っていく時間が無かった。このまま会わずに行く方が良い、と薊は考えて胸を押さえる。ミーの後に続いて逝くのが、自分であるとは、思いもしなかった……。紅は、巻き添えにはしたく無い。残される沙羅達のために紅だけは。紅だけは……。薊羅の願いは、血を吐くような祈りの歌になっていた。

エルサレムの乙女達よ
誓って下さい
もしわたしの恋しい人を見かけたら

わたしが病んでいると、その人に伝えて
わたしの病はわたしだけのものだと……
愛する方を求めて
わたしは行くのです
嶺々を越えて川も下ろう
わたしはおそれない
あなただけがわたしの目の光ですから
あなたのためにだけ
わたしは目を取っておきたい

わたしを癒やして下さるのはあなた
傷付いた鹿を癒やして下さるのも　あなた
あなただけが　あなたの群れを癒やせます
愛する方よ
わたしを焼き尽くすと言って下さい
苦しみを与えない炎で焼き尽くし
わたし一人だけを取り去って

　伴っていくと言って下さい……

　柊と樅が、理由も無いのに泣いて、憤《むずか》っていた。沙羅は、はっきりと目覚めていて、宵闇に包まれ始めているあの白い山茶花の大樹を見詰めて、立っていた。窓辺で……。沙羅の瞳には涙が溢れていて、心は泣いて許しを乞うていたのだ。出勤する時刻は過ぎたのに、沙羅はそれにも気が付かなかった。「美しい方《かた》」に、唯、謝っていたかったのだ。

ヒソプの枝で
わたしを払って下さい
わたしが清くなるように
わたしの罪を洗って下さい
雪よりも白くなるように

わたしの太陽が再び沈む事がなく
月も欠ける事のないように
愛する方よ
わたしが弱り果てている時　あなたは強く

わたしが砕かれている時　あなたは顧みて下さいます
わたしの罪を洗って下さい
わたしが清くなるように
雪よりも白くなるように
ヒソプの枝で払い、
わたしを強くして下さい……

翡桜は聴く。遠く遥かに、さくらの歌が歌われている。その声は、ノエル・ムーン・ラプンツェルの、チルチルの愛に染められているようだった。ムーンの哀切な歌声の向こう側からも、さくら歌が聴こえる？　もう、確かには想い出せない、姉の声……。リトラ・リスタ・小星と、黄菊と白菊の……。離れてからもひと時も忘れはしなかったキティ・安美とカニス・一寿の、「母さん……」、と呼んでくれていた遠い日の声も、聴こえてくる。エメラルドの瞳のクリスチナと、沢木の歌っている声も、聴こえる。ドギー・ドッグとキャット・三日月の、甘い声も。

ああ……。何て懐かしくて優しい迎え歌なのか、と翡桜は思っていた。

紅と薊が、アレの下に行く前に、翡桜は沙羅達の無事を確かめて行きたい、と願ったのである。その思いは切迫していて、翡桜を急き立てて止まなかったのだ。もう二度と来る事は無い、と思い定めた久留里荘へと、翡桜は「その人」によって背を押されるようにしていった。白い山茶花が咲いて、散っている巨《おお》きな樹の下に立って、翡桜は遠くからでもひと目、沙羅達の無事な姿を見たかった。そして行くのだ。紅と薊羅よりも先に、アレの所にと……。後の事は、知らない。翡桜に解っているのは、火のように熱い沙羅達への愛で、死のように酷《むご》い運命に対する、恐怖だったから……。

「沙羅が、危い。柊と樅が、危い」と告げている声が、自分の内部からしきりにしていた。

翡桜は堪らなくなって、もっとアパートの近くに行ってみようとしたのだったが……。

一人の老いた男が、翡桜の行く先を塞いで、見ている。

フランシスコは夢に導かれて、漸く其処迄、辿り着いたのだ。

フランシスコと翡桜は、涙にくれて叫んでいたのだった。

「フランシスコ・フジシロ様？　ああ！　何とお懐かしい……」

「パール？　パールでは無いのかね!?　わたしは夢を見ているのか。薊羅達を捜しに来たのに、君に会えるとは!!」

「詳しいお話は、後で……。フジシロ様。いいえ、フランシスコ神父様。沙羅達が無事か、心配なんです。沙羅は出掛けた様子が無いのに、柊と樅の声がしていない。静か過ぎて、不気味で。胸が、痛くなってしまうようです。アレが、もう沙羅達に何かをしたような気がしてしまって……。神父（パパ）様。一緒に来て下さい……」

「アレとは何かね？」とも、「沙羅達がどうかしたのか」とも、フランシスコは尋ねなかった。「パール。君は死んだと聞いていたがね」、とも、「ムーンとは会えたのかね。それとも、まだなのか？」とも、元神父は翡桜に訊ねない。只、翡桜と同じように血の気の引いた青白い顔色をしていて、二人は縺《もつ》れるようにして、明かりの灯されている柊達の部屋に向かって行ったのだった。

幸いな事に変人クラブのメンバー達は出勤してしまっていて、もう誰もアパートには残っていなかった。

二人を出迎えてくれたのは、猫のルナとブーツだけだったのだから。そして……。不幸な事に、翡桜とフランシスコの到着は、遅過ぎたのである。二号室の扉の上のクルスと、「魔除け」のためのリースは壊され、コンクリートの床に投げ捨てられていた。デーモンが、宅配人にそのクルスとリースを外させて、踏み躙らせてしまっていたのだ。デーモンに支配されたモノはまだ二号室の中にいて、沙羅に止めを刺そうとしていた。

「馬鹿女め！　御主人様に逆らって、ヤツの所に帰ろうとするとはな!!　太白様は、怒っていられるぞ！　犬め!!」

「犬でも、あんたみたいな地獄の犬じゃない。あたしはあの方の跡を行く痩せ犬よ！

あたし達の事は、諦めるのね。あたしの事は、放っておいてよ！　この子達にも、もう構わないで頂戴!!　下がってよ、大門さん!!」

息も絶え絶えになってしまっている沙羅は、それでも大門に向かって言い返し、柊と樅を庇うようにして抱き抱えている。その、沙羅の唇からは血の糸が垂れていて。沙羅の顔色と手の色は、雪よりも氷よりも白く、冷たく、凍えてしまっていた。大理石の彫像そのままに……。母親の沙羅に庇われている柊と樅の身体も白く、息も細かった。二人は気を失っていて、沙羅の死に瀕している苦悶も、哀しみも知らない。

沙羅は、最後の気力を振り絞って、翡桜と老人を見た……。逝ってしまった筈のパールと、フランシスコとを……。

「ああ。ミー。迎えに来てくれたのね。嬉しいわ……。あたし、間違っていた。それでも、あの方の所に行けるのかしら。あの方は、あたしを許して、清めてくれるの？」

「大丈夫だよ。大丈夫！　しっかりと聞いてね、沙羅……。あんた、あの方が言われていた通りに、きれいな顔をしているよ。ピエタのマリア様のように、白くて優しい顔をしている。沙羅。あんたのパパが来てくれているの。フランシスコ様が、あんたを捜しに来てくれたのよ。あたしの声が聴こえる？　沙羅。パパよ。パパよ！」

沙羅は、フランシスコに瞳を向けて、やっとの事で声を押し出した。沙羅は、体温と息を、奪われているのだ。

「パパ様……。あたし達の、パパ。どうかあたしの罪を許して下さい。あたしはデーモンに、利用されていたの。柊と樅を、守って……。それから。薊羅を助けて下さい。あの子、あたしの生……命……保険証書を、見付けてしまった……。あれは、罠だった……わ。とても、危い……モノだった。助けて……」

「解っているよ、沙羅。あたしとパパ様が、薊羅達を止めに行くから。あんたはもう、何も話さない方が良い。息を、止められたんだね。息を、凍らせられたのね」

アパートの部屋の中にはヒーターが点けられているのに「其処」は、まるでシベリア地方か、極寒の北極大陸のようだった。部屋の中にはブリザードのような凍った白い風が吹き、沙羅達だけでは無くて、フランシスコとエスメラルダをも凍えさせようとして、襲い掛かってくるのだ。その冷気の中では、白いデーモンが嘲笑《わら》っている……。

フランシスコはコートの下に着けていたストラを取り出し、水道の水を水差しに汲んできて、その水も清めて祝福をした。

その、祝福をした水は聖水となって光を放ち、フランシスコのストラはこの世の物とは思われない力を宿して、老神父の身体とソウルに十字架の命を注ぐのだった。フランシスコは聖水で、沙羅と柊と樅、エスメラルダ・パールと自分自身を魔物から守るための儀式を行った。

「神父め!!　老いぼれの犬め！　忠告を忘れたようだな。愚か者めが！　俺は、若造とは違うぞ。跪いて、許しを乞うが良い！　それとも這いつくばって、又、反吐でも吐く方が良いか！　お前とその女も、俺のものだよ、神父。奴は、腰抜けだからな!!　お前達が殺されようと、何一つ出来るものか……」

「黙れ。シャイターン！　ジンの分際で神を侮辱するのは許されないぞ！　神のものは神に。蛇は蛇に還れ!!」

「主の祈り」を唱えるフランシスコの力ある声に、翡桜の唱和をする声が、重なっていく。沙羅の、白い唇も動いていていて、声にはならない声で、クルスの祈りに付いていっていた。

「天にましますわたし達の父よ……」

「父よ……」

大門であったモノは、主の祈りの言葉の力と、ストラに宿っている神の力と、聖められた水の力によって後退し始めていた。苦痛と憎悪に歪められた顔の中で、眼だけが怯気をもたらすような悪意で、赤く燃えている。

「クソウ！　あと一歩でそいつ等は、俺達の王のものになったのに。邪魔をしたな、神父め!!　この世の父に刃向かうのか」

犠牲《いけにえ》を奪い返されてしまったソレの姿は、黒く変わってきていた。息が、止められてしまう!! フランシスコは肺を押さえ、翡桜も心臓と喉を押さえて悶えているが、祈りの声は止まらなかった。止めてしまったりしたら、「あの方」の信頼に応えられない。止めてしまったら、沙羅も皆も、死ぬ……。

「御名が崇められますように。御国が来ますように。天に御心が成るように、地にも御心が成りますように……」

シュウ。ジュウウウーッ。その祈りを止めろ! 止めろオオオ……。

「わたし達に必要な日毎の糧(力)を与えて下さい。わたし達の罪を許して下さい。わたし達も人を許します。わたし達を誘惑に遭わせず、悪より救い出して下さい。アーメン。わたし達も人を許します。御国と力と栄えとは、限り無くあなたのものですから」

「奴のものじゃない! 俺のものだ!! 俺様に従えエエエ!!」

「誰が、神のようになれるだろうか!! 退け! 蛇よ!!」

大門の姿と声は、完全に変わってしまっていた。暗黒の、「所有する者」と呼ばれていた像の姿が、透けて見えるのだ。

「エルサレムからは遠い、アトレの里の出の者よ! お前達の父祖が、わたしの神殿に詣でていた事も忘れたのか! エルサレムの娘よ。お前の罪は、わたしが見ていた!!」

「十字架に上られた方以外には、あたしを裁けない!! あたしの神は、ナザレのイエスと呼ばれていた方、お一人よ!!」

「退れ！　バール。ルシフェルの手下よ！　父祖達は許されて、今は御父の下にいるのだ。お前も、天使長の言葉に撃たれて墜ちたければ、墜ちろ!!　誰が、神と同じになれようか!!」

天使長ミカエルの、暁の天使であった反逆者を墜とした言葉の力に、雪嵐よりも酷《ひど》い嵐に息を止められて、気を失い掛けていたフランシスコ達の周りから、嵐が退いて、消えていった。

大門だった男の立っていた所には、邪悪としか呼び得ない赤い小さな毒蛇がいたが、ソレも既に消え掛けている。

フランシスコは、ソレにも聖水を振り掛け、その「モノ」は蛇の姿も失って、何処とも知れない闇である、地の底深くに墜ちて行ってしまったのであった。だが、死んではいない。ソレはまだ、死んではいないのだ。フランシスコ達は、総毛立っていた。

悍ましくて、嫌らしく、恐ろしい疾病のような毒を持っている、赤い蛇……。

「ああ、神よ!!　アレは、あなたの子供達を咬んで行きました。あれ程捜したのに、間に合わなかったのです……」

フランシスコの嘆きは、翡桜の嘆きでもあったのだった。沙羅は、氷のような涙を落としていた。沙羅は全身が凍えてしまっていて、氷の精のようだった。柊と樅を庇ったまま凍えて白い沙羅は、ピエタの聖母のようだった……。

「薊羅……の、所……に、連れていって……下さい。パパ。妹は、あたしの……。あたしの代りになろう……として……。パパ。ミー」

救急車を、呼んでから……。沙羅。君達は、まだ助かるかも知れないからね。柊と樅のためにも救急車を呼ぶから、頑張るのだよ。電話を掛けたら、わたしとミーは行く。

「駄目なんです。パパ。あたし達、二人で一人だけなの。柊と樅のママは、一人しかいません。薊羅に……子供達を、預けて。そして……。そして、あたしは、捨てて下……さい。湯川の奥の森か、山か、湖の中に……。あたし達が二人だと、迷惑を掛けて……しまうから。薊羅は、あの人に、恋を……して……いる、の……」

フランシスコは沙羅の言葉に驚き、意味が解らなかったので、エスメラルダの方を見た。「ミー」と呼ばれている、パール・ヴェロニカ。少年にしか見えない、恋しかった娘。山崎美咲ではあったが、今では井沢かすみであり、水穂彩香でもある、その娘の方を、見たのだった。「ミー」の瞳が、泣いている。

「事情が有るのです。フジシロ様。でも。今はこれ以上お話ししている時間がありません。沙羅の言う通りに、してあげて下さい。薊羅と紅が危いのです。どうか、救けてあげて下さい。あなたの名付け子達は、最後にひと目でも、あなたに会いたい事でしょう。救けるのが無理ならせめて、お声を掛けてあげて下さい。パパ。娘としての、あたしからのお願いです。娘としての沙羅を、連れて行ってあげて……」

薊羅に恋人がいるなんて、嘘です。薊は、椿のために嘘を言ったのに決まっていますから。だけど……。後の事は全部、本当の事です。パパ。薊と椿は、一人でなければいけないの。沙羅が二人もいたら、困る人達がいますから。

翡桜は、涙を飲み込んで、フランシスコに頼んでいるのだった。薊羅と紅のために。沙羅と柊達のために。

フランシスコは、只、頷いただけだった。薊羅が危い事なら、もう知っているのだから。皆が、危いのだ。何よりも、パールの「息」に気を付ける事だ、とあの方は言っていたのだが……。パールであった娘は、男のように変わってしまっていたのであった。「ミー」と呼ばれて逝ったが、今は生きていて、此処にいる。死んでしまっていた者が、生き返ってきていて、此処にいる……。フランシスコは混乱していたが、何をするべきかの優先順位だけは、解っていたのだった。

「タクシーを呼びましょう、フジシロ様。いいえ、待って！　それよりも、もっと早く車を手に入れた方が良い。フジシロ様は、まだ運転が出来る事でしょうから……」

翡桜は、部屋を飛び出して行ってしまった。尋ねたい事と、確かめたい事は山程あるけれども。フランシスコは、自分のするべき事だけをしていた。凍えている沙羅と柊達に、毛布と布団を掛けてやり、穢《けが》されてしまった部屋の中を聖水で全てきれいに、清めていったのだ。「もっと、水を！」と、フランシスコの中から声がしていた。フランシスコは、空いていたペットボトルの容器を洗って水を満たし、聖別をした聖水を、何本も用意した。

車が、アパートの入り口に横付けにされる音がして、停まった。車体の横腹に「金子不動産」と記されている軽自動車の中に、フランシスコと翡桜は、苦労して沙羅と柊と樅を運び込んだのだ。樅の車椅子が役に立ってくれた。毛布に包まれ、布団を掛けられた柊と樅の方に、沙羅が必死に手を伸ばしていって、抱こうとしている姿は、哀切極まるものだった。フランシスコは沙羅と柊達のためにしておかなければならない事を、思い出していた。「それ」は沙羅を慰め、柊達を助けてくれる事だろう。

「ルチア・沙羅。この車の中が、わたし達の教会だ。遅くなってしまって、済まなかったね。ルチア。ダミアンの代りに、わたしが柊と樅にバプテスマ（洗礼）を授けてあげようと思うが、どうだろうか。代母はエスメラルダで、代父はわたし、フランシスコだ。略式にはなるが、神は喜んで二人の子供達を迎えて下さるだろう。霊名は、柊にはバルナバ（慰め）と。樅には、クリストファー（キリストのもの）と付けたいと考えている。良いかね？」

ああ……。パパ様！　嬉しい。嬉しいです……。沙羅は泣いていて、言葉が出なかった。その沙羅と柊と樅のためにフランシスコは、洗礼に続いて終油（死にゆく者への塗油）の儀式も執り行って遣らなければならない事を、悟っていたのである。聖別された油の代りいに、聖水とクルスが印を付けてくれる筈だった。神の下に還っていくソウルであると、いう印を。この世界と天の国とを、愛で繋ぐ者達であるという、印を……。

翡桜は、青褪めた顔色を更に白く、蒼くしていた。洗礼を受ける柊達の代母となるためには、「許し」が要る……。

「フランシスコ様。そのためにはまず、あたしを清めて罪を許して頂く必要が有ります。罪ある身では、代母になれません。あたしは、人を死なせました。この車も、無断で借りてきたものです。罪は、許されますか」

声を潜めた翡桜の言葉に、フランシスコは仰天していた。車は返す事が出来るが、人の生命は返せないのだ。

「何故、そんな事を？　エスメラルダ。何故そんな事を……」

「キティとカニスの未来を返してあげるためにです。フランシスコ様。あたしは七の七倍以上も、神に許しを乞いました。されこうべの丘の上で、あの方の隣にずっと釘付けられているのです。あたしの罪は、許して頂けるでしょうか」

「五七六万四八〇一回以上、一日に「許せ」と、あの方は言われているからね、パール。君が悔いているのなら、許されるだろうが……」

フランシスコの言葉に、翡桜は首を振る。

「悔いてはいますが、自分のためにではありません。もし又同じ状況になったらあたしは、何度でも同じ事をするでしょう。愛のために、同じ事をするでしょう」

悔いてはいるが、同じ事をするだって？　フランシスコは喚きたかったが、一方では納得もしていたのだった。あの、ノエルと呼ばれていたムーンの姉のパールなら、何をしても可笑しくは無いのだろう、と。愛のためになら二人は、何でもする筈なのだ……。

「パール。君は、十字架に口づけが出来るかね？　聖別されている水で清められて、このストラにも口づけて許しを乞う、と誓うかね？　神が許されているなら、わたしも許そう。エルサレムの乙女よ。君は、神の御下に跪けるのか……」

翡桜がクルスに口づけをし、ストラに口づけをすると、クルスとストラから水が滴った。その水はまるで、神の涙のようだった。罪人を憐れんで泣かれている方の、愛の様だった……。

フランシスコは、神がパールを憐れみ、許している事を知って、信じた。「あの方」は、パールの息をも心配して下さっていたのだから……。

こうして全ては速やかに進められて、終った。

沙羅は、最後に言葉を絞り出して言う……。

「ありがとう……。もう、思い残す、事は、無いわ。ミー……。あんた達の、事は……天から、祈っている。あたし達、又……揃いましょう……。あの方の……花園の、中で……揃いま、しょう……。パパ様……」

河口に近い再来教団の敷地の周りには、潮の匂いが満ちていた。その門の近くの槐《えんじゅ》の下では、晶子に抱えられている咲也が、瞳を見開いたままの姿で気を失っていたのだ。

その咲也のソウルと身体から、青白く冷たい炎が上っているのを、翡桜とフランシスコは見た。咲也の力を利用して、咲也を通して、「アレ」が猛威を振るっているのだ。荒々しく。猛々しく。情け容赦もなく、奪い尽くそうとしているのだった。教団内にいる人々の善い心と、命を。悪人達の、欲望を……。

翡桜は、晶子の所に駆け寄っていき、尋ねた。嵐が来ている!!

「真山建設の水森さんを見なかった？　もう、中に入ったの」

晶子は驚いて翡を見上げた。あれ程捜していた翡、ヒオが来ている⁉　やはり、ヒオと紅は親しい仲だったのか……。それに。それにヒオと一緒にいるのは、逝ってしまった筈のフランシスコ・勇輝さんでは？　晶子は戦いた。

「いいえ。彼女なら連れの女性と、まだRホテルの地下にいる筈だわ。誰だか知らない子達と、話をしていたの」

それで。それで、わたし達は物陰から様子を見ていた積りだったのよ。それなのに。気が付いてみたら、此処にいたのだわ……。

「咲也君の魂は、戦っている。龍と桜が彼を助けているけど、このままじゃ駄目になっちゃうよ！　龍も桜も暴走しているからね。力を使い果たすと、死んでしまうもの」

「あなた、わたしの龍と桜の精が、見えると言うの!?」

「見えるけど……。こんなに派手に桜吹雪と泡しぶきを巻き起こして暴れていたら、彼・等は保《も》たない！」

「知世ちゃんさえ起きてくれたら、桜と龍を抑えられるかも知れないのに。美しい方《かた》のクリスチナなら彼女を起こせる、とあの方は教えてくれたのに。クリスチナが、呼べない」

晶子の苦痛に満ちている呟きに、翡桜は反応した。

「美しい方《かた》」のクリスチナだって？　桜山の桜は、あの森の物なのだろうか……。

「呼び方が悪いんだよ。沢野さん！　あの方というのは、白い衣を着けた、美しい方《かた》の事でしょう？　それなら、正しく呼ばないと!!　あの子の名前は、エメラルドの瞳のクリスチナというんだよ。知世ちゃんというのは、猫を抱いている子でしょう？　いつかは嘘吐《つ》いて、悪かったけどね。あの方が言われたのなら、教えても構わないと思う！　クリスチナを呼んで!!」

「エメラルドの瞳のクリスチナ！　わたし達を助けて頂戴。知世ちゃんを起こして!!　桜の精と龍が、死んでしまいそうなの……」

晶子の叫びは、森の娘に届いていった。可憐な知世の声がする。

「ああ……。あたしの桜。晶子さんの蒼龍。晶子さん。咲也君、どうしたの？　夢じゃなかったのね。夢だと思っていたのに、夢じゃなかった！　桜。桜。あたしと花ちゃんの方を見て……。龍には、晶子さんを見るように、言って頂戴……」

「わたしを呼んでいたのは、あなただったの？　龍の守り女さん。ああ……。其処には、わたしのエスメラルダも来ているのね。でも、又、弱っている。弱っているのね。悲しいわ。酷《むご》い戦いになっているのね……。大丈夫。わたしが力を送りますから。わたしは、森から出られないけど……。桜の精には森の力を。龍の精には、水の力を送って注ぎ、支えます。知世ちゃんと花ちゃんは、桜の近くにいてあげてね。あなたは、龍の傍にいて下さい。緋のように赤くて、怖ろしいモノが見えるわ……。あの方が言っていらした、悪くて狡い蛇のようなモノが、見える。あの方が、あなた達を守ってくれるでしょう。わたしは外には行けないの……。わたしのエスメラルダ。わたしのロザリアを、守ってあげてね。わたしの恋しい人達を守って下さい。東京に住んでいる人達を……」

「恋しい人達」？　沢木君の他に誰がいるというの？　緑の瞳のクリスチナ……。ああ、解った。君の働いていたホテルにいた人達の事だね。君の上司だった人と、沢木君の仲間達……。

緑色の瞳をしている少女は、深い緑と水の青の中に、消えてしまった。水晶球に映し出されていた少女の瞳を、フランシスコも見ていた。儚気でいながらも優しく、それでいて厳かでもあった、緑の瞳の少女の顔と姿とを……。その少女こそは、二十年前に「森に呑まれた」と、トルー・真一が報せて寄こした少女である事を、彼は悟っていた。少女の写真は当時、連日のようにテレビや新聞に映され、載っていたのだ。沢木という少年と一緒に。又は、彼女の上司達と一緒に……。二十年前の少女のゴーストが、パールを「エスメラルダ」と呼んでいる？

フランシスコの頭は、その事も受け入れられた。何故ならゴーストは、あの「美しい方《かた》」のものであるらしかったのだから……。「美しい方《かた》」の庇護の下にあるというのなら、仲間なのだ。

そして又、教団の開け放された玄関には、その少女の言っていた通りに、地の底のマグマのように怖ろしい、緋色の衣を着けた「ソレ」が出て来て、彼を睨んでいたからでもあった。「ソレ」は、伝えられているような醜悪な化け物では無く、ふた目と見られないグロテスクな姿をしている妖怪でも無かった。墜とされて、堕落したルシフェルは、暁の天使と呼ばれていた時そのままに、美しく輝いていて、人心を惑わせる分には、十分だったのだ。「ソレ」の見せ掛けは、華々しくて輝かしい。だが。「ソレ」の心魂は悪のために汚れ果てていて、腐っていた。眼の色が、悪を語っているのだ。フランシスコは叫び出したかったが、その代りに十字架とストラを突き出し、聖水を撒いて、結界を張った。

二重に張り巡らされた結界の中には「ソレ」も、ソレの手下達も絶対に入れないのだ。

再来教団の敷地の上空には、夜よりも黒い雲が渦を巻き、その渦は空中と地の底を結んでいて、人々の生命と魂を吸い尽くし、巻き上げて行っていた。

咲也のソウルには、ヒオとフランシスコと、椙子と呼ばれていたゴーストの、祈りの声が聴こえていて……。そして、咲也は勝ったのだった。悪そのものである太白の力に抵抗して、善へ、光の方へとその魂と心を向けられたのだ。呪縛は咲也を導いて、死の闇の側にと引き入れようとしてはいるが、彼の魂は抗う。

黒く凶々《まがまが》しい渦の外では、荒れ狂う冷たい風嵐の中で、桜吹雪の緑《あお》い花が舞い、龍が呼んだ水は凍って、霧に変わっているのだった。その、この世のものとは思われない嵐の在《あ》り様《よう》を見て、建物の外へ逃げようとしていた人達も倒れて、連れていかれた。闇の中の、渦に。太白の悪の、凄まじい力に……。

太白はそれでも尚満足をしていなく、尚荒れ狂っていて、怒りの形相は物凄まじかった。「ソレ」の中味はいつも、空っぽなのだから……。奪っても奪っても、「ソレ」は、満たされる事が無いのだ。地の底のもう一つの世界が、虚しい空《くう》であるのと同じように。「ソレ」は満たされなくて、ひもじかった。

そのひもじさと激しい飢えは、神の子供達のソウルを奪い去り、咬み殺す事でしか癒やされないのだ。太白は怒り、結界に近付こうと試みるのだが、桜の精と龍は、それを許さなかった。今にも枯渇し、死に絶えるかと迄に力を使い果たした桜と龍が、この世の王であるモノに逆らい、押し返す気力を未だに保っている？　太白は不気味に光る赤い眼で、白い猫を抱き締めて宙に浮いている少女を、睨め付けていた。

「恐くなんか、ないわ。あたしは怖くない。あたしは桜に抱かれているから。あんたはあたしと花ちゃんに、何も出来ないわ……。晶子さん。今の内に咲也君を連れて、逃げて頂戴。あたしの桜には、森の力が送り込まれてきているの。世界中の森の力よ。凄いでしょう？　この星は、森で覆われて繋がっているから。龍も、大丈夫よ……。水は、森から生まれるものだから……。あの人が付いていていてくれる限りは、大丈夫なの。緑の瞳の天使が、あたしと花ちゃんを守っていてくれる。でも、急いでね、晶子さん。あたしは恐くないけど、花ちゃんは異うのよ。あんなヤツ。あんな奴に、花ちゃんを連れて行かれたく無い」

知世の愛猫の花は力を奪い尽くされたのか、宙に浮き上がっては、知世の胸の中にぐったりとしたまま落ちてくる……。

太白は、敵の中でも一番弱い、小さな動物を狙っているのだ。その動物こそは、「彼等」の生命取りになるのだから……。太白の哄笑している美しい口元には、鋭い二本の牙が覗いていた。翡桜は晶子を急かして、咲也を槐《えんじゅ》の下から連れ出す。タクシーが止められていて、その中には人形のように愛らしい女の子を抱いた、プラチナブロンドとブロンドの、美しい双児らしい男女が乗っていたのであった……。

「その男の子を此処に！　それから、あなたも一緒に後ろ側に乗って下さいよ。わたしと妹は、アレが嫌いでありますからね。あのようなフライト・モンスターは、とても執こくて……」

「あの……。だって。このタクシーは、あなた達のものでしょう？」

「グチャグチャ言っていないで、早く乗ってよ！　あたしと白菊は、アレが嫌いなんだからね！　おチビは、あいつをもっと嫌いなのよ!!　それなのに。其処のおバカちゃんの役に立ちたい、と言って聞かなかったんだから！　急いでよ!!」

おチビの彩香は、翡桜の姿を見て、泣いていた。

ごめんね。あたしの可愛い妹の、星。ロバの皮・ジャスミン。ごめんね。あたし達はアレが怖いのよ。アレは、わたしと黄菊と白菊を見付けたら、きっと仕返しをするわ。仕返しなんて、恐くない。でも……。「あの方」の所に行けなくされるのが、怖いの。

晶子と咲也は、翡桜とフランシスコの手によって、タクシーの中に押し込まれてしまっていた。二人がいなくなってしまえば、知世は花を抱いて、桜山に帰って行かれるかも知れないのだ。翡桜は、その白い猫が、懐かしいキャット・三日月であるクレッセントに思われてきて、泣けてしまっていたのだった。愛猫と眠っていたという愛らしい少女である知世から、その白い猫を奪い去らせたくはない……。知世は「何か」に向かって、頷いていた。涙に濡れて、頷いていた。

「さようなら。晶子さん。咲也君。あたしの事は、もう心配しないでね。花ちゃんは、あの人が預かっていてくれると言うの。だから、あたしが桜と龍を見ていてあげる……」

「聴いたでしょう？　占い師さん！　早く行って、彼の手当をして遣った方が良いよ。彼、何でも増幅をしてしまうんでしょう？　だからね。咲也君は此処にいない方が良いんだ。アレは、咲也君の力を利用しているんだよ。解らない？　彼の心とソウルの哀しみと力を利用しているんだ！　咲也君を離さないと、廃人にされてしまう」

走り出したタクシーに向かって、翡桜は呟いていた……。

ああ。やっぱり！　ああ、やっぱり!!　あの子は、あたしの姉さんのリトラのようだった。どうして日本に来たのかは解らないけど。どうしてあの双児といるのかも、解らないけど……。リトラ。ねえ、リトラ・リスタ・彩香……。母さんと父さんは……。アレ？　あたしは今、何か考えていたのかしらん。そうだったわ。紅よ！　早く紅を見付けなくては、いけなかったのだっけ。紅と薊羅は何処なの……。

翡桜の記憶は消されて、彼等についてはもう、何も語らない。

タクシーの中でも、晶子に同じ事が起きていた。晶子は三人のゴーストをもう忘れてしまっていて、咲也に必死に、語り掛けている。

「しっかりして！　しっかりして、咲也。わたし達、どうしてあんな所に居たのかしら？　ああ……。しっかりして。お願い、咲也。目を覚まして頂戴」

咲也は、翡・ヒオの夢を見ていた。恋しくて堪らなかったヒオは、白いドレスを着て花輪を編んで、微笑っている。

「咲也君。さようなら。霧子さんと幸せになってね。あたし、本当はもう死んでいるの。だから、還るわ。天国に……」

咲也の閉じている目蓋から、涙の雫が伝って落ちてゆく……。おチビと黄菊と白菊は、晶子と咲也に向かって「さようなら」を言った。もう二度と話す事はない。咲也の中にいる翡桜のソウルにも「さようなら」と言う。それから、寂しくて優しい「家付きゴースト達」は、家に帰っていったのだった。

太白の姿は、一段と大きくなっていた。初めの内は好きなだけ好きなように殺し、奪って、自分の中に取り込んでいられた信者達の生命と魂が尽き掛けているのに、本当に欲しかった物が手に入ってはいないのだ。ルチア・沙羅と柊と樅は、奪還されてしまった……。大門であったマジュヌーンはその咎で、太白自身の手によって殺されてしまっている。喉から手が出る程に欲しいエスメラルダと老フランシスコは、結界から飛び出したのは良いが、晶子と咲也とを逃げ延びさせて、又元の結界に戻ってしまった……。

だが。まだロザリアとセシリアがいる。ダニエル・アブラハムという男と、可憐な六花と敏一もいるのだ。邪魔立てをしようと企てた、堀内と沖と金沢も、喰い尽くしてしまいたい。喰い散らかした後の滓《かす》のような、柳と高沢に吉岡。藤代勇介と花野もいる。嫌々。

あの駄目男の勇二と達子も欲しい。あの二人の身体と魂には、生命が溢れているからな。それに。桜長《さくらおさ》のムーンと、カトリーヌも。ムーンには恨みつらみが有るし、アリ・カトリーヌは美しい。

活きの良い娘達の魂は、大好物なのだ。だから。桜の精の少女と、桜そのものと、龍も欲しい。森の力と水の力を操っている娘と、その恋人の若者も……。わたしに逆らって逃げ隠れしているあの双児と、天使族の娘のチビなら、千人の命と交換しても惜しくは無いというのに。クソ!! あの三人を見逃し、野放しにしていたのは不味かった。天使族のチビめ! わたしの手下を手懐けて、反逆させるとは。あの姉妹は三人が三人共、揃ってわたしに逆らいおって!! タダではおかない!!

クソ。クソ! クソォー!! どうして龍神と桜の精は干涸びて、煙と灰になってしまわない? 森の力だと!? 笑わせるな。森も海も空も、この世の物は全て、わたしの物だ。もちろん、人間と豚と犬と、ゴーストもだ!! 奴だけは、別だがな。奴め!! わたしを此処に、足止めにさせた積りなのか。馬鹿めが。お前が「其処」からわたしを見ている事位は、解っているのだぞ! わたしを見縊るな!!

天を往く鷲の眸に見詰められていると悟った「ソレ」は、咆哮していた。結界が、邪魔をしている。だが、逃れられない訳では無い。

黒雲の渦を操る太白の意志と戦って、知世は桜の精と龍精を優しく見守っていた。緑《あお》い桜の花びらと水しぶきの白い飛沫に包まれている知世の姿は愛くるしいものだった。だが、彼女の後ろ盾になっている筈の娘の瞳に、今では同化してもいたのである。翡桜は、森のクリスチナの愛と力を信じ、知世という少女の真心を信じた。「あの方」が、蛇から世界を、「此処」を守っていて下さるだろう、という事を信じられるのと、同じ様に……。それで、心の中で叫んで言う。

さようなら！　知世ちゃん。さようなら！　緑の瞳のクリスチナ！　さようなら、桜。さようなら、龍。又、いつか……。

フランシスコが運転して行く車の中で、ルチア・沙羅のソウルは深い眠りに入っていった。美しい方《かた》の御下を目指して行くための、白い夏椿と愛の証の氷の花を、胸に抱いて……。

薊羅と紅を引き止めていたのは、高沢六花と敏一だった。

二人は、「ダニーパパ」を案じていて思い余り、昨夜来からタクシーで、ダニエルの(つまりは父親の敏之の)、車の後を尾《つ》いて回っていたのである……。そして、知ってしまったのだ。

父親が、紅を見張っている事を。見知らない女性と青年も、紅を見張っている事を。吉岡花野も、紅を尾け回しているという事も……。花野の瞳は暗く、翳っていた……。

その花野の車を、離れた所から今は、川北が車で来ていて見守っていた。川北は、藤代勇介に「花野さんの様子が可笑しい」と報告していて、それを一蹴されてしまっていたのだ。「放っておけよ。あいつの頭は狂っているんだからな……」と、吐き捨てるように言っていた勇介の言葉に、川北は従わなかった。花野が、本当に狂っていくようで怖かったのだ……。花野の行動は、常軌を逸しているように思われてならない。

再来教団と勇介の家の周りと、高沢の秘書の家の近くだけを、目的もなく走り廻っているのだ。そして、夜毎に留まっている。高沢敏之の車が、秘書の家の傍にいる間は……。花野は、自分を止められなかった。「何か」が、花野に向かって言うから。女の声で。男の声で。「湯沢沙羅の連れの娘に気を付けなさい。あの娘は、お前の母親の亡霊だから」、と……。

Rホテルの地下で六花と敏一の姿を認めたダニエルも、駐車場の隅から動けないでいた。彼の「小人達」は、何のために此処にいるのだろうかと怪しみ、訝しんで……。高沢は、重要な会議中であるのも構わずにダニエルを傍に呼んで、「紅の帰宅を確かめて来るように」、と命じたのである。ダニエルは呆れた。

そして。嫌々に紅の乗ったタクシーの後に尾《つ》いて来たのであった。紅が真っ直ぐに帰宅する積りでいるなら、タクシー等には乗る筈は無いのだったから。ダニエルは今日こそは紅が、翡か金沢と逢うのかと思っていたのだ。だが、相手は後ろ姿だけが馴染みになった女性で。おまけにその二人は六花と敏一に会って、引き止められている？

「何故なんだ。俺の小人達……」

呟いているダニエルの乗った黒い高級車の方を、レンタ・バンの中から勇二と達子が見詰めていて、首を傾げていたのだった。勇二は達子を連れて「花爆弾」を仕掛ける場所を、探し歩いていたのだ。荷物が多かったから、勇二は大型のバンを借りて走っていた。デパート。そして貸画廊と幾つかのホテルを、勇二達は、回って来ていた。反応は何処でも同じ様なもので、無名の写真家は冷たくあしらわれた。そこで達子が、藤代勇介の名前を仄めかせてみると、相手の態度が百八十度変わるのだが。その時には勇二の心も、百八十度変わってしまっていたのである。勇二は怒る。

「達子よォ。あいつの名前だけは出すな、と言っておいただろうが……」

と。達子の方でも負けてはいなかった。

「甘いっちゃね、あんちゃ。あんちゃを酷《ひど》か目に遭わせた兄ちゃの名前位使って、何が悪かよ……」

諍っている所にまず紅達が現れて、二人は黙った。写真の中とは異っているが、紅はやつれ果ててはいても美しく、連れの女性も又、やつれている。それでも美しい事に、変わりは無かったのだ。達子は、呟く。只、呟いている。

「あんちゃあ……。沙羅ちゃんたいよ。懐かしかとねえ……」

と、歌のように。

紅が、六花と敏一に根気良く言い聞かせているのが、見えた。

「ごめんね。六花ちゃん、敏一君。お姉さん達は今夜は御用が有って、お茶していられないの。今度、ゆっくりお茶を飲みましょうね。今日はもう遅いもの。帰った方が良いわ。お母様達はきっと心配して、探していらっしゃると思うの……」

「探しも、待っても、いないわ。紅お姉様。お茶を飲みたい」

「そうだよ。紅お姉様。おば様。僕達を置いて行かないで……」

六花と敏一は、紅の様子に異変を感じ取っていて、どうしても二人から離れようとはしてくれない……。

花野はそれを見ていて、ムカムカしてきた。紅も沙羅も、後ろ姿の子供も憎らしい。湯川沙羅が小憎らしくてならないし、沙羅の連れ歩いている母の花世の「亡霊」には、我慢がならなかったのだ。母の亡霊で無いのなら、あれは一体何で、誰なのかしら……。勇花の「亡霊」？　まさかね！　そんな事は有ってはならないし、有り得もしない事に、決まっているではないの。だって、ほら！　あの娘は沙羅だけでは無くて、子供達とも話をしているわ。何処かで見たような後ろ姿の子達だけど、誰だったのかしら？　子供達に迄見えて、触れる「亡霊」なんて、とにかく聴いた事も無い……。あれはやっぱり、わたしを脅迫するための「道具」か、「化け物」なのに決まっている。

花野の思考は恨みに満たされていて、支離滅裂なものだった。太白は、ほくそ笑んで花野を嗾《けしか》ける。「今だ!!」と。

花野の車が急発進をしたのを見て、川北も車を急発進させていた。鋭い爆発のようなエンジンの音に驚いた紅と蓟羅は、「その時」の来た事を悟っていた。けれども、六花と敏一がいるのだ。子供達を巻き添えにしては、ならない。紅は六花を、蓟羅は敏一を抱き寄せて叫び、走り出そうとして蹌踉《よろ》けた。間に合わない!! 六花を庇った紅を花野の車が撥ねて、花野を止めようとした川北の車は、敏一を庇っている蓟羅を撥ねてから、ハンドルを取られた花野の車と真面《まとも》にぶつかって、止まった。倒れた紅と蓟羅の胸の中には、恐怖のために自失してしまっている六花と、敏一がいる……。

ダニエルと勇二は瞳の前で起きた一瞬の惨事に、呆然としていた。ダニエルの頭の中では、声がしている。

「満足かね! これで満足かね、ダニーボーイ。裏切り者の女は、始末した!! だが、まだお前の小人達は残っているようだな。子供達も寄こせ! 神父と女もだ!! ダニーボーイィ……」

ダニエルはその悪意に満ちた貪欲な「声」が、自分自身のものでは無い事を、漸く受け入れられたのだった。紅を、例え「憎い」と考えたのだとしても、ダニエルにはこんな恐ろしい事は出来ない。決して、出来はしないのだ。

ダニエルは、自分が何も、誰も信じていなかった事を悟らされていた。愛するマリアと、恋した紅も。紅を心配していた沖と金沢の言葉と、真心も。自分自身の中にある灼けるような憧れと、熱情と、無関心にも、ダニエルは気が付かない振りをしていて、今日迄来てしまったのだった……。遅過ぎた。何もかも、遅過ぎた……。真実の愛に気が付かないでいたように俺は、人の心を唆す悪が実在する事にも、気が付かないでいた。紅。紅。許してくれ。俺は、君の言葉とあの優しい眼差しだけを見ていれば、それだけで良かったのに。君を恨んで、悪かった……。

勇二と達子が何処からか走って来ていて、二人はそれぞれに叫んでいるのだった。勇二はダニエルに。達子は携帯に……。

「何をしているんだよ、ダニー!!　六花と敏一も、遣られたんだぞ」

「救急車!!　救急車を呼んで!　人が撥ねられたんだっちゃ!　場所お?　そんなの、解らないっちゃよ。ホテルの下にある駐車場だっちゃけん。そっちで解る筈じゃとね!!　人ば、二人も死んどると!　待って。四人かも知れんちゃよ!!」

ダニエルが紅達の所に走り寄っていった時、フランシスコの運転している軽自動車が、到着したのだった。

「遅かったか!　ロザリア。セシリア!!　遅かったのか……」

紅と蒯羅は、薄っすらと瞳を上げてフランシスコと翡桜を認めた。紅も蒯羅も、何とかして微笑んで見せようとしたのだが、それには成功しなかった……。

「六花ちゃん……達は？　翡……桜」

「あの男の子は？　パパ……様……」

「大丈夫。この子達には掠り傷一つ、付いていないみたいだよ。ロザリア。セシリア。君達は、良くやった。遅れてしまって、済まなかったね、二人共。すぐに救急車を呼んで貰うから、動くんじゃない。解るかね。動かないで……」

「救急車だって？　駄目だよ、そんな物！　紅。君はどうする？　救急車に乗せてあげたいけど、どうしたい？」

「……嫌よ。それだけは、嫌……。翡桜。わたしを誰にも……渡さないと、誓って……。わたしが死んでも、誰にも……誰にも」

「解っている、紅。薊。あんたは？　あんたはどうしたいの？　椿は、あの森の奥か山か湖に捨てて欲しいって」

「ああ。ミー。ミーなのね。迎えに来てくれて……嬉しいわ。ああ。パパ様。フランシスコパパも、ミーと一緒なのね。それなら、椿は逝った……の？　柊と樅は……どう、なった？　あたしは、もう駄目……。椿と一緒に、捨てて……頂戴。あの人……に、迷惑を掛けたく……無いの。あたし達を、連れて行って。早く……」

「何を言っているんだ、二人共!!　待っていろ！　すぐ救急車が、」

「来たら困るんだよ！　ボケナス‼　紅と薊羅の言葉を聞いていたんだろ！　誰か、車を持っていないの？　十人は乗れるようなでかい奴が要るんだ。勇二さん。おばさんは？　ミスター・ダニエルのは駄目だよ。嫌、あんたのでも良いかな。こっちのと分乗すれば、何とかなるかも知れないから、貸してよね！　僕達が行っちゃったら、あの吉岡花野さんと川北さんに、救急車を呼んでやって‼」

「おばさんだっちゃ？　誰がおばさんだとね！　あんちゃ、勇ちゃを知っているんちゃ？　ダニエルちゃの事も？　あんちゃは、誰とね⁉」

「わたしの……ア、アネ……兄です。お願い。急いで。パパ様？　薊羅の……お父さんの住……所。わたしが……翡桜の……家に、置いて……」

「紅。ごめん……。あれは、パパ様の、事だった……の。ご、め、んね……」

でも、紅……。いつからミーは、あんたのお兄さんになったの？　どうしてミーは、生きている人みたいに物を言ったり、喧嘩したり出来るのかしら。ああ。わたし達のパパ様。柊と樅に会わせて。会わせて、下さい。沙羅の傍に行かせて。そして、わたし達を神に……。

薊羅と紅の瞳は、恋しい方を求めてさ迷い、戻ってくる。

「翡桜。わたしの……兄……さん。アレは、いたのね。本当に、いたのね」

「紅。もう話さなくても良いよ。アレは、僕達のクリスチナと知世ちゃん達に足止めされていて、一歩も動けない。僕達のあの方が、アレを追い払って下さるよ。パパ様。そうでしょう？　だから、早く紅達を車に乗せて……」

「翡。良い加減にしておけ。紅とその人は、今動かしたりしたら、確実に死んでしまうんだぞ。解らず屋め!!」

「どっちがだよ!!　解らず屋なのは、あんたの方だろ。ダニエル・アブラハム。自分の愛している人の、最後の願いも聞いて遣れないの？　紅は、誰にも触られたくないんだ。例えそれが医者でも、ポリスにでもね！　紅を、見てよ!!」

紅が、見ている。紅が、言っている。「わたしを連れていって……」と。ダニエルは、フランシスコの顔を見た。紅と翡と、六花達を庇った女性の「パパ」なら、どうするのだろうか。

フランシスコは、頷く。名付け子達の最後の願いの悲しさに、愛しさに泣いても、願いは聞き届けて遣らなければならない、と感じた。それが紅の願いであり、沙羅と蓟羅の願いであるのなら。それが、パールの願いであり、柊と樅の願いにもなるのだとしたら……。

ダニエルは、勇二がレンタ・バンを借りているのを知っていた。

「勇二。黙って車を取って来いよ。ハリーアップ（急げ）!!」

お前の写真の女は、俺の恋人だったんだよ。紅が俺をどう思っていようといるまいと、紅は俺の恋人だ……。

ダニエルは、自分の大切な「小人達」の身体を、ざっと調べてみた。紅とその姉（だと、ダニエルは思った）のお陰で、二人共無事で、只酷《ひど》いショックを受けているだけで済んでいるようだ。ダニエルは、六花と敏一に言って聞かせる。

「救急車を、其処の車の二人のために呼んでやってくれないかな。六花。敏一……。それで、君達はもう帰った方が良いだろう。ポリスに執こく訊かれるからな。帰った方が良い。皆も、心配しているだろうから……。俺は、今夜は帰れない」

「嫌よ!! わたしもガリバーと、紅お姉様と一緒に行く」

「嫌だよ。ガリバー。僕もお姉様と、あのおば様と行く!! 僕達、危なかったんだ。本当に危なかったんだよ。嫌だ」

サイレンの音が、近付いて来ていた。勇二の車には既に、紅と薊羅が運ばれている。沙羅と柊と樅も、毛布に包まれたままで、運び込まれる所だった。金子不動産の車は駐車場の隅に止められ、キーは座席の下に落としておいて、翡桜は扉をロックしてしまった。

「車の横の電話番号に携帯で言ってやって！ おばさん。車が、Rホテルの駐車場に置かれているのを見た、って言ってよ！ ミスター!! あんたは、その子達と一緒に家に帰って!! ハリーアップ!! 勇二さん。救急車とポリスが着く前に、此処から離れてよ!! 早く。早く！ 早く!! さっさとしないと、逃げられない！」

「俺も一緒だと言っているだろうが、翡！ 勇二。出してくれ!! 六花と敏一は、タクシーに乗って帰るんだ。念のために、病院に行くんだぞ。解ったら行って。ゴー!!」

だが、六花と敏一は、もう超満員になっているバンの中に乗り込んでしまって、動こうとはしなかった。

「あたし達、家出する途中だったの。あの家には帰らないわよ、ダニーパパ！　勇おじさんと、パパと行く!!」

フランシスコは、パールの方を見た。紅潮した頬に、血の気のない唇。愛に燃え立っている瞳で、男装をしている、パール・ヴェロニカの方を……。パールはどの娘よりも娘らしくて、どんな少年よりも凛々しい、男のようにも見えるのだ。そのパールが、フランシスコに頷いた。

今は、車の中で言い争ったりしている場合等では無いのだから……。達子が一人、息巻いていて叫ぶ。

「あんちゃあ。こんな訳の解らない事で、人生終りにするっちゃね!!　病院ちゃ行って！　こん車ん中は病人と、死人のなり損ねばかりたいよ!!　この爺っちゃは、誰ちゃ？」

「あんたの勇二さんの叔父さんなんだよ!!」と叫びたいのを、翡桜は堪えた。その車の中には、今迄離れ離れになってしまっていた、親族達がいるのだ……。

「ミスター。悪いけどあんたは、紅と蒯羅を看ていてあげて！　言っておくけど、どこかに触ったりしたら承知しないからね!! おばさんは、沙羅を抱いていてあげて。六花ちゃんと敏一君は、お兄ちゃん達を抱いていてあげてよ!! 体温が下がっているんだ!! 少しでも暖かくしてあげれば、救かるかも知れない。頼んだよ!!」

最後に振り返って見た時、翡桜とフランシスコは、吉岡花野と川北の間に立たれている、美しい方《かた》のお姿を認めたのだった。白い御衣は両の手と足からの御傷の血によって紅に染められ、お顔は哀しく、傷付いていた……。

「その人」の光に打たれて、花野は「何か」を悟っていた。真相では無い。けれども、真実である唯一つの事を。

「勇花! 勇花。勇花だったのね。ママよ!! 待って頂戴、勇花! ママなのよ。ママなのよ。許して!!」

川北が、花野の所に行こうとして、必死に跪いている。

大丈夫。あの二人は、少なくとも生命だけは助けて頂けたのだ。ああ。慕わしいわたし達の神よ。ナザレのイエスと呼ばれたお方よ。

どうか、あなたの紅達を憐れんで下さい。あなたの柊達を、憐れんで下さい。あなたの娘と息子達は皆、あなたを呼んで求めております。

愛と命と道である方……

もしもあなたが花達を望まれるのなら
御傷あるその御胸の中に
抱いていくと言って下さい

もしもあなたが恋花達を残されるなら
御傷あるその御手によって匿い
花達のソウルを癒やして下さい

花々は
あなたをお慕いしています
お連れになって下さい
このわたしも一緒に……
あなたのロザリアとルチアとセシリアは、
御言葉通りに子供達を守り抜き
悲しみの母の御姿に倣いました

愛する方　思い出して下さい　このわたしも

遠い昔にヴェロニカと呼ばれて
あなたの御傷の中へと消えた娘を……
思い出して下さい　わたし達の救い主
憧れと忠誠と、沈黙の炎で焼いて下さる方
焼き尽くして下さい
あなたの憐れみで焼いて、受けて下さるために

どうかわたしを刻み付けて下さい
あなたの腕に　印章として
わたしの心に　印章として……

美しい方《かた》！　ああ。懐かしい方！　わたし達の心臓（ハート）と魂（ソウル）の隅々に
迄、刻印を押して下さい。

これが
わたしの愛する者
これが

わたしの慕う者……

と、絶え間なく囁き、慰めて下さい。永遠に小さい鳥達に。わたし達は、あなたの花嫁。わたし達は、あなたの子。遠い日に、あなたはわたし達を捉えて、あなたの御名を刻み付けられました。されこうべの丘の十字架の血で。東雲《しののめ》の空を渡っていかれた時に。この世界の空と全ては、あなたの御国の海底である事を見せて下さった、あの美しい朝に……。わたし達は、その海の中の人魚として生きました。空を航《い》く船と丘と、雅な都に住まわれている方に恋をした人魚達。憧れに、焼かれて。あなたの光に、溶かされて……。この世からは消えて、愛の中の花輪の、花になりました。愛に生きるためには、泡ともなりました。主よ……。

翡桜の祈りは、二十年を経た後もそのまま、「彼」に恋し、生きた少女達の祈りであった。少女達が自分と同じ様に、神であり、人でも在った「その方」に出会っている事を、トルー・真一からの報せによって胸に収めてきた、フランシスコの祈りでもあったのだ。エスメラルダ・パールであったミーは、トルー・真一とムーライ・美月、フランシスコ・フジシロの三人には「その人」との邂逅を告げる事を、許されているのを知っていた。「その人」を愛し、信頼し切っているその三人こそは、「その朝」の出会いを知るのに相応しく、「その人」の御言葉と約束を知るだけの権利も有ったからなのだ。「その人」は、ミーを通して彼等にも会ってくれた筈だった。ムーライは天でそれを喜び、トルーとフジシロも理解し、喜んで、少女達とミーである「桜」と神の秘密を守って生きた。

沈黙の内にレンタ・バンの中で捧げられた祈りは深く、一瞬の内に「その人」の下へと昇って行って、受け入れられていた。鷲は、小鳥達とフランシスコの祈りを翼の中に抱き取る。カルワリオの丘の上の、十字架の上においても……。

Rホテルの地下駐車場から走り出た勇二に、達子と翡桜は同時に叫んでいた。「その人」が今は、涙して見ている。

「あんちゃ！　病院さ行って!!　警察ば嫌いな男ちゃの話なん、訊く事なか!!」

「一番近いインターから、高速に乗るんだよ！　そのままN町迄突っ走って行って!!　ミスター！　あの中でぶつけられたのなら、紅達はどの位のダメージを受けたの？　答えて!!　一時間か二時間は持つの？　答えて！」

「触らせもしない癖に、答えろちゃね？　あんちゃ、馬鹿かね。馬鹿で警察ば恐い男に、おばさんと呼ばれる筋合いはなかとよ！　あんちゃあ!!　病院さ行って。沙羅ちゃが……」

「馬鹿なのは、あんたの方だよ、達子さん！　紅も沙羅も、N町の三田医院以外では、診て貰えないのだからね！　僕がポリスを嫌っているだって？　嫌いどころか、死ぬ程怖いよ！　だけどね、勇二さん。達子さん。警察沙汰になったりしたら、紅と沙羅が泣くんだよ!!　何よりも、一番困るのは、あんた達の！　あんた達の!!　クソったれ!!　何でも良いから、N町へ行ってよ！　柊と樅も危ないみたいだからね！　沙羅はまだ白くて、氷のようだもの!!」

「沙羅ちゃは、芯から冷たいがね！　けんど、そん女《ひと》は誰なん？　あちはあんちゃを知らんのに、何であんちゃは、あちの名前を知っとるとね？　勇ちゃとダニエルちゃの知り合いちゃ？　沙羅ちゃが二人もいて、沙羅ちゃの子達も二人だったっちゃ？　アレ？　ほんなあ。あんちゃ？　あんちゃは……。勇ちゃの写真の人だっちゃあ!!」

「写真？　写真って、何の事だよ、勇二さん。変な真似をしていたら、それこそあんたを殺してやるからね!!　その写真とかを渡して！　今すぐ僕に渡して見せないと、あんたとあんたの達子さんを、この車から放り出して遣る!!」

「止さないか。翡！　喧嘩なんかしている場合じゃないだろうが！　紅と、紅のシスターは気を失っているんだぞ。N町というのは、長野県の、あのN町の事なのか？　幾ら何でも、それは無理な話だ。相手は、ぶつける積りでいたんだからな。駐車場の中でスピードは出ていなかったが、内臓が……」

「そんな事は、解っている！　ミスター。だから、あんたに看ていて貰っているんだからね!!　あんた、医者だろ。医者なら医者らしく、二人をしっかり看ていてくれないと!!　それよりも、写真はどこ？　このボケナスに、写真を早く出すように言ってよ！　悪くしたら、全員パーになる!!」

勇二と達子が止める間も無く、ダニエルは勇二の「花爆弾」が詰め込まれている鞄を、取り出していた。

「これが欲しいのか？　翡。理由を言ってみろよ。お前は男なのか？　本当に、紅のブラザーなのか！　お前は、誰なんだ？　翡。俺にはお前は、男でもなく女でもない、何かに見える。人間ですらない、ファントム（影）のようにな!!」

「ファントム？　それは光栄だね。ミスター・アブラハム！　光栄の行ったり来たりで有難いけど。僕は只のバーテンダーで、只の翡だよ！　写真を寄こして!!　寂しがり屋の怒りん坊！　紅が聴いていたら、泣くという事も解らないの!!」

フランシスコ元神父の老いたフジシロには、翡桜の言動の一切は、理解の外の事だった。けれども。フランシスコ・フジシロ・勇輝は、神と、パール・ヴェロニカを信じていた。さくらの民の長《おさ》、ムーンとその姉のパールを信じていられたから、言えた。その鞄を「翡」に渡して欲しい、とダニエルに……。

翡桜は、勇二の鞄の中にぎっしりと詰め込まれている「写真」を調べていった。紅潮していた頬から血の気の失われてゆくのが、誰の瞳にも映っている。

毛布に包まれている柊と樅を「抱いているように」と頼まれた、六花と敏一の幼く、曇りのない瞳にも……。

六花と敏一は、怯えていた。この人達は誰なの？　ねえ、ダニーパパ。どうしてあの女《ひと》と紅お姉様は、あたしと敏を守ってくれたのかしら？　生命を懸けて迄、どうして……。達子とフランシスコも、同じ事を考えている。ダニエル・アブラハムと勇二の頭の中でも、同じ質問の渦が巻いて、音を立てて流れているのだった。「彼等」はお互いに、お互いの名前を知らない。達子と勇二は、「写真」の中に収めてきた男女達と、ダニエルとの関係が理解出来ない。ダニエルは熱心に「写真」を調べてはいたけれど、自分の「知人達」だとは言っていなかった。フランシスコには、黒いけれども美しい痩身のダニエルと六花達と、紅と蓟羅の関係が解っていないのだ。勇二と達子と、「翡」と名乗っているパールとの間にある糸も見えない。「彼等」は、思うだけだった。

一体全体、これはどういう事なのか？　どうして「翡」は、紅と蓟羅達を、医者に診させないのか？　何故？　何故。何故……。何故「翡」の顔色は、あんなにも蒼白で……。蒼白で、鞄の中に顔を埋めるようにしているのだろうか。

「血！　血!!　血が出ているちゃね!!　ヤダア！　あんちゃ。あんちゃも、車に撥ねられでもしたと？　あっちゃあ……。勇ちゃの写真が全部、こん人の吐いた血で赤く染まっとる!!」

フランシスコは、頭を殴られたようになっていた。「あの方」は、「パールの息に気を付けなさい」、とあれ程言って下さっていたというのに。パールは意識を失っていて、そのまま紅の傍らに、紅の顔の隣に、頽れていってしまった。

「心臓だろう。多分な。こいつはいつも、心臓の薬を隠れて飲んでいたんだ。こいつのシスターのミーも、心臓が悪くて逝った、と聞いているからな。薬はこいつの財布か、ポケットの中にでもあるだろう。俺が探しても良いのだが、ファーザー。あんたが探して、飲ませて遣ってくれないか。俺はこいつの脈と、呼吸を調べる。急いでくれよ」

「心臓から、血が出ているの？　ダニー……。ガリバー。それならその人はもう、助からないんじゃないの。僕、怖いよ……」

「心臓からではないさ。敏一。こいつはもう全身症状を起こしていて、いつも咳をしていたからな……。食道か気管支か。肺か気道のどこが遣られていても、可笑しくないいんだ」

「勇ちゃの写真が！　勇ちゃの写真が、血塗れだっちゃあ……」

「泣く事はねえよ、達子。写真は駄目になっても、まだネガが有るからな。又、焼き付けをすればそれで良い」

「良くは……ないね。この、ボケ……ナス。あんた、本物の……馬鹿。パパ様。そいつから、ネガを取り上げて。僕の事なら、心配しないで……。一度死んだ者は……二度目が怖くない。怖いのは、愛する者達の……破滅だけ……だよ。血は、只の徴だよ……」

「あの人」のものになった、という印。「あの人」の下に行く時が来ている、という徴。

アレは血に飢えているけど、アレの手には、あたし達の血は一滴も渡りはしないわ、フランシスコ様。あの、美しいお方《かた》の血が、最後の一滴までアレには渡されなかったように。「あの方」の血と愛が、最後の最後まで、御父のものであったのと、同じようにして……。あたし達の血は、あの方だけの物。

「花爆弾」は、翡桜の胸の中で、起爆したのだった。誰の頭の上でも無く、エスメラルダの愛とソウルの中で、爆発をした。

ダニエル以外の、誰の頭の中でも、上でも無く。

エスメラルダ・翡桜はその事を、神の恩恵だと思って感謝をしていた。その強力な爆弾が、世間の目に曝されてしまう前に、誰でもない自分の手に渡して寄こされたのだから……。薬を飲み下した翡桜はそれでも、身体中を締め付けてくる痛みに、顔を顰めていた。

紅と蒯羅の唇からも、血の糸が垂れてきている。

ダニエルは、胸が潰れるような悲痛に只、為す術も無く紅を見詰めていた。紅は、助からない。そのシスターも……。

「ロザリア？　ロザリア。セシリア。頼む。目を開けてくれないか……」

フランシスコの懇願に、紅と蒯羅は薄く瞳を開けた。

「ああ。ロザリア。良かった。僕のコオ。あの女《ひと》が、許して欲しいと言っていた。許して、と言って、泣いていたんだよ」

「あの人……が……？　あの人が、そう言ったのなら、許すわ、ヒオ。わたしの、王子様……。お願い。もう一度、あの名前で呼んで……頂戴。それから、言ってね。さようならを……」

「翡」は、紅の長い髪を優しく撫でてから、囁いて言った。

「解っているよ、ロザリア・コオ。君は、僕のエンジェルで僕達は皆、人魚だ。ルチアとセシリアと一緒に、先に行って待っていて……。柊達を見届けたら、僕もすぐに行く」

「ミ……ミー？　それとも、一寿君なの？　あたしにも、顔を……良く見せて……。柊と、樅を……助けて、あげて……ね。いいえ……。やっぱり柊達は……あたしとルチアで、連れて行く事にするわ……。残して行くのは、可哀想だから……。あの子達だけを残して行くのは、とても……可哀想だから……」

「その……声……は……セシリア？　ああ。セシリア。あんたも、やっぱり駄目……だったのね。ロザリアと……エ、エ……エスメラルダも一……緒なの？　セシリア……喜んで……。パパ様が、柊と樅に、新しい名前を……下さった。バル……ナバと、クリストファー……よ。あたし……達の子供……は、慰め……と彼の物、という、名前……」

ああ。ありがとう。これでもう、何も思い残す事は無い。柊と樅に、霊名の無い事が、気掛かりだった。柊と樅が、バプテスマを授けられていない事が、気掛かりだったの。パパ様。ありがとう。エスメラルダに似ている人、ありがとう。ロザリア、ありがとう。あたしのルチア。あたしの、セシリア……。あたし達のバルナバ。クリストファー、ありがとう。あたし達の美しい方《かた》。今こそ、千のありがとうを。「ありがとう」という言葉であたし達は、あなたのために花を編みます。「ありがとう」であたし達は、きれいな花に成れました。「ありがとう」であたし達は、港に着けました……。

紅と薊羅と沙羅の顔色は、海の中の空のように蒼かった。けれども、その蒼さの中には光が在った。可憐な花が咲き出ているような、美しい光が……。

「パパ様。勇二さんから、写真のネガを取り上げて……」

「何を言うっちゃね！　勇ちゃはこの写真で、写真展を開くちゃよ!!　写真家の命の写真ば、渡せとちゃね！」

「何が、写真家だ……よ。アンポンタン。それならミスター。あんたに頼むしか、ないね。ウスラボケ……は、ミスターに借りがある筈だから……。ネガを、取り上げてよ。今すぐにね……」

「理由を言えよ、翡。理由も無いのに、そんな事が出来るか。お前は誰だ？　何で俺と勇二の事を知っているのかね。十年も前の海の向こうの話で、過ぎた事だ。何故、俺が医者だと知っている？　勇二達と六花達を、どう、」

「どうして……知っているかだって？　それはね、ミスター、僕がファントム（幻影）で、シャドウ（影）だからなんだよ。僕はミーの亡骸から生まれた、モンスターなんだ……。モンスターの命は、短いものだけどね。此処にいる全員の事を、僕は知っている。君の紅も、かなり知っているよ。特に、君達の事なら、詳しくね……。時間が無い。ネガを取って……」

「誰がお前なんかに、大事なネガを渡すというんだよ。ボケ!!」

「あんたに、決まっているだろう？　勇二さん。そいつはね。只の写真なんかじゃ……ないんだよ。写真展？　遣ってみなよ。この極楽トンボ……。そいつが公表されて真っ先に破滅するのは、君の兄さん一家で、君達の一族だ。次に、そいつは……六花ちゃん達の両親と一族を破滅させてしまう。吉岡弁護士一家も、道連れにしてね……。それから……。君は、神の教会を、敵に回す事になる。二人の神父様を、破滅させるから……ね。紅の両親と、柊達の父親と、ママ達もだ。そうすると、今度はTホテルの支配人達が、破滅する。変人クラブの皆も破滅して、摩奈も潰れる。そうなると、森の天使が嘆いて、達子さんの好きな、森も枯れるよ。罪の無い妹弟と、両親達の事も酷《ひど》く吹き飛ばすけどね。誰よりも一番打撃を受けて、死にたくなるのは、君のダニエルだ。そいつはダニエルの恋している紅を粉々にして、吹き飛ばすからね。それは、写真なんかじゃないよ。ダニエル。それは、爆弾なんだ。次々に爆発していって、此処にいる全員と、皆の家族と一族達を粉々……にする、連鎖爆弾、なんだよ」

ダニエルの、恋している紅？　ダニエルが、恋をしている紅。

勇二と達子は、顔を見合わせた。六花達も、ダニエルを見詰めて息を呑んでいてから、叫び出していた。

「ネガを出してよ！　勇おじさん、今すぐに出して、その人に渡して!!　そうじゃないと、二度とおじさんと呼ばないからね！　ダニーパパの恋人で、あたし達を助けてくれた紅お姉様を粉々にするなんて！　その前に、あたしと敏でおじさん達を粉々にして遣るから!!　出してよ!!」

翡は、思い切り渋い顔をしている勇二が投げて寄こした鞄を、フランシスコの手に渡して、頼んだ……。

「これを、全部燃やすか、川か湖に沈めて……下さい。二度と、人の目には、触れないように。パパ様。大事な事なんです……」

「解った。エスメラルダ。君の言った通りにすると、誓うよ」

あの、美しい方《かた》にかけて。さくらの民とムーンと、その姉の君の名前にかけて。名付け子達への愛にかけて、誓う。

翡が安心して意識を失うと、紅達も再び意識が遠退いていった。深くて青い、空の上の海へと……。

「さっきから変だと思っていたんだっちゃ。こん人がエスメラルダで、沙羅ちゃがルチア？　ロザリアちゃセシリアに、爺っちゃが皆のパパだっちゃ？　何でパパに、様を付けて呼ぶっちゃね。何でちゃんとした名前ば有るのに、可笑しか名前で呼び合うと？　パパ様なんちゃ、聞いた事も無か！　ネガば、返して」

フランシスコは沈黙を守っていて、達子に答える事をしなかった。ネガの入れられている鞄と、「写真」が入っている鞄をしっかりと抱き寄せて、一心に祈りを捧げ続けるだけなのだ。ダニエル・アブラハムは、紅と翡の手が、しっかりと互いの手を握り締めていて、その手の色が白く変色してしまっているのを、見詰めていた。溜め息と涙が、同時に出てくる。ダニエルは今でも、泣きたい程に紅が好きだったのだ。マリアに、似ている紅。マリアと同じ所へ、行ってしまう紅。

「達子。紅達の本当の名前は、ロザリアとルチアとセシリアなんだよ。そしてな。こいつの本名は、エスメラルダなんだ。この四人は、この世の名前なんかもう、どうでも良いのさ。そうだろう？　パパ様。パパ様というのは、神父様という意味だ。神の使いが、紅達の神父で、パパなんだ……」

神父が付き添っていて守っている娘達と、少年達と翡。医師免許を持っているが、見守る事しか出来ない男も、揃っている？　クソ……。これでは今すぐに死人が出たとしても、立派に葬式が出せるぜ。何しろダニエルは「死亡診断書」にサイン出来るし、神父は埋葬が出来る……。

「何であんたが、宗教にそんなに詳しいんだよ？　ダニエル。あんたは無神論者だと、思っていたけどな……」

　ダニエルは、答えなかった。答えられなかった、と言えば良いのか……。ダニエルの沈黙は、レンタ・バンの中に広がっていった。

　ああ。マリア。今こそ俺は、あんたの声を聴いていたいのに。あんたの声を、聴いてみたいのに。マリア。マリア。マリア……。どうして黙っている？　あんたも俺を、捨てるのか……。

　車は、重苦しいような沈黙と、息の詰まるような祈りと願いを乗せて、ひた走りに走った。周囲にはもう走行している車は見えなくなり、辺りは真の闇に似ている。人家の明かりも見えなくなって、深い山の中の木立と、冬枯れた藪や下草の向こうに、岩と石が見えた。山の奥へ。奥へ。闇の奥へ。奥へ……。勇二が運転をして行く車はまるで、この世界の外へ、空《くう》の中に在る闇の洞穴か、嵐の目の中にでも、入っていくようだった。

　その闇が光っていた。桜の淡く、それでいて夥しい緑《あお》と、真夏の森のような深い緑と、水の蒼とに光って、空へと昇って行っているのだ。光る闇は、不気味な程に黒く暗い、渦巻いている雲とぶつかり、弾き返しているのだった。車のライトにでは無くて、緑の光に照らし出されている嵐雲の中には、巨大な「顔」が存在していた。邪悪で、限り無く貪欲で、怒り狂っている、太白光降という名の堕ちた天使の、顔がある……。

「良くも!!　良くも、このわたしに逆らいおったな！　だが何故だ？　たかが桜と龍神の分際で、どうしてここ迄わたしに盾突く？　このわたしに刃向かって、立ちはだかるとは」

「墜とされた者よ！」

フランシスコが思った時に、幾つもの事が、同時に起きていた。「神よ!!」と続けて叫ぶ間もなく……。

「見付けたぞ！　神父め!!　見付けたぞ！　パールめ!!」

ソレの歯噛みをするような声に応じて、翡が瞳を開けた。エスメラルダ・パールは、一瞬で事態を悟っていた。アレとの戦いは、まだ終っていないのだ。森と海の力をもって防いでも、アレの力は防ぎ切れていない。地脈と水脈の全てをもってぶつかっていっても、アレを撃退出来なく、弱らせる事も、出来なかったのだ。緑の瞳のクリスチナと、桜の精と知世と龍精は、アレを押し留めてくれてはいるが、それは、いつ迄保《も》ってくれるのだろうか？　もし、「彼等」の力の方が先に弱ってしまうような事になりでもしたら？　アレは、勝ち誇り、勢い付いて、東京中を、日本中を荒らし回ってしまうのに違いない……。それを防ぐためには、どうすれば良いのか？　解らない、とは言いたくない。「あの方」が、道を示して下さったのだから。あのお方がまず、アレと戦い、勝って下さった。負けてみせる事によって、永遠の勝利を収めて見せて下さったのだから。

「ロザリア・バーミリオン。ルチア・アイスカメリア。セシリア・スイートシスル。起きて。あの方が、呼んで下さっている。あの方の方法に倣って戦うように、と招いて下さっているのよ。フランシスコ様。あたし達を清めて、祝福して下さい。アレを防ぐ手立てはもう、一つだけです。アレをこの地から追い払って、多くの人々の生命と善を守る手段は、一つだけしか有りません。あたし達が、あの方の犠牲に倣って生け贄となりましょう。それでも駄目でしたら、パパ様も一緒に……。今日は、アレの祭りの準備の日ですから。アレは、生け贄を得る迄は、決して諦めないでしょう。犠牲となって下さった方を咬んだようにして、咬む者を捜しているのです」

行く手の先の緑蒼の光の中に、透明に輝く丸い光が浮き出し、輝いて呼んでいた。その丸さと透明さと、清涼さとは、まるで水晶球のように見えもし、神の都のドームのようにも見えるのだった。丸い光は何所から来て、何所に通じているのだろうか？　光の外から、「声」が聴こえた。懸命に叫んでいる声が……。

「咲也！　咲也!!　しっかりして。目を覚まして!!　戻って来て頂戴、咲也！　ああ。知世ちゃん。咲也を、連れて行かせないで……。緑の瞳のクリスチナ。わたし達のために、もっと力を!!　美しいお方《かた》!!　どうかわたし達を救けて下さい。あなたのクリスチナを支えて。咲也を返して……」

晶子と一緒にアパートに帰した筈の藤代咲也は、意識を失ったままで何所かに連れ去られようとしていた。その咲也の身体を小柄で可憐な少女の姿の知世が抱いて、必死に連れ戻そうとしているのだ。桜の精と蒼龍は荒れ狂っていて、森と海の力を使い、クリスチナの止める声が、哀願していた。

「戦ってだけいては、駄目よ。知世ちゃん達を助けたいのなら、クルスの御像の神様に祈って……。ああ。わたしのエスメラルダと、ロザリア・ローズ。わたし達と、わたしの恋しい人達を守るために、一緒に祈って……」

「そうはさせるものか！　愚か者めが!!　森の娘め！　まずお前から先に、わたしのものになって貰おうかね!!　それとも、パール。お前が先か？　わたしはどっちでも良いぞ」

「荒らす者!!　まずあたし達が先だわよ。ムーンの力に邪魔をされたくなくて、ムーンを何処かに遣ったのね！　ムーンが叫んでいるわよ。アリを返せって!!　海に沈めたの？それとも、眠らせているの？　ムーンを、どうしたのよ!!」

「ノエルの事かね？　パール・ヴェロニカ。あれは、邪魔だから消えて貰った迄の事だ。あいつは足止めされて、頭に来ているがね。今度は、あいつには頼れないぞ！　さあ、来てみろ……」

紅と沙羅と、薊羅は頷いていた。自分達の命が役に立つのなら、役に立ちたい。それで、柊達や愛する人達を守れるのなら、「あの人」に従って、身代りになりたい。恋しい方の御跡を行けるのなら、悔いは無い……。

フランシスコの思いは、問われなくても、伝わってきている。そして。あの美しい方《かた》の御心も、今では五人に響いてきているのだった。懐かしく、恋しい方のお声が聴こえる。

「進みなさい。わたしの子供達。怖れる事は、何も無い……」

これ等の全ては、殆ど一瞬の間に、同時に起きていたのであった。「翡」が、女の言葉で喋っている……と、ダニエル達は呆けた頭で只、それだけを思っていた。頭が、付いていけないのだ。そのダニエルと勇二、達子と六花達にも「翡」は叫ぶ。

「あんた達がどうするのかは、自由よ!!　あたし達と一緒にアレと戦うか、今すぐにこの車から降りて逃げるか、自分で決めて良い！　だけど……。逃げても、いつかは死ぬ時が来るんだからね。人生なんて、夢なの！　長くて短い、蛹が見ている夢なのよ！　誰かの役に立って、愛のために死ねるのなら、その方が良い。決めて!!」

「誰のためにも死ぬのは、御免ちゃね!!　勇ちゃ、降りよう!!」

「俺は残るよ、達子。勇二。俺は、紅の傍に残る……」

「止せよ、ダニー!!　お前、イカレちまったのか？　こんな所にいたら、間違いなく死んでしまうぜ。降りよう!!」

「翡」が、三人には構わずに、紅達に向かって言っていた。

「パパ様に清めて頂く前に、告白しておく事が有るの。コオ。あんたは、聞きたく無い事を聞かなくちゃならないし、沙羅、あんた達は言われたく無い事を、言われる事になる。

六花ちゃん達も残るのなら、知りたく無い事を知る事になるし、フランシスコ様も同じです。あの二人も、関係している事ですけど……」

「あちと勇ちゃに、何の関わりがあるとね？　この女男」

「男女だよ、達子。こいつは女で、男の振りをしていたんだろう。なあ、翡。俺は残るのだから、言ってみろよ。勇二と達子も関わっているとは、どういう事なんだ？」

「残らない者に、言う必要は無い事よ！　残って、心も生死も共にすると誓える者だけが、知る権利が有るの。憶病者と愛のない者には、用が無いんだ!!」

「憶病者ちゃ？　良くも言ってくれたっちゃね！　勇ちゃ。あちは、此処に残るちゃ！　あちは臆病でも、卑怯でもなか」

「達子ォ……。お前が残るのなら、俺も残るよ、ダニーもいるしな」

それでは、決まりのようだね……。フランシスコの瞳の色に、六花と敏一が頷き、ダニエルと勇二達も頷き返した。


レンタ・バンの中には目も眩むような光が溢れてきていて、その光の中には「何か」が立っているのだった。「わたしは共にいる」と言われる方が、立っておられる。十字架の上での御姿そのままに。傷付いて。血潮に塗れて、立っていて下さるのを、フランシスコ達は見た。ダニエルも見たが、勇二達は見ていない。勇二達の瞳には、余りにも光が強過ぎたから。それでも……。「何か」の姿が見える？　十字架のような、光と形から……。フランシスコがその光の中で、車の隅から隅まで清めてゆく。それから、一人一人の頭の上に聖水を滴らせ、十字を切って、神の守りと祝福を願うのだった。

「聖水を……」

と、エスメラルダはフランシスコに頼む。

「二本だけ、残しておいて下さい。神父様。一本は、途中で意識を失う者のために。もう一本は、あの方の御跡に続いて、召されていく者のために……」

「解っている。パール。解っているよ。だが、わたし達はこれからどうしたら良いのかね？　君の話は、長く掛かるのかな」

「長いかも知れませんし、すぐに終れるかも知れません。あたし達の全てを、あの方に捧げて、見て頂くのです。喜びも悲しみも。秘密も全て……。勇二さん、用意は良いわね？　それでは飛んで!!　あの緑の桜と龍精と、ルシフェルがぶつかっている所に、飛び込むのよ！　水晶のように透き通った輪の中に!!」

「冗談じゃねえよ。此処からあそこ迄は十キロ以上も離れているんだぜ！　イカレ男め。あんた、イカレてる」

「嫌なら良い!!　覘いているんでしょう、沢野さん！　咲也君の所に運ぶように、あんたの龍に頼んでよ。知世ちゃんの所に行けるように、あんたの力で何とかして。光である方が、手を貸して下さるから!!」

沢野晶子の姿が、光り輝いている輪の中を通って行った。知世が抱き締めている咲也を見上げて、晶子の声が言う。

「助けてあげて。助けてあげて……。わたしは石の中を通り抜けられるけど、只それだけでしか無いの。戦いたいわ。わたしも。あんなモノに、咲也を連れていかれたくない。あんなモノに大切な人達や蒼龍を、メチャクチャにされてしまいたくない。それなのに、わたしはあなた達を運ぶだけしか出来ないの。龍よ!! わたしの龍よ! あなたが好きなヒオさんと紅さん達を、其処迄運んで。お願いよ……」

蒼い龍が走った? いいえ。あれは、蒼い光だった。海の青よりも、蒼い閃光。ヴェロニカの花よりも、青い煌《きら》めき……。

翡桜達の乗っているレンタ・バンは、車ごと青く透き通って光る、球の中に浮いていた。その車の外には、緑の桜が舞い狂い、蒼龍の巻き起こしている水流が、月の青となり、霧氷そのものと雪になって、荒れすさんでいる。巨大な顔をしている黒雲と渦の中には、黄金色に光っている不気味な瞳があった。

「此処はどこっちゃね! 嫌だあ、勇ちゃ!! 此処はどこちゃ!!」

この世の何処でも無い所。宇宙の裂け目で、果てでもある所。時間も無く、方向も無く、光も闇も無い。次元から次元に通じていて、閉まってもいる所。

「翡」の思考は、全員の頭の中に響いていった。「翡」は、呟く……。

「沢野さん。これから僕が想い、伝える全てを忘れる、とあの方にかけて誓ってくれませんか……。そうでないと、僕達は、アレとは戦う事が出来ないから」

「美しい方《かた》にかけて、全てを忘れると誓うわ！　翡さん」

オーケー。それでは、始めましょう。まずは、あたしからです。

されこうべの丘の上の十字架の御姿そのままに、傷付いているお方が、今では全員の瞳に映っていた。茨の鋭い棘の冠による、痛ましい傷。釘付けられて開いた、両手と両足の御傷。鞭打たれたお身体の無数の深い傷跡と、刺し貫かれた胸の、槍による御傷……。御衣も剝ぎ取られて。陽射しに焼かれて。砂と塵と涙に塗れた、そのお姿が……。お顔の中の瞳は、流された血によって塞がれていた。苦痛と、憐れみと、愛によって流された涙で、潰されているのだ。そのお方の痛みによって、世界は救われた……。

パール・ヴェロニカは、涙を湛えて静かに「彼」に縋った。

「では、最初はあたしです……。あたしは、止むを得なかったとはいえ、人を死なせてしまいました。愛のために死なせて、愛のために逃げている。その事はもう、神父様に告白をして、許しを頂いていますが、簡潔に……」

「箇潔にだと！　笑わせてくれるじゃないかね。ヴェロニカ。自殺は、大罪だぞ。自殺は、人を死なせるのと同じで許されない罪だと解っているのかね！　お前は地獄に落ちて来る。お前は、永遠にわたしのものだよ、パール」

「絶対に！　絶対に、そうはならない。ルシフェル！　あたしはあの方の憐れみによって、許して頂けると信じているわ！　お前に憑かれたジュダでさえ、悔い改めて死んで、あの方に救われた！　あの方は、全てを解っていらした上でジュダにキスをして言ったのよ。友よ、とね！　あんたはジュダを咬んだけど、彼のソウルは咬めなかった!!　神様を殺そうとして負けたのは、そっちの方だよ」

　パールの叫び声が、合図になった。言葉ではない、告白が始まる……。

レンタ・バンの浮かんでいる巨大な球の中が、パノラマに変わっていったのだ。両親と妹弟達と笑っている少女が、そこにはいた。

　母親が逝き、父親が病に倒れても、彼等の笑顔と平安は、変わる事が無い。少女は強い父親と、優しい母の役割をしていた。紅達と一緒に、湖や森の中に立ち、少女はそこでも笑っている。父親も逝ってしまうと少女は、妹弟達をそれまで以上に大切にしていた。成長した彼女は妹弟達を大学に通わせ、沙羅達を助けて、柊と樅の面倒も見ている。紅を「妹」と呼んで、紅の寂しさを共にしている。

　「彼女」には、一人になる時間等、無かった。働いて。尽くして。それでも笑顔でいる「彼女」には、睡眠時間さえも、殆ど無かったのだ。そして、倒れた。

　睡り続けて逝った「彼女」の、妹と弟が泣いている。

「母さん。母さん。ああ、母さん……」泣いていた妹はけれど、やがて愛する恋人と結ばれて幸福な夫婦になり、弟の方は、学生の身でありながらも「希有な才能の持ち主」として、芽を伸ばして行くのだった。「彼女」の棺から、男装をした娘が立ち昇って来る。その娘が、共に暮らしている夫婦を見て、フランシスコは叫びそうになっていた。「ああ、神よ!!」と……。その二人こそは、さくら人達の仲間のワイドとナルドであったからなのだ。

龍は、「彼女」が「彼」に変われる魔法は、誰にも見せなかった。けれども、彼等は全員、もうそんな事も忘れてしまっていたのだ。「彼女」の生は、唯ひと言で言えるものだった。「自己犠牲」……。愛のために生きて、愛に死んだのだ。「彼女」はしかも、それを喜んでいた。その事を望み、喜びとしていて、短かった生を「幸福だった」とさえも、思っていたのだ……。

達子は、泣きながら呟く。

「強かっちゃとね……」と。

「コオ。許して。僕は君に、詳しく説明出来なかったんだ」

「許せだなんて……。ヒオ。あなた、わたしのために帰って来てくれたのね。わたしの方こそ、弱くて。許して頂戴……」

翡と紅の言葉が終らない内に、「その人」の御足の傷が消えていった。血は止まり、美しい右の足にはもう、狂う程に痛々しい御傷の跡のみが、残されているだけになったのだ。

次に映し出されたのは、椿と薊の人生だった。初々しい高校生だった双児の少女達が、一人の男に騙され、翻弄されて。それでもお互いに、お互いを愛し抜いていた。

椿と薊の違いは、只一つだけだったのだ。椿は男に誘惑された時、「春になったら結婚するのだから、良いわ」と答えていて、薊は男に「お式を挙げる迄は、待って頂戴」と答えた……。それが、彼女達の人生を分けてしまったのだ。沙羅は身籠り、薊羅は、その事実だけを受け入れたのだった。愛していたから。沙羅を……。愛していたから、沙羅は妹に引け目を感じ、罪悪感に苦しむようになっていく。そして生まれた。重度の障害を持つ樅と、柊の二人が……。そのために、ダミアン神父に叱責され、拒絶をされた姉妹が、逃げ落ちていく。「庇護者」となってくれる、堀内と沖の所へと……。そして、二人は一人になった。一人になった沙羅と薊羅も又、眠る時間さえも取れず、惜しんで生きたのだ。苦しむ姉を妹が支え、二人は子供達を育て上げながら、言う。

「あたしの天使達。愛しているわ」

紅も、柊達に囁いていた。

「わたしのエンゼル。愛しているわ……」

「男」は、若い日の高沢敏之だった。無軌道な父親を恥じて、六花と敏一は呻き、喘いで言う。

「人で無し……」

美しい方《かた》の潰れている瞳から、涙が止め処なく流れてゆく。

「六花ちゃん、敏一君。憎んでは、駄目よ。許すのよ……」

「小母様は、許せるの？　あんなに非道い事をされたのに」

「もう、昔の事よ。六花ちゃん。それにね。今から思うと、そんなに悪くなかったわ。あの人はあたし達に柊と樅をくれたし、あなた達のような、良い子達の父親にもなった……」

「ああ。小母様。許して!!　あたしは、小母様達の子供として生まれたかったわ。パパの仕打ちを、許して下さい」

「この人達は、僕と姉様のお兄様達なんだね。小母様。僕達は、お兄様達の妹と弟になれるかな。僕と六花は、小母様達の天使の、妹弟にして貰っても良いの？」

六花と敏一の言葉が終らない間に、「その人」の左足からも御傷は消えていって、痛ましい傷跡だけが残されていたのだ。御傷の跡が残されている両の御足は白く、輝いている。

次は、紅の番だった。凍て付くような寒さが、見ている者達の間にも伝わってくるような、そんな夜の事……。

一人の赤児が、教会の前に置き去りにされていった。捨てて行った男の顔が教会の玄関灯に照らされて、暗く浮かび上がっている。その男の車が走り去った後で、教会の扉が開いて、フランシスコ神父が出て来た。拾われた女児は成長し、幼気《いたいけ》ない少女になっている。病院の中の一室で、怯え切って呆然としている紅を抱いている少女が、見えた。少女は「ミー」で、ミーの父と母がダミアン神父と三田という医師に、苦く言っていた。

「ウチの娘の心臓が弱いのは遺伝ですから、告知をされても仕方がありません。でも。こんな小さな子に……」

「紅ちゃんには、尚更酷《ひど》過ぎますわ、神父様。この子達はまだ、小学生にもなっていないのです。せめて中学生か高校生になる迄、待っては遣れなかったのでしょうか？　この病気が進行するか止まるかも、判らないのに……。第一、病気と言えるのでしょうか？只の障、」

「障害だったとしても、同じ事ですよ。こんな事で苦情を言われるのは、実に不愉快ですな。山崎さん。あなた方は熱心な信者だと聞いていましたが。神父の言葉は、神の言葉です。実に、実に、不愉快だ」

「紅の病気は多分、進行するでしょう。そうなってからでは手遅れなんですよ、山崎さん。今の内から自分は何なのかを知っておく方が、この悪魔憑きのためなんです。類は友を呼ぶ、と言いますからね。お宅の娘も気を付ける事ですな……」

「紅は病気じゃないよ!!　只、ちょっと変わっているというだけじゃない。変わっているのがいけなくて悪いと言うなら、あんた達も変!!」

「これ、ミー。止めなさい。紅ちゃんが怯えて、却って泣くだろう」

紅の「病気」だか「障害」は、何であるのかは、映されない。

只、紅がその事で無惨にも傷付けられていて、生涯その傷に刺されている事だけが、映し出されていく。紅の「病気」は、進んで行ったのだ。けれども紅は、苦しみながらも「それ」を受け入れた。受け入れて、抱き締めたのだ。神の与えた運命と試練だと思う事によって受け入れ、病を持つ全ての人達の苦しみと心を一つにしていった。何一つ恨む事無く。誰一人、恨む事無く……。紅は只、従ったのだ。神の意志なのか、運命なのかに従った。

その姿は、沈黙の聖母のようだった。「翡」が自己犠牲を払ったように、紅は沈黙する事で犠牲を払って、苦しむ沙羅達と一つになった。「イアイ」としか言えない樅と、柊の幼い悲哀と、一つになっていったのだ。沙羅は、迷いと苦しみの果てに、光に戻った。マグダラのマリアのように。罪人の、女のように……。薊羅は、甘い優しい花に似ていた。母であるマリアや、ベタニアのマリアのように。「愛」にぴったりと寄り添っていて、離れなかったのだ……。

フランシスコは、溜め息を吐いて、語り掛けてみる。

ダミアン。君は一体、どこ迄変わってしまったのかね？　六歳にも満たない少女達に、人生の残酷さを教え込むとは……。君の柔らかな心を変えたのも、人生の酷《むご》さなのに、と。

パノラマを喰い入るようにして見詰めていた勇二が、吐き捨てた。勝ち誇ったように。恨むように。死のように……。

「馬鹿野郎！　やっぱりだ。あいつも親父も、腐っていた。産着一枚の赤ん坊を捨てるなんて、死ねと言っているようなものだぜ。金の亡者だけでは無くて、子殺しだと？　クソ！　あんな奴等の顔も見たくねえよ。あいつこそ裸に剝かれて、死ねば良いんだ……」

「あんちゃ。あの子殺しの鬼ば、知っとるちゃね？」

「知ってるも知らねえも……」

言い掛けた勇二は、絶句していた。

それなら、あいつが捨てた赤児は、あいつの子供だという事か？　そうすると、六花を庇って車に撥ねられ、瀕死の状態で車に運び込まれてきた紅という娘は？　紅は重大な「病気」だか何かを抱えていて、「翡」に支えられ、沙羅達と支え合って、健気に生きてきていたのだ。その紅が。その紅が？　まさか。まさか、そんな酷《ひど》い事が、この世の中に有るのだろうか。勇二は頭を抱えてしまった。

「あんちゃ？　どうかしたとね。顔色ば青かなっとるちゃ」

ダニエルは、怒りに震えていた。「そいつ」の顔は、確かに若い日の藤代勇介だったのだ。紅の父親が、高沢の悪友の勇介だった？　それなら、紅の母親は一体誰だったというのだろうか。その、ケダモノのようなカップルの片割れは、誰なんだ。

吉岡花野の白い顔が、浮かんで消えていった。紅を、我が子を撥ねた母親は、吉岡の妻の花野だったのだ……。

「ケダモノ達め……」

ダニエルと勇二が呻くと、達子が喚いた。

「あんバカ達も許せなかけど、あん神父ちゃと医者ちゃも許せなか！　気の毒な紅ちゃに、あんなに酷《ひど》か事、言うたっちゃね」

四人の激しい怒りに、フランシスコは我に返って言う。

「怒ってはいけない。怒りは悪に利用されて、力を与えるからね。君達の怒りが、アレを勢いづかせるのだ。むしろ、許すように努力しなさい。許しは、神のものだから……」

「誰が、そんな事！　あんたはべ、ベニのパパなんだろうが。良くもそんな寝言を言えるよな!!　俺は、絶対に……」

「それでも、許すと言わないといけないのよ、勇二さん。達子さん。ミスター……。それから、フジシロ様も……」

フランシスコの顔色が、青褪めていった。何故？　とその瞳が訊いている。何故だね、パール。わたしには何も……。

「わたしのためでもあったのね、ヒオ。あなた、わたしのためにも、あそこに行ってくれていたのね。やっと、解ったわ。解ったわ！　あなたの言葉遣いと仕草が、わたしのためでもあったように。あなたの選択は、わたしのためでもあったって……」

「ごめんね、コオ。あたしは言えなかったのよ。コオが、柊と樅のために真山建設に入社したように、フジシロ様とコオのために、藤代事務所に行くのだとは、どうしてもコオには言えなかったの。許してくれるよね」

真山建設？　真山だって？　と、フランシスコは思っていた。藤代事務所？　藤代事務所とは、どういう事なんだ、と勇二は思い、ダニエルは「翡」を見詰めて、思う。

やっぱり。やっぱりこいつは、「ミー」なのか？　嫌、そんな筈は無い。「ミー」は、死んだのだ。それならこいつはさっきの映像の通りに死者から還った者であり、自分で言っているように、「ミー」の亡霊でモンスターなのか……。「翡」が、言った。「モンスターの命は短い。忘れてよ」と。

それから、皆の方に向き直って、静かな声で話し始める……。

「知りたくも無い事を知って、聞きたくも無い事を聞かされる、と言ったわよね？　パノラマには映らなかった事を、補う事にするけど。もう皆、解っていると思う。勇二さん。達子さん。紅は本当は、藤代勇花になる筈だった。紅。紹介するね。この人は紅の叔父さんの勇二さんで、達子さんは叔父さんのお嫁さんになる人だよ。それから……。パパ様は、勇二さんのお父さんの弟だから、勇二さんにとっては叔父さんで良いのかな。紅にとっても、他人では無かったの。紅はね、フランシスコ・パパ様の血筋だった。行方不明だったけど、今は瞳の前にいらっしゃるわ……。フジシロ様。紅はフジシロ様を、何とお呼びしたら良いのでしょうか。ダミアン・真山功様は、柊と樅の大叔父様になるのでしょう？　血は繋がっていないけど。それでも大叔父様に、変わりはありません。沙羅達も、六花ちゃん達と無縁では無い……」

誰一人、口を開《あ》ける者はいなかった。「翡」の話が本当なら、この車の中にいる全員が、縁《えにし》の糸で結ばれていた事になるのだから……。ダニエルの、恋糸を除いた全員が……。

沈黙の中に、沢野晶子の声が届いてきた。

「まさか……。そんな事って。それでは、咲也は？　咲也とわたしもなの……」

「そう。沢野さんも。皆も聞いて。今、アレに連れていかれようとし掛けている咲也君は、勇二さんの再従弟《またいとこ》で、咲也君のお母さんと沢野さんは、従姉妹だったの。解る？　勇二さんは留学していて咲也君達を知らないだろうし、フジシロ様も知らないでしょうけど。コオは知っているよね。変人クラブの、藤代咲也君。紅に似ていて、優し過ぎるのよ。感じ易くて、生きるのが辛い子なの。憶えている？」

そう……。そうだったの、桜……。あなた、わたしに隠し事ばかりしていたのね。でも。許してあげる。あなたの気持は、解っているから。愛しているから言えなかったと、解るから。変人クラブの咲也君。憶えているわ。わたしに似ているの？　嬉しい。勇二さんと達子さんという叔父さんと叔母さんがいたの？　嬉しい。フランシスコ・パパ様が、わたしのお祖父様のような方だったの？　何て嬉しい。

翡桜。翡桜。わたしの花王。わたしは今、幸せよ。一人ぽっちだと思っていたのに、愛する人達がいた……。あなた達と同じように、愛せる家族がいてくれた……。

「あの怖い神父様が、あたし達の大叔父様？　嫌だわ」

「僕も嫌だよ。あの人は、小母様やお兄様達を責めていたもの。あの人は、紅お姉様達にも酷《ひど》い事を言った」

フランシスコは、口籠ってしまっていた。紅が、身内の一人だった？　勇二という男もそうで。人で無しの、その兄も。

ローラであった涼を、横から攫うようにして結婚してしまった、兄の勇の血筋……。ローラの血を引いてはいるが、さくらの民では無かったロザリア。フランシスコは紅に何と言うべきかも解らなかった……。

「お祖父さんで良いよ、紅。今迄通りの、パパでも良い。わたしは、君の父親でいたいがね。君の好きに呼んでくれるなら、それで良いんだ。今迄知らなくて、気の毒な事をしたね。許しておくれ、ロザリア。それに……。許せないだろうけど、あの男達も、許して遣ってくれないか。両親を憎む君を、見たくは無いからね」

「パパ様……。お祖父様。許す事なんて、もう何もありません。わたしは家族を手に入れられました。エスメラルダのお陰で、わたしは孤独から救われたのですもの。もう、心残りはありません、お祖父様」

紅の言葉によって、「その人」の右手からの血潮が止まり、乾いて、きれいにされてゆくのを、勇二達は見ていた。

「あちは……あちは嫌だっちゃね!! あん人で無し達ば、許せなかとよ。だけど。だけど……。許すと言うっちゃ、あんお方の血ば止まるとね？ 勇ちゃ。あちは、どうすれば良かと？」

「俺にだって解るもんかよ、達子。俺だって兄貴の奴を八つ裂きにしたい位なんだからな。だけど。俺は、謝るしかねえんだよ。べ……ベニ。ユウカ？ あんなロクデナシでも、あんたの父親なんだ。俺と達子に免じて、許してくれよ」

「許しています。叔父様。叔母様……。わたし、恨んでなんていません。もう、過ぎました。全部、過ぎてしまって今は、幸せなんです。ルチアとセシリアも、そう思っている事でしょう……」

「ええ、ロザリア。その通りよ。ダミアン様は、柊と樅の大叔父様だった。六花ちゃん達の大叔父様でも有ったのですものね。喜んで、許すわ。全ては、過ぎていくものだもの……」

「全ては、行き過ぎて、流れていってしまうものだった」

六花ちゃん、敏一君。柊達と「あの方」のために「許す」と言って……。

「許したくないけど、許せるようになるよ。お兄様達のために」

「美しい方《かた》」の左の御手の血潮も、止まって乾いた。

この頃にはもう、その車の中にいる全員が理解し始めていたのだった。許す事。そして、和解する事。愛し合う事。それだけが、「その人」の望みなのだという事を……。愛は、愛によってしか贖われない、という事も。

パノラマの映し出している絵が変わって、浮浪者達の中に紛れているフランシスコが、桜の下にいた。勇二の写真の中にいた、老いた姿のその男は、流れ者や落ちる所迄落ちた男達と同じような、乱暴な言葉で話をしている。彼等と一緒に酒を飲んで、彼等と一緒にゴミ箱を漁り、ダンボールの床に汚い毛布を敷いているのだ。違いといえば、男の着ている物はどれ程に粗末ではあっても薄汚れてはいなく、男が、賭け事や盗み等に加担していない事だけだった。……と、全員が思った。

けれども。その男は病人を見付け出して来ては、世話をしていた。その病人が死の恐怖に怯えている時には、その恐怖を和らげて遣り、死の間際にいる時には、その死に秘《ひ》っそりと付き添い、見送って遣っているのだった。水道水を清めて聖水に変えている、フランシスコ。紫色のストラに、口づけをしているフランシスコ……。

喜んでいる者と共に喜び

泣く者と共に　泣きなさい……

御言葉を噛み締め、誰の目からも隠れてその御言葉を実践している男の姿は、気高いものだった。

だが……。男は時に、咽び泣いている。声を忍んで、泣いている。

ああ。神よ。いつ迄なのですか？　いつ迄わたしは此処で、パール達を待てば良いのでしょうか？　老いは、わたしの身体を痛め付けます。老いが、わたしに染み入るのです……。

男の、ソウルの底からの叫びと呻き声には悲痛さと、叶えられない望みへの渇望があった。男は、望んでいるのに揺れていて、信じているのに、泣いていたのだ。「救い」はいつ来てくれるのだろうか、と悶えて泣いている……。死に行く者に寄り添いながら。満たされていながら尚、恋うて呼んでいるのだった。同胞《はらから》を……。

その事を理解出来たのは、パールと紅の二人だけだった。

四人の歌謡い達が、男のすぐ近くに坐って、歌っている。

油断の無い瞳付きをした俊敏そうな男が、食料を運んで来て「彼等達」と共に食べ、飲んでいる所も、大きく映し出されていった。「翡」は叫んだ。

「ああ。ランドリー!!　ランドリー。ソニーノ！　フジシロ様。ランドリーとソニーノは、あなたと一緒になれたのですね。ローラ様は、別の道に行かれてしまいましたけど……。あたしのパト……ランドリーとソニーノは、憶えていますか」

覗て、聴いていた晶子は無性に哀しく、そして納得をしていた。翡は、やはり小林の所に行くのだと……。

「忘れてしまった。何もかも忘れてしまっていた。けれども、わたし達はとにかくあの桜の下にいるよ。あの樹を見付ける迄は、とても長かったがね。あのお方の言われた通りに、あそこには他にも何人もの仲間達がいるらしい……。だが、パール。残念な事に、わたしには彼等の名前も顔も、解らないのだ。あの方は、パイロットと犬にも気を付けろ、と言われていたのだが。それも、誰の事だか解らない。自分が情け無くて、涙が出るよ。君かムーンがいてくれたら、とどんなに願った事だろう」

ランドリーがあたしを忘れてしまった？　あの優しかった人がもう、あたしを忘れてしまったと言うの？　そんな事は、信じられないわ。そんなのは、嫌よ！　ああ、パトロ……。いいえ。いいえ。それで良いのかも知れない。あたしはもう長くは保たないし、パトロはとても元気そうなのだもの。パトロ。パトロ。パト……。あなた、とうとうあたし達を忘れてしまったのね。ムーンが、いつか言っていた。忘れてしまった人達は「時の神」も忘れて、天の国に還っていくのだと。ねえ、パトロ。あたしも、あの方の御国に行くのよ。あたしの場合は自分の意志で「行く」と決めたのだけど……。それでも。あたし達は又その御国で、いつかはきっと会えると思う。きっと、会えるわ。でもね、パト。あなたのロバの皮とラプンツェルは、その前にひと目だけでも良いから、あなた達に会って、逝きたいわ。忘れられてしまったとしても、あたしはあなたを憶えているから。ラプンツェルも必ず憶えているでしょうから……。パトロ。もし、この場所から帰れるものならば……。

「帰れると、思うのか!! 馬鹿な人間め。お前達は飼だ」

「誰が飼っちゃね! こっちには偉か神父様ばがおるとよ!!」

「その偉い神父というのは、其処にいる老いぼれの事かね、タツコ!! 面白い。偉い神父が、どうして泣くのか聞いてみろ」

達子達は、フランシスコを見詰めて、思っていた。

本当だ……。ホームレスの中に入って働くような立派な神父様が、どうして泣いたりするのだろうか? 解らない、と。

美しい方《かた》の御胸の傷口から、鮮やかに紅く、血が滴る。

「翡」と紅は、交互にフランシスコに向かって囁いた。

パパ様。パパ様が泣かれるのは、恥ずかしい事ではありません。あの方の子供達は試練に遭うという事を、お忘れですか? 人は、弱いからこそあの方が要るのです。泣いている御自分を許して、その弱さも受け入れてあげて下さい。わたし達もそうして生きてきました。弱さは恥では無くて、神の子供達が親を呼ぶ声ですわ……。神父様でも、例外では無いと思います。

「パパ様」「お祖父様」御自分の弱さも良しとして、受け入れてあげて下さい。お願いです……。

ああ……。エスメラルダ・パール。ロザリア・バーミリオン。何が君達の信仰を、そこ迄強くしたのかね？　わたしは君達が羨ましくて、眩しいようだよ。神の御前では、神父も子供だと……嫌、神父こそが弱いままの子供でいるべきだという事を、わたしは今知った。神よ。それでわたしは言えます。わたしを許して下さい、と。

「わたしは弱いが、あなたは強い。イエスよ。わたしはあなたの御腕で運ばれ、あなたの御胸で憩います。わたしの弱さも脆さも知っていて尚、愛して下さる神よ……」

フランシスコの慎ましい言葉によって、「その人」の胸の血が止まった。それでも。まだ「彼」のお身体には、鞭によって付けられた、数多の傷が残されている。茨の冠による、御頭の傷も。

「ショーはそれだけかね！　諸君。ショーはもう終りかね!!」

「嫌。まだだ」

ダニエルが呟く声と、晶子の声が重なった。

「まだよ！　地獄の悪魔。化け物と言われる者達の気持は、あんたには解らないでしょうけどね。まだよ!!」

山懐に建てられている、一つの神社が映し出されてくる。見掛けは美しい山村なのだが、狭い社会は息が詰まるように、堅く苦しい。人が、人を見張っているのだ。何か面白い事はないか。何か、変わった事はないか、と……。

縄文以前の昔から在り、豊かである山村の神社は小さくても美しく、古《いにしえ》の昔からの、村の鎮守社であった。鎮守の森は深く、石段は白く、奥社への道は苔むしていて美しい。神社の裏手には、神主一家の住む建物が有った。その家から奥社への道を、幼い少女が一人きりで辿って、登っていく。朝に。夕べに……。少女は奥社に着くと、滝の水で手を洗い、奥社の中に大切に祀られている、御祭神の前にと導かれて行って、坐るのだ。青白く透き通った水晶球の中から、少年の姿を取った龍精が現れてきて、少女にひと言かふた言を告げて、消える。少女はその言葉を、家に帰って神主である父親に伝え、父親は日毎夜毎に訪ねて来る「依頼者達」に、神のお告げを告げられるようになるのだった。

「滝の宮神社の晶子ちゃん」少女は表面上では大切にされ、大人達からさえも、一目置かれているようだった。けれども……。まだ七歳にも満たない少女は既に、空ろな大人の瞳をしていた。空っぽの心を抱いて泣き明かす、そんな大人の女の瞳をしているのだった。

少女は、知っているのだ。表では誰でも笑顔で接してくれているが、一歩離れればその背中に向かって「化け物」、「龍神憑き」、「水神憑きのお化け」という言葉が、投げ付けられている事を……。少女には親しい友人も、甘えられる家族もいなかった。家は、家では無く、学校も学校では無い。地域社会からも学友達からも、学校そのものからも疎外されて、泣く事しか出来ない少女は孤立無援だった。少女にとって何よりも辛く悲しい事は、家族達からさえも、距離を置かれている事だった。父親と母親は、少女を愛すどころか、怖れているのだ。姉も兄も妹も、少女とはひと言も話さず、近くに来ようとさえもしなかった。彼等は家族達の中で唯一人、「石」と話せる少女を除け者にする事で、妬ましさを晴らしていたのである。「化け物……」言葉には出さなくても、その棘は少女に伝わってくるのだ。伝わると解っていて、投げ付けられてくる想念……。「化け物……」。少女の辛さと苦さは、年を追う毎に、増していっていた。親友どころか、少女には友人さえも出来ない。町の高校に通うようになっても、成長した少女に、ボーイフレンドは出来ないのだった。噂が、村の子供達から、親達から、伝わってゆくからなのである。少女の味方をしたくても、幼かった桂にはそれをどう言い表したら良いのかも解らなかったのだ。少女はいつか、石だけを友とする娘に変わっていった。石の中の世界に棲む龍を友とする、「化け物」に変わった。本当は、誰かと親しくなりたかったのに。本当は、誰かに優しくされて、深く愛したいとも願っていたのに……。「化け物」と呼ばれた娘は逃げて、都会の雑踏の中に紛れ込もうとしたのであった……。

けれども、龍が。けれども、石が、晶子を離さなかったのだ。何処に逃げても龍精は、晶子の後に付いて来てしまう。晶子はいつか、龍の娘でいる事を受け入れていった。「化け物」と呼ばれる口惜しさも。

「占い」は、当れば当る程、晶子から人を遠ざけたのだから……。パノラマの中には、晶子の孤独の歌声が満ちていた。その哀しみは森の娘のクリスチナや、桜の精の知世と同じもので、「変人クラブ」に数えられている皆とも、同じ種類のものだった。「彼等」は疎外されていて、愛と優しさの意味さえも思い出せない生を、送って来たのだ……。透き通った晶子の涙に濡れている顔に、知世の顔が重なり、クリスチナの涙が重なってゆく。

幸男の苦痛に歪んだ顔と、奈加の泣き顔と……。霧子の愁いに沈んだ顔の後には藤代咲也の涙が散った。咲也の心の中の花園には、悲しみと郷愁が満ちている。帰れない彼の庭が、彼を呼んでいて、その庭の中には「翡」が立っていた。咲也は、一人にはもう耐えられないのだ。晶子に龍が要るように、咲也には庭と、その庭の中に一緒に還ってくれる者が必要なのだった。願っても叶わない夢は、咲也を壊した。求めても得られない愛が、咲也の希望を砕いてしまったのだ……。

晶子は、叫んだ。咲也のためにした事が、咲也を傷付けた!?

「わたしを化け物と呼んだ、全ての人を許します。わたしを嘘吐《つ》きと嘲《わら》った、全ての人を許します。今迄の事もこれから先に起こるだろう事も受け入れて、生きます。美しい方《かた》……。確かに。異う世界に踏み込んだ者達は、社会からは弾き出されても、仕方が無いのでしょう。あなたのように美しい方《かた》が理解をされず、受け入れられなかったのに、わたし達が悲しむなんて、どうかしていました。人は、理解出来ない事を受け入れられないのですね。だから……。そのような自分達を守るために、異端者達を除け者にするしか、無いのですね。咲也！　咲也。聴こえているのでしょう？　お願いよ。帰って来て頂戴。あなたが嫌なら、もう無理には止めないから。あなたは、あなたの道を行けば良い。幸せになって欲しかったの！　寂しいあなたを放っておけなかっただけなのよ！　お願い。帰って来て。霧ちゃんが、泣いているわ。霧ちゃんを、放さないでいてあげて！　生きるのは辛いわね、咲也。でも。あなたの心の持ちようで、幸福にも成れる。彼の事は、諦めて!!　彼には彼の生き方があるの。あなたには、解る筈だわ。咲也。どんなに恋しくても、その人の心は、その人だけのものなのよ……」

晶子の叫びは、咲也のソウルに届いたようだった。意識を失い、眠らされていても、魂は目覚めていて、光を求めているのだから……。咲也の姿はその時にはもう透けるようになっていたのだったが、知世の腕の中の咲也の閉ざされている瞳からは、涙が溢れ、零れ落ちた。唇が、微かに動いている？

「帰りたい。帰れるものなら帰って、謝りたい。僕は幸福だったのに、その事を忘れていたんだよ」

ごめんね、晶姉。ごめんね、霧ちゃん。ごめんね、ヒオさん。僕も、もっと強くなるように努力する。庭は何処にいても僕のものだもの。想い出は、想い出だからこそ美しかったんだね……。

咲也の姿はそのまま静止し、桜吹雪と雪嵐の中で知世と宙に浮いていた。蒼龍が呼ぶ水。森の娘のクリスチナが送り込んでくる水が、今では凍て付いて、雪になっているのだ。咲也を摑もうと伸ばされてくる黒雲の先には、巨大な鉤爪と尖った歯があった。ソレは、吼え、嘲《わら》って罵る。

「こいつは、わたしのものだぞ！　わたしを甘く見るな!!　お前達もヤツも、力不足だぞ。見ろ、ヤツの哀れな様を！」

美しい方《かた》の、罪無く打たれた鞭の跡がきれいになっている。けれども、お顔に刻み込まれている茨の棘は深く、まだ骨に迄届いていて、血を流されているのだ。お顔は苦痛に耐えるかのように、無惨に汚されていた。血と、汗と涙で……。

ダニエル・アブラハムの場合は、彼の祖父と伯父、父親と一族の男達が血祭りに上げられる所から、映し出されていった。

幼い少年が女子供達の先頭に立って、戦渦と略奪と殺戮の中を逃げ落ちていくのだ。死の、逃避行……。病と飢えと、無情な迄の別れ。彼は幼い妹のエリーザとミモザを喪《うしな》い、伯母のナオミとフリージャとサミーを喪った。祖国であるアビシニアを失い、謂れの無いヘイトと差別に晒され続けたのだ。そうした中で母親のマリアが壊れていくと、ダニエルはマリアを精神科医の手に委ねた。けれどもマリアは静かにそれを拒み続け、教会の中で跪き、自分のベッドの傍らで額衝《ぬかず》き続けていてから、逝ってしまった。計略と言うよりは奸計によって大学院首席卒業の資格と、ドクターの称号を剝奪された、ダニエル。高沢の装飾品の一部のように扱われ、会社内では透明人間のように見做されて……。由布と風子からは毛嫌いされているダニエル・アブラハムと、ダニエルの恋した紅。彼が恋した娘は、「見合い」を強行され、返事を無理強いされていて、敏之ばかりか由布と風子、珠子に迄責め立てられていたのだった。その事が紅を追い詰め、ダニエルを苦しめている。

「酷《ひど》い！　ママも風子も、お祖母様も大嫌い。嫌いよ!!」

「酷い！　僕達のパパは恩知らずで、ママ達は恥知らずだ」

「酷い。これでは紅が可哀想ではないか。隅田孝志なんて……。えい、クソ。孝志は悪くない。悪いのは、高沢達の方だ」

「クソ……。何て非道い事。何て、非道い事を。人間が成し得る限りの悪に、ダニエルは晒され、遭ってきたのかよ」

「酷か事ちゃ！　余りにも非道か事ちゃとよ!!　アビシニアちゃいったら、今のエチオピアだっちゃね？　人の欲ばが、戦争ばをすると？　戦争ばが人を、鬼にするっちゃね？　ああ。嫌ちゃあ！　マリアちゃいう母ちゃが、気の毒とね。バールちゃいう教授ちゃ、殴って遣りたかね。勇ちゃ。あんちゃは、ダニエルちゃに引け目ば感じとるとが、あちはあんちゃが自慢たいよ。あんちゃは恩ば知っとるし、紅ちゃは愛ば知っとると……」

「ああ。神よ!!　人の心の中の弱さと欲望を利用して、人が人を操り、殺し合いをしています。今、この時にも、世界は……。人を咬む蛇が悪いのは解っていますが、咬まれる者の罪過は、どこ迄拡がっていくのでしょうか。どこ迄人は、残虐になり得るのでしょうか、神よ。神よ。神よ……」

「可哀想なダニエル。寂しくて、怒っていて、泣いていたんだね」

ミスター。ガリバー。わたし達。僕達。あなたの痛みが今は良く解る……。誰の心も泣いて、震えていた。ダニエルのために。マリアのために。逝ってしまった人達のために。そして、紅のためにも。

紅が最初に、口を開いた。翡桜の瞳を、見詰めていた。

「あの事を、ミスターに教えてあげて頂戴。桜……。桜。ミスター・アブラハムは、わたしの事を知らないから。わたしに迄拒まれたと思って、怒っていたのよ……。わたしが憎くて、きっと忘れられないわ。忘れさせてあげて。あの方のためにも。ダニエルのためにも。わたしは、それで良い……」

「君の気持は解るけどね。さくら。花王。あたしには、出来ないよ。あたしには、言えない。それだけは、駄目よ……」

「なんね！　紅ちゃの頼みなら、聞いてあげたら良かと!!」

「良くないの！　紅の本当を知ったら、ミスターは永遠に紅を忘れられなくなるんだからね。あんた達もよ!!」

「何なの？　エスメラルダ。あんた、紅の何を隠しているのよ。あたし達、姉妹なのよ。忘れたの？　紅の頼みを聞いて……」

「駄目なんだってば、ルチア。セシリア。ダニエルは苦しんだし、紅も苦しんだ。これ以上二人を苦しめる必要があるの？　僕にはとても、そんな事は出来ない!!」

「あんちゃ。都合の良い時だけ元の男になるっちゃね！　紅ちゃの頼みば、聞いていなかったと？　ダニエルちゃの、」

「そうだよ、達子！　ダニーのために言え、と言ってやれ!!」

「出来ない、と言っているだろう！　ボケナス!!　どうしても言え、と言ったりしたら、僕は君達も道連れにしちゃうかも知れないんだからね。何が起きても構わないの!?」

「脅かそうとしても無駄だっちゃよ！　何も出来ない癖に」

「出来るよ。僕は、死者の列から還ってきたモンスターなんだから！　達子さん。僕は、この宇宙の裂け目の中に、永遠にあんた達を封じ込める事だって出来ると思う。でも、そうはしたく無いんだ。あの方は、紅の心と皆の気持だけで、満足して下さると思うのに、それだけではいけないの？　それなら、紅の代りに僕の事を話す。僕の話でも、ミスターは満足するよ」

「そんなの、いけないわ！　止めて。止めて。ああ。翡桜……。あなた、無茶のし過ぎよ。又、血を吐いている。吐いて、いる……」

必死に紅の想いを止めようとしていた「翡」の顔色は失せ、その唇からは再び鮮血が流れて落ちていた。大輪の花のような形の赤い染みが、「翡」の胸に広がっていく……。

闇が、勢いづいて、哄笑していた。ソレは、咬む時を心得ているのだ。

「時間の無駄だぞ！　お嬢ちゃん達。出し惜しみは良くないな。皆がお待ちかねだぞ。ショーを続けたまえ！　二人分のな。奴を見ろ!!　奴はまだ血を流しているが、わたしは無傷だ。奴はまだ裸だが、わたしは王の衣装を着ているのだぞ！　虫けら共め。わたしに従え！　お前達は全部、わたしの物だ!!」

翡桜に誘われたように、紅と沙羅達も再び血の花を咲かせていた。「時」が、来ているのだ、と誰もが解る程に多く……。

「翡」は、フランシスコとダニエルを見詰めた。それから沙羅と蒯羅を見詰めて微笑み、紅の手を握る。美しい方《かた》へ、と戻る時が来た。港へと、還る時が来た。

「エスメラルダ・パール・ヴェロニカを、お受け下さい。美しい方《かた》」

パールはゆっくりと、そのパノラマと祈りに入っていった。

見ている者達は、「翡」が巡礼に出た時の出来事だろう、と思う。巡礼に行って、受難劇を見たか、その劇の中で役を演じて「彼」に献げたのだろう、と。だが、彼等は皆、エスメラルダがいつも夢見ていた、夢を共に見ていたのだ。それとも翡その人が、もしかしたら夢そのものなのかも知れなかったが……。
「翡」の祈りが、ダニエルのソウルを激しく打っていた。

恋しい方はコフェルの花房
エン・ゲディの
ぶどう畑に咲いています

乙女達は
あなたを慕っております
お連れ下さい　わたしを……

パノラマの中には、月の光が満ちていた。オリーブの園で祈られている方のお傍には、誰もいない。「その人」は、唯一人で祈り、苦しんでいられた。そして、受け入れられたのだった。全てを……。「彼」の御父の望まれていられる、全ての事を。それによって「彼」は、救いと道になったのだ。

彼が担って下さったのは
わたし達の病
彼が負われたのは
わたし達の痛みでした
彼が受けた懲らしめによって
わたし達に平和が与えられ
彼が受けた傷によって
わたし達は癒やされました

お聴き下さい　主よ
わたしは　あなたのもの
愛に傷付いた方のもの……

花々の香りが漂ってくる春の陽の中を、傷付けられ、打たれて弱った方が、十字架を担って歩いて来られた。行き交う人々。物見高い男と女達。異国の食物の匂いが風の中にある狭い坂道の途中で、「彼」が倒れてしまわれる。一度。二度。三度……。倒れた「彼」の瞳の前に、質素な衣服を身に付けた娘が転がり出て来て、「彼」に、水の入った容れ物を差し出していた。兵士達が娘を突き飛ばし、娘は水を落としてしまう……。泣いている娘の瞳の前を、「その人」は蹌踉めきながらも、通り過ぎていかれてしまうのだった。あの、丘の上へ。その、丘の上へ。十字架の上へ……。

「その人」のお身体が、十字架に打ち付けられている。

「その人」の十字架の下で、兵士達が御衣を分けている。

倒れた方の、顔は見えなかった。丘の上に行かれた方のお顔は、もう見えない。けれども。涙にくれている娘の顔は、「翡」のものだった。エスメラルダは、泣いている。

「済みません。お水を落としてしまいました……」

その声の悲痛さに、劇だと思っていても、皆の心も泣いてしまいそうだった。ダニエルが、滂沱として涙を流していた。ダニエルは、「今、この時」のために生きて来たのだ、と悟った……。

ああ。許して下さい。許してくれ。マリア。紅。許して……。

名前を呼ばれていたのに
聴こえない振りをしていた
愛されていたのに
愛を拒んでいた

わたしはここにいる、と言われたのに
御名を呼ぼうとさえしなかった

わたしの神よ
今こそ言います
わたしもあなたのもの
愛に傷付いた方のもの……

「わたしの名前は、ダニエル・エリシャ（神は救いたまえり）・アブラハムです。救い主よ。あなたは、まことに救う神。憐れみによって、歩む神。わたしはあなたの子。今日、あなたはわたしを生んで下さった。それで、言います。アレルヤ（神を誉めたたえよ）と……。アレルヤ。救い主。アレルヤ。キリスト・イエス」

パッション。情熱。パッション。熱情。焼き尽くされた方……。

翡桜とダニエルの、言葉と祈りによって、「その人」の御傷は全て消失していった。だが……。まだ「その人」の御瞳は伏せられていて、「その人」のお身体は寒さに曝されているのだった。

「エスメラルダめ！　パールめ!!　よくも、遣ってくれたな！　又してもこのわたしに逆らうとは！　ダニーイーイー!!　見損なっていたぞォ！　エリシャの名前を、良くも隠していてくれたな!!」

　美しい緑の桜と龍は、もう何処にも見えなかった。レンタ・バンは天国と地獄の、この宇宙と異世界の間に浮かんでいて、辺りは真の闇になっている。闇が、吼えていた。

「まだだぞ！　パール。まだだ！　神父め!!　わたしの勝ちだ。奴のザマを見ろ!!　奴は飢え渇いているが、わたしは喰っている」

　パールは最後の気力を振り絞って、フランシスコに頼んだ。

「パパ様。あたし達の、時が来ま……した。パパ様の、そのストラを聖水に浸して、聖別して下さい。あのお方の、衣装にするために……。あたしには、最後の聖水を下さい。あたしがあの方に、お飲ませするために……」

　この水を。今度こそ、この水を。恋しい方。果たせなかった愛の証しを、受けて下さい。渇かれている御心に、受けて下さい。

　フランシスコの献げたストラは、その方の眩い衣に変わった。パールが捧げた水は、愛に渇いた方によって、受け取られていた。レンタ・バンの中には瞳を開けていられない程の光が溢れてきていて、その光り輝く〝雲〟は、闇を遠退けた。

「退け。サタン。わたしの子等に、手出しをしてはならない」

　尊い方の、お声だけが聴こえる……。

「俺の物だ！　俺の物だぁーっ!!」

狂ったように咆哮している蛇に、神は言われた。

「わたしの名を刻んだ者は、わたしのものである。わたしの名を印した者は、わたしの子であり、花嫁だ……」

香しい花々の香りと、優しく甘い微風が吹いてゆく中で、ダニエル・エリシャ・アブラハムは、懐かしい人達の幻を見た。愛した人々と、恋しいマリアを。紅と翡と、沙羅達迄が今、光の中で微笑っているのだ。「美しい方《かた》」とその御母と、先人《さきびと》達の群れに従って、恋しい人達は笑い、さざめきながら列に並んでいた。灯し火を持って。花輪を飾って。花の輪になって……。

「愛しているわ」「愛しているわ」「愛している…」と告げて、天への道を昇っていこうとしている……。満たされて。今は、癒やされて。苦しみはもう無く、喜びだけがある。

フランシスコは、パールの声を「聴いた」と感じていた。

パパ様……。フジシロ様。あたしは、還ります。桜の下で、あたしのランドリー・パトロに会うために。短くても、もう一度巡り会うために……。パイロットのノバと、ドギー・ドッグにも会いたい。ムーンは、ラプンツェルは何処かできっと生きていると思います。それなら、ラプンツェルも探したい。「あの方」が帰れ、と言われています。月の時間で、一年を……。

「一年？　たった一年だけだと言うのかね。パール。パール。パール」

フランシスコ達が意識を取り戻した時には、レンタ・バンは桜山を通り越していて、N町の湯川の流れの畔に停められていたのだった。

緑の瞳のクリスチナが、幻のように一瞬だけ見えて、消えていった……。

「皆さんのお陰で、全ては終りになりました。アレは追放されて、何処かに消えていきました。もう、大丈夫なのです。十字架の御像の神様は、今夜の戦いの傷を憐れんで下さっていました。忘れたい事は、忘れてしまえる事でしょう。あの方が、全てを抱いて行かれたからです。記憶は眠って、時が来る迄は呼び覚まされる事はありません。わたしのように……」

わたしの記憶も、眠っていたのです。とても、とても、長い間。あの方によって、眠っていたのです。さようなら。共に闘った人達。さようなら。知世ちゃんはもう、花ちゃんと一緒に帰って行きました。さようなら。ありがとう……。あの四人の人達のお弔いは、わたしがしますから。この森の中の一番美しい所で、皆は眠る事でしょう。さようなら……。

レンタ・バンの中からは、ロザリアと呼ばれていた紅と、ルチア・沙羅とセシリア・薊羅、エスメラルダ・パールの姿が消えていた。その代りのように藤代咲也と湯沢柊、樅の兄弟だけが、意識の無いままに取り残されていたのである。意識は失われていたが、三人の少年達の寝息は健やかで、身体のどこにも異常は認められなかった。皆が、感じていた。

ああ。何だかとても美しく、懐かしいような「夢」を見た……。

ダミアン・真山功とコルベオ、三田医師も同じ「夢」を見ていた。ダミアン達とフランシスコ達の異いは、彼等だけはその「夢」を忘れなかった、という事だったのだ。コルベオは、思う。紅ちゃんの言う「あの事」とは、一体何であったのだろうか、と。「ミー」に似ていた娘の「昔話」……。あれは一体、何であったのだろうか？　不思議な、そして美しい夢を見た……と。

ダミアンと三田医師の心は打ち砕かれて、震えていた。

「あれ」は、それ程悪い事だったのだろうか？　紅の病気を紅自身に告げて、教えた。紅自身に告げて、「選べ」と言った……。選ばせてやる事が、親切だと思っていたのに。逆に、この上なく残酷な事だったとは。わたし達は、どこから道に迷ってしまっていたのだろうか。どこから。いつから、「愛」に迷ってしまったのだろうか。愛に殉じて死んで行った娘達は、何と美しかった事だろう。悪である蛇と戦い、あの方の御後《みあと》に続いた娘達の姿は何と美しく……。

紅の「病気」は、罪では無かった？　紅と「ミー」には、罪が無かった？　沙羅と薊羅にも。柊と樅にも？　悪霊であった筈の緑の瞳の娘が、神のものだった？　桜山のゴーストと龍が、光の側にいた。そして、見知らぬ男女達と共にいて、娘達を支えたフランシスコはまだ生きていて……。ホームレスの中に入り、神に仕えていた？　ともあれ、その鮮明な「夢」は夢のようでは無く、生きている幻のようだったのだ。ダミアンは、そういう幻を何と呼ぶのか、知っていた。天啓。啓示。すなわち、神の御愛と御意志……。神の御旨は、二十年前の少女達が神の御跡を慕い続けて歩き、遂には神の、天の花嫁にされたという事を告げて、報せる事だった。ダミアン自身の過ちと三田医師の過ちを、優しく、無言で諌める事でもあった。「罪では無い……」と、神は言われているのだ。だが……。行き過ぎと過ちは、罪に似ている、と。ダミアンと三田医師には、その事が解った。遅過ぎた！　けれど、まだ間に合う……。

その日、ダミアンと三田医師は相談して、ダミアンは五十年も前へと立ち帰っていく事に決めたのだった。初心に帰って、やり直すのだ。ダミアン神父と三田医師のモロカイ島（ハワイの元ハンセン病者達の島で、ダミアン神父が殉教した島でもあった。彼は、病者と共に生き、病者と共に死んだのだ。愛のために。病者と、病者を憐れむ神のために……）への巡礼行の願い出は、教会によって快く受理される事になる。始まりへ。始まりへ……。ダミアンと三田医師は帰り、新しい生と愛へと、旅立つのだろう。始まりに。

フランシスコ達は全員、疲労し切っていた。それでいながら、不思議な喜びと希望に満たされてもいたのだ。その喜びと力は、一日の始まりに似ていた。新しい生への、最初の目覚め。新しい自分への、最初の一歩。新しい世界に通じているのは、平凡な一日の、平凡な朝の光なのだから……。そう。朝の光が、やがて昇ってくる。誰の上にも、平等に。豊かに生命を運んできてくれる。神の祝福である「全て善し」という「言葉」と共に……。

「嵐」は、去ったのだ。「憧憬《あこがれ》」という夢の名残りを、バラの香りのように残して、去って行ってしまった。今はもう、「夢」の名残りはバラバラになってしまっていて、完全な記憶を保っている者は、彼等の中にはいなかった。

フランシスコは「写真」とネガフィルムとカメラの入れられている鞄を見て、思い出す。これを何処かに捨てなければ……と。湖は、どうだろうか？　千の波が朝の陽に揺れて、冬でも凍らないあの湖はどうだろう？　鞄を抱えて無言で湖への道を辿り始めたフランシスコを、止めようとする者は誰もいなかった。

勇二と達子は、微かに紅を憶えていた。冬の凍て付くような夜に捨てられ、置き去りにされていた女の児の事と、「咲也」と呼ばれていた遠縁の少年と、今はもう只のホームレスだとしか思い出せない、老いた男の事とを。

その女の子は、誰だったのだろうか？　今、瞳の前で睡っている少年とホームレスとは、どんな関係だったのだろう？　解りそうで、解らない。それでも勇二は、咲也とホームレスの男が何故か懐かしく、愛おしかった……。

ダニエル・エリシャ・アブラハムは、紅を忘れていなかった。「ミー」に似ていて、血のように赤い可憐な痣を持っていた「翡」の事も、不確かな幻のように思い出せる。結局、あいつは誰で、何だったのか……。ダニエルは思うが、その思いもすぐに「風」に運ばれていってしまうようだった。残っているのは、最後に聴こえてきた紅の声だけ。

「ミスター。わたしの事はもう忘れてしまって下さい。わたしは、人間では無かったの。天使と人魚達が、わたしの姉妹で、仲間でした。天使には、翼があるけど人では無い。人魚には、上半身はあるけど下半身が無い。わたし達も、そうでした。マーメイド（海の乙女）達には翼と足が無くて、天使は人間とは別のものでしょう？　でもわたし達、似ていたの。特に、わたしは……。わたしは、女でも無く、男でも無かった。女であって、男でもあった。ヒオと一緒にしないで下さいね。ヒオは女でしたけど妹弟達を守り、わたしの悲しみを共に悲しんでくれるために、男になった振りをしてくれてた。わたしは、好きな方に成れと言われて、女になっただけでした。あなたはわたし、と本心からあの時は言ったけど。そう言う資格は、無かったのです。人の世界で生きるのが辛くも、歓びだったわたしには……。わたし達は命の影で幻でした。天の花嫁の写しで、蛹で、お魚で。そう……。わたしは人魚。だからもう、忘れてしまって下さいね」

女でも無くて、男でも無かった？　女であって、男でもあった？「好きな方に成れ」とは、「選べ」とでもいう事だったのだろうか……。「選べ」と命じられて女に成ったとは、どういう事なのか？　紅の言葉を追っていたダニエルは、頭を殴られたようになって、硬直してしまった。あの、病室で泣いていた紅。ダミアン神父と三田医師に、異議を申し立てていた夫婦と少女の姿が一瞬、蘇ってきたからである。それなら紅は、結婚等出来はしない。そうだったのか!!　紅。君は物心も付かない内に「選べ」と言われて、選ばなければならなかったのだな。女でも無く、男でも無い。女で在って、男でも在った君は、選んだ。普通の娘として生きられる道を、選んだ……。

紅。君の人生は、何と酷《むご》いものだったのだろうか。それなのに君はまるで、天使のように清らかだった。人魚のように、愛だけに生きて死んで行ったのだ。紅。紅。君の強さは、輝くばかりだよ。君の愛の在り方は、眩しいようだよ……。ああ。けれど、紅。君の翡は？　君を庇って、庇い続けていた翡の「話」とは、一体何だったのだろうか。あのパッション（受難）に関係があるのか？　それとも全然別の所に翡の悲劇は存在していたのだろうか。自分で自分をモンスター（怪物）と迄呼んでいた、あの翡の「話」は、君以上に酷いものなのか……。

神よ！　美しい方《かた》よ！　わたしはもう、これ以上酷い話には、耐えられません。人生の酷さよりも、美しさと愛しさだけを憶えていたい。神よ！　忘れさせて下さい。わたしに忘れさせて、あなたへの憧れだけを残して下さい……。

ダニエルが願った瞬間に、彼の願いは叶えられていた。ダニエルは、忘れた。紅と翡の哀しみを……。

彼に残されたのは、愛するマリアと恋した紅と、イカレたバーテンダーの「翡」の記憶だけになっていたのだ。

六花と敏一は、二人の沙羅と、柊と樅を憶えていた。

「あたし達、間違っていなかったわね、敏。あの家を出る用意を済ませてあって、本当に良かったわ……」

「そうだね、姉様。僕達は、もう帰れない。だけど。お兄様達と、どうやって暮らしていったら良いのかな」

「小母様達はもう逝ってしまったしね。ダニーパパとも、もう暮らせない。ガリバーは、お兄様達とは無関係ですもの。どこかに大叔父様がいたような気もしたけど、只の願望だったみたいね。敏。あたし、怖いわ……」

「僕も。僕も怖いよ、姉様。僕達、いつか捕まるの？　パパとママと風子か、お祖父様達に、捕まるのかな」

「捕まったりしないようにすれば良いのよ、敏。あんたとあたしで、考えましょう。大丈夫。道はあるわ……」

六花の言葉の通りに、道は存在していたのだった。

湖から戻って来るフランシスコの姿を見ていた勇二は、彼と咲也が誰だったのかを思い出したのだ。紅という名前の幸薄かった姪の、美しい瞳も。

柊と樅を見詰めていた達子は、ふいに泣き出した。

「沙羅ちゃの子供達！　沙羅ちゃ達の、子供達。あんちゃの紅ちゃも、自分の子供のごと可愛がっていた子達ちゃね。あんちゃ。こん子達ば、どうなると？」

「どうなる、って言ったたって……。お前。由布さんがこの二人を引き取るとでも思うか？　駄目に決まっているだろうがよ。何しろあの家には、六花と敏一達がいるんだぜ。そうでなくても、他の女に産ませた子なんて。無理だ」

達子は、指が白くなる程強く、拳を握り締めていた。

「ほんなら、どうなると？　こん子達は施設か、病院送りっちゃね？　ほんなあ……。ほんなこつ、可哀想だっちゃあ。勇ちゃ……」

「そりゃあそうだけどな。達子。勝手に俺達がどうこう出来る事じゃ無いんだぜ。何せ、俺達はそいつ等の血縁でも何でも無いしな。もし血が繋がっていたとしても、どうにもならないよ。俺とお前が結婚していて、養子でもホ……。欲、欲しいと言うのかよ？　達子。お前、どうしたんだ」

「どうもこうもなかと。欲しかとね。欲しかとね……。こん子達ば見捨てる位なら、あちは死んだ方が良かとよ。沙羅ちゃ達の、忘れ形見ばね。それに、とても可愛かよ……」

六花と敏一は、達子と勇二に飛び付いていって、叫んだ。

「達子おば様！　勇おじさん、大好き!!　ついでにあたし達にも、お兄様達の面倒を見させてくれるわね！」

「えーっ？　お前達は駄目だよ。ちゃんと、家に帰れよお」

「もう帰れないんだよ、勇おじさん。僕達、ちゃんと家出して来たんだもの。取り敢えず、姉様はひいらぎ（柊）で、僕はもみ（樅）で良いから。それなら住民票だって、お兄様達のと兼用が出来るでしょう。誰にも、捕まりたくないんだよ、僕達。もう誰にも、見付かりたくないの」

「同じ家の中に、柊と樅とひいらぎともみか……。そいつは案外、良い考えかも知れないな。小人達。俺も、残るよ。俺ももう、帰らないと決めたんだ。俺は、紅の眠っているこの土地から離れない。後の事は頼むよ、勇二」

後の事って……。勇二は、絶句してしまった。ダニエルと六花と敏一が同時に消えたりしたら、どうなるのだろうか……。

「だから、後の事だよ、勇二。俺の部屋に行って、必要な書類とビザを取って来てくれ。今度は医者として、永住権でも取る時のためにもな……。それから。Tホテルの沖と金沢に伝えてくれよ。紅と姉さんは無事だが、もう帰らない、となァ。子供達を連れて故郷に帰る、と言っておいてくれないか。勇二。それで、チャラだ。お前はもう俺に、罪悪感を持つ必要はなくなる。遣ってくれるな？」

溜め息を吐く隙もなく、フランシスコが勇二に頼んでいた。

「東京に帰るのなら、わたしと其処の坊主（咲也）も一緒に、車に乗せて行ってくれないかね。柊と樅のために久留里荘に寄って、それこそ大事な物は持って帰って貰わないとな。わたしはそこ迄で消えるから、安心していて良い」

「……。クソ親父の弟なんだろ？　爺ちゃん。安心なんか出来るかよ」

勇二にも今は、思い出せていた。藤代咲也と、勇輝の二人を。

「心配は要らないよ。勇二君。わたしは君を見直した。君のお嫁さんの達子さんもだ。皆、良く遣ったたし、皆、良い子供達だ。神も、お喜びになっているだろう」

帰りの車の中でも、フランシスコはパールの声を聴いていた。ムーンが生きている？　パールが還ってきてくれる？　ああ、美しい方《かた》よ。それは、いつの日解るのでしょうか。神よ。いつの日わたしは、パールとムーンに会えるというのでしょうか。

咲也を待ち兼ねていた晶子と霧子達は泣き出し、その涙の雨の中で咲也は、目覚めたのだった。咲也の記憶の中からは、辛過ぎたヒオへの愛着心が、消されていた。

Tホテルの堀内と沖、金沢は、勇二を通して伝えられたダニエルからの伝言を、諦め顔で聴いたのだった。紅と薊羅が「還らない」事なら、晶子からの電話によって既に知っていたからなのである。もう、帰らない。還らない……。

堀内と沖は、沙羅と紅を悼んだ。柊と樅を惜しんだ。

だが……。彼女達はもう、還って来ないのだ。嵐の森の中に消えていってしまった、白い水仙の精のようだった梠子のように。堀内はN町の夏と、森と恋と十字架草（ドクダミの白い花）と、忘れな草を愛していた少女を、想い続けた。堀内にとってのN町は、永遠に変わらない恋への墓標の様だった。永遠に終らない、恋への歌の様だった。

あの夏の終りの嵐が梠子を奪っていき、冬の嵐が沙羅達を連れ去って行ってしまったのだ……。

堀内の恋しい少女は、氷穴の中で花の雨を降らせていた。

ロザリア・ローズ・紅のために。ルチア・アイスカメリア・沙羅のために。セシリア・スイートシスル・薊羅のために。十字架草と忘れな草と、知世の緑《あお》い桜の花びらを。知世は、愛猫の花を抱いてもう、桜山の桜の下で眠りに就いてしまっている。知世は、天の御国には行かなかったのだ。

「あたしは花ちゃんと、桜の下にずっといる。エメラルドの瞳のクリスチナ。あなたと一緒に、この山の中にいるわ。晶子さんが逝ってしまっても、桜の精と龍と、此処にいる。あたしには、此処が良いの。恋を失くしたあたしは、桜の下が良い。愛のために死んだあたしは、愛のために残るのよ……」

氷穴は、知世の褥に続いている桜山の奥の奥に在った。夏でも溶けない氷の宮殿。音も無く美しい光が舞い降りてきて。虹を描いて。星々と月の光を映して。空の上の海と、天上の波を映していて、美しい。

光と氷の宮殿の中に眠っているのは、三人だけだった……。

エスメラルダ・パール・ヴェロニカは、薬草の森の中に横たえられている。パールの褥《しとね》は、その場所だけは常夏の、緑の草の上だった。パール・翡桜は其処で睡り続けている。その月の終り迄睡って、森の生命に染まるのだ。神の命に染まって。森と草に染まって、パールは睡り続けていた。睡りの中に、声が聴こえる。

「あんただけ残ってしまったのね。可哀想なミー。馬鹿よ、あんた。幾ら妹弟を愛していたからといっても、愛のために死ぬなんて。妹と弟に、二度と会えないような事をしてしまうなんて。馬鹿よ。でも。あんたを愛している」

「愛しているわ、翡桜。わたしの花王。あなた、わたしに嘘ばかり言っていたのね。でも、愛しているわ。愛している。一人だけ残るのが、どれ程哀しかったか解っているわ。だから、あの方にわたしは願ったの。あなたの時が来る迄は、愛を呼び覚まさないで、と。忘れてね、桜……。時が来れば会えるわ。愛している」

パール・ヴェロニカ・美咲は、夢の中で答えて、泣いていた。愛しているわ。ロザリア。愛しているわ。ルチア。セシリア。愛している。でも。あたしはムーンとパトロも愛しているの。さくらの民達を、愛している。許してね。遅れていくけど、許してね。あたしのために、祈っていて……。

こうして、パール・ヴェロニカは、紅と椿と薊を、忘れていった。柊と樅の事も忘れて。咲也達の、変人クラブの一人一人の哀しみと切なさも、忘れ去っていったのだ。

ダニエル・アブラハムの事も。不実だった高沢や藤代と吉岡の事も。花野という女の事も。Tホテルのフロント支配人の堀内と、沖達の事も。再来教団の事も、太白と名乗っていた魔物の事も、パールは忘れていった。

睡りの中にと置いて。神の御手の中に預けて。翡桜は、井沢かすみに戻ってしまったのだった。かすみの睡りの中には、ムーンの歌う歌が満ちている。

昔、大きな船の事故があった
沢山の人達が海に沈んだ
残った者達もバラバラに散った
海の下では波の歌
海の上では風の歌
月の光だけが今も変わらない
さくらの歌だけが　今も変わらない
日本に辿り着けている者達は、集いなさい

そうして、故郷に帰るのよ……
想い出してさくら民
想い出してロバの皮
あたし達の神が待っている
故郷の、美しい都が待っている……

さくら　さくら
弥生の空は　見渡す限り
かすみか雲か　匂いぞいずる
いざや　いざや　見にゆかん……

ノエル・ムーン・ラプンツェルは、大波に攫われ溺れたアリ・カトリーヌに向かって言うのだった。何度も。何度も。
「カット。だから言ったでしょう？　波の近くに行くな、ってさ。忘れるから酷《ひど》い目に遭ったのよ。心配したんだからね。あたしはもう二度と、こんな旅に出ない」
「あんたの旅嫌いは、あたしの所為じゃないでしょうに。クリスってば執こいのね。あんたの心配症は、治らないの」

馬鹿だね、カット。あたしの心配症のお陰で、あんたは救かったのよ。あんたは気楽で、羨ましいわ。

あんな毒蛇の事を知らないでいられて、あんたは幸せよ。

ノエル・ムーンには、彼女の姉、パール・ロバの皮とフランシスコ達と、ルシフェルとの戦いの一切は伏せられていた。

「美しい方《かた》」は、ノエル・ムーンの時の来るのを、待っておられるのだ。神の決められた「時」の来る迄は、ムーンは待たなければならない。「愛」が呼び覚ましてくれる迄は、待っていなければならないのだった……。

再来教団での不可思議で不気味な「集団自殺」事件は、連日のようにマスコミに取り上げられて、世間を騒がせていた。信者達の多くが死んだのだが、その遺体からは精気というのか水気というのか、とにかく水分が失くなっていたからなのである。遺体の多くが、ミイラのように乾いていたのだ。警察も、マスコミにも解らない。

「一体、何の毒を飲ませればこうなるのかね。こんなに干涸びてしまっていては、誰が誰やら顔も解らんよ……」

警察幹部達は渋い顔をしていたが、マスコミは騒ぎを大きくしていった。肝心の太白光降教祖の姿が、どんなに捜しても見付けられなかったためである。輝くばかりに美しく、年齢不詳で、毒々しい迄に緋い衣装を着ていた男は、何処に消えてしまったのだろうか？

幹部であったと言われている大門厚達も、何処に消えたのか？　飛行機でも港からも、出国してはいないのに。高速道路の監視カメラ等にも、彼等が乗った形跡の有る車は一切、映っていないのだ。騒ぎは大きく、その反対に収穫は何一つと言って良い程、無かったのであった……。

太白は、煙のように消えてしまった。跡形も残さずに。最初から存在していなかったかのように、消えてしまったのだ。

再来教団での集団自殺事件と、教祖と幹部達の消息不明事件は大きく、その陰で多くの小さな「事件」が忘れ去られていく事になってしまったのだった。

例えば。真山建設工業の社長である高沢の「秘書兼運転手」、ダニエル・アブラハムの行方が解らなくなっている事と、同じ会社の水森紅という秘書も、同時に姿を消してしまっているという事実。それは、秘密の恋仲だった二人が、紅の「見合い話」によって追い詰められて逃げた、と結論付けられて終った。隅田孝志と青木豊は傷心のまま、一人はイタリアに渡り、一人は会社を去って故郷に帰る事になる。人付き合いが悪かった痩身の黒い男と、紅との「駆け落ち」説は、孝志と青木を傷付けるのには十分過ぎたので……。

六花と敏一姉弟《きょうだい》に就いては、只の家出として片付けられてしまっていた。二人が、用意周到に家出をする準備をしていた事が、判明したからであろう。六花と敏一は、茨城県筑波市に在る、或る大学と高校に入学願書を提出していて受理され、おまけに寮迄も確保をしておいた上で、姿を晦《くら》ましてしまっていたのだから……。

「家庭内の問題ではないか」、と警察の方から言われた由布と敏之は、お互いにお互いを責め合うようになっていた。隠されていた物は最早隠し様も無く、表に出てしまった。

湯沢沙羅が退職し、故郷に帰った事は、事件にもならなかった。只、金子美代子が大切な借り手の、急な引っ越しを惜しんでいるだけで……。公太の車はRホテルの地下駐車場から、無事に返ってきていたが、久留里荘には空き室が一挙に二部屋も出た事になってしまったのであった……。美代子は、それを嘆いたのだ。

「翡」が無断で欠勤し始めると、柳は待っていたように若いバーテンダーを雇い入れ、グレースの愛人である高瀬に取り入って、「摩耶」を自分の物にした。高瀬は「摩奈」をグレースに渡して、オリビアに傾いたのだが、オリビアは高瀬を「打ち出の小槌」ぐらいにしか、考えていなかったのである。「摩耶」は高級バーの名前を返上して、やがて「魔窟」と呼ばれる迄に、落ちてゆくのだ。

市川は、翡の忠告に従った真奈によって「摩奈」に引き抜かれ、移っていった。真奈は市川を身近に置いてみて、初めて翡が言っていた言葉の意味と、翡の思い遣りと、市川の誠実さが解るようになっていた。言葉遣いは、市川が身を守るための鎧で、客商売を続けていくための兜でしかなかったのだ、という事も。市川は、「摩耶」に無くてはならない人物になった。それと同じ様に、真奈にとっても大切な、無くてはならない男になっていくように、なる筈だった……。

変人クラブのメンバー達は、晶子と霧子と咲也の様子の、小さな変化に気が付いていた。晶子は咲也から少し距離を置くようになり、その反対に霧子と咲也は、お互いの中に有る溝を、少しでも良いから埋めようとして努力し、歩み寄るようになったのだ。霧子は「年上である」という事で咲也に引け目を感じていて、遠慮ばかりしていた自分を捨てた。咲也は、霧子や奈加達を傷付ける事を恐れ、怯えてばかりいた自分と、訣別していった。人の心は、触れ合う事でしか理解が出来なく、深く愛し合えもしないという単純な真実に、やっと気が付いたからである。

幸男は宗旨変えした奈加にせがまれて、又、晶子の夢のような願いに動かされて、いつの日か奈加の実家を五人組で訪ねていく事に、同意をしても良い、と思い始めていた。

奈加が企んでいたように、初めに子供ありきではなく、ごく普通の、ごく平凡な結婚でありたいという願いが、幸男の中にはあったからなのである。だが、幸男は人生に痛め付けられて来ていたので、故郷のすぐ近くに在るという奈加の村と、両親達が自分を受け入れてくれるとは、思いもしていなかったのだ。

水晶球の、龍は歌っている。時が来れば、幸男と奈加の帰郷をきっかけにして、咲也と霧子もその地に移住し、晶子もその地で、「お年寄り達」の、良い相談相手としての、満ち足りた人生を送れると。占いを必要としているのは孤独な病人や一人暮らしの老人達も同じであって、その人々の人生の夕暮れに、晶子は付き添えるのだと、龍は優しく歌っていた。晶子は「待つわ……」と、龍に言う。白い猫のルナと一緒に、待っているわ、と。

晶子はフランシスコに会いに、綿木公園に行こうとはしなかった。ヒオと約束をしたし、フランシスコの秘密は、フランシスコと神だけのものだったから……。さくらの民の秘密の約束が、さくらの民達だけのものであるように。神の子供達の秘密は、神と、彼等だけのものなのだ。永遠に……。

パイロットのノバとドギー・ドッグは、遅々とした道行きを、綿木公園に向かってしていた。高畑美奈子の忠告に従って、川に沿って。あるいは時々、道に迷ったりして。

「新興宗教信者・集団自殺事件」の真相は闇の中のままで、三週間目を迎えようとしていた。警察署幹部達はマスコミに叩かれ続け、無能呼ばわりされている事に、我慢がならなくなってしまっていた。そこで、記者会見が開かれる事になったのだった。どの道、太白達は「消失」しているし、信者の多くは死んでいるのだから……。どんな出鱈目でも、解決しないよりは、マシだと思われた。その日、各新聞は報道する事になったのだ。

太白光降と幹部達は、密航船で既に日本から出国しており、信者達の死因は「極度の栄養失調と無理な断食や水断ちのためであった」という、正式な捜査結果と警察関係者達の発表を……。それを信じる人間は誰もいなかったが、信じない根拠を申し立てられる人間も、どこにもいなかった。太白と同じ様に、警察も逃げ切ってしまったのだ。彼等が「投げた」事件は、何日も経たない内に収束していく事になる。世間は、マスコミが面白可笑しく騒ぎ立てない事件に対しては、関心を失くすのだ。終ってしまった事件を振り返る者は、殆どいなくなるだろう。亡くなった信者達の遺族と、元信者達を別にしては……。冬の嵐は激しく荒れて闇に消えたが、その嵐の後には何も残されていなかった。

吉岡花野と、川北大吾を除いては……。別々の病院に搬送された花野と大吾は、それぞれに「人を撥ねた」、という申し立てをしていた。Rホテルを管轄している警察署では、病室に警察官を派遣し、又、ホテルの駐車係や入出庫係等にも話を訊いたが、花野と大吾の「申し立て」を裏付けられる者は、誰もいなかった。現場は広大ではあったが、大型の観光バスや空港や港へのシャトルバスの駐車場も兼ねていたので見通しが悪く、監視カメラからも死角になっていたからである。正面衝突をした二人の車の前部は大きく破損していて、それ以前に誰かを撥ねていたとしても、その痕跡は何処にも見付けられなくなっていた。真冬の寒さの中でコートを着ていた紅と薊羅の衣類の切れ端は無く、外側よりは内臓に受けたダメージの方が、遥かに大きいものだった事もある。しかも……。吉岡花野は、存在してもいない「娘の花衣《かえ》を撥ねてしまった……」と言って泣き崩れ、夫の勝男は「妻は精神を病んでいた」という、証言をしているのだ。川北大吾の方は、国会議員の藤代勇介自身が、川北は再来教団に出入りをしていたようで様子が変だった、という証言をしてしまっていた。ポリス達は、考えた。「触らぬ神に祟り無し……」と。川北を突ついてみても太白達の行方は知らず、逆にせっかく収まり掛けている「教団事件」と、現職議員秘書のスキャンダルとして、マスコミが大喜びするだけなのは、目に見えていたからである……。幸い花野と大吾の怪我の程度は軽く、検査を含めても二人は、二週間程で退院出来たのであった。結局、花野と大吾は重大な統合失調症（精神分裂病）による、妄想を抱いていただけだとして、不起訴処分になった。

花野は勇介の名前を出さず、「勇花」という名前さえも、ひと言も言おうとはしなかった。勇介が、「何か」をしたのだ。勇介が、花野から嬰児を引き離し、花野には「子供は死産だった」と言い続けてきたのだ……。

あの子は、わたしが一人で生んだ。わたし一人だけの子だったたから、やっぱり花衣なのよ。花衣。花衣。ママを、許してね。あなたのパパは、あんなに酷《ひど》い嘘吐《つ》きの勇介なんかでは無いわ。あなたは、ママが一人でつくって、一人で生んだの。ママのお腹の中であなたは眠って、夢を見ていたのよ……。

勇介は吉岡に見舞いを届けたが、花野はそれも無視した。吉岡は、花野とは離婚はしなかったが、その代りに妻を、療養所送りにしてしまった。

川北大吾は体よく藤代事務所からお払い箱にされて、勇介と勝男は、腹の中で笑っていたのである。全て、思い通りになった。全てが上手く行った。何もかも順調で申し分がない、と。

だが。本当に、そうなのだろうか？　誰にもそれは解らないのだ。人は皆、生涯の終りの日には、愛の重さによって量られるのだとしたら。見せ掛けだけの「幸運」に満悦して、笑っていて良いものなのだろうか……。

花野は、川北からの「通報」に依って、実家に連れ戻される事になる。川北は、花野の叫び声を聞いていた。

「勇花！　勇花なのね。許して！　ママよ。ママなのよ……」

ユウカ……。その名前は川北に、藤代勇介をすぐに連想させていた。花野と勇介の間に、子供迄居たとは！　川北はショックを受けたがじきにそれは花野への憐れみに変わった。花野は、二度と「ユウカ」とは言わずに、「花衣」と言っている事を知ったからなのだ。花野の方が、勇介を捨てた、と川北は思った。

そして。花野と一緒に、Rホテル周辺の病院や警察署を尋ねて廻るようになっていったのだが。「花衣」とその姉か友人と思われる女性の記録は、何処にも見付けられなかった。「花衣」達は、消えてしまったのだ。花野と川北は、六花と敏一の姿は見えたが、顔は良く見ていなかった。傷心の花野の心が壊れ、崩れてしまう一歩手前で留まれるのは、父親の愛情と川北の献身に依って、という事になってゆく。花野と川北はその後の生の日々を寄り添い合い、支え合って過ぎ越して行く事になるのだろうが、それはまだずっと先の話になる筈だった……。

六花と敏一は、花野と川北の顔は、覚えてさえいなかったのである。二人を見て、憶えていたのは、ダニエル・エリシャ・アブラハムと、フランシスコ・フジシロだけだった。翡桜は「睡り」の中に、辛く切ない記憶を全て、置いてきてしまったのだから。紅の、望みに因って……。

あの、冬の嵐の夜から睡り続けていた翡桜、今はかすみ・彩香は、一月二十九日の夕刻に目覚めたのだった。辺りには薄暮が降りて来ていて、冬の森の日暮れは早かった。「トワイライト・ムーン（夕月）……」と、かすみは呟く。教会の鐘が、鳴っていた。どこまでも澄んでいて、高く細い鐘の音が……。かすみは、湖を見下ろす山の上の、年経た楓の樹の下に、移されていたのだった。楓が、優しい声で歌ってくれている。懐かしい歌を……。

美しい乙女よ
わたし達も一緒に探してあげましょう
あなたの恋しい人は
あなたを　何と言って呼ぶの

これがわたしの愛する人

これが、
わたしの慕う人、と。

どうかわたしを刻み付けて下さい
あなたの腕に　印章として
わたしの心に　印章として……

かすみは夕月を見上げながら、楓の歌と教会の鐘の音色を聴いていた。寒さは、感じなかった。只、懐かしさと愛の残り香だけを感じていて、それに包まれていたかったのだ。晩鐘は、かすみに語り掛けていた。幼い日々に唐松荘で共に過ごし、遊んだ子供達の想い出を。

「懐かしい……」と、かすみは呟いていた。あたしの可愛い「さくら」……。椿と薊は、今でも仲良しで一緒なのかしら。あたし達、本当に仲良しだったのに。いつの間にか、別々の道を歩くようになってしまっていたのね。幼い日々は遠く、想い出も遠くなってしまったけれど。懐かしくて、愛おしい。もう一人の桜だった、あたしの紅。あたしの沙羅と、あたしの薊羅。大好きだった。あたしは今でも、あんた達が好きよ。でも、この世ではもう会えないの。許してね。ミーとしてのあたしが死んだあの日に、あたしはあんた達とも別れてしまったのだもの。愛していれば、いつかは又会える。けど……。今は、あたしは、懐かしむだけなのね。あんた達とあたしの、煌《きら》めいていた日々を……。

かすみは、紅が上京してから以降の、紅と沙羅達の事を、はっきりと思い出す事が出来なかった。只、暖かな日溜りのような、愛の名残りがあるばかりで……。それでもかすみは、その巨《おお》きな楓の下に坐り続けていた。国道の向こう側に見えている教会の尖塔と、教会の明るいいばら窓の灯りを、見詰めていたのである。それから、かすみは眼下に見下ろせる、今は千の半月を抱いている湖を見詰め、その湖の対岸の向こうに広がっている途方もなく広大な夜の森の中を、見詰めて言った。

「さようなら。湖。さようなら、森。さようなら、楽しかった想い出。さようなら。大好きな紅達。さようなら。森の魔女さんと、恋人の沢木君、あたしは、もう行く。さようなら……」

かすみの姿が国道の方に消えてしまうと、緑の瞳のクリスチナが、楓の樹の下に来て立った。楓は、訊ねる。

「これで良かったのかね？　森の娘。わたしには何となく納得が出来なくて、釈然としないのだけれどもね……」

「釈然だなんて……。嫌だわ。楓さん。あなた又難しい言葉を憶えてしまったのね。教えてくれたのは、あなたの夏樹ちゃんなの？　そうなのね……。でも。良いニュースが一つあるのよ、楓さん。わたし、沢木君と結婚する事に決めたの。あなたの好きな、あの人と。沢木君も、森の住人になるのよ……」

沢木は、榀子の説得には応じず、逆に榀子の方を説得してその愛を貫いたのだった。冬の嵐に対して二人の花王と沙羅双樹が、どのように戦い、美しい方《かた》の跡に続いたのかを見ていた榀子の心も変わったのだ……。

「ああ！　良かった！　ああ、良かったね。緑の瞳の娘よ。君は、半年近くもあの青年を待たせていたのだからね。わたし達はヒヤヒヤしていたものだよ。本当はね……。それで？　いつ。君達の結婚式は、いつになるのかね？」

「湯川の向こう側の桜が、満開になる頃。桜山の桜の目が覚めて、蕾を付ける頃……。わたしは誠実なお友達さんの、花嫁になろうと思うの。わたしの恋しいあの人の娘さんが、高校生に、成る春に。あの人、その子にわたしの名前を付けてくれていたのだと、あなたに話したかしら。椎名という名の子の事を。あの人、幸せになるという約束を守ってくれたのよ。今度はわたしが約束を守る番だから。わたし、幸せになるわ、楓さん。沢木君とわたしは、双児のように似ているの。知っていた？　沢木君はわたしを理解していてくれて、わたしは彼を理解出来るの……」

尊敬していて、愛してもいるのよ、楓さん。恋ではなかったけれど、愛していたの。きっと幸せになるわ、楓さん。十字架の御像の神様に守られて。わたしのロザリア・ローズとルチア・アイスカメリアと、セシリア・スイートシスルのように、わたしも強く在りたいわ。わたしに出来る限りはね……。

「何が出来る限りなんだよ、梠子。帰りが遅いと楡が怒っているから、迎えに来たんだぞ。俺の魔女っ子の、梠子」

長身の沢木が、弓張月の光の下に立っていた。沢木の美しさはその外見以上に彼の心と魂にある事を、愛にある事を、梠子は昔から知っているのだ。梠子は笑んで、首を振る。何でもないの。何でもないのよ、沢木君。

仲良く去っていく二人の後ろ姿を、月の光だけが蒼く照らし出していた。

楓は歌う。恋歌を……。

深夜に高速バスに乗ったかすみは、別れた妹の安美と弟の一寿の事を想って、その思い出の甘さに泣いていた。高速バスは、走り抜けていく。ノバの恋人だった美冬が眠っている町を。ドギー・ドッグを捨てられて、L・Aに発っていこうと決めた、元飼い主の瑠奈が眠れないままにいる町を。東京へ。東京へ。もう一つの生を「かすみ」に与えるために、夜の中をひた走って、東京を目指して行くのだった……。

水穂広美と香夫妻は、その一月にかすみ・彩香の身の上に起こった事は、何も知らないで済んでいた。かすみはいつものように秘《ひ》っそりと、けれども穏やかな笑顔を見せて、夫妻の下に帰って来てくれていたので……。約束通り、月末にかすみは帰った。

そして、言ったのである。ワイド・広美とナルド・香に……。

「ねえ、父さん。ねえ、母さん。あたしはやっぱりムーンは生きていて、何処かにいるような気がしてならないの」

「又、そんな事を言って……。かすみ。ねえ、彩ちゃん。そんな事は有り得ないのよ。それにね。もしムーンが生きているのだとしても、あの子は一体何処にいると言うの？」

「この家じゃ無かったのなら、井沢家に着いている筈なのよ、母さん。父さん。あの子はそう言っていた、と思うのだけど。あたしも、もう良くは憶えていないのだけどね……」

「……。そんな事を言っていたのだったかね？　ムーンは。考えられない事だよ、かすみ。ムーンは、逝ったのだからね」

「……。全くもう。お二人共、頑固な点ではムーンに負けていないのね。でも。あたしも頑固で意固地なの。その内に判るわ、きっと。ねえ、母さん。ムーンがもしも生きているとしたら、あの子はいつかきっと、この家にやって来る筈よ。あたしを探してか、母さんと父さんを訪ねてか……」

「又、あんな馬鹿な事を言っているよ、おチビ。お前の妹はお前に似ていて、随分と可笑しな事を言うのだねえ。わたしと黄菊は、知っているけれどもね。ムーンスターは、もうとっくの昔に、死んだ筈であるのだよ……」

「そうよ、おチビ。あんたはあんな事を、信じちゃ駄目よ」

ごめんなさいね。白菊。黄菊。わたしは、わたしの妹を信じているの。ロバの皮とラプンツェルは、特別なんだもの。

そうね。いつかはきっと、ムーンがこの家に来る事になるかも知れないわ。わたし達のムーンなら、いつかは必ず捜しに来てくれる。その時には、逝きましょうね。白菊。黄菊。わたし達、今度こそは揃って、あの方の御国に昇っていきましょう……。

おチビの切ない願いは、口に出されて言う事は無かった。

かすみ・彩香のヴェロニカも、フランシスコ・フジシロに出遭えた事を、水穂夫妻には言えないでいた。「あの夜」の記憶は、今はヴェロニカのソウルの中で眠っているのだ。紅達と「美しい方《かた》」が大切に預かり、抱き締めて、昇っていってしまったのだから……。かすみになったヴェロニカには、フジシロに会えた嵐の夜の出来事を、水穂夫妻に説明出来るとは、思われなかったからである。けれども。かすみの黒い鞄の中には、薊羅の涙の跡の染みている、一枚の紙片が収められていた……。その紙片には薊羅の手によって、三名の人物の名前と、住所が記されていたのだ。かすみは一旦自分の部屋に戻り、紅が忍ばせておいたそのメモを見付けて、頭の中に刻み付けていた。Tホテルの堀内と沖は良いとしても、フジさんは？「綿木公園の桜の木の下にいるホームレスのフジさん」というのは、フランシスコ・フジシロの事に違いが無いと思われた。思われはするのだけれども、まだ確認はしていない。かすみはムーンの話以上に、フジシロの所在に就いての話には、慎重になってしまっていたのである。何故なら「あの夜」、フランシスコ・フジシロは桜の下にいて、其処には他に「何人もの、さくらの民達がいる」と思って、泣いていたのだから。安易にその事を口にするよりは、自分自身の瞳で確かめてからの方が良い、とかすみは判断したのだった。それで、水穂達には言えなかったのだ。

その時には。その夜にも。そして、その次の日の朝になっても……。

かすみは、眠れない夜を過ごした。恋しかったランドリー・パトロとニュートやその他の人達に、会いたいと思う。けれども。けれども、彼等は既に忘れてしまっている、とフジシロはかすみに言っていたのだ。忘れてしまった。忘れて、しまった……。忘れてしまった人達に、そうと解っていて会いに行くのは、許されるものなのだろうか？　忘れてしまったパトロに会いに行くのは、お互いのソウルのためになるのだろうか？　解らなかった。かすみには、解らなかったのだ。けれど。かすみはパトロに「会いたい」、と思った。例え事故や歳月の後にパトロの記憶が消えて、もうその記憶は戻らないのだとしても、彼に会いたいと希っていたのだった。かすみは、ムーン・ラプンツェルの声が、愛し気に告げていたのを憶えている。

「ロバの皮の耳には、何があるの？　アーモンドか、桜か。アーモンドの蕾には恋の想い出が。桜の蕾には、恋の予感が……」

ムーンは、そう言っていたのだ。耳朶の、あの赤い小さな痣はもう、失くなってしまった。けれど……。「恋の予感」がある、とムーンが言っていたのなら、あたしは、桜の花に賭けたい。忘れ去られた人にではあっても尚、新しい恋の予感が包んでくれる方に、賭けたい。思い出して貰えないとしても、良いの。只、少しで良いから好きになって貰えるものならば。只、少しで良いから、愛し、愛されるならば……。

あの人と愛し合う事だけを望んではいないわ。只、会いたくて堪らないだけ……。昔の事は何もかも忘れて、あたしはもう一度だけでもパトロの傍に行って、彼の傍で生きたい。あたしの「時」は、短いから……。あたしの「時」が来たら、あたしはもう「あの人」の御国に行って、二度とは還らない。愛する方から、離れない……。忘れてしまわれていても、パトロと過ごしてから、行きたい。あたしには、これが最後の時だから。これが最後のチャンスなの。だから……。だからあたしは、満開の桜の樹の下に行くわ。桜の花の下で、彼に出逢うのよ。もう一度、初めに行くの。最後の時を、パトロと生きるために……。ごめんね、母さん。ごめんね、父さん。ごめんね、ムーン。あたしは、時間切れを待っているファントム（影）でしかないから。「あの人」の下さった時間を精一杯に生きて、笑って、逝きたいの。明るい声で皆に「さようなら」、と言いたい。大きな声で皆に、「ありがとう」と言いたい……。だから。あたしの願いを、許すと言ってね。あたしは桜が咲く時迄は、待つと決めたから。それ迄のあたしが、ムーンとナルドとワイドのものよ。それ迄のあたしが、安美と一寿だけのものなの。その後のあたしは、パトロとフジシロ様と、「あの方」だけのものになる……。

かすみ・彩香の哀しい願いは、涙壺の青い色に似ていた。ヴェロニカの青い花に似ていて、桜の花の儚さに似ていた……。ヴェロニカはそれからのふた月を、祈り、待っていた。

長野県N町には、二組の湯沢柊と樅が暮らしている。一組の方の樅は重度の障害を抱えているままだが、もう「イアイ」と言って泣く事は無く、その代りに「パーパ」と「マーマ」と言えるようになっていた。その兄の柊は、もう一組の方の柊（ひいらぎ）を「紅お姉ちゃん」と呼び、樅（もみ）の方には「ミロリお兄ちゃん」と、初めは言っていた。だが、今では柊も「パパ」と「ママ」が言えて、「ヒイラギちゃん」と「モミちゃん」と、「ダニー」が言えるようになっている。柊と樅は、「ママ」を憶えていなかった。彼等のママは、今ではソウルの中に咲いているだけになったのだから……。

目覚めた柊と樅は、生まれたての赤児のようであったのだ……。そして、すぐに覚えた。新しい「ママ」と「パパ」の顔と瞳と声を……。藤代勇二と達子は婚姻届だけを出して、柊と樅を二人の「養子」として申請をし、受理されていたのである。「唐松荘」のダミアン神父と三田医師が保証人となったために、全てはスムーズに進められたのだ。が、勇二も達子も、その見知らない二人が、どうしてそれ程親切にしてくれるのかという事迄は、解らないでいた。解らないけれども、「有難い」、と勇二達は二人に感謝をしている。モロカイ島への巡礼行から帰って来たダミアン神父と三田医師は、憑き物が落ちたように明るく、優しい世話好きな神父と、医師に変身を遂げていた。コルベオは以前よりもずっと、ダミアン神父と三田医師に対して親しみ、笑うようになっている。

達子の紹介で勇二は、湯川リゾートホテルの車輌部に入社していた。元々勇二は車の運転が好きで、人当りも良かったので、彼はすぐにその仕事に馴染んでしまった。もう何十年も、その仕事場にいたかのようにして……。水森夏樹という少年が、勇二の「一番弟子」の様になって、彼から仕事のコツを教わっている。

勇二夫婦の勤務形態は変則的で常に動いていたが、二人の留守は「ひいらぎ」と「もみ」の姉弟《きょうだい》が守っていた。ひいらぎともみがいない時には、ダニエルが柊達を預かる事もある。

「ひいらぎ」になった六花は翡桜と良く似た短髪にし、人前では声を出さず話をしないように気を付けていた。そしてU市の医大に合格を果たした。

「もみ」になった敏一は、四歳の年齢差を物ともしないで大検にパスし、今は小柄な十九歳の看護学科生としての、新しい日々が始まる時を待っている。

そのためには、ダニエルの助けが二人の大きな力になった事は、言う迄も無い。

敏一は、十九歳の「ひいらぎ」の双児の弟の方の、「もみ」になるためには、それこそ猛勉強をしなければならなかったが、その事を「嫌だ」と感じた事は、無かった。二重戸籍とは逆に、二人の戸籍を四人で使うのだ。その覚悟をした時から「ひいらぎ」と「もみ」は逞しく、新しく、強く成っていた。新しい二人は、藤代勇二と達子を柊と樅のように「パパ」と「ママ」とは呼ぶが、二人の本当の父親はダニエル・エリシャ・アブラハムで、「ダニーパパ」だった……。

新婚の筈の勇二一家に、柊と樅がいて、その家の二階には「ひいらぎ」と「もみ」と、ダニエルがいる。五人暮らしが出来る家は古くても手入れがされていて住み心地は良く、その家の持ち主は、三田医師の妻、華子だった。華子は、その家を、教室兼アトリエとして使っていたのだが、その大切なアトリエを貸してくれたのである。尊敬しているダミアン神父の「紹介」と、夫の良臣とコルベオの頼みが無くても華子はその五人のために、アトリエを貸す事に同意してくれた、と思われる。

華子は、「ひいらぎ」と「もみ」がひと目で気に入ってしまっていたし、痩身の美しい黒人医師、ダニエル・アブラハムの瞳も気に入っていた。勇二と達子の心意気と、今では藤代柊と樅になった二人の少年達の、無垢な顔と声の色も……。華子は夫、良臣と同じ位に熱心なカトリック信者であったが、五人の事情を知っても、罪の意識は持たなかったのだった。
気の毒な二組の兄弟と姉弟がいて、姐御肌だが親から縁を切られた達子と頼りな気な勇二の夫婦と、異国の「旅人」が、家を求めて頼って来たのだ。その「彼等」に、どんな事情が有っても、無かったとしても。

宿のない人に　宿を貸した
家のない人達に家を貸した
食べていない人に食べさせ
着ていない人に着させた

その事が罪であるとは、華子には思われなかっただけの事だった。そのついでに華子は良臣に、ダニエルを三田医院で雇うようにと進言してみたのだが、良臣は「ダニエルには、その気が無い」と答えたのである。ダニエル・アブラハムは、只一人「あの夜」のパノラマに映し出されていなかった、穏やかなコルベオの下働きになりたい、と望むようになっていたのだ。バール教授も、日本での医師としての活動も、もうどうでも良かった。ダニエル・エリシャ・アブラハムは、今では心の内に三人の人達の「声」を聴いているのだ。今ではソウルの内に「美しい方《かた》」の御声と、愛するマリアと、恋しい紅の「声」を聴いている。その「声」がある限り、ダニエルはもう孤独では無く、その人達の「声」がある限り、彼はもう、道に迷うという事は無いのだ。

逞しい達子と勇二は、ダニエルの心の友となっていた。元「小人達」だった高沢ひいらぎともみは、ダニエルの心の慰めと、喜びになっているのだ。それに、とダニエルは考えていた。心の底から、コルベオが好きだ、と。

ダニエル・アブラハムと呼ばれていた、怒っていて淋しい男はもう、どこにもいなくなっていたのである。ダニエルは、思う。ダミアンとコルベオと三田医師は、ダニエルの「資格」と「頭脳」を惜しんでくれるが、「それが何になる？」と……。大切なものは心で、愛なのだ。愛があれば人は、神の子イエスの後継ぎなのであり、神の子として生き、「その人」に頼る者はもう、人の愛に飢えて、苦しむ事も無くなる。人は、変われるのだ……。

ソウル達の船は、「この世」という広大な海の只中を行く。善と光の側に進むのも、悪や暗闇の方に進むのも、船人達の自由なのだ。神はその子達に、「自由」という名の贈り物を授けて下さった。だが。その一方で神はその子達に、船人達の自由は認めるが、その船の「持ち主」であり、彼等の「親」は自分である、と事ある毎に言って聴かせる事を、忘れていないのであった。決して。決して。決して……。例え人が、船道に迷っても、怖れる事は無い。例え人が、愛に渇いて泣いていても、悲しむ事は無い。神の御子イエスがいつもその人の傍に居て、その人の名前を、愛し気に呼んでいて下さるのだから……。人は、「彼」の愛の中にいるのだ。「彼」こそは愛で、生命で、宇宙よりも広大な海なのだから……。このようにして「彼」も、愛を求める者達の中にいて下さる。この世界と神は、離れているのでは無い。「この世」と呼ばれる人間の社会の中の悪が、神と人との間に壁を作った。人の方が神から離れて、拒んできたのだ。けれども。ナザレに生まれて生き、十字架に上られて死なれた方が、神と人間との間に道を架けられた。許しと愛と、平和である「道」に成って下さったのだ。神の子供であり、花嫁で在りたい、と願う者達には、誰でも「その方」の道が見付けられるだろう。

そして、辿っていく。道標が置かれている、潮の道を。そうでなければ何も見えないかのような、祈りと夜の中の道を……。道は、どれでも構わないのだろう。

憧憬（チョンジン）が、港を目指して進むから。真実の愛で愛せば、この世界のもの全てが神に還れるのだ。源へ……。道は既に輝いていて、神と人とこの世界が、再び一つになる事だけを促している。それはいつか、誰かが成し遂げてくれるような事では無いのだろう。それは今日、あなたとわたしの間で、始まっていく。あなたとわたしの間に愛と許しと平和が築かれる時には、世界の中の闇が一つ消えて、神の御国では歓びの歌が歌われる……。あなたと、わたし。わたしと、憧れである、「その人」。大切な物は、唯一つだけ、愛。大切な事も唯一つだけ、愛……。

ダニエル・エリシャ・アブラハムは、大切な唯一つだけの事を望んだ。愛する方のお傍にいる事。愛する友や子供達と、共にいる事。愛したマリアと紅を、この先もずっと愛してゆく事……。教会と孤児院で働く雑役夫の仕事は、ダニエルにとっては尊く、「憧れ」を満たしてくれるものだったのだ。ダニエルは、額衝いていた。パッション（熱情）に……。

天を往く白い鷲は、これ等の事の全てを見、聴いていられたのだった。「ひいらぎ」と「もみ」の、幼い祈りも……。

二人の落ち着き先は、ダミアン神父の名によって、高沢敏之に知らされたのだが、敏之はダミアンからの手紙を、開封もしないで捨ててしまっていたのである。敏之は「ダミアン」という人物に覚えは無かった。見知らぬ人物からの手紙を一々開封して読む習慣は敏之には無かったし、ダミアンという名前はダニエルを思い出させて、不愉快でもあったからだった。

ダミアンは記していた。もしも高沢が、柊と樅を認知する積りが有るのなら、ひいらぎともみもいつかは、取り戻せるだろう、と……。高沢からの返答は無く、ダミアンの失意はひいらぎともみにも、無言の内に伝わってしまっていたのだった。ひいらぎ達は、祈った。あの、「美しい方《かた》」に……。彼等の父の罪が許されるように、と……。

このようにして、ふた月半が過ぎていった。ダニエルとひいらぎともみは、その朝、輝くような白い雲の中にひと際輝いている、美しい鷲のようなものを見たのであった……。

ダニエルは、その雲の中にマリアと紅達を見て、泣いていた。マリアも紅も輝いて眩しく、「愛しているわ」と言っている。男も女もない天国に行って、初めて紅は言えるようになったのだ。愛おしかった一人一人に「愛している」と……。ひいらぎともみは、白くて大きな鷲を見ていて頷く。

「はい。あたしは今日から、アグネス・六花・ひいらぎです。アグネスは、あなたのためにに修道女になるのですね。シスター・アグネス・ひいらぎ。夢ではないかしら……」

「はい。僕は今日から、あなたのアロイジオ・敏一・もみなのですね。アロイジオは看護大学では無くて、神学校に行くのですね。美しい方《かた》！　ダミアン様に早速、お願いしてみます」

このようにして高沢は、沙羅との約束通り神への誓約の通りに、二人の子供達を自分では知らないままに、神に捧げる事になった。

ダニエルは、アグネス・ひいらぎとアロイジオ・もみに、微笑み掛けて言う。

「柊と樅の事は、俺に任せておいてくれ……」と。

N町のその日の朝は、まだ冬の衣の白い裾に覆われていた。三月末のその日のN町は、まだ冬の眠りの中にいたのだった。

東京の、下町の下町の、その又下町にある綿木公園では、咲き染め掛けた桜の樹の下で、フランシスコ・フジシロ・勇輝が朝の光の下で祈りを捧げていた。「その人」の御国へと、昇っていってしまった紅と沙羅達を偲んで。「あの夜」、共に蛇と闘った者達と、神の御姿を偲んで。

生涯で唯一人、心から愛した「美しい方《かた》」よ。神の御子、イエス・キリスト。あなたは光。わたしの盾でした。悪である蛇は追い遣られて、冬の嵐も去りました。神よ。わたしは今も、此処におります。あの夜、わたし達のパールが「還ってくる」と言ったような気がして待ち続けているのです。この年も又、春が巡り来ました。あなたの御技は美しく、何と完全な事でしょう……。この樹の花も、咲き初《そ》めております。愛する方。わたしのランドリー・マテオ（パトロ）・小林と、ソニーノとかいう若者達も、此処に揃っているのです。パイロットは、来ますか？　犬のドギー・リスタも来るのでしょうか。わたし達のムーンに、わたし達はきっと、会えるのですね……。

フランシスコの人生が報われる日は、近かった。人は皆、願い続けていた事の果実を受け取り、献げられるのだろう。

おチビ達と水穂夫妻の上にもいつか、報いの春はくる……。

パイロットのノバと、ドギー・ドッグ・リスタは大川から逸れて、整備された小さな河川公園に入り、其処を歩いて来ている。凍て付く夜々と、冬の嵐を過ぎ越してきた一人と一匹には、香しい春の匂いと陽の暖かさが、身に沁み入るように嬉しかったのだ。ノバは、夢に見る。ミフユと呼んでいた、懐かしくて顔のない女を、見る。

美冬とノバがいつ会えるのか、会えないのかを知っているのは、全てを御覧になっている神お一人であるのだろう。

ヴェロニカ・パール・かすみは、このふた月余りを全て、ムーンを探すために費やしていた。「井沢月海」か、「井沢桜子」か、「井沢ラプンツェル」か、「井沢ハル」なのか判らないが、とにかく「井沢」という姓を名乗る占い娘を捜して、探して、歩いていたのだ。けれどもかすみは、ムーンを見い出す事は出来なかった。ムーンはきっと、遅れて来るのだろう。けれども必ず遣って来る。神が始められた事は、神が進めて、終らせて下さるのだろうから……。

そう。今はまだ、ムーンを見付けられないでいる。だが、神が全てを運んで下さる。パール・美咲・かすみは祈る。

「美しい方《かた》」。あたしのソウルの中にいて下さり、天上にもいて下さって、カルワリオの丘の上にも、今もいて下さるお方。あたしは、参ります。あの、桜の樹の下に。フジシロ様が待っていて下さる樹の下に。パトロは、あたしが解るでしょうか？　あたしは、何も言えません。でも……。秘密があるのは、素敵な事でしょう？　あなたお一人が、あたし達二人を見ていて下さい。短くても、良いのです。あたし達は桜の下で巡り会って。あたしは其処から、御前《みまえ》に行きます。

あなたはわたしの子
今日、わたしはあなたを生んだ
あなたの太陽は再び沈む事がなく
あなたの月は　欠ける事がない

わたしはあなたの子
日々わたしはあなたから生まれます
わたしの神よ
愛が刺し貫かれたのは
わたし達の背きのためであり
愛が打ち砕かれたのは
わたし達の咎のためでした
愛が受けた懲らしめによって
わたし達に平和が与えられ
愛が受けた傷によって
わたし達は癒やされました

愛する方
あなたのためにわたしは
新しい実も古い実も取っておきました

わたしは歌おう
わたしの愛する者のために
この豊かな
ぶどう畑の愛の歌を……
見なさい
わたしが受けた苦痛は
平和のために他なりません

四月。春。かすみ（山崎美咲）とパトロ・小林平和は巡り会って、短くて風変わりな恋をした。まず、神が愛の歌を歌って、かすみ達も歌ったのだ。豊かな、ぶどう畑の愛の歌を……。その短い恋の後に、かすみは天に還っていった。憧れて、憧れて。求め続けて止まなかった、「美しい方《かた》」の胸の中へと、還って行ってしまったのである。

「その人」の胸の中には美しく、清《さや》かに明るいぶどう畑と、永遠に咲き続けている花々の野が在る。ぶどう樹と花々達は、そこで愛を歌っているのだ。ぶどうの枝と花々と、見事な実であった美しい乙女達に恋をした男達のソウルも、乙女の跡を慕って歌い、憧れを抱き、その豊かなぶどう畑の中の花野原を目指して、還っていくのだろうと思われた。

神が廻された時の輪は、このようにして止められたのだが、次に廻されるのは、誰と誰のための愛の輪なのだろうか。人は休むが、神が休まれる事は無いのだから。

「この世」という名前の海に生まれ出て、船人となった者達は、いつかは港に還って行くのだ。それ迄の時間をどのように使い、どの船道を行くのかは、あなたやわたしの心と愛に任されている。わたし達は、自由なのだ。自由と責任と愛は、尊い贈り物……。その贈り物をどのように使い、どのように生きていくのかも、神はわたし達に任せて下さった。

愛する子供達の真の幸福を願って、委ねられたのだ。だから。あなたもわたしも、どのような道でも行く事が出来る。憧れに満たされ、遥かな高みに瞳を上げて生きる事も。憧れを満たされ、遥かな高みに瞳を上げて、生きる事も。憧れを抱いて、けれども秘そやかに、隣り人達と共に行く事も。平易な道はあるけれども、平凡な道等というものは、神の御前には多分、一つも無いのだろうと思われる。子供達や花嫁が行く道は「その人」の瞳には、永遠に愛おしいのだから……。

憧憬《あこがれ》に満たされて花々の歌謳う声が、今日も聴こえる。憧れを受けられる方の御国に。

コフェルの花が咲いているぶどう畑の中に。憧れとなられた方と、「その方」の花であるソウル達の歌声が、いつも響いて、聴こえている。彼等、彼女達が地上に残してきた、愛する者達への愛憐の歌と、恋歌も……。花々であるソウル達はこのようにして、「美しい方《かた》」の中にあって一つになるのだ。今、この地上で「息」を恵まれている者達と、今、神の楽園の港に着いて憩う者達は呼び合い、手を差し伸べて繋ぎ合う。先に行った者達と神の海の中にいる人魚達は決して離れる事は無い。愛である方の御胸の中で、結ばれていて離れない。永遠に……。永遠に、愛は離れない。母がその胸に御子を抱いて運んだように、わたしもあなたも、あなたの愛する者達のソウルも、神は御胸に抱いて運んで下さっているのだから。父と母に抱かれている乳呑み子達には、何の恐れも無い。子供達はもう自分では何も考えず力強く、愛に満ちている腕を信頼して、安心し切って運ばれていくだけなのだから。

神は言われる。

愛する子等よ　互いに愛し合いなさい
あなた方が地上で繋いだ事は
天の国においても繋がれている

乙女達は答えて謡う。恋歌であり、愛歌でもある、憧憬《あこがれ》を込めた慕い歌を。その思いの丈を込めて。その生命の限りを込めて、「美しい方《かた》」に、愛を。
あなたは御顔を向けただけで
わたしの心に美をまとわせ
小さな愛らしい花に変えてしまいました
どうかわたしを刻み付けて下さい
あなたの腕に　印章として
わたしの心に　印章として……

紅と翡の二人の花王と、沙羅と蒯羅。花王双樹達が歌って憧れて進んだその道には、天上の花の雨が降り積んでいた……。

【出典・引用文】

・『新共同訳聖書』より

・十字架の聖ヨハネ著『霊の賛歌』より

著者プロフィール

坂口 麻里亜（さかぐち まりあ）

長野県上田市に生まれる。
長野県上田染谷丘高等学校卒業。
在学中より小説、シナリオ、自由詩の執筆多数。

【作品（小説）】
・君知るや（文芸社 2022年）
・竜の眷属
・恋の形見に
【『二千五百年宇宙の旅』シリーズ小説】
・二千五百年地球《テラ》への旅（鳥影社 2020年）
・カモン・ベイビー
・チョンジン（憧憬）【本書】
・もう一度会いたい　今はもういない君へ（文芸社 2021年）
・ラプンツェルとロバの皮
・亜麻色の髪のおチビ
・酔いどれかぐや姫
・ゴースト・ストーリー
【関連シリーズ小説】
・桜・桜
・夏の終り
・閉ざされた森
【詩集】
・ぶどう樹
・アレルヤ
・死せる娘の歌
・スタンド・バイ・ミー

カバーイラスト
イラスト協力会社／株式会社ラポール イラスト事業部

チョンジン（憧憬《あこがれ》）　下巻

——花王双樹と沙羅双樹——

2023年12月15日　初版第１刷発行

著　者　坂口 麻里亜
発行者　瓜谷 綱延
発行所　株式会社文芸社
〒160-0022　東京都新宿区新宿１－10－１
電話　03-5369-3060（代表）
03-5369-2299（販売）

印刷所　株式会社暁印刷

ISBN978-4-286-26073-0